보리의 바다에 가라앉는 열매

《MUGI NO UMI NI SHIZUMU KAJITSU》

© Riku ONDA 2004

All rights reserved.

Original Japanese edition published by KODANSHA LTD.

Korean translation rights arranged with KODANSHA LTD.

through JM Contents Agency Co.

이 책의 한국어판 저작권은 JM 콘텐츠 에이전시를 통한 저작권사와의 독점 계약으로 ㈜바이포엠 스튜디오에 있습니다.

저작권법에 의해 한국 내에서 보호를 받는 저작물이므로 무단전재와 복제를 금합니다.

보리의 바다에 가라앉는 열매

온다 리쿠 장편소설

권남희 옮김

VANTA

차례

서장	7
1장	21
2장	57
3장	77
4장	109
5장	147
6장	179
7장	209
8장	259
9장	293
10장	319
11장	347
12장	367
13장	385
14장	415
15장	431
종장	457
역자 후기	476

일러두기

1. 본문의 각주는 옮긴이 주입니다.
2. 맞춤법은 국립국어원 표준국어대사전 및 외래어 표기법을 따랐으나 관용적으로 널리 쓰이는 표현은 입말을 살려 표기했습니다.
3. 본문 중 볼드체는 원서에서 방점 및 볼드로 강조한 부분입니다.

서
장

이것은 내가 낡은 가죽 트렁크를 되찾을 때까지의 이야기다.

기억이란 완만한 나선을 그리는 것 같다. 한참을 걸어왔구나 싶지만, 낡은 시간은 마치 나선계단에 서 있을 때처럼 바로 발밑에 있다. 아래로 몸을 기울여 꽃을 던지면, 전에 내가 걸어온 그림자 위에 떨어질 것이다.

나는 기억하고 있다. 차가운 달빛 아래 가시처럼 솟은 나무의 실루엣을. 거울 같은 수면 위를 가로지르던 물새의 하얀 날개를. 짙은 안개가 내려앉은 들판 위에 펼쳐진 푸른 풀밭의 바다를.

하지만 그것도 결국은 내 기억일 뿐이다.

원래도 멍하니 꿈꾸는 걸 좋아하던 내가 마치 소녀처럼 황당하고 긴 꿈을 꾼 거라고 하면, 듣는 사람도 아마 고개를 끄덕일 것이다. 어쩌면 자기 역시 그런 적 있다고.

실제로 나는 스스로 지어낸 이야기를 기억 속에 끼워 넣곤 한다. 예를 들면, 어릴 적 나는 파리에 살았다고 믿고 있었다. 마로니에 가로수, 센강 위의 낡은 돌다리, 골목을 빠져나오면 보이는 긴 계단. 그런 풍경들이 하나씩 떠올랐고, 예전에 누군가를 따라가 그곳을 본 적이 있다고 확신했다.

하지만 그 이야기를 들은 할머니는, 내가 파리는커녕 집 앞마당조차 제대로 나가본 적 없다고 웃어넘겼다.

그렇다면 그 기억은 뭐였을까.

그 답을 나는 어느 평화로운 가을날, 서재를 뒤지다 우연히 찾아냈다. 엄마가 남긴 낡은《생활의 수첩》과월호 속 바랜 컬러 화보에 내가 기억하던 풍경이 있었다. 입자가 거칠고 색이 바랜 사진 속에는, 좁은 골목 끝에 가파른 돌계단이 정확히 내 기억 그대로 펼쳐져 있었다.

그 언덕은 지금 어떤 모습일까. 예전엔 수도원이 있었다는, 내가 살던 야생보리의 바다 위에 떠오른 파란 언덕은. 모든 게 사실은 꿈이었을지도 모른다. 유리의 가늘고 긴 눈매도, 오렌지가 들어 있던 홍차도, 도서관 창가에 걸터앉아 습원을 바라보던 그 사람도. 이 모든 것이 어린 시절 비가 갠 정원에서 웅덩이 앞에 앉아 진흙으로 만든 성을 바라보던 내가 꾸어낸 환영이 아니라고 누가 장담할 수 있을까.

그럼에도 나는 그 언덕을 안다. 지금도 그 첫 장면을 또렷하게 떠올릴 수 있다. 역을 감싸던 차가운 공기, 트렁크의 가죽 감촉, 고독과 불안으로 떨리던 내 심장의 고동까지. 왜냐하면 그것은 내 이야기이기 때문이다. 내가 어쩌다 트렁크를 잃었고, 어떻게 되찾았는가 하는 이야기이기 때문이다.

역

창은 부옇게 젖어 있었다.

차창 밖 풍경은 잿빛 언덕에 침엽수림만 끝없이 이어질 뿐이어서, 물끄러미 바라보다 보니 슬며시 공허한 졸음이 밀려왔다. 시간의 공백 같은 졸음에 스르륵 이끌려 어느새 차가운 유리에 머리를 콩콩 찧고 있었다. 화들짝 놀라 눈을 뜬 소녀는 몸을 일으켜 주위를 두리번거렸다.

그렇다. 기차 안이었다.

부웅, 부웅…… 디젤 엔진이 몸서리치는 듯한 소리가 발밑에서 낮게 울려온다. 창밖은 여전히 잿빛이지만, 자세히 보니 흐린 겨울 하늘에 먹빛 바다가 스며 있다. 끝없이 이어지는 해안선에 단조로운 파도가 혼잣말처럼 밀려왔다.

소녀는 무릎에서 미끄러지려는 문고본을 얼른 집어 들었다. 《거울 나라의 앨리스》. 이유는 알 수 없지만 기숙사에 가져갈 수 있는 책은 다섯 권으로 제한돼 있었다. 소녀는 꼬박

하루 걸려 그 책을 골랐는데도 밤중에도 몇 번이나 깨어 선택이 옳았는지 고민했다. 소녀는 《이상한 나라의 앨리스》보다 《거울 나라의 앨리스》를 더 좋아했다. 토끼를 쫓아 어두운 굴속으로 뛰어드는 것보다, 방 안 거울을 가만히 들여다보자 거울이 서서히 녹아내렸다는 도입부가 더 마음에 들었다.

소녀는 긴장하고 있었다. 검은 롱코트를 입은 채, 파란 벨벳 의자에 등을 깊숙이 기대고 앉았다. 난방이 지나쳐 하얀 피부가 벌겋게 달아올랐다. 눈썹 위로 가지런히 자른 앞머리는 천진해 보였다. 하지만 검은 눈동자는, 소녀가 내향적이고 공상에 잘 빠지는 아이라는 걸 말해주고 있었다.

지금, 소녀는 몹시 불안했다. 앞으로 향할 곳, 그곳에서 보내게 될 시간. 상상하면 할수록 그 모든 게 괴물처럼 커져 소녀의 마음을 들쑤셨다. 멀리 낯선 곳으로 보내진 소년 소녀들이 어떤 삶을 강요당했는지, 소녀는 동서고금의 명작 그림책들에서 숱하게 읽어왔다. 어둡고 차가운 복도. 딱딱한 빵과 묽은 수프. 밤이면 밤마다 채찍에 쫓기듯 침대로 몰리고, 낮에는 학대받으며 빗자루로 바닥을 묵묵히 쓸던 아이들. 그런 일이 자기에게는 일어나지 않으리라고 누가 감히 장담할 수 있을까?

소녀는 혼자 파란 벨벳 의자에 앉아 공포를 꾹 눌러 참고 있다. 그 공포는 검은 구름처럼 부풀어 올라 낡고 텅 빈 기차 안을 가득 채운다.

침착해야 해. 아무도 나를 잡아먹지 않아.

소녀는 불안을 눌러가며 창을 본다. 창엔 물기가 흐른다. 근심에 젖은 얼굴처럼, 몇 줄기 뿌연 물자국이 유리창 위를 타고 흐르며 풍경을 일그러뜨린다.

"리세."

속삭이듯 들려오는 목소리.

소녀는 깜짝 놀라 고개를 젓듯 두리번거린다. 소녀는 차량 맨 끝자리에 앉아 있다. 근처엔 다른 승객이 보이지 않는다. 멀찍이, 머리가 벗겨진 남자의 뒷모습만이 아주 조금 보일 뿐이다.

"리세."

또다시 들려오는 소리. 어린아이의 목소리다. 쉰 듯하고, 힘없고 가냘프다.

"누구야?"

소녀가 조용히 묻는다. 천장을 올려다보며, 파란 등받이에 몸을 바짝 붙인다. 부웅, 부웅……. 디젤 엔진이 신음하듯 간헐적으로 울린다.

"리, 세."

목소리는 점점 쉬어갔다.

소녀는 문득 발밑을 내려다보았다. 의자 아래, 가느다란 피투성이 손이 보였다. 위로 뻗은 손바닥이 고통스러운 듯 손가락을 꿈틀거린다. 손목엔 작은 상처가 빼곡히 나 있다. 소녀는 숨을 삼켰다. 몸이 움직이지 않는다. 가느다란 손이 발밑에서 조그맣게 떨리며 허공을 움켜쥔다.

"리세. 산딸기 따줘. 약속했잖아……. 봄에 제일 먼저 나는 산딸기를, 나한테 따주기로 했잖아…… 응, 리세."

심장이 쿵쾅쿵쾅, 무섭게 뛰기 시작한다. 몰라. 나는 몰라. 그런 약속, 한 적 없어. 심장 소리는 더 커진다. 쿵쾅. 쿵쾅쿵쾅. 누군가 온 힘을 다해 큰북을 치는 것처럼. 속삭임은 어느새 흐느낌이 되고, 울음이 새어 나온다.

"응, 리세…… 약속했잖아……."

엔진 소리가 거세진다. 빠앙, 하는 경적. 달리는 바람 소리. 기차는 터널로 빨려든다. 가타부타 말이 없는 어두운 터널 속으로.

여기서부터 이미 기억들이 엉켜 있다. 첫 장면은 소녀가 눈을 뜨는 순간이다. 소녀는 아직 '파란 언덕'을 보지도 않았다. 소녀가 아는 아이들의 얼굴조차 본 적 없는 상태였다. 마리이와 약속한 건 훨씬 나중의 일이다. 마리이가 그 프랑스식 정원에서 비참하게 죽은 것도, 그보다 더 나중이다. 소녀가 마리이의 목소리를 들을 리 없다.

나는 혼란스러워하고 있었다. 당시의 나는 몹시 궁지에 몰린 상태였다. 극도로 긴장한 채 균형을 유지하는 데만 정신을 쏟던 열네 살 소녀가 과연 어느 정도로 기억을 유지할 수 있었을까. 예를 들면, 그 습원의 풍경도 마찬가지다. 언제 봤을까? 내가 그 언덕에서 살던 시절에 경험한 것일까?

습원

습원엔 바람 한 점 없고, 하늘은 온통 잿빛으로 칠해져 있다. 회갈색 지평선 위엔 검은 금이 간 듯 우거진 빽빽한 관목.

그 잿빛 무대에서 갈색 머리칼을 가진 소년이 춤을 춘다. 생물의 기척이 없는 무색 무음의 세계에서 소년만이 즐거운 듯이 경쾌하게 춤을 춘다. 셔츠 칼라 사이로 보이는 검은 리본이 허공에서 나풀거린다.

소년은 웃고 있다. 마른 풀을 마구 짓밟으며, 〈렛츠 댄스〉를 흥얼거리며 빙글빙글 춤을 춘다.

"하지 마, 바보 같은 짓 하지 마! 돌아와. 빨리, 이리로 와!"

소녀는 널빤지를 이어 만든 길에서 미친 듯이 외쳤다. 몇 명이 달려들어 소녀를 붙잡지만, 소녀의 힘은 상상을 초월한다. 오히려 소녀에게 끌려 습원에 빠질까 두려울 지경이다. 이 정도 무게로 빠지면 기어오르기란 거의 불가능하다. 서로의 짐이 되어 끝도 없이 가라앉을 뿐이다.

"부탁이야, 돌아와! 그곳은 위험하다고!"

소녀는 절규한다. 이대로 소녀가 부서져 버리는 게 아닐까 싶을 정도다.

거대한 풍경 속에서 소년은 계속 춤을 추었다. 이따금 내보이는 이가 보석이 쏟아지듯 하얗게 빛난다.

"괜찮아. 반드시 혼자서 막을 올려 보일 테니까."

소년의 맑은 목소리가 총성처럼 하늘에 울려 퍼졌다.

"여러분, 안녕. 안녕, 누나."

소년은 손을 번쩍 들어 올리고 무릎을 굽힌 채 커튼콜이라도 받듯이 인사했다. 천천히 공손하게 머리를 숙였다.

문득, 소년의 모습이 흔들리고 공기가 일렁인다.

다음 순간, 소년의 형체는 사라졌다.

색도 소리도 사라진 고요한 세계. 넓은 재색 주단에 움직이는 그림자는 하나도 없다.

습원에는 아무도 없었다.

소녀는 눈을 부릅뜨고 머리칼을 마구 쥐어뜯었다. 목에서는 짐승 같은 울음이 새어 나왔다.

정말로 이런 일이 있었을까? 눈앞에서, 누군가가 습원에 빨려들듯 가라앉아 익사하는 장면을 직접 보는 일이? 지금 이렇게 기억을 떠올리면서도, 동시에 그 기억이 천장에서 떨어져 내리듯 무참히 부서져 잿빛 파편으로 쌓여가는 모습이 보이는 것 같다. 너무 많은 일이 일어났다. 한꺼번에 많은 사람을 만나고, 또 헤어졌다……. 기억은 언제나 나선 모양을 그리고 있다. 끔찍한 기억은 줄줄이 이어져 시간의 흐름 따윈 아랑곳하지 않고 밀려온다. 그 무렵의 기억은 모든 것이 끝난 지금까지도 나를 불안과 후회로 질식하게 만든다.

다른 기억은 없었을까? 달콤한 기억, 부드러운 기억, 안타까운 기억은?

문득, 뇌리에 세로로 길게 난 창이 떠올랐다. 도서관 2층의 퇴창이다. 창은 열려 있고, 짧은 초여름의 습원 위로 흰 새 한 마리가 날아간다. 창턱엔 누군가가 앉아 있다. 어깨까지 오는 머리카락이 습원에서 불어오는 바람에 살랑거린다. 날카로운 옆얼굴 선, 단정히 여민 셔츠 칼라.

온화하고 낮은 목소리가 들려온다. 반갑다. 그 사람이다. 이렇게 그립고 안타까운 존재를 왜 지금껏 잊고 있었을까.

퇴창

"분명 예전에도, 나 같은 누군가가 이 창에 걸터앉아 똑같은 풍경을 바라보았겠지."

그 쪽지는 백과사전 '야ゃ' 항목에 끼워져 있었다.

누렇게 바랜 종이, 잉크가 번진 만년필 글씨.

그 문장은 독특하고 힘 있는 필체로 쓰여 있었다. '시'를 쓰기 위해 한껏 어른인 척 단어를 고른 듯한 문장 속에서 어린 마음과 외로움이 엿보였다.

"그렇게 마음에 들면 갖고 가면 되잖아."

소녀가 이상하다는 듯 소년을 올려다본다. 소년은 살짝 웃는다.

"이건 여기 있는 게 좋아. 그래야 몇 년쯤 뒤 또 누군가가 이걸 발견하고 읽게 되겠지."

"그걸로 만족해?"

"만족해. 나는 벌써 외웠고, 보고 싶을 때는 여기 와서 또 보면 돼."

"흐음."

소년은 이따금 혼잣말처럼 중얼중얼 그 문장을 읊었다. 마치 잊어서는 안 되는 주문처럼.

그렇다. 그 시가 있었다.

도서관 백과사전에 끼워져 있던, 작자 미상의 시. 레이지가 읽고 들려주었던 그 시에는 정말로 어떤 의미가 있었던 걸까? 가끔은 레이지의 목소리에 맞춰 나도 조용히 중얼거리곤 했다. 그 시는 우리에 대해 노래하고 있었다. 그 시는 분명 우리였다. 그 어설프고, 의미도 알 수 없던 시. 하지만 나는 지금도 기억하고 있다. 레이지의 목소리, 어두운 창턱, 밖에서 불어오던 바람, 누렇게 바랜 종이의 감촉.

어쩌면 이 이야기는, 그 시에서 시작하는 편이 어울릴지도 모른다. 사치스러운 허구와 느릿한 절망으로 둘러싸여 있던 그날들을 떠올리고, 내 기억과 망상의 성을 다시 쌓아 올리기 위해서라면.

그럼 낮고 고요한 레이지의 목소리로, 그 시를 다시 듣는 것부터 시작해 보자. 괜찮을까? 그럼, 레이지, 부탁해.

레이지의 목소리가 들린다.

보리의 바다에 가라앉는 열매

내가 소녀였을 적에,
우리는 잿빛 바다 위에 떠오른 열매였다.

내가 소년이었을 적에,
우리는 막간 같은 어두운 물결 속을 소리 없이 떠돌고 있었다.

열린 창 너머에는 구름과 지평선 사이의 사다리를 오르는 우리가 보인다.
보리의 바다에 빠진, 우리의 혼이.
바다에서 돌아온 뱃사람들은

다시 육지에서 시간의 꽃잎 속에 가라앉는다.

바다에서 돌아온 뱃사람들은
다시 허공에 시간의 꽃잎을 뿌린다.

1
장

역

창은 부옇게 젖어 있었다.

차창 밖 풍경은 잿빛 언덕에 침엽수림만 끝없이 이어질 뿐이어서, 물끄러미 바라보다 보니 슬며시 공허한 졸음이 밀려왔다. 시간의 공백 같은 졸음에 스르륵 이끌려 어느새 차가운 유리에 머리를 콩콩 찧고 있었다.

깜짝 놀라 눈을 뜬 미즈노 리세는 몸을 일으켜 주위를 두리번거렸다.

아직 기차 안이었다.

이상한 꿈을 꾸었네.

리세는 눈을 비볐다. 발밑에 놓인 커다란 가죽 트렁크를 바라보았다. 낡은 트렁크였다. 열네 살 소녀가 들기엔 다소

투박하고 나이 들어 보이는 물건이지만, 리세는 그 감촉이 마음에 들었다.

꿈속에서 리세는 이 트렁크를 들고 걷고 있었다.

지금 향하고 있는 학교를 떠나는 꿈이었다. 꿈속에서 리세는 친구의 배웅을 받고 있었다. 코트를 입고 트렁크를 들고 문을 나서려는 참이었다. 친구는 리세를 향해 손을 흔들며 무언가 외치고 있었다. 리세와의 이별을 아쉬워하는 듯했다. 리세는 조금 서운했지만, 그 학교에서 보낸 시간에 충족감을 느끼고 있었다. 상반된 감정에 잠긴 채 학교를 뒤로한 것이다. 들고 있던 트렁크의 무게가, 꿈에서 깨어난 지금도 손끝에 남아 있는 것 같다.

왜 그런 꿈을 꾸었을까. 역시 마음속 깊은 곳에선 그 학교에 가고 싶지 않은 걸까.

리세는 무릎 위에서 미끄러지려던 문고본을 다시 꼭 쥐고 자세를 바로잡았다. 《거울 나라의 앨리스》. 얇은 책장을 가볍게 훑는다. 벌써 몇 번이나 되풀이해 읽은 책이다. 리세는 《이상한 나라의 앨리스》보다 《거울 나라의 앨리스》가 더 좋았다. 시계를 든 토끼를 따라 어두운 굴속으로 몸을 던지는 시작도 근사했지만, 녹아든 거울을 통과해 또 하나의 세계로 미끄러져 들어간다는 상상이 더 매력적으로 느껴졌다. 리세가 사는 집 정원에 토끼굴은 없었지만, 거울이라면 어디에나 있었다. 지하실이며 벽장문이며, 천장에 붙은 가지런한 널빤지 중 가장 지저분한 것. 리세에겐 그 모든 것이 또 다른 나라로 이어지는 입구처럼 보였다.

리세는 손가락 끝으로 창을 문질러 잿빛 풍경을 내다보았다.

아, 바다다.

자세히 보니, 녹슨 양동이 빛을 닮은 파도가 기분 나쁜 기색으로 바로 가까이까지 밀려왔다가 이내 힘없이 되돌아가고 있었다. 수평선은 흐린 하늘에 녹아들어, 마치 이 세상의 끝에서 파도가 밀려오는 듯했다.

괜스레 우울해지는 풍경에 리세는 금세 흥미를 잃었다. 어깨에 메고 있던 작은 가방에서 접힌 종이 한 장을 꺼냈다.

기숙사 입사 안내

※ 생활에 필요한 것은 모두 갖춰져 있으니, 개인 소지품은 되도록 반입하지 말 것.
※ 외부 연락은 긴급한 경우를 제외하고는 원칙적으로 인정하지 않음.
※ 기숙사는 2인실이며 희망하는 경우 6개월에 한 번 룸메이트를 바꿀 수 있음.

안내문에는 쌀쌀맞은 설명밖에 없어서 오히려 더 불안해

졌다. 그래도 몇 번이나 읽어서 거의 다 외워버렸다.

벌써 네 시간째 기차에서 흔들리고 있다. 책도 다 읽고, 잠자는 데도 지쳐 리세는 할 수 없이 다시 차창 밖을 내다보며 끝없는 공상에 빠졌다.

아이들은 언제나 먼 곳으로 보내진다. 부모를 여의고 기댈 데 없는 아이들은 공포에 벌벌 떨면서 운명의 소용돌이 속에 내던져진다. 왜일까?《비밀의 화원》의 메리도,《빨간 머리 앤》의 앤도 그랬다. 세상이 아이들에게 주는 시련은 예나 지금이나 여간 혹독한 게 아니다.

리세는 처음《비밀의 화원》을 읽었을 때 주인공의 성격이 나쁘다는 사실에 놀랐다. 그때까지 읽은 명작 그림책의 주인공은 하나같이 천사 같은 성격이라, 제멋대로이고 기분파인 메리가 주인공치고 아주 참신하게 느껴졌다. 그리고 그 성격 나쁜 메리에게 감정이입이 되는 것도 놀라웠다. 혹시 자신의 성격이 메리를 닮은 게 아닐까 하고, 의심한 것도 그때가 처음이었다.

한편《빨간 머리 앤》은 별로였다. 여자아이들은 대개《빨간 머리 앤》파와《작은 아씨들》파로 나뉘는데, 리세는 후자였다. 끝없이 이어지는 앤의 수다를 견딜 수 없었다.《빨간 머리 앤》을 좋아하는 여자아이 중에는 여자다운 아이가 많다고 생각했다. 귀여운 걸 좋아하고 꺅 소리 지르며 그룹을 만들고 모두 똑같은 리본을 사곤 한다.

반면《작은 아씨들》을 좋아하는 아이들은 혼자 있는 것을 좋아한다. 여럿이 억지로 무리 지어 다니는 걸 피곤하게 여기고 마음이 맞는 친구 한두 명이면 충분하다고 생각하는, 리세와 같은 부류다.《작은 아씨들》을 좋아하는 아이들은 대부분 둘째 딸 조를 좋아했다. 조의 말과 행동에 깊이 공감했다. 남자아이에게 지고 싶지 않은 마음과 누군가에게 보호받고 싶은 마음 사이에서 흔들리는 모습에 자연스레 감정이 이입됐다. 앤도 조도 소설가가 되는데, 두 사람은 어떤 소설을 썼을까. 성격 면에서는 조를 좋아하지만, 솔직히 앤이 씩씩하고 세상 살아가는 데 능숙하다는 느낌이 드는 만큼 소설 쓰는 기술도 더 뛰어날 것 같다.

차창 밖에 그저 넓기만 한 잿빛 평원이 펼쳐졌다.

습원이다.

이따금 키 작은 나무들이 악센트를 주는 것 외에는 끝없이 평평하기만 한 땅이다. 여기저기 움푹 팬 곳에 검은 물이 고여 타원형의 못을 이루고 있다.

기차는 국내 최대의 습원 속을 묵묵히 달리고 있었다. 여기만 해도 이렇게 외진데, 이보다 더 먼 곳에 학교가 있다니. 믿을 수 없었다.

원래는 수도원이었다고 한다. 습원에 있는 바위산을 깎아 지은 건물에 단 열두 명으로 시작한 작은 수도원. 지금과 같은 모습을 갖춘 사립학교는 40년쯤 전에 세워졌다. 현재는 전교생이 기숙하는 중고등학교로, 학비는 꽤 들지만 학생들의 성적은 매우 우수하다고 한다. 그러나 여러 가지 사정 탓에 학교 이름은 세상에 거의 알려지지 않았다.

웅얼거리는 목소리로 짧게 나오는 안내방송을 듣고 리세는 곧 자신이 내려야 할 역임을 알았다. 문득 화장실에 가고 싶어졌다. 역에 있는 화장실에 가는 편이 나을까? 그렇지만 역 화장실은 춥겠지. 리세는 기차에 있는 화장실에 가기로 했다.

흔들리는 기차 안을 비틀거리면서 걸어갔다. 수학 문제 같다. 시속 50킬로미터로 달리는 기차 안에서 시속 5킬로미터로 걸어가면, 그 속도는 얼마가 될까요? 이렇게 기차 안을 걷고 있으면, 조금은 가속도가 붙을까?

승강구 발판에 서서 차창 밖의 습원을 바라보았다. 유리창에 손을 대보니 차가워서 깜짝 놀랐다. 그 차가운 유리 한 장을 사이에 두고, 더 차가운 바깥 공기 속에 현실감 없는 습원이 펼쳐졌다.

이상한 풍경이다. 색이 없다. 하지만 이 풍경이 싫지는 않다. 이 습원 너머에 또 다른 나라가 있을 것 같다. 어릴 적부터 꿈꿔온, 녹아내리는 거울과 벽장문 속에 숨은 별세계가.

화장실에서 나오자 검은 모자를 쓰고 갈색 코트를 입은 키 큰 남자가 갈색 트렁크를 들고 걸어가는 것이 보였다.

어쩌면 저렇게 큰 사람이 있을까.

남자는 문을 열고 옆 차량으로 사라졌다.

자리로 돌아오자, 차창 너머로 집들이 하나둘 눈에 띄기 시작했다. 역이 가까워지고 있었다.

"○○○○, ○○○○."

느릿한 목소리로 안내방송이 흘러나왔고, 기차는 을씨년스러운 역으로 미끄러지듯 들어왔다.

바람은 없었지만 추위가 뼛속까지 스며드는 플랫폼에 발을 디딘 순간, 리세는 무서운 사실을 깨달았다.

트렁크가 없다.

리세는 망연자실했다.

없다. 정말로 없다. 아까 화장실에서 돌아왔을 때, 이미 자리에 없었던 것이다. 왜 미처 알아채지 못했을까? 그렇게 큰 짐이 눈앞에서 사라졌는데……. 왜 이렇게 어리석은 걸까! 그리고 동시에, 키가 크고 검은 모자를 쓴 남자가 들고 있던 트렁크가 뇌리를 스쳤다.

그거다! 그게 내 트렁크였어! 도둑맞은 거야!

피가 거꾸로 솟는 듯했다. 그것을 덮듯이 출발을 알리는 종소리가 울렸다.

기차가 가버린다, 내 트렁크를 실은 채로!

하지만 리세는 한 걸음도 움직일 수 없었다. 기차에 등을 돌린 채 그대로 굳어 있었다. 쉭, 하고 등 뒤에서 문이 닫히고, 덜커덩 소리와 함께 기차가 움직였다.

머릿속이 새하얘졌다. 리세는 파랗게 질린 얼굴로 서서히 속도를 높여가는 팥죽색 기차를 지켜보았다. 잿빛 하늘 아래 기차는 천천히 멀어져 갔다. 손을 뻗으면 닿을 것 같았다. 마치 리세에게 "어이, 나를 잡지 않아도 돼?" 하고 말을 건네는 듯했다.

그러나 리세는 몸을 움직일 수 없었다. 점점 시야에서 멀어지는 기차를 그저 멍하니 바라볼 뿐이었다.

리세는 플랫폼에 우두커니 혼자 서 있었다.

기차표는 있다. 서류나 돈은 작은 가방에 들어 있다. 《거울 나라의 앨리스》도.

리세는 간신히 비틀비틀 걷기 시작했다.

목탄으로 휘갈겨 그린 듯한 시커먼 역사의 개찰구 앞에 남자가 한 사람 서 있었다. 체격이 다부진 초로의 남자였다. 움푹 팬 잿빛 눈에는 어딘지 모르게 다가서기 어려운 분위기가 감돌았다. 주변에 다른 사람은 하나도 보이지 않는 걸 보면, 그가 리세를 마중 나온 학교 관계자인 듯했다.

"왜 그래요, 차멀미라도 했어요?"

리세의 창백한 얼굴을 보고 남자는 따뜻한 목소리로 물었다. 외모와 어울리지 않게 느긋하고 편안한 음성이었다. 리세는 갑자기 울고 싶어졌다.

"트렁크를 도둑맞았어요……."

"귀중품은?"

남자는 다소 놀란 듯했지만, 여전히 침착한 목소리로 되물었다. 리세는 고개를 저었다.

"아뇨, 서류나 돈은 여기 있어요."

"그럼 돌아올지도 몰라요. 돈 되는 것만 챙기고 나머지는 어딘가에 버릴 겁니다. 역무원에게 이야기해 둘게요."

남자는 리세의 표를 받으러 나온 역무원을 붙잡고 사정을 설명했다. 리세는 검은 모자를 쓴 남자의 인상착의와 갈색 가죽 트렁크의 모양, 그리고 내용물을 자세히 전달했다.

"괜찮아요. 생활용품 같은 건 학교에 다 갖춰져 있으니까요. 혹시 발견되면 학교로 연락이 올 겁니다."

남자는 침착한 표정으로 리세를 로터리 모퉁이에 세워둔 검은색 차로 데려갔다. 리세도 역무원에게 트렁크에 관해 설명하고 나니 한결 마음이 놓였다.

어디선가 오래된 음악이 흐르고 있었다. 라디오에서 나오는 걸까? 아는 곡이다. 〈진주 목걸이〉.*

북쪽 도시의 역에서는 반가운 냄새가 났다. 뭐지, 이 냄새는?

리세는 차에 올라타며 그 향기의 정체를 떠올리려 애썼다.

차가 출발하고 나서야 기억이 났다.

그래, 그건 눈 냄새였어.

---

* A String of Pearls. 1941년 글렌 밀러 밴드가 발표한 재즈곡.

파란 언덕

금세 시야에서 집들이 사라지고 곧게 뻗은 도로 양쪽은 온통 습원으로 바뀌었다.

두꺼운 구름 사이로 눈이 펄펄 내리기 시작했다. 태평양 쪽은 좀처럼 눈이 쌓이지 않지만, 제법 추워진 건 분명했다.

움직이는 것은 아무것도 없었다. 이쪽으로 등을 돌린 채 묵묵히 안전 운행을 이어가는 남자는 자동인형이 아닐까 싶을 정도로 움직임이 없었다. 리세는 불안했다. 혹시 손을 들여다보면 어느새 연극 소품 같은 해골로 바뀌어 있는 건 아닐까…….

휘잉, 가녀린 소리가 들려왔다. 멀리서 들리는 바람 소리일까? 기운이 빠진 듯한 쓸쓸한 소리다. 마치 세상 끝에서, 혹은 신화 속 세계에서 불어오는 바람 같다.

차가 갑자기 끼익 소리를 내며 멈췄다. 백미러 속 잿빛 눈동자가 이쪽을 바라보고 있었다. 리세는 섬뜩함을 느꼈다.

"잠깐 내려보지 않겠습니까? 이렇게 큰 습원은 처음 보죠?"

온화한 목소리였다. 남자가 먼저 내려 리세가 앉아 있는 쪽 문을 열었다.

눈 냄새와 냉기가 확 밀려들었다.

한눈에 담기지 않을 만큼 거대한 풍경이었다.

리세는 검은 묘비처럼 서 있는 남자 옆에 나란히 섰다. 문득 남자가 주머니에서 권총을 꺼내 자신을 쏘지는 않을까 하는 두려움이 엄습했다. 얼마 전, TV에서 본 흑백영화 속에 그런 장면이 있었다……. 그건 망상이야. 그런 일이 일어날 리 없어. 리세는 애써 혼란을 가라앉히며 잿빛 풍경에 시선을 맡겼다.

날씨가 좋았다면 훨씬 더 멀리까지 보였을 것이다. 하지만 시야는 흐렸고, 비포장도로를 따라 띄엄띄엄 서 있는 전신주들이 지평선 너머로 스며들 듯 사라지고 있었다.

우웅, 하늘 끝에서부터 소용돌이치는 듯한 소리가 들려왔다. 어디선가 먼 기억을 깨우는 듯한, 이상하리만치 낯익은 소리였다.

"이 세상 끝 같은 풍경이라고 생각했죠?"

남자는 리세의 마음을 들여다보듯 중얼거렸다.

"그래도 이곳은 어느 곳보다 생태계가 풍요로워서, 여기서만 볼 수 있는 생물들이 아주 많답니다. 여름에는 벌레와 새들로 즐겁죠. 매일 바라보고 있으면 변화가 다채롭답니다."

"꽃도 피나요?"

"그럼요. 늦은 봄부터 여름 사이에 한꺼번에 피죠. 6000년 전엔 이곳이 바다였습니다. 지금처럼 습원이 된 건 3000년 전쯤이라고 하더군요."

"3000년……."

상상조차 되지 않는 시간이었다.

"이걸 드릴게요."

남자는 코트 주머니에서 권총이 아닌, 더 작고 검은 무언가를 꺼내 리세에게 건넸다. 페르시아풍 덩굴무늬가 새겨진 고풍스러운 오페라글라스였다. 손에 들어보니 묵직했고, 정밀하게 세공된 외관이 무척 아름다웠다.

"받아도 되는 거예요? 비싸 보여요."

"분명히 당신에게 도움이 될 겁니다."

남자는 천천히 차로 돌아갔다.

리세도 따라가려다 발을 멈췄다.

소리가 들렸다.

리세는 자신의 귀를 의심하며 다시 귀를 기울였다.

아니다, 확실히 들린다. 멀리서 누군가 노래하는 듯한 소리였다. 음정은 높고, 가락은 흐트러져 있었으며, 여자 목소리처럼도 들렸다.

세이렌.*

남자는 태연한 얼굴로 차로 향했다.

"저기, 저 소리는 대체……."

리세는 말을 더듬으며 물었다. 남자는 고개를 돌려 이쪽을 바라보더니 '아, 그거' 하는 듯한 표정을 지었다.

"저건 바람 소리랍니다. '파란 언덕'의 탑을 바람이 지나

---

* 그리스 신화에 등장하는 바다 괴물. 상반신은 여자, 하반신은 새로 되어 있으며, 아름다운 노랫소리로 뱃사람을 유혹해 죽게 만든다.

갈 때마다 그렇게 들려요. 처음 들으면 좀 으스스하죠. 마치 여자 목소리 같기도 하고요."

"그렇군요. 저만 들은 환청인가 했어요."

남자는 희미하게 웃으며 차에 올라탔다. 리세는 그것이 망상이 아니었단 사실에 안도하며 남자를 따라 차에 올랐다. 소리는 여전히 희미하게 들려오고 있었다.

다시 차가 달리기 시작했다. 변함없이 아무것도 없는 풍경이 이어졌다. 텅 빈 풍경이어서 마음 깊은 곳에 가라앉아 있던 환상과 기억이 차례차례 떠오르는 걸까.

오늘따라 평범한 광경들이 이상하리만치 또렷하게 각인되어 좀처럼 머릿속에서 지워지지 않는다. 이 잿빛 하늘 캔버스에 기억의 필름이 한 장 한 장 인화되는 것만 같다.

사람을 캄캄하고 소리 하나 없는 방에 가둬두면 점차 환각과 환청에 시달린다고 한다. 쾅쾅 문을 두드리는 소리가 들리기도 하고, 사람들의 말소리가 들리기도 하며, 온도 감각마저 흐려져 실제로는 일정한 실온인데도 땀이 날 만큼 덥게 느껴지거나 몸을 떨 만큼 춥게 느껴진다는 것이다.

리세는 또 다른 불안을 느꼈다. 이런 곳에서 지내다 보면 자신이 만들어낸 이미지 속에 빠져 헤어 나오지 못하게 되는 건 아닐까? 안 돼, 또다시 불안의 늪에 빠질 것 같아. 리세는 감정을 다스리느라 애를 먹었다.

눈앞으로 완만한 경사의 산자락이 희미하게 모습을 드러

냈다. 곧게 뻗은 도로는 점차 굽이치기 시작했고, 산을 감싸는 길 너머로 검은 삼각형 하나가 우뚝 솟아 있는 것이 보였다. 이윽고 그 삼각형이 점점 커지더니 마침내 전체 모습을 드러냈다.

상당히 큰 바위산이었다. 울창한 숲 위에 첨탑 네 개를 세워 인공적으로 만든 산이었다. 리세는 문득 예전에 텔레비전에서 본 프랑스 해변의 수도원을 떠올렸다. 밀물이 들면 섬처럼 고립되는 그곳은 건물 전체가 수도원으로 이루어진 유명한 장소였다.

정말로 푸르렀다. 그것은 언덕이라기보다는 산에 가까웠다. 정면에서 봤을 때 왼쪽은 절벽처럼 깎여 있었고, 오른쪽은 완만한 능선을 따라 숲이 펼쳐져 있었다. 산 전체가 군청색이라 해도 좋을 만큼 짙푸른 빛을 띠었고, 석조 건물과 탑들도 이미 산의 일부가 되어 살아 숨 쉬고 있는 듯했다.

보석처럼 흩뿌려진 오렌지색 불빛이 산 전체를 물들이고 있었다. 언덕은 살아 있는 것처럼 보였다. 그리고 아름다웠다.

가까이 다가가자, 언덕 둘레는 습원과 이어진 거대한 못으로 둘러싸여 있었다. 그야말로 육지 속의 고립된 섬…… 습원 속에 솟아오른 요새였다.

리세는 그 푸른 생명체에 매료되었다. 동화 속을 헤매는 듯한 기분이 들었다. 그것은 마치 바다에 떠 있는 성 같았다. 배가 오랜 항해 끝에 작은 항구 마을에 도착해 축제를 여는 장면처럼 느껴졌다.

리세는 정체를 알 수 없는 두려움과 동시에 묘한 기시감을 느꼈다.

이건, 내가 어릴 적부터 찾아 헤매던 또 하나의 나라, 또 하나의 세계다. 그 세계의 입구에 지금 내가 서 있다. 그리고 나는, 이제 그 안으로 들어가려 한다.

초록색 저택

차는 덜컹덜컹 널빤지 길을 달리다 이윽고 멈춰 섰다.

이제 '파란 언덕'은 올려다봐야 할 정도로 높아졌고, 못 저편으로는 깊고 검게 펼쳐진 군청색 침엽수림만이 시야에 들어왔다.

널빤지 길은 못 앞에서 끝났다. 약 10미터 앞, 못 위에는 도개교가 놓여 있었고 그 건너편에는 돌과 쇠로 만든 거대한 문이 닫혀 있었다.

남자는 차에서 내려 널빤지 길 끝에 있는 작은 전화 부스로 달려가 짧게 전화를 걸었다.

잠시 후, 끼익 끼익 끼익…… 비명 같은 쇳소리를 내며 굵은 사슬에 매달린 도개교가 천천히 내려와 끊겨 있던 널빤지 길을 이었다. 동시에 철문도 쾅 소리를 내며 양옆으로 열렸다.

차가 다리를 건너 문을 통과했다.

거대한 돌 아치가 공룡의 뼈처럼 우뚝 솟아 있었다. 차는 그 아래를 지나 완만한 언덕길을 천천히 올라갔다. 조금씩 고도가 높아지면서 눈 아래로 습원이 보이기 시작했다. 못으로 흘러드는 검은 강은 길게 구불거리며 지평선 너머로 사라지고 있었다.

차가 멈췄다.

"여기서 내려 저 일각대문*을 열고 올라가세요. 그 안에 교장선생님 댁이 있습니다."

남자가 창밖을 가리켰다. 언덕길 중간쯤, 빼곡하게 늘어선 높은 산울타리 한가운데에 놋쇠 손잡이가 달린 두꺼운 나무 문이 우두커니 서 있었다.

"문손잡이는 차가우니 맨손으로 만지지 마세요."

리세는 살짝 인사하고 차에서 내렸다.

차는 언덕길을 따라 위로 올라가다 모퉁이를 돌아 이내 시야에서 사라졌다. 혼자 덩그러니 남겨진 리세는 작은 일각대문 앞에 섰다.

윤기 나는 상록수 울타리엔 빨간 동백꽃이 피어 있었다.

어머나, 이런 곳에 동백나무라니. 동백의 북방한계선은 아오모리 아니었나? 그런데 이렇게 윤기 나는 꽃을 피우다

---

* 대문간이 없이 양쪽 기둥에 문짝만 달린 문.

니…….

리세는 그 선명한 색에 넋을 잃었다. 리세가 내뱉은 하얀 입김이 빨간 꽃에 드리워지는 걸 보니, 그제야 먼 곳에 왔다는 실감이 났다.

손잡이를 돌려 안으로 들어갔다.

리세는 엉겁결에 발을 멈췄다.

이상한 풍경이 펼쳐져 있었다.

처음엔 무슨 잔해가 흩어져 있는 줄 알았다. 하지만 자세히 보니 그게 아니었다. 마치 다 먹고 난 포도처럼 까맣게 말라붙은 가지들 사이로, 키가 1미터쯤 되는 석상 여러 개가 드문드문 서 있었다. 그 석상들은 아마 천사를 형상화한 것 같았다. 활을 든 것, 하트 모양을 들고 있는 것, 앉아 있는 것, 뛰어오르는 것 등 형태도 제각각이었다.

그런데 이상하게도 모두 머리가 없었다.

아니, 원래는 있었던 듯한데, 목 윗부분이 부서져 떨어져 나간 것 같았다. 주변을 살펴봐도 떨어진 머리가 보이지 않는 걸 보면, 꽤 오래전에 부서진 모양이었다. 대충 세어봐도 마흔 개는 넘었다. 왜 이렇게 내버려뒀을까? 아니면, 애초에 토르소처럼 머리 없이 만들어진 걸까? 리세는 차분히 천사들의 머리가 사라진 이유를 생각해 보려 했지만, 목이 부서진 단면과 어깨를 따라 난 균열을 보면 누군가가 망치 같은 걸로 힘껏 내려쳐 부쉈다고밖에 볼 수 없었다.

리세는 왠지 오싹한 기분이 들었다. 묘지 같은 풍경 속, 비탈진 언덕 위로 돌계단이 쭉 이어졌다. 올라가라고 했지, 그 사람이. 리세는 머뭇거리며 계단을 오르기 시작했다. 불안한 듯 자꾸 주위를 두리번거리며 조심스럽게 돌계단을 올라갔다. 왠지 누군가가 지켜보는 느낌이 들었다. 단지 기분 탓일까…… 아니면, 이 석상들 때문일까?

갑자기 한 석상의 그림자 너머에서 하얀 얼굴이 쓱 하고 튀어나왔다. 리세는 낮은 목소리로 비명을 질렀다. 그 하얀 얼굴은 이쪽을 바라보고 있었다. 눈이 마주쳤다. 몸집이 작고 가냘픈 소년이었다. 이곳 학생인 듯, 교복을 입은 아름다운 아이였다. 멍하니 리세를 바라보고 있었지만, 그 눈에는 어떤 감정도 깃들어 있지 않았다. 이 아이, 정말로 나를 보고 있긴 한가? 리세는 그 무표정한 얼굴에 의문을 품었다. 그러자 소년은 얼굴을 홱 돌리더니 언덕 너머 수풀 속으로 사라져 버렸다. 긴장이 풀린 리세는 한숨을 쉬고는 빠른 걸음으로 돌계단을 올랐다.

아름드리나무들이 빽빽하게 둘러선 곳에 벽돌로 지은 저택이 우뚝 서 있었다. 집 전체가 담쟁이덩굴에 휘감기듯 덮여 있었고, 작은 이중창 너머로는 따뜻해 보이는 불빛이 새어 나왔다. 마치 과자로 만든 집 앞에 선 헨젤과 그레텔이 된 기분이었다. 초인종을 누르자 인터폰에서 "누구세요?" 하고 속삭이는 듯한 목소리가 흘러나왔다. 그 목소리가 어딘가 이상하게 느껴진 건 왜였을까?

"전학 온 미즈노인데요."

리세는 자신도 모르게 경계심을 품으며 인터폰에 말했다.

"열려 있으니 들어와요. 정면에 있는 방이에요."

지적이고 젊은 목소리였지만, 처음 느꼈던 불편한 기분은 가시지 않았다.

어째서일까?

리세는 고개를 갸웃하며 문을 열었다.

실내는 따뜻하고 안락했다. 조명 기구와 동양풍 가구가 서양식 건물과 멋지게 어우러지는 걸 보니, 꽤 감각 있는 사람이 꾸민 듯했다. 천장이 높은 현관 홀에는 쇠로 된 랜턴 모양의 커다란 조명이 달려 있다. 왼쪽 복도 끝에 있는 방문이 조금 열려 있었다. 리세는 코트를 벗어 팔에 걸친 채 문을 살짝 두드렸다.

"들어와요."

또렷한 목소리가 들렸다.

"실례합니다."

문을 여는 순간, 화사한 공간이 눈앞에 펼쳐졌다. 세 벽면에 난 창을 장식한 초록 커튼이 선명한 빛을 뿜내기도 했지만, 무엇보다 방 한가운데 자리한 커다란 책상 앞에 앉아 있는 여성이 화사함의 중심이었다.

리세는 오늘은 문을 열 때마다 놀라는 일이 생긴다고 생각했다.

잘은 모르겠지만, 나이는 많아야 마흔 초반쯤일까. 교장이라는 직함 때문에 나이 든 사람을 상상했는데, 그 사람은 무척 젊었다. 또렷하고 단정한 이목구비에 선명한 붉은 립스틱이 잘 어울렸다. 굵은 웨이브가 들어간 머리칼은 차분하고 성숙한 분위기를 자아냈다. 하얀 실크 블라우스 안쪽으로 진주 목걸이가 살짝 비쳤고, 그 위에 느슨한 연두색 카디건을 걸치고 있었다.

리세는 잠시 넋을 잃고 여성을 바라보다가, 아차 싶어 방 안으로 들어섰다. 현기증이 날 듯한 긴장이 발끝에서부터 서서히 올라왔다.

교장은 눈앞에 선 리세를 찬찬히 바라보았다. 그 눈은 진지하면서도 어딘가 호기심을 머금고 있었다. 크고 검은 눈동자가 희미하게 흥분으로 빛났다.

리세는 불편해졌다. 왜 이렇게 가만히 바라보기만 하는 걸까?

동시에 아까 현관 앞에서 느꼈던 기분이 다시 강하게 되살아났다.

뭘까? 뭐가 이상한 거지?

"멀리서 오느라 고생 많았구나. 추웠지? 앉으렴."

활달한 어조의 목소리는 놀라울 만큼 허스키했다.

리세는 조심스럽게 기차에서 트렁크를 도둑맞은 이야기

를 꺼냈다. 교장은 별일 아니라는 듯 가볍게 손을 저었다.

"괜찮아. 어차피 이곳에 도착하면 개인 소지품은 전부 맡기게 되어 있어."

"어?" 리세는 놀란 듯 교장의 얼굴을 바라보았다.

"너는 여기서 미즈노 리세가 아니라, 그냥 리세란다. 이곳에서는 모두가 가족이야. 너는 어디의 누구도 아닌, 열네 살짜리 리세라는 여자아이. 그런 마음으로 지내줬으면 해. 알겠니? 지금은 몰라도 머지않아 알게 될 거야. 너는 머리가 좋아 보여서 다행이네. 나는 머리 나쁜 아이를 싫어하거든. 이번엔 출장을 가느라 너의 면접을 못 봐서 걱정했단다. 우선은 안심이구나."

교장은 빙그레 웃었다. 아름다운 치아가 활짝 드러났다. 너무나 아름다워 사람을 압도하는 인상이었다. 그런데도 리세는 왠지 모르게 불안감을 떨칠 수 없었다.

"기대되는구나. 다른 학생들이 어떤 반응을 보일지. 너, 스타성이 있어. 룸메이트가 정해질 때까지만 조금 기다려줘. 당분간은 혼자 방을 쓰게 되겠지만, 참아주렴."

교장은 무척 기분이 좋아 보였다. 리세는 그게 오히려 불안했다.

"더구나 너는 2월의 마지막 날에 왔잖니. 이것만으로도 보통 일이 아니야. 하지만 괜찮아, 이사장님이 결정한 일이니까."

2월의 마지막 날. 리세는 어리둥절했다. 그게 뭐가 문제라는 걸까?

교장은 품위 있는 눈빛으로 리세를 살펴보았다. 마치 당황하는 모습을 즐기는 듯했다. 어딘지 모르게 심술궂은 사람 같았다. 리세는 고개를 숙인 채 자신의 검은 구두만 내려다보았다. 리세의 기분을 아는지 모르는지, 교장은 노래하듯 말을 이었다.

"이곳 생활을 즐겨야 해. 이곳은 천천히 무언가를 하기엔 최적의 장소란다. 너, 책 좋아하지? 여기엔 훌륭한 도서관도 있어. 읽고 싶은 책이 있으면 얼마든지 주문해 줄게. 규칙만 잘 지키면 뭐든지 하게 해줄 거야. 아, 나는 제멋대로이거나 향상심이 없는 아이는 싫어해. 잘 기억해 두렴."

그 마지막 말에는 어딘가 오싹한 기운이 실려 있었다.

교장은 의자를 끌며 천천히 일어섰다.

일어서자 뜻밖에도 체격이 커서 놀랐다. 앉아 있을 때 몰랐는데, 이렇게 키가 크다니. 놀란 리세도 덩달아 일어섰다.

"'큰집'까지 데려다줄게. 거기서 네 가족들이 기다리고 있으니까."

회색 타이트스커트 자락을 흩날리며 또각또각 하이힐 소리를 울리던 교장은 복도에서 붉은 코트를 집어 들었다. 당당하게 코트를 걸치는 교장의 뒷모습에 리세는 넋을 잃었다. 나도 앞으로 10년쯤 지나면 하이힐을 신게 될까. 리세는 그날이 올 거라는 사실이 믿기지 않았다.

교장이 이쪽을 돌아보자 리세는 황급히 자신의 코트를 펼쳤다. 교장이 손을 내밀어 리세의 코트를 받아 들고는 팔을 끼우기 쉽도록 받쳐주었다. 리세는 코트에 팔을 끼우며 "고맙습니다" 하고 인사했다.

문득 아름답고 큰 손이 눈에 들어왔다. 손가락이 아주 길었고, 큼직한 진주 반지가 유독 시선을 사로잡았다.

교장은 거침없이 걸음을 옮겼고, 리세도 그 뒤를 따랐다.

아까 올라온 언덕길과는 다른 방향으로, 돌이 깔린 길을 따라 걷는다. 왠지 모르게 쓸쓸한 풍경 속 잡목림으로 길이 이어졌다.

교장은 쉴 틈 없이 질문을 던졌다.

좋아하는 과목은? 좋아하는 운동은? 지금까지 들었던 동아리는? 앞으로 들어가고 싶은 동아리는? 장래 희망은? 취미는? 좋아하는 음악은? 좋아하는 꽃은? 좋아하는 색은?

교장이 묻는 대로 리세는 대답했다. 교장은 작게 혹은 크게 끄덕이며 조용히 듣고 있다가 곧바로 다음 질문을 이어갔다. 대답을 하면서 리세는 자신도 몰랐던 것들이 자꾸만 속에서 끌려 나오는 것 같아 당황스러웠다.

잡목림 너머로 묵직해 보이는 직육면체형의 커다란 석조 건물이 모습을 드러냈다. 아마 지금 가는 곳이 저곳인 듯했다.

멀리서 소년들의 환성이 들려왔다. 며칠 만에 사람들의

목소리를 들으니 안심되면서도, 한편으로는 긴장감이 밀려왔다.

교장은 큰 보폭으로 천천히 건물 안으로 들어섰다. 3층까지 트인 건물의 중심부, 응접실에는 소파와 테이블이 호텔 로비처럼 배치되어 있었다. 교복을 입은 학생들이 저마다 자리를 잡고 앉아 생글생글 웃으며 담소를 나누고 있다. 수업은 끝난 듯했다.

키 큰 교장이 붉은 코트를 입고 들어서자 학생들은 이쪽을 향해 우르르 시선을 모으더니 일제히 고개를 숙였다. "안녕하세요" 하고 저마다 인사를 건넸다. 리세는 교장 뒤에 숨듯이 걷고 있었지만, 학생들의 시선은 곧 리세에게 쏠렸다. 여기저기서 호기심 가득한 목소리로 술렁였다. 수많은 시선이 온몸을 찌르듯 쏟아져 몸이 아릴 정도였다.

"안녕하세요, 여러분. 미쓰코! 미쓰코, 어디 있지?"

교장이 쩌렁쩌렁한 목소리로 불렀다.

"네에……."

안쪽에서 늘씬하고 머리칼이 긴 소녀가 달려왔다. 황갈색 머릿결이 눈길을 끌었다. 눈동자 색도 옅은 갈색이었다.

일본인 맞아?

리세는 소녀를 바라보았다. 소녀는 차분한 얼굴로 방긋 웃어 보였다. 리세도 자연스레 미소를 건넸다.

"오늘 전학 온 리세야. 너희 패밀리에 들어갈 테니 잘 부탁해. 친구들에게 소개하고 방으로 데려가 줘."

"네. 벌써 다들 기다리고 있어요. 가자, 리세."

"잘 부탁한다, 리세. 나중에 다과회를 열 테니 꼭 오렴."

교장이 리세의 어깨를 가볍게 두드렸다. 리세는 힘없는 웃음을 띠고, 앞장서는 미쓰코를 따라갔다.

"그쪽은?"

"나는 3학년이야. 곧 4학년이 되고. 리세…… 특이한 이름이네. 어떤 한자 써? 나는 미쓰코. 빛날 광光에 넓을 호浩."

"이과 할 때 이理, 세토우치해의 세瀨를 써요."

"높임말은 안 써도 돼. 여긴 그런 곳이니까. 교장선생님한테 못 들었어?"

"아아, 비슷한 말을 들은 것 같기도 해요. 깜짝 놀랐어요. 교장선생님이 그렇게 젊을 줄은 몰랐거든요. 정말 예쁘고, 키도 크고…… 뭔가 신비로우셨어요."

리세는 뒤를 돌아보며 중얼거렸다. 교장은 학생들 사이에서 담소를 나누고 있었다. 눈부신 재잘거림. 인기가 많은 것 같았다. 미쓰코는 리세를 흘끗 보며 웃음을 터트렸다.

"교장선생님은 네가 마음에 든 모양이네? 이해돼. 저분은 예쁘고 품위 있고 조용한 아이를 좋아하거든."

"네? 아, 그래요."

"너, 몰랐어?"

"뭘요?"

"저 사람은 남자야."

패밀리

리세는 입을 딱 벌린 채 미쓰코를 따라 복도를 걸었다.
남자? 교장이?

머릿속이 혼란스러웠다. 믿기 어려웠지만 생각해 보니 앞뒤가 맞긴 하다. 목소리를 들었을 때의 위화감, 얼굴을 마주쳤을 때의 느낌, 큰 체격, 코트를 입혀줄 때의 분위기, 커다란 손. 그런데 왜 그런 차림을 하고 있을까?

리세가 충격을 가라앉히기를 기다렸다는 듯, 미쓰코가 입을 열었다.

"저 사람은 그날의 기분에 따라 남자도 되고 여자도 돼. 남자로 있을 때도 멋있어. 그저 저 사람의 취미야. 매사 선입견이 없고 유연한 사람이야. 일도 잘하고 머리가 아주 좋은 사람. 모두에게 존경받지. 어쩌면 젠더리스인지도 몰라. 그게 어울리는 사람이야. 어딘지 모르게 완결되고 완벽한 느낌이 들지?"

미쓰코는 거침없이 얘기를 계속했다. 리세는 그저 어안이 벙벙해서 듣고 있을 뿐이었다.

"교장선생님의 다과회는 재미있어. 아는 것도 많으시고

얘기도 잘해. 모두 선생님이 불러주시기를 기대하고 있단다."

리세는 이 늘씬하고 콧날이 오뚝한 아이에게 압도되고 있었다. 자신과 겨우 한 살밖에 차이가 나지 않는다니. 어쩜 이렇게 어른스러울까. 또렷한 이목구비며 머리카락이나 눈동자 색으로 보아 아마도 혼혈아일 것이다.

미쓰코는 리세의 시선을 느끼고 옆얼굴을 보인 채 웃었다.

"신기하니, 내 머리카락? 이 정도 가지고 놀라면 안 돼. 이 학교에는 외국인, 혼혈, 공주님의 숨겨진 자식 등등 다른 학교에서 보기 힘든 학생들이 많으니까. 그렇지만 리세, 교장선생님의 주의를 잊지 마. 여기서는 그저 모두의 퍼스트네임만 있을 뿐이야. 각자 사정이 있어서 이런 곳에 오게 되었기 때문에 집안 사정이며 가족 얘기는 하지 않아. 너도 네 얘기는 별로 하고 싶지 않지?"

담담한 말투로 얘기한다. 리세에게 충고해 주는 것 같다.

리세는 끄덕였다. 미쓰코가 큰 건물을 빠져나가 잡목림 속으로 난 회랑으로 들어가는 것을 보고 리세가 물었다.

"어디 가는 거야?"

"우리 패밀리는 특이한 애들이 많아서 말이야. '큰집'에 오는 걸 좋아하지 않아. 모두 도서관 안마당에서 기다리고 있어. 추운데 좀 멀어서 미안해. 그렇지만 아마 너도 앞으로는 그곳을 자주 이용하게 될 거야."

미쓰코가 추운 회랑 계단을 빠른 걸음으로 내려간다.

"상당히 넓네. 미아가 될 것 같아."

리세는 회랑 주위에 펼쳐진 울창한 숲을 둘러보면서 중얼거렸다.

"넓어. 마치 미로 같지. 일부러 멀리 돌게끔 건물을 연결해 놓았으니까. 아마 학생들이 캠퍼스의 전체 모습을 파악하지 못하게 하려는 의도가 아닐까 싶어. 기숙사와 교실을 오가는 것만으로도 굉장히 운동이 돼. 하지만 날씨가 안 좋을 때는 정말 짜증 나."

확실히 우울한 얘기다. 언덕길이며 계단도 많아 보이는데.

언덕길에 있는 나무들 사이에는 방치된 쉼터며 석상들이 드문드문 눈에 띄었다.

"꽤 오래된 석상들이네. 여기, 옛날에는 수도원이었지?"

머리가 부서진 석상을 떠올리면서 리세가 물었다.

"거의 유적에 가깝지. 100년도 더 전부터 사람이 살았는 걸. 너, 기독교야?"

"아니, 특별히 그렇진 않아."

"일단 예배는 있어. 딱히 참석을 강요하진 않지만."

회랑 끝에 큰 기둥이 몇 갠가 늘어서 있는 것이 보였다.

"저기가 도서관이야."

어딘지 모르게 신전을 연상시키는 건물이었다. 정면 계단 위에 굵은 회색 돌기둥 다섯 개가 서 있다.

"무대 같아."

"어머나, 잘 아네. 여기서 콘서트도 하고 연극도 해. 이 학교, 음악가의 자녀들도 많아. 그런 아이들은 하루 종일 레슨을 받아서 낮에는 얼굴을 마주치는 일이 거의 없어. 그래선지 콘서트 수준이 높아. 음악은 좋아하니?"

"응."

"악기는?"

"피아노를 계속 쳤어. 대단한 수준은 아니지만."

"배우고 싶으면 일지에 적으면 돼. 좋은 선생님이 계실 거야."

도서관 내부는 질서정연한 지식의 요새 같았다. 통로를 사이에 두고, 천장까지 닿을 듯한 높다란 서가들이 안쪽 깊숙이까지 줄지어 있었다. 통로 곳곳에 배치된 커다란 나무 탁자 앞에서 학생들이 책과 참고서를 펼쳐놓고 있었다. 주로 고등부 학생들이 자리를 차지하고 있는 듯했다.

얼핏 보기만 해도 장서 수가 엄청났다. 전교생이 고작 500명 남짓한데 이런 도서관을 갖추고 있다니, 상당히 호화롭고 혜택 받은 환경이다. 나중에 천천히 다시 둘러봐야지.

리세의 흥분한 표정을 보고 미쓰코가 웃었다.

"잘됐네. 너도 책 좋아하는구나. 우리 패밀리는 미스터리 팬들만 모였어. 성가시겠지만 친하게 지내줘."

미쓰코는 서가 사이를 민첩하게 빠져나가더니 눈에 잘 띄지 않는 구석의 문을 열었다.

그곳은 '안마당'이라기보다는 우연히 생겨난 공간처럼 보였다. 꽃은 없었지만, 가지와 잎을 방사형으로 뻗은 파란 관목 두 그루가 가림막처럼 서 있었다.

그 사이를 빠져나간 곳에 그들이 있었다.

돌담으로 둘러싸인, 열두 평쯤 되는 공간에 큰 나무 테이블과 긴 나무 의자들이 몇 개 놓여 있었다. 그 벤치에 소년과 소녀들이 편안한 자세로 앉아 있었다.

두 사람이 들어서자, 고개를 번쩍 들며 모두 리세를 바라보았다. 호기심 어린 시선들에 리세는 자기도 모르게 눈을 감았다.

"여러분, 많이 기다렸죠? 새로운 패밀리를 데려왔어요."

미쓰코가 짐짓 점잖은 목소리로 크게 말했다.

휘익, 하는 환성과 함께 박수가 터졌다.

"리세라고 해. 이과 할 때 이, 세토우치해의 세."

"어서 와."

리세는 짧게 인사한 뒤 긴 의자로 다가가 미쓰코 옆에 앉았다.

"자, 모두 자기소개 합시다."

미쓰코는 끝자리에 앉아 있던 소년에게 말을 건넸다.

간단히 말해 '패밀리'란 중등부와 고등부 여섯 학년의 학생들을 수직으로 나눈 반 같은 공동체였다. 여자는 각 학년마다 한 명씩 여섯 명, 남자도 여섯 명. 그렇게 총 열두 명이 하나의 유닛을 이루는 셈이다. 하지만 지금 테이블을 둘러싼 얼굴들은 아무리 봐도 리세를 포함해 일곱 명뿐이었다. 더욱이 그중 한 소년은 모두에게서 떨어진 곳에서, 벽에 기대 책을 읽고 있었다. 그도 같은 패밀리일까?

눈으로 사람 수를 세고 있는 리세를 보며 미쓰코가 입을 열었다.

"원래 패밀리는 열두 명이야. 하지만 우리 패밀리는 '깍두기'거든. 다른 패밀리들을 먼저 만든 다음, 각 학년에서 남은 애들을 모은 거야. 그래서 절반인 여섯 명밖에 없어. 네 덕분에 겨우 일곱 명이 됐지."

"아, 그렇구나."

리세는 그제야 이해했다.

"어서 와, 리세. 나는 히지리. 이번에 6학년이 돼."

한눈에도 리더처럼 보이는 침착한 소년이 인사를 건넸다. 은테 안경을 쓴 소년은 말 그대로 총명한 인상이었다.

"히지리는 성적이 아주 우수해. 우리 학교에서도 톱클래스야. 이미 추천으로 M공과대학에 유학이 결정됐어. 숙제하다 모르는 거 있으면 이 애한테 물어봐."

미쓰코가 설명을 덧붙였다. 히지리는 조금 쑥스러운 듯 웃었다.

이어서 천진하고 사랑스러운 2인조가 나란히 인사했다.

"어서 와, 2월의 마지막 날에."

"깜짝 놀랐어. 우리는 슌이치와 가오루. 사촌 남매야. 슌이치는 올해 3학년, 나는 2학년."

갈색 머리를 한 두 사람은 확실히 닮은 데가 많아서 같은 핏줄이라는 걸 바로 알 수 있었다.

'더구나 너는 2월의 마지막 날에 왔잖니.'

교장이 마지막에 했던 말이 뇌리에 되살아났다. 대체 무슨 뜻일까? 오늘이 2월의 마지막 날이긴 하지만……. 리세는 마음속으로 고개를 갸웃거리며 인사를 받았다.

"안녕, 리세. 나는 히로시. 올해 5학년이야."

넉넉한 체격에서 느껴지는 활달한 인상의 소년이 싱글벙글 웃으며 인사했다.

"슌이치와 가오루는 프로 테니스 선수가 되고 싶어 해. 많이 닮았지? 실력도 대단해. 종종 시합 때문에 이곳에 없을 때도 많아. 히로시는 지휘자 지망생이야. 음대를 목표로 하고 있지."

미쓰코가 능숙하게 소개했다.

그리고 마지막 한 사람을 향해 모두의 시선이 쏠렸다.

책에 몰두한 소년은 자신이 주목받는 것을 느끼지 못하는 듯했다.

"레이지! 얘, 너도 인사해야지."

미쓰코가 부르자 소년은 깜짝 놀라 책을 내려놓고 리세를 바라보았다.

정면으로 눈이 마주친 순간, 리세는 괜히 움찔했다.

어깨까지 내려오는 덥수룩한 머리가 이마를 가리고 있었지만, 무엇보다 인상적인 건 날카로운 눈빛이었다. 건드리면 베일 것 같은 도전적인 시선. 단정한 얼굴선조차 그 강한 기운을 품고 있었다. 리본을 달지 않은 느슨한 셔츠 칼라에서는 틀에 맞춰 살기 싫다는 반항심이 엿보였다.

"왜 하필 이런 시기에 왔지?"

레이지가 단도직입적으로 물었다. 순간, 다른 멤버들의 분위기가 싸해졌다.

"이런 시기라니……?"

리세는 당황한 목소리로 되물었다. 레이지는 차갑게 코웃음을 쳤다.

"잘 모르는 모양이군, 여기가 어떤 곳인지. 뭐, 어차피 돈 좀 있는 친척이나 부모가 밀어 넣었겠지. 무슨 말을 듣고 왔는지는 모르겠지만…… 안됐다. 이거 알아? 여긴 한번 들어오면 쉽게 나갈 수 없어. 그래서 친척들이 기부금을 잔뜩 내지. 어쨌든 여기는 '3월의 나라'니까."

"레이지."

히지리가 낮고 단호한 목소리로 끼어들었다.

"뜬금없이 너무하는 거 아냐? 이제 막 전학 온 학생을 불안하게 만들어서 어쩌려는 거야."

그는 조용히 나무랐다. 레이지는 콧방귀를 뀌듯 흥 하고 웃었다.

"어차피 곧 알게 되겠지. 자, 우리 패밀리에 왜 이 인원밖에 남지 않았는지 알려줄까? 사라져 버렸거든. 반년 사이에 두 명이나 없어졌어. 저주받은 패밀리에 온 걸 환영한다."

"레이지, 네 기분은 알겠지만 그만하자."

히지리가 다시 낮은 목소리로 제지했다. 두 사람의 시선이 얽혔다. 뭔가 복잡한 감정이 그 사이에 교차했다.

먼저 시선을 피한 건 레이지였다.

"……레이코가 사라진 지 아직 석 달도 안 됐어."

그는 그렇게 내뱉듯 말하고는 벌떡 일어나 빠른 걸음으로 안마당을 빠져나갔다.

어색한 침묵이 흘렀다.

"미안해, 리세. 놀랐지? 고지식하긴 해도 나쁜 애는 아니야. 그 아이는 레이지. 올해 4학년이야."

미쓰코가 사과하듯 말했다.

그러나 그 소리는 리세의 귀에 제대로 들어오지 않았다. 리세의 머릿속에는, 지금 나간 소년이 남긴 말만 메아리치고 있었다.

여기는 3월의 나라……. 나는 3월의 나라에, 뭔가 무서운 곳에 발을 들여놓고 말았다…….

리세는 자신이 마음속으로 깊이 절망하고 있다는 사실을 아직 깨닫지 못했다.

2장

룸메이트

 기숙사라고 해서 웅장한 건물을 상상했는데, 의외로 아담한 규모였다. 학년별로 나뉜 여섯 채의 벽돌 건물이 교사에서 조금 떨어진 산 중턱에 고즈넉이 자리 잡고 있었다.
 벽돌 건물은 각각 독립되어 있었지만, 입구는 하나였다. 아이들은 기숙사 관리실처럼 생긴 작은 건물을 지나 학년별로 나뉜 여섯 개의 문을 열고 각자의 기숙사로 이어지는 회랑을 따라 걸어갔다.
 모든 방과 인터폰으로 연결된 관리실에는 아이들의 이름표가 나란히 걸려 있었다. 기숙사를 드나들 때는 각자 자신의 이름표를 뒤집어 놓아서 누가 부재중인지 쉽게 확인할 수 있게 한다. 우편물도 이곳으로 배달된다.

조금 더 가면 같은 구조의 남자 기숙사가 따로 있다고 했다.

리세는 들은 대로, 자신의 이름이 적힌 새 팻말을 '3110'이라는 번호 옆에 걸었다. 이름표의 바깥면은 붉은색, 안쪽은 노란색이다. 빨간색은 '재실중', 노란색은 '부재중'을 뜻한다. '리세'라고 쓰인 팻말이 딱 맞게 끼워졌다.

기숙사 안은 조용했다. 아직 다른 아이들이 돌아오지 않은 모양이다.

멀리서 막 도착한 데다 많은 사람을 한꺼번에 만나서인지 리세는 무척 피곤했다. 계속 긴장한 탓에 온몸이 무거웠다. 레이지의 말이 마음에 걸리긴 했지만, 익혀야 할 것들이 너무 많아 그 말도 묻혀버렸다. 지금은 그냥 혼자 쉬고 싶다.

리세는 '3'이라고 표시된 문을 열고 이제는 익숙해진 좁고 긴 회랑을 따라 올라갔다. 정말 길다. 이 회랑들을 다 더하면 몇 킬로미터나 될까. 제법 괜찮은 운동이 될 것 같다.

기숙사 문을 열자 실내 구조가 가정적이라 마음이 놓였다. 교도소처럼 삭막할 거라고 예상했는데, 벽에 작은 그림과 꽃이 장식되어 있었다. 다만 천장은 좀 낮았다.

기숙사는 복도 양쪽에서 방이 다섯 개씩 마주 보는 형태로, 2층짜리 건물이니 총 스무 개의 방이 있는 셈이었다. 화장실, 샤워실, 급탕실, 대화실도 층마다 갖춰져 있었다.

리세는 열쇠를 꺼내 1층 맨 구석에 있는 방문을 열었다.

방은 아담하고 아늑했다. 벽을 따라 좌우대칭으로 침대와 책상이 놓여 있고, 입구 쪽에는 작은 옷장과 책장이 침대를 가리듯 배치되어 있었다. 방 한가운데에 설치된 파란 커튼으로 공간을 나눌 수 있게 해놨지만 지금은 걷혀 있고, 작은 테이블이 덩그러니 놓여 있었다.

정면 창은 퇴창이었다. 그 너머에는 잿빛 습원이 끝없이 펼쳐져 있었다. 그 풍경을 보는 순간, 알 수 없는 슬픔이 밀려왔다.

와버렸구나. 정말 이런 곳까지.

아까 그 남자는 습원이 풍요롭다고 했지만, 지금의 리세에게는 그저 쓸쓸하게만 보였다.

그대로 끌리듯 창으로 다가갔다.

살풍경한 지평선이 노을 속으로 가라앉고 있었다. 겨우 4시인데. 리세는 멍하니 창가에 턱을 괴고 우울한 풍경을 바라보았다.

휘익, 하는 소리가 희미하게 들렸다. 처음엔 습원을 지나는 바람 소리인 줄 알았는데, 자세히 들어보니 가까운 곳에서 나는 것 같았다. 어디선가 틈새로 바람이 들어오고 있었다.

리세는 퇴창 위쪽 천장을 올려다보았다. 바람은 그쪽 틈새로 스며드는 듯했다.

무심코 천장 널빤지를 건드리자 뜻밖에도 덜컥, 하고 움직였다.

뭔가 있다. 손끝에 무게가 느껴졌다.

들어 올린 널빤지 위에 무언가가 얹혀 있었다.

책 같다.

그때, 똑똑똑 하고 거칠게 노크하는 소리가 들렸다.

심장이 뛰었다. 리세는 얼른 널빤지를 원래대로 덮었다.

"네?"

아무렇지 않은 척 대답했다.

"문 연다."

야무진 목소리가 들리더니, 곧 문이 벌컥 열렸다.

키가 크고 스타일이 뛰어난 아름다운 소녀가 큰 짐을 옆구리에 안은 채 서 있었다.

리세는 눈을 깜빡였다.

"어머, 미안. 향수병에 빠져 있던 중이었니?"

짧은 머리, 고운 피부, 예쁜 눈썹과 붉은 입술, 강한 의지가 담긴 반짝이는 눈. 아이돌 가수라 해도 어색하지 않을 만큼 화려한 외모였다. 하지만 그 입에서 나오는 말투는 생김새와는 거리가 있었다.

"넌 누구야?"

당황하면서도 리세는 물었다.

"어머나, 실례. 난 유리憂理야. 한자를 보면 '도리를 우려하다'라는 뜻. 괜찮은 이름이지? 너랑 같은 글자가 있네. 잘 부탁해, 리세."

유리는 옆에 끼고 있던 짐을 침대에 털썩 던지고는 손을 내밀었다.

"네 이름, 다들 알고 있어. 워낙 한가하거든. 때 이른 전학생이 오면 모두가 얼마나 흥미로워하는지 보여주고 싶을 정도야. 이 안을 다닐 땐 조심해야 해. 낮말은 새가 듣고 밤말은 쥐가 듣는다는 거 알지?"

"저, 그 짐은……?"

짐을 푸는 유리에게 리세가 조심스럽게 물었다.

"응? 보면 모르겠어? 나 여기서 살 거야. 내가 네 룸메이트. 뭐, 불만 있어?"

"아니, 그런 건 아니고…… 교장선생님이 룸메이트는 나중에 정해줄 거라고 하셔서……."

"아, 그 교장 말이구나. 조심해, 그 사람 엄청 바람둥이야. 남자든 여자든 다 좋아한다니, 놀랍지 않니? 뭐, 이런 데 몇 년 있다 보면 이상해질 만도 하지. 그 사람도 이 학교 졸업생이야. 얼굴은 둘째 치고, 수완가는 맞는 것 같아. 학교 운영도 잘하고 돈도 엄청 잘 벌어. 거스르지 않는 게 좋을걸. 그래도 바람기만 빼면 꽤 믿을 만한 사람이야. 아, 나도 벌써 반년 넘게 여기 있었더니 정신이 좀 이상해지는 것 같아. 들었지? 방은 반년에 한 번만 바꿀 수 있어. 근데 그렇게 오래 못 기다리겠더라고. 지금 나랑 같은 방 쓰는 애, 진짜 보여주고 싶다. 믿기지 않겠지만 하루에 두 번 향을 피우는데, 코가 비뚤어질 정도야. 교복에도 머리카락에도 쑥갓 냄새가 밴다니까.

민폐잖아? 그만하라고 했더니 나랑 있는 게 스트레스래. 그걸 진정시키려고 향을 피운다나. 정말 열받게 하는 애야. 그러니까, 네 룸메이트는 내가 할게. 정했어."

리세는 아연한 얼굴로 눈앞에서 쉴 새 없이 떠드는 유리를 바라보았지만, 그 거침없는 솔직함이 어쩐지 마음에 들었다.

"누가 올지 두근거렸어. 잘됐네. 잘 부탁해, 유리."

리세가 웃자 유리는 멋쩍은 듯한 표정을 지었다.

"아까 방에 들어왔을 땐 깜짝 놀랐어. 저기 창문에서 뛰어내리려는 줄 알았잖아."

"어머, 그렇게 보였어?"

"응. 눈치챘어? 창밖에 굵은 철창살이 두 줄 박혀 있는 거. 이 방, 예전에 한 학생이 뛰어내린 적이 있어. 전학 온 첫날에. 여기가 모퉁이 방이라 바로 앞에 습원이 보이잖아. 그 풍경을 보면 세상이 끝난 것처럼 느껴져서, 마음 약한 1학년이라면 충분히 그럴 만해."

천장 위에 숨겨져 있던 책.

리세는 아까 널빤지 위에서 느꼈던 묵직한 물건을 떠올렸다. 그 책, 누가 숨겼을까? 설마 그 학생이? 하지만 전학 온 날 발작적으로 뛰어내렸다면 뭔가를 숨길 틈은 없었을 것이다.

"괜찮아. 마음은 약해도 심지는 강하니까."

리세는 작게 웃었다.

유리는 안심한 얼굴이었다. 말투는 거칠어도, 의외로 깊은 배려심을 가진 아이 같았다.

"리세, 커피 마시지 않을래? 우리 할머니가 보내주신 맛있는 초콜릿이랑 비스킷도 있어."

"응, 마실게."

유리는 작은 보온병을 들고 뜨거운 물을 받으러 갔다.

이 아이가 룸메이트로 정해졌다는 사실(진짜 정해진 건지는 모르지만)에 리세는 조금 기분이 밝아졌다. 같은 방 친구와 죽이 잘 맞으면 학교생활도 즐거울 것이다.

리세는 얼마 안 되는 짐을 서랍에 넣고 방 안을 다시 한번 천천히 둘러보았다. 아까의 널빤지를 다시 열어볼까 하다가 오늘은 그냥 두기로 했다. 유리에게 그 이야기를 꺼내볼까도 생각했지만 그것도 일단 미뤘다.

그때 침대 쪽 벽에 걸린 자그마한 패션 일러스트가 눈에 들어왔다. 자세히 들여다보니 이 학교 학생을 모델로 그린 것 같았다. 검은 교복과 리본이 지금 책상 위에 정리되어 있는 그것들과 똑같았다.

그림 속에는 몸집이 작은 소년이 그려져 있었다.

능숙한 터치. 그림을 좋아하는 학생이 그린 모양이다. 어쩌면 서로 그려준 것일지도 모른다.

그런데 문득, 그림 속 소년의 얼굴을 어디선가 본 적이 있는 듯한 기분이 들었다.

이 얼굴…… 어디서 봤더라…….

"기다렸지."

유리가 돌아와 테이블에 보온병을 내려놓고 짐에서 인스턴트 커피와 비스킷을 꺼냈다.

"리세, 너는 어떤 식으로 왔어? 요람? 양성소? 아니면······ 묘지?"

유리가 비스킷 상자를 거칠게 뜯으며 물었다.

"무슨 뜻이야?"

리세가 눈이 동그래져서 물었다.

"그러니까 이 학교에는 세 가지 기능이 있어. 자식을 과보호하는 부모가 최상의 환경을 갖춘 고급스러운 학교에 자식을 보내고 싶어 해서 오는 경우는 '요람'이야. 해외에서 귀국한 아이들이나, 해외에 있다가 잠깐 일본에 머무는 동안 다니는 애들도 있고. 이쪽은 극히 소수야. 다음은 '양성소'. 이건 뭔가 특수한 직업을 갖고 싶어서 들어온 아이들에게 해당되지. 보통 학교에서는 의무교육이니, 규칙이니 하면서 까다롭게 굴잖아. 운동이나 음악 같은 거 하는 애들은 여기서 하루 종일 자기 재능만 집중해서 연마할 수 있어. 게다가 전부 개인 교사가 붙어서 전문 교육을 받지. 밖에선 그런 환경 만들기 어렵거든."

"우와······."

"그리고 '묘지'. 이쪽이 대부분이야. 집안 사정이 있어서 버려졌거나, 부모가 원하지 않아 여기로 보내진 아이들. 나도 여기에 속해. 리세는 어때? 너는 그 어디에도 속하지 않아 보이는데."

리세는 순간 생각에 잠겼다.

"글쎄…… 정말 어느 쪽도 아닌 것 같아. 나도 잘 모르겠어."

유리는 고개를 갸웃했다.

"무슨 말이야?"

"음…… 설명이 잘 안 돼. 미안, 유리. 나중에 제대로 설명할 수 있도록 고민을 좀 해볼게."

"신기한 아이네. 뭐, 괜찮아. 말하고 싶지 않으면 안 해도 돼."

유리는 어깨를 으쓱이며 고개를 숙였다가 이내 진지한 얼굴이 되었다. 목소리도 낮아졌다.

"리세, 여기에 너무 익숙해지면 안 돼."

"응?"

"안 그러면 여긴 진짜 '묘지'가 돼버려. 실제로 그렇게 된 아이들이 많거든. 좋은 것만 취하고, 네 페이스대로 살아. 그렇지 않으면 바깥세상에 나갈 땐 완전히 무너져 있을지도 몰라. 겉보기엔 혜택도 많고 뭐든 해주니까 다 괜찮아 보이겠지. 만약 네가 호궁*같은 걸 배우고 싶다고 말하면, 당장 내일이라도 중국에서 일류 선생님을 데려올 거야. 하지만 너도 느꼈잖아. 이곳, 이상하지 않아? 뭔가, 어딘가 일그러

---

* 중국의 전통 현악기.

져 있어. 현실 같은데 현실이 아닌 느낌. 우린 겉만 번지르르한 죄수일 뿐이야. 그리고 우리를 여기로 보낸 사람들, 그 작자들은 우리가 이곳에서 다시는 나오지 않길 바란다고. 알겠어, 리세? 조심해. 미지근한 물속의 개구리가 되면 안 돼."

유리의 눈동자에 어딘가 불온한 빛이 서려 있었다.

이곳에 처음 도착했을 때 느꼈던 막연한 불안감이 리세의 가슴속에 되살아났다.

미지근한 물속의 개구리. 천천히 온도가 올라가는 것도 모른 채, 결국은 뜨거운 물에 익어 죽는 개구리.

어디선가 뎅, 뎅 하고 느긋한 종소리가 울려 퍼졌다.

"저건 저녁 식사를 알리는 소리야. 가자, 리세. 여기 밥은 꽤 맛있어. 문제는 식당이 멀다는 거지. 식사 때마다 '큰집'까지 가야 하니까, 소풍 가는 기분이야."

리세는 불안한 마음을 주체하지 못한 채 교복으로 갈아입었다.

식당에서

지하 식당에 수백 명의 학생들이 모여 있는 광경은 그야말로 장관이었다. 웅성거리는 소리로 가득한 혼잡한 분위기. 식당은 낡은 건물을 그대로 개조한 것처럼 보였다. 수도원을 연상케 하는 기하학적 문양이 새겨진 아치형 천장 아래, 기둥들이 우뚝 서 있다. 오렌지색 조명이 마치 유럽의 주점 같은 분위기를 자아냈다. 테이블이 교복 입은 소년, 소녀로 가득하지 않았다면 정말로 그렇게 착각했을지도 모른다.

리세는 몇몇 학생 뒤에 서서 식사용 쟁반을 받아 들었다.

"저기, 너…… 레이코 못 봤니?"

뒤에서 갑자기 어깨를 툭 치며 여자아이가 말을 걸어왔다. 리세가 돌아보니, 푸석한 곱슬머리에 키가 작고 어려 보이는 여자아이였다. 하얀 피부에 주근깨가 촘촘히 박혀 있고, 눈 밑엔 짙은 다크서클이 내려앉아 있다.

"나, 오늘도 봤어, 레이코. 거짓말 아냐."

그 아이는 마치 궁지에 몰린 듯 작게 고개를 가로저었다.

리세는 당황했다. 혹시 나를 다른 사람으로 착각한 걸까?

그때 앞에 있던 유리가 자연스럽게 끼어들었다.

"마리이, 얘는 전학생이야. 레이코를 본 적이 없다고."

"그래? 아, 뭐야……."

소녀는 순순히 물러나더니 고개를 홱 돌리고 멍하니 서 있었다. 리세는 소녀를 힐끔거리며 유리와 함께 과일 코너로 향했다.

"1학년인데 예민한 아이야. 이 특수한 환경을 잘 견디지 못한 것 같아. 진지하게 받아들이지 말고, 적당히 맞장구나 쳐줘."

유리의 차가운 목소리를 들으며 리세는 대충 사정을 짐작했다.

"소문으로는, 현직 장관의 딸이래. 여기 오기 전부터 가정환경이 별로였던 것 같아."

유리는 그 현직 장관의 이름을 댔다.

"그렇구나⋯⋯."

아까 그 소녀의 겁먹은 눈동자 속에, 그 아이가 어떤 삶을 살아왔는지 어렴풋이 비쳐 보였다. 그 아이는 딱 '묘지' 팀이었다. 학생 한 명 한 명이 저마다의 사정으로 이 학교에 왔다는 사실을 새삼 실감했다. 퍼스트네임만 사용하는 것도 그런 배려의 연장선일지도 모른다.

리세와 유리는 식당 구석, 기둥 옆자리에 자리를 잡았다.

둘이 식사를 하며 이야기를 나누고 있는데, 갑자기 누군가 불쑥 다가와 앉았다.

"어때, 리세. 학교 분위기에 좀 익숙해졌니?"

교장이었다. 아까와 같은 옷차림에, 커피잔을 한 손에 들고 여전히 우아하게 웃고 있다.

리세는 긴장했다. 무심코 교장의 얼굴과 목덜미, 손끝으로 시선이 갔다. 이야기를 들어서 그런가, 왠지 남자처럼 보이기도 했다.

그런데도 이렇게 바로 앞에서 보면 분명히 여성적인 분위기가 강하게 풍긴다.

리세는 혼란스러운 마음으로 대답했다.

"네. 도서관도 훌륭하고, 기대돼요."

"그래? 잘됐다. 교복도 잘 어울리네."

교장은 부드럽게 웃었다. 빨려들 것 같은 그 미소에 리세도 따라서 웃고 말았다.

"교장선생님, 저 리세 방으로 옮기려고요."

유리가 상체를 앞으로 내밀며 씩씩하게 말했다.

"어머나, 유리. 방 변경 접수는 벌써 끝났단다."

"어제 같은 방 쓰는 리사가 '너랑 같이 있으면 스트레스 받아서 못 살겠다'고 하더라고요. 그런 말까지 들으면서 같이 지내야 할 이유는 없잖아요. 걔가 피우는 이상한 향 때문에 저도 스트레스가 쌓였고요."

유리는 어쩐지 교장에게 반감을 갖고 있는 듯했다.

"이런, 곤란하게 됐구나. 사실은 리세랑 같은 방을 쓰고 싶다고 신청한 아이가 있어."

"저, 벌써 짐 옮겼어요. 리세도 저랑 같이 있는 게 좋다고 했고요."

"그래도 일단 추천은 받아야겠지."

교장은 아쉬운 듯 말하며 유리를 놀리는 것처럼 보였다. 그 상황을 즐기고 있는 듯했다.

"선생님, 저도 유리가 좋아요. 유리랑 마음이 잘 맞아요."

리세도 거들었다. 교장이 심술궂게 느껴졌고, 이제 와서 다른 아이와 방을 같이 쓰는 것도 싫었다.

"오, 두 사람 다 서로가 마음에 드는구나."

교장은 싱글벙글 웃으며 두 사람을 번갈아 바라보았다.

리세는 혼란스러웠다. 무슨 생각을 하는지 도통 알 수 없는 사람이었다. 미쓰코는 칭찬을 아끼지 않았지만, 리세에게는 왠지 성미가 나쁜 사람처럼 느껴졌다.

"선생님."

그때 또 다른 인물이 등장했다. 그 사람은 교장 옆에 털썩 앉았다.

레이지였다. 마치 덤벼들 듯한 눈빛이다.

"어머나, 오늘은 의외의 아이들만 말을 걸어오는걸? 레이지, 무슨 일이니?"

교장은 커피잔을 들어 한 모금 마셨다. 레이지는 낮은 목소리로 말했다.

"지난번과 같은 질문입니다. 레이코는 어디로 갔나요? 그리고 이사오는요? 선생님은 알고 계시잖아요."

"몇 번을 말해야 하니. 두 사람 다 부모님에게 돌아갔고, 행선지는 알려줄 수 없다고 했잖니."

교장은 태연하게 대답했다.

레이코. 낮에 레이지가 언급한 이름이다. 그리고 이까 그 여자아이도……. 같은 인물을 가리키는 걸까?

"거짓말이에요. 두 사람 다 떠난다는 말은 한마디도 안 했어요. 실종된 거잖아요. 짐도 그대로 남아 있고. 이상해요."

레이지의 목소리가 격해졌다.

"레이지, 이 학교 학생들은 각자 여러 사정이 있다는 걸 너도 잘 알잖니. 두 사람이 너랑 가까운 사이였다는 건 알겠지만, 그 집 사정까지 네가 다 꿰고 있진 않을 거야. 이상한 조사 그만하고 다른 학생들에게 불안감 조성하는 일은 좀 자제해 줘. 봐, 여기 네 새로운 패밀리도 있잖아. 없어진 사람은 잊고, 새 친구나 잘 챙겨주렴."

교장은 리세를 향해 의미심장하게 웃었다.

리세는 어떤 표정을 지어야 할지 몰라 어정쩡한 미소를 지었다.

"야, 레이지. 아무리 레이코를 좋아했다고 해도 너무 끈질긴 거 아냐? 너한테 연락도 안 하고 떠났으니 화나긴 하겠지만, 그렇다고 교장선생님께 화풀이하면 안 되지."

뒤에서 체격 좋은 소년이 레이지의 어깨를 눌렀다. 그의 양옆에는 마찬가지로 키가 큰 소년 둘이 서 있었다.

레이지는 불쾌한 듯 그 손을 쳐냈다.

"어허, 예민하게 굴지 마."

소년은 히죽 웃으며 말했다. 하지만 그 눈은 웃지 않고 있었다. 레이지와 소년 사이에 긴장감이 번졌다. 순간, 상황이 험악해질 뻔했지만 레이지는 벌떡 일어나 그들을 밀치고 자리를 떠났다.

"저런, 놀리면 안 돼, 슈지."

교장이 가볍게 한숨을 쉬며 말했다. 소년은 어깨를 으쓱이며 히죽 웃는 얼굴로 자기 자리로 돌아갔다.

"그렇지, 좋은 생각이 났어."

교장은 어색한 분위기를 바꾸듯 리세와 유리에게 태연하게 말을 걸었다.

"유리, 다음 주에 다과회를 열 생각이야. 리세와 함께 꼭 참석해 줘. 너 아직 한 번도 안 왔지? 기대되네. 이런저런 이야기를 나누자꾸나. 그럼 방도 리세랑 함께 쓰게 해주마. 정식 초대장 보낼게. 꼭 와줘."

노래하듯 부드러운 목소리로 말하며 교장은 윙크를 하고 자리를 떴다.

유리의 표정이 굳어졌다.

리세는 말없이 유리의 얼굴을 바라볼 뿐이었다.

천사의 꿈

"봤지, 그 사람들?"

"응?"

입을 꾹 다물고 있던 유리가 침대에 누운 채 천장을 바라보며 불쑥 내뱉었다.

"교장의 친위대 말이야. 아까 레이지한테 달려든 애들."

"친위대? 남자아이들이던데."

"교장한테는 말이지, 남자든 여자든 친위대가 있어. 그 사람, 회유에 아주 능해. 마치 악마 같다고나 할까. 그래서 그런 애들이 학교 운영에 협력하고 있는 거야."

"와, 대단하네. 보고 있으니 확실히 빨려들 것 같긴 하더라."

"리세까지 그런 말 하지 마. 속으면 큰일 나."

소등 시간이 이미 지나 있었다. 침대 옆 독서등에서 뿜어져 나온 불빛이 천장에 뿌연 타원형 그림자를 만들었다.

"아까 레이지가 말했던 여자아이…… 레이코라는 아이는 누구야? 그 아이, 어떻게 된 거야?"

"사라졌어."

"교장선생님은 집으로 돌아갔다고 하던데."

"글쎄, 딱 봐도 거짓말이잖아. 아무리 생각해도 집으로 간 것 같진 않아. 그 상황을 보면 누구라도 그렇게 생각할 거야. 사실, 다들 알고 있어."

"그 상황이라니?"

"너희 패밀리한테 물어봐."

"가르쳐주려나?"

"언젠가는. 레이지한테 직접 물어보는 것도 좋을 거야."

"그 애, 나 싫어하는 것 같던데."

"그렇지 않아. 순수하진 않지만, 바른 애야. 적어도 이곳 분위기에 물들진 않았어."

"흐음……."

언제 잠이 들었는지 모르게 리세는 곧 꿈속으로 빠져들었다.

리세는 습원 위를 날고 있었다. 뱀처럼 구불거리는 커다란 강 위를 둥실둥실 떠다녔다. 계절은 여름인 듯, 들판 곳곳에 아름다운 꽃들이 형형색색 만발해 있었다. 정말 당신 말대로예요. 습원의 여름은 멋지네요. 리세는 꿈속에서 누군가에게 말을 걸었다.

문득 뒤를 돌아보니, 주위에 돌로 된 천사들이 떠다니며 함께 날고 있었다. 역시나 머리는 부서진 채였다. 어머나, 머리가 없는데도 잘 나네. 리세는 웃으며 생각했다.

한참을 천사들과 함께 습원 위를 빙글빙글 돌며 날았다. 지쳐 돌아보니, 머리가 달린 천사 하나가 바로 뒤에서 따라오고 있었다. 검은 머리카락, 하얀 얼굴 단정하지만 감정 없는 표정. 어디선가 본 얼굴이었다.

앗!

꿈속에서 리세는 소리쳤다.

알았다. 저 얼굴은 침대 옆 벽에 걸려 있던 그림 속 소년.

그리고 교장의 집에 갈 때, 부서진 석상들 사이에서 마주쳤던 그 소년의 얼굴이었다.

3
장

3월 1일

눈을 뜨자마자 시원스런 유리의 목소리가 들려왔다.
"굿모닝. 잘 잤니?"
유리는 이미 교복으로 갈아입고 책상 앞에 앉아 커피를 마시고 있었다.
"앗!"
놀란 리세는 벌떡 일어났다. 베갯머리에 놓여 있던 손목시계를 확인하자, 벌써 10시였다.
"말도 안 돼! 유리, 큰일이야. 지각이잖아!"
유리는 어이없다는 듯 말했다.
"뭘 그렇게 서둘러. 오늘 휴일이야."
"뭐?"

잠옷을 벗으려다 멈춘 리세는 유리의 얼굴을 빤히 바라보았다.

"어제 일정표 받았지? 오늘은 오전에 졸업식, 오후엔 입학식. 수업은 없어. 오후는 '패밀리 데이'여서 패밀리끼리 졸업생이랑 신입생 축하하는 시간이고."

"입학식이 오늘이야? 3월 1일인데?"

"왜인지는 몰라. 하지만 여기선 신학기가 3월 1일부터야."*

유리는 커피를 한 모금 마셨다.

"너무 곤히 자고 있어서 깨우려니 안쓰럽더라. 낯선 곳에 와서 피곤했을 거 같아서 아침식사 땐 그냥 뒀어. 커피 마실래?"

리세는 침대에 앉아 고개를 작게 끄덕였다.

너는 2월의 마지막 날에 왔잖니……. 여기는 3월의 나라…….

교장의 말, 그리고 레이지의 말이 머릿속에서 번갈아 떠올랐다.

"오늘 전학생은 한 명뿐이래. 남자애. 꽤 귀엽게 생겼다고 여자애들이 난리더라."

"전학생도 와?"

"응. 해마다 이맘때쯤 와."

---

* 일본에서는 신학기가 4월에 시작된다.

"나는 어제 왔잖아."

"그래서 네가 특별한 거지. 대부분은 3월에 오거든."

"왜?"

"글쎄. 그건 다과회 때 교장한테 직접 물어보든가."

유리는 리세의 컵에 뜨거운 물을 부어준 뒤 손에 들고 있던 핑크색 봉투를 획 던졌다.

"준비성도 철저하지. 오늘 아침에 벌써 다과회 초대장이 왔어. 네 우편함도 확인해 봐. 아마 와 있을 거야. 교장이 주최하는 다과회, 토요일 밤이래."

"거기선 뭘 해?"

"교장이 자기 마음에 드는 학생들을 불러서 차랑 과자를 대접하는 거지. 대부분 그 기분 나쁜 친위대 애들이 불려 가. 근데 가끔 기분 전환 삼아 나 같은 별난 애들도 부르고."

"넌 지금까지 안 갔어?"

"몇 번 초대는 받았지. 근데 배가 아프다, 열이 난다 하면서 계속 거절했어. 그랬더니 친위대 애들이 나를 눈엣가시처럼 여기더라. 교장 초대를 거절하다니 건방지다고. 그런데 말이야, 이번엔 교장이 너를 미끼로 삼은 거야. 내가 안 가면 진짜로 네 룸메이트를 바꿔버릴지도 몰라."

유리는 미간을 살짝 찌푸렸다.

"뭐어? 그건 싫은데."

"나도 싫어. 그래서 이번엔 갈 거야."

"고마워."

"됐어, 나를 위해서니까."

유리는 책상에서 일어나며 말했다.

"우리 패밀리 졸업생 송별회 준비해야 해서 먼저 갈게. 너희 패밀리 집합 장소 알지?"

"응, 걱정 마."

"저녁은 같이 먹자. 6시에 여기로 돌아올게."

"응, 나도 그렇게 할게."

유리는 손을 살짝 흔들고 방을 나갔다.

리세는 한숨을 내쉬며 일어섰다. 책상 위 갱지에 적힌 일정표를 보니, 정말로 3월 1일이 휴일이었다. 패밀리 집합은 오후 2시. 장소는 아마 또 그 안마당이겠지. 배는 고프지 않았다. 매점에서 빵이라도 사 먹으면 된다. 탐험하고 싶은 곳이 잔뜩 있지만, 가장 먼저 가고 싶은 곳으로 가야지.

도서관에서 만난 소년

여전히 하늘은 잔뜩 흐렸고, 공기는 싸늘했다.

침엽수 끝이 잿빛 하늘을 기분 나쁜 듯 긁어대고 있었다.

휴일인 탓에 학생들은 이곳저곳에서 느긋하게 시간을 보내고 있었다. 추위에도 익숙해진 듯, 회랑 바깥 쉼터나 돌 벤치에 앉아 책을 읽거나 이야기를 나누는 모습이 보였다.

이렇게 많은 사람들이 한 공간에서 함께 살아간다는 사실에 리세는 아직 적응하지 못하고 있었다. 모두 무심한 척하지만 틈틈이 자신을 흘끗거리는 것도 느껴졌다.

그보다, 길을 걸을 때면 왜 이렇게 자꾸 조바심이 나는 걸까.

리세는 회랑을 걸으며 주위를 두리번거리다가 곧 그 이유를 깨달았다. 방향감각을 잡기 어렵기 때문이었다. 길이 자꾸 꺾이는 바람에 시야가 탁 트이지 않아, 목적지를 한눈에 파악할 수 없었다. 예상치 못한 곳에 벽이며 큰 나무, 덤불 같은 것들이 나타나 시야를 가려버리곤 했다. 그래서인지 제대로 길을 가고 있어도 괜히 멀리 돌아가는 듯한 기분이 들었다.

그러고 보니, 이곳에 온 뒤로 '안내도' 같은 걸 한 번도 본 적이 없었다. 길목마다 행선지를 표시한 화살표는 붙어 있었지만.

그 사실을 깨닫고 나니 문득 흥미가 생겼다. 매일 조금씩 돌아다니면서 이곳의 지도를 직접 만들어보면 어떨까. 꽤 재미있을 것 같다.

천천히 걸어서 도서관에 도착했다. 문을 열고 들어서자 안은 한산했다. 모두 패밀리 파티 준비로 바쁜 걸까. 점심때가 지나면 나도 도울 일이 있는지 한번 물어봐야지.

대출 데스크 뒤쪽 사무실에서 직원 몇 명이 담소를 나누고 있었다. 이 학교의 직원들은 전반적으로 반듯하고 품위 있어 보인다. 유리 말로는 급여가 꽤 좋아서 다들 오래 머무는 거라고 했다.

하지만 리세는 그런 이야기도 이내 잊고 서가에 꽂힌 책들에 정신이 팔렸다. 이전 학교 도서실에선 인기가 많아 빌리지 못했던 책들이 여러 권 있었다. 리세는 도저히 참을 수 없어 곧장 데스크로 달려가 도서 카드를 만들었다. 한 번에 세 권까지 대출할 수 있다고 했다. 먼저 전체를 한 바퀴 둘러보고 위치를 익힌 뒤 처음부터 차례대로 서가를 살펴보기로 했다. 선집과 전집도 충실히 갖춰져 있었다. 청소년용 축약판이 아닌, 원래 판본이 그대로 비치된 점이 특히 기뻤다. 화집이며 사진집 같은 미술서적 코너도 매우 만족스러웠다. 통로 여기저기에 놓여 있는 열람용 책상과 작은 의자도 마음에 들었다.

열람용 책상에 앉아 보스*의 화집을 펼쳐 천천히 책장을 넘기면서 리세는 이곳에 온 이후 처음으로 마음 깊은 곳에서 행복을 느꼈다.

그때, 훤히 트인 서가 건너편으로 스윽 하고 검은 머리가 지나가는 것이 보였다. 신경 쓰지 않고 그대로 화집을 계속 보고 있는데, 문득 어떤 느낌이 들어 뒤를 돌아보았다.

---

* 기괴하고 염세적인 화풍으로 유명한 네덜란드 출신 화가.

검은 눈이 두 개 있다.

리세는 움찔했다. 뒤쪽 서가 맞은편에서 누군가가 이쪽을 보고 있다. 갑자기 어젯밤 꿈이 떠올랐다. 등 뒤에서 날고 있던 천사…….

리세는 그 눈을 보았다. 책들 사이로 보이는 눈은 분명히 어젯밤 교장의 집으로 가는 길에 만난 소년의 것이었다. 메마르고 무표정한 눈동자.

리세는 화집을 열람용 책상에 펼쳐놓은 채 엉겁결에 그 자리에서 도망쳤다. 등 뒤에서 소년도 움직이는 기척이 났다.

쫓아온다!

등에 소름이 쫙 끼쳤다. 리세는 몸을 낮추고 서가 사이로 달렸다. 최대한 소리를 내지 않도록 발뒤꿈치에 힘을 주었다. 공포에 등이 지지직거리며 타들어 가는 것 같았다.

마주 보는 거울처럼 늘어선 서가가, 지금은 추적자를 숨겨주는 무정한 벽으로 보였다. 셰익스피어 전집 그늘에 몸을 숨기고 숨을 죽인 채 서가에 즐비한 책들 틈으로 주위를 살폈다. 오가는 학생들이 몇몇 있었지만, 똑같은 교복의 일부만 보이니 누가 그 소년인지 알 수 없었다.

어떡하지? 도서관에서 나가는 게 좋을까?

리세는 헤맸다. 도서관이 뱀장어의 보금자리처럼 좁고 길어서 자꾸만 더 안으로 들어가게 된 것이다.

누굴까, 그 아이. 아직 중등부 같아 보이는데……. 정면으로 맞서서 쫓아오는 이유를 물어봐야 할까. 이성적으로는 그렇게 생각하지만, 그 얼굴을 마주 볼 용기가 없다는 것을 리세는 너무나도 잘 알고 있었다. 그 무표정하고 차가운 눈……. 떠올리기만 해도 등줄기가 오싹해진다.

그 그림…… 내 방에 걸려 있는 그림은 저 아이를 그린 것일까? 전에 그 방에 살았던 사람이 그린 것일까?

문득 어떤 기척을 느꼈다.

옆을 돌아보니 한가운데 통로를 사이에 두고 반대편 서가 안쪽에 그 소년이 서 있다.

이쪽을 보고 있다. 50미터 정도 떨어져 있는데도 얼음 같은 눈이 끈질기게 쫓아오고 있다.

자기도 모르게 목구멍 속으로 비명을 삼키며 리세는 다시 도망치기 시작했다.

책의 성 구석으로, 더 구석으로…….

리세는 어쨌든 조금이라도 더 그 소년에게서 떨어지고 싶다는 마음뿐이었다.

숨을 헐떡이고 식은땀을 흘리며 리세는 정리하려고 아무렇게나 쌓아 올린 책 수레 뒤에 몸을 숨겼다. 헉헉거리는 자신의 숨소리와 심장 소리가 머릿속에 울려 다른 소리는 들리지도 않았다. 가까이에 그 소년이 있을 것 같다. 당장이라도 그 차가운 눈이 코앞에 나타날 것 같다.

저벅…… 하는 발소리가 바로 옆에서 들려와, 리세는 엉겁결에 "악!" 하고 비명을 질렀다.

황급히 입을 막았다.

"너, 이런 데서 뭐 하는 거야?"

들어본 적 있는 무뚝뚝한 목소리가 들렸다. 레이지가 의아한 얼굴로 책을 안고 서 있었다. 어제는 무섭게 느껴졌던 얼굴이 지금은 천사처럼 보인다. 리세는 온몸의 힘이 풀렸다. 비틀비틀 일어서며 힘없이 호소했다.

"이상한 아이가 쫓아와……."

"뭣?"

레이지의 낯빛이 바뀌었다.

"설마 어제저녁 식당에서 나한테 덤벼들던 녀석들은 아니겠지?"

"아냐. 모르는 아이야. 얼굴이 하얗고, 머리가 좀 긴 남자아이."

레이지는 잠시 생각에 잠긴 듯하다가, 획 하고 턱짓을 해 보였다.

"이리 와."

리세는 시키는 대로 조심스럽게 레이지 뒤를 따랐다.

레이지는 책 사이를 거침없이 빠져나가 막다른 길처럼 보이는 책 더미 뒤로 들어갔다. 들여다보니 낡은 서가 뒤편에 작은 나선계단이 있었다. 레이지가 민첩하게 계단을 오르자 리세도 조심스럽게 뒤따라 올라갔다.

그곳은 반 층쯤 올라간, 애매한 높이의 기묘한 공간이었다.

오래된 백과사전이 빼곡히 꽂힌 책장이 있고, 기다란 퇴창으로 빛이 스며들고 있다. 맞은편은 작은 발코니여서 도서관 전체를 훤히 내려다볼 수 있었다.

"거기서 한번 봐. 그 녀석 아직 있니?"

레이지가 속삭였다. 두 사람은 바닥에 무릎을 꿇고 앉아 발코니 난간 사이로 조심스럽게 도서관 안쪽을 내려다보았다. 빗살처럼 가지런히 늘어선 서가 사이에는 아무도 없었다. 리세는 주의 깊게 살폈다. 그 차가운 눈동자를 지닌 소년이 어딘가에 몸을 숨기고 있지 않을까 싶어 구석구석을 들여다보았다.

역시, 아무도 없다.

리세는 낙담했다. 그 소년이 존재한다는 것을 누군가에게 확인받고 싶었는데.

"……없어. 없어졌어."

"그러냐."

레이지는 벌떡 일어나더니 창턱에 걸터앉았다.

그제야 긴장이 풀린 리세는, 새삼 그 작은 공간을 둘러보았다.

"이곳은 뭐 하는 데야?"

"글쎄, 그냥 자투리 공간이겠지. 나의 비밀장소니까 아무에게도 말하지 마."

레이지는 이미 흥미를 잃은 듯 창가에 기대 책을 펼쳤다.

"저, 고마워. 미안해."

리세는 쭈뼛거리며 말을 걸었다.

"여기 있어서 좋을 일은 하나도 없어. 빨리 나가도록 해."

볼멘소리가 되돌아왔다. 그러나 리세는 어제만큼 그가 무섭지 않았다. 아까 리세의 얼굴을 보고 "이리 와"라고 말하는 것을 보고 구원을 청하는 자를 정면으로 받아들여 주는 강인함을 느꼈다.

"유리랑 같은 말을 하네."

"유리? 아아, 그 무서운 녀석 말이지? 어제저녁 식당에 함께 있었지. 그 녀석도 곤란하게 됐어. 나는 더할지도 모르지만. 얼마 안 가서 또 솎아내질지도 몰라."

"솎아내진다고?"

"응. 이 3월의 나라 취지에 어긋나는 학생은 쥐도 새도 모르게 사라져 버려."

"설마……."

"정말이야. 들었지? 어젯밤 교장이 말하는 거. 부모한테 돌아갔다느니 전학 갔다느니 늘 그렇게 말해. 물론 그런 아이들도 있긴 하지. 그런데 나는 안 믿어."

"사라지면 어떻게 되는데? 모두 어디에 있어?"

"별로 말하고 싶지 않아."

창이 덜컹덜컹 소리를 냈다. 바람이 세진 듯하다. 창문 너머 보이는 네모난 하늘에는 여전히 잿빛 구름이 흐르고 있다. 리세는 레이지의 발치에 털썩 주저앉았다.

"내내 이런 날씨네."

"겨울에는. 그렇지만 봄에서 여름까지는 꽤 아름다워. 습원에 노란색, 연보라색 꽃이 활짝 피거든. 여기는 싫지만, 습원 자체는 그다지 싫지 않아."

"나도 이 풍경이 싫지 않아. 질리지도 않고 마음이 차분해져."

두 사람은 창밖 경치에 빠져들었다. 물새 떼가 낮게 날아간다.

"레이코라는 아이는 누구야?"

레이지가 순간 당황한 표정을 지었다. 리세도 잘못 말했나 싶어 당황했다.

잠시 후, 레이지가 낮은 목소리로 대답했다.

"우리 패밀리에 있던 아이야. 작년 말에 없어졌어."

"없어졌다는 말은……."

"말 그대로 사라졌다는 뜻이지. 이곳은 육지에 있는 외딴섬이야. 탈출이 쉽지 않다는 건 여기까지 오는 길을 보면 알겠지?"

"못으로 둘러싸여 있으니 어렵기야 하겠지만…… 못만 넘으면 어떻게든 되지 않을까?"

"습원을 걸어본 적 있어?"

"아니."

"생각보다 훨씬 위험해. 땅 아래로 물이 흐르고 있어서 어디가 갑자기 꺼질지 몰라. 눈도 무수히 많고."

"눈?"

"물이 고여 있는 깊은 웅덩이 말이야. 주변엔 풀밖에 없어서 붙잡을 데도 없어. 한번 빠지면 끝이야. 절대 스스로는 못 빠져나와. 어떤 곳은 깊이가 10미터도 넘는대. 트럭이나 자동차도 그냥 삼켜버릴 정도야."

"그렇게 깊어?"

"난 이 습원에 사람들이 아주 많이 가라앉아 있을 거라고 생각해."

소름이 끼쳤다. 비명도 지르지 못하고 습원에 삼켜지는 소녀를 떠올렸다. 얼굴에는 경악과 공포가 가득하고, 손은 허무하게 허공을 긁는다. 이윽고 수면에 펼쳐진 머리카락이 해면처럼 떠오르지만, 그것도 서서히 잠겨간다……. 어? 소녀? 소년이 아니라?

"누가 그런 일을……."

"글쎄. 이상하게도 그걸 모르겠어. 모두 갑자기 사라져 버려. 나중에 선생님이 아무개는 어디어디로 갔다고 하면 그걸로 끝. 더 무서운 건, 다들 누군가가 없어지는 상황에 점점 익숙해진다는 점이야. 그 일에 대해 깊이 생각하려고 하지 않아."

리세는 눈 아래 펼쳐진 습원을 섬뜩한 듯이 내려다보았다.

"그런데 왜 2월에 오면 큰일이라는 거야? 모두 그렇게 말했어. 교장선생님도 처음에 그렇게 말했고."

레이지는 재미있다는 눈으로 리세를 쳐다보았다. 그 갈색 눈에는 어제처럼 타인을 거부하는 듯한 까칠함이 사라지고 따스함이 어려 있었다.

"얌전해 보이더니 의외로 호기심이 많네."

"모두 수수께끼 같은 말만 하고 아무도 가르쳐주지 않잖아."

레이지는 쿡쿡 웃더니 창밖을 바라보았다. 웃음기는 곧 사라지고, 예리한 옆얼굴이 유리창 위에 차갑게 떠올랐다.

"이 학교는 말이야, 3월에만 학생을 받아."

"그런 것 같아. 오늘이 입학식이라고 들었어."

"들어오는 것도 3월, 나가는 것도 3월. 그게 이곳의 규칙이지."

"어째서?"

"모르지. 다만 3월이 아닌 때에 들어오는 사람이 있으면, 그가 이 학교를 파멸로 이끈다는 말이 있어."

"뭐?"

리세는 자기도 모르게 비명을 질렀다. 레이지는 코웃음을 쳤다.

"그냥 소문일 뿐이야. 신경 쓰지 마. 이렇게 격리된 곳이라 모두 상상력이 지나치거든. 그런 식으로 자잘한 이야기들을 만들면서 시간을 보내는 거야."

그래서 모두가 한결같이 '2월의 마지막 날' 얘기를 했던 걸까. 그런 전설이 있다면 자신이 특별하게 보였다 해도 어쩔 수 없다.

다시 바람이 유리창을 덜컹덜컹 흔들었다.

풀이 죽은 리세를 보고 레이지는 허둥대며 달랬다.

"어이, 정말 별거 아니라니까. 어제는 미안했어. 모두 너무 고상한 척하는 게 화가 나더라고. 같은 패밀리 멤버가 반년 사이에 두 명이나 없어졌는데 너무 태연하잖아, 그 녀석들."

"두 사람? 또 있어, 없어진 사람이?"

"응. 이사오가 없어진 건 작년 여름이었어."

"그 사람은 어떻게……?"

리세가 묻자 레이지는 책을 들고 일어섰다.

"아마 그 얘기는……."

리세도 따라 일어섰다. 레이지는 말을 끊고 터벅터벅 나선계단을 내려갔다.

"오늘 파티에서 들을 수 있을 거야."

파티의 화제

도서관 안마당에 일곱 사람이 모여 있었다.

미쓰코가 조심스럽게 홍차를 따라주었다.

오늘은 치즈케이크까지 준비되어 있었다.

히지리가 입을 열었다.

"일단 알려두는데, 올해는 우리 패밀리에 신입생이 들어오지 않는대. 졸업생도 없고, 당분간은 이대로."

"어, 왜?"

"올해 신입생은 일흔 명도 안 된다고 하더라."

"그렇지만 어느 패밀리에나 열 명은 있는데……."

"사람 수가 적어서 후배들을 제대로 돌보지 못할 거라고 판단했는지도 모르지."

"잘됐잖아, 편하고."

모두가 한꺼번에 떠들어댔다.

"뭐, 그렇긴 하지."

히지리가 쓴웃음을 지으며 모두를 달랬다.

"오늘은 어떻게 할 거야? 리세의 환영파티인 건 알지만."

슌이치가 모두의 얼굴을 둘러보았다.

"그래. 저 애도 여러모로 당황스러울 테고, 솔직히 우리 사이에도 아직 불편한 분위기가 있잖아. 이참에 우리 패밀리의 과거를 한번 돌아보면 어떨까 싶네."

히지리는 자연스럽게 말했지만, 폭탄 발언이었는지 모두가 놀란 얼굴이 되었다.

"패밀리의 과거라니…… 무슨 말이야?"

미쓰코가 테이블에서 팔짱을 낀 채 은근히 비난하는 말투로 물었다.

"있잖아, 한 가지 묻고 싶은데, 레이지는 이사오와 레이코가 어떻게 됐다고 생각해?"

히지리는 천천히 안경을 벗더니 주머니에서 손수건을 꺼내 닦기 시작했다.

"나야말로 묻고 싶은걸. 히지리는 그 두 사람이 사라진 사실을 어떻게 생각해?"

레이지는 긴 의자 등에 양팔을 두르면서 히지리에게 되물었다. 나머지 다섯 명은 두 사람의 대화를 주의 깊게 지켜보았다.

"나? 그럼 솔직히 말할게. 나는 이사오는 부모에게 돌아갔고, 레이코는 죽었다고 생각해."

모두가 흠칫 놀란 표정을 지었다. 레이지도 얼굴빛이 바뀌며 테이블 위로 몸을 내밀었다.

"……죽었다?"

"그래. 너도 그렇게 생각하지 않아? 넌 두 사람 모두 죽었다고 생각하고 있겠지?"

히지리는 들고 있던 안경에 시선을 고정하며 조용히 말을 이었다.

"이사오는 말이야, 부모랑 연락이 끊긴 상태였는데 어느 날 아버지 회사 사람에게서 연락이 왔어. 걔네 아버지가 그 무렵 위독했대. 그래서 이사오를 아는 부하 직원이 연락을 한 거지. 이사오한테 연락이 왔을 때, 마침 내가 옆에 있었어. 연락은 부하 직원 이름으로 왔지만, 그쪽에서 교통비를 동봉해 보낸 봉투가 그 회사 명의여서 금방 상황을 알아차렸지."

그 이야기는 패밀리 멤버들도 처음 듣는지 모두가 서로의 얼굴을 바라보았다.

레이지는 차분했다.

"음, 그럴 수도 있겠지. 그래도 그때 상황이 이상했다는 사실은 바뀌지 않아. 이사오가 부자연스럽게 없어진 건 사실이니까. 그래, 레이코는?"

"레이코는 자살…… 아니, 그에 가까운 사고사였을 거라 생각해. 레이코가 정신적으로 위험한 상태였다는 건 너도 잘 알잖아. 아니면 교장이 손을 써서 다른 시설로 옮겼을 수도 있고."

히지리는 안경을 고쳐 쓰고 레이지를 정면으로 바라보았다.

레이지는 희미하게 웃으며 입을 열었다.

"내 생각은 달라."

"어떻게?"

"난 두 사람 다 살해당했을 거라고 생각해."

테이블 위가 조용해졌다.

"왜? 어디서 그런 결론이 나온 거야?"

"너야말로, 이사오가 없어졌을 때의 상황을 한번 설명해 봐."

"좋아. 뭐, 원래 내가 생각한 오늘의 메인 이벤트가 이거 였으니까. 자, 여러분. 현장검증 하러 가볼까요?"

제일 먼저 히지리와 레이지가 일어섰고, 다른 멤버들이 그 뒤를 따랐다.

첫 번째 실종사건

두 소년은 뚜벅뚜벅 앞장서서 갔다. 예의 길고, 구불구불한 회랑을 걸었다. 다른 패밀리였다면 들뜬 기분으로 '큰집' 쪽으로 걸어갔을 테지만 일곱 사람은 역류하듯이 산속으로 난 한적한 길을 올라갔다.

바람이 찼다. 짧은 터널을 몇 개 빠져나가자 울퉁불퉁한 바위산이 나왔다. 기하학적인 무늬가 새겨진 첨탑 네 개는 가까이 갈수록 색다른 느낌이 들었다. 어느 시대 것일까. 기묘한 디자인. 고딕풍이라고 부르기에는 소박한 느낌이고, 그렇다고 해서 단순하다는 한마디로 표현하기엔 어딘지 일그러진 인상이다. 아래에서 올려다보던 대불의 얼굴을 가까이서 보는 것처럼 묘하게 생생했다.

"이 탑은 올라갈 수 있니?"

리세가 미쓰코에게 물었다.

"종루가 있을 테니 올라갈 수 있을 거야."

"종루······."

거인의 손가락 같은 첨탑 네 개 사이로 바람이 지나갔다. 넓게 트인 상공은 바람이 꽤 거세게 부는 듯했다. 이 학교에 처음 온 날 들었던 소프라노 톤의 여자 목소리는 여기서 난 걸까? 리세는 귀를 기울였지만 바람이 부는 방향이 다른지 소리는 나지 않았다.

바위산을 깎은 계단이 구불구불 계속 이어졌다.

"자, 사건의 무대는 여기야."

히지리의 설명과 함께 시원하게 트인 장소가 나왔다.

문자 그대로 그곳은 무대였다. 절구 모양처럼 움푹한 바위밭이 극장 형태로 되어 있다. 계단식 객석은 좁게 붙어 앉으면 100명쯤 앉을 수 있을 듯했다. 그 객석 앞에 타원형의 돌로 꾸려진 넓고 평평한 자리가 아마 무대인 모양이다. 무대의 배경은 대자연. 여름 해 질 녘이라면 멋진 풍경이겠지만, 지금은 너무 추워서 의혹이 가득한 심리극이 잘 어울릴 것 같다.

"그날은 여름이 거의 끝나갈 무렵이었어."

히지리가 무대에 서서 양손을 펼쳤다. 옆에서 레이지가 팔짱을 끼고 서 있으니, 마치 두 사람이 연극을 하는 것 같았다. 돌로 된 무대가 잿빛 습원이라는 바다를 항해하는 배의 뱃머리처럼 보였다.

"그때 뭔가 콘서트를 하고 있었지?"

"첼로와 오보에였나."

"꽤 잘했지."

"그렇지만 너무 잘해서 나 잠들었잖아."

레이지가 어깨를 으쓱이자 예의상 작게 웃어주는 소리가 났다.

"관객은 스무 명. 우리 패밀리는 가오루를 제외하고 모두 이곳에 있었어. 관객은 자기가 앉고 싶은 곳에 띄엄띄엄 앉아 있었지만, 이사오는 맨 뒤 가장 높은 곳의 끄트머리에 앉아 있었지. 저기야. 입구에서 가장 가까운 곳."

히지리가 자기 뒤를 가리키는 바람에 리세는 움찔했다. 엉겁결에 뒤를 돌아보자 한 계단 높은 객석이 눈에 들어왔다.

"연주가 끝나고 이사오는 가장 먼저 저곳으로 나갔어."

히지리는 이 공중극장의 유일한 출구인 좁은 통로를 가리켰다.

"여기서 문제가 되는 것은 통로 중간에 가오루가 있었다는 거야."

히지리는 얼굴 앞에 검지를 들어 올리고 리세를 바라보았다.

"가오루는 고소공포증이 심하지. 이곳 관객석에 있으면 무대 뒤쪽으로 대습원이 내려다보이는 것이 무서워서, 극장으로 올라오는 도중의 층계참에서 연주를 듣기로 했어. 두 연주자의 악기 케이스도 지킬 겸 하나밖에 없는 통로 중간에서 음악을 감상하고 있었던 거야. 가오루는 이사오가 통로를 내려오는 것을 봤어. 그런데 이사오가 '앗, 잊어버린 게 있네' 하면서 위로 되돌아갔다는 거야."

가오루가 끄덕였다.

"자, 주목. 그 뒤로 가오루가 별 생각 없이 내려오는 사람의 수를 셌대. 그 수가 몇이었게? 스물한 명이라는 거야."

모두 잠자코 히지리의 목소리를 듣고 있다.

"이상하지? 간단한 덧셈이야. 원래 관객은 스무 명. 연주자 두 명. 합쳐서 스물두 명. 그런데 내려온 것은 스물한 명. 한 사람이 도중에 사라졌다는 뜻이지. 이사오가 객석으로 되돌아온 장면을 목격한 사람은 없어. 그러니까 이사오는 통로 중간에서 없어진 거야. 이것이 첫 번째 실종사건. 그 후로 이사오는 사라져 버렸어. 어때, 리세?"

히지리는 연극 배우 같은 톤으로 말하며 리세의 얼굴을 보았다. 리세는 아까 올라온 통로를 떠올렸다. 도중에 꺾이는 길이라곤 전혀 없었다. 가파른 비탈길과 바위벽만 이어지던 돌층계 도중에 층계참같이 작고 네모난 공간이 있었다. 그곳에 앉아 있으면 습원이 보이지 않으니 공포감은 덜할 것이다.

히지리는 레이지를 돌아보았다.

"그래서 너는 그 통로 중간에서 살인사건이 일어났다고 보는 거구나."

"그렇게밖에 생각할 수 없어. 누군가가 밀었을 거야."

"그건 그때 이곳에 있던 사람 중에 살인자가 있다는 말이 돼. 너, 그 발언이 무엇을 뜻하는지나 알고 하는 소리냐?"

히지리가 어이없다는 듯 내뱉었다.

"저기……."

리세가 중얼거렸다.

"실종사건이 아니었던 게 아닐까요?"

어떤 해답

"무슨 뜻이야?"

레이지가 어리둥절한 표정으로 물었다. 리세는 우물쭈물했다.

"그러니까…… 아마도 말이죠, 아무 일도 일어나지 않은 게 아닐까 해서."

히지리가 히죽 웃었다.

"설명해 봐."

"나도 고소공포증이 조금 있긴 하지만…… 만일 내가 그 층계참에 앉는다면, 되도록 바위밭을 등진 낮은 자리에 앉을 거예요. 가능하면 절벽 쪽이 보이지 않도록, 바위와 자신 사이에 가릴 것을 두고 싶었을 거예요. 그럴 때 안성맞춤인 물건이 있었어요. 첼로 케이스. 그건 크니까, 그 뒤에 숨어 앉으면 제법 안심이 될 거예요. 거기에 이사오라는 사람이 와서 '앗, 잊어버린 게 있네' 하고 말했다면 사람들은 그가 원래 왔던 방향으로, 그러니까 이 무대에 뭔가를 놓고 와서 돌아갔다고 생각하겠죠. 하지만 잊어버린 것이라 해도 여러 가지가 있을 수 있잖아요. 이를테면 문 잠그는 걸 잊었거나 숙제하는 걸 잊는 것처럼 행위일 수도 있죠. 이사오가 말한 '잊어버린 것'은 이쪽이 아니었을까요. 이사오는 '앗, 잊어버린 게 있네' 하고 위로 올라간 것이 아니라, 그대로 서둘러 아래로 내려갔을 수도 있지 않을까요."

가오루가 저도 모르게 손으로 입을 막았다. 열심히 기억을 더듬는 모습이다. 리세는 자신을 향해 쏟아지는 시선에 불편함을 느끼면서 계속 말했다.

"그래서 가오루는 첼로 케이스 저편으로 급히 내려가는 이사오를 보지 못했어요. 이것만으로 이사오가 오던 길을 되돌아갔다고 판단하기엔 근거가 부족해요. 내가 생각하기엔 가오루가 얼핏 통로 위쪽을 보지 않았을까 싶어요. 고소공포증이 있으니 그렇게 오래 보지는 못했겠죠. 통로 저편은 절벽이니까요. 거기서 그녀는 자신의 생각을 뒷받침해 줄 만한 뭔가를 봤을 거예요······. 간단히 말하면, 누군가의 등이죠."

히지리가 싱글싱글 웃으며 고개를 끄덕인다. 어쩐지 그도 리세와 같은 결론에 이른 것 같다. 리세는 그 표정에 용기를 얻어 이야기를 이어갔다.

"'뭔가 잊어버렸다'라는 말을 듣고 통로를 보니, 위로 올라가는 사람의 등이 보였다……. 이것으로 착각이 완성된 거예요. 실제로는 올라가는 사람의 등이 아니라 내려오는 사람의 등이었는데 말이에요."

리세는 입술을 핥았다.

"가파른 계단을 내려갈 때는 앞으로 몸을 숙인 자세가 무서워서, 뒤돌아 내려가는 경우도 있잖아요. 이 사람은 더더욱 그렇죠. 손에 첼로라는 큰 악기를 들고 있었거든요. 첼로를 든 채 이렇게 가파른 계단을 내려가면 발밑이 보이지 않아 매우 위험해요. 자연스럽게 첼로를 들고 발밑을 확인하면서, 뒤로 한 걸음 한 걸음 내려갔을 거예요. 가오루가 본 건, 첼리스트의 등이었을 거예요."

리세는 불안한 얼굴로 모두의 표정을 살폈다. 혹시 건방지게 들리진 않았을까 걱정되었다.

"음, 그러니까 애초에 실종사건 같은 건 일어나지 않았던 게 아닐까요."

우와, 하는 감탄과 함께 박수가 터졌다. 히지리도 박수를 치고 있었다. 레이지는 어리둥절한 얼굴이었다.

"맞아, 그런 거야. 우리 새로운 패밀리, 제대로 파악하고 있네. 알아들으시겠어요, 레이지 씨?"

히지리는 빙그레 웃으며 레이지의 어깨를 툭 쳤다.

"아니, 저기, 그렇긴 한데…… 그래도."
레이지는 투덜거리면서도 머리로는 받아들이는 눈치였다.
"대단해. 그럼 제2의 현장으로 가볼까."
일곱 명은 와자지껄 떠들며 계단을 내려갔다.

두 번째 사건

"두 번째 사건도 이해가 안 간다면 안 가는 사건이지만, 그 수수께끼를 풀 필요는 없다고 생각하는데."
히지리는 냉담하게 말한 뒤 다시 레이지와 나란히 걸었다.
"그럴지도. 하지만 혹시 우리가 미처 생각하지 못한 답을 리세가 또 찾아줄지도 모르잖아."
아까 무대에서 펼친 추리를 레이지가 긍정적으로 받아들인 것 같아 리세는 일단 안도했다.
이번에는 어디로 가는 걸까. 회랑을 계속 내려간다. 제법 산기슭까지 내려온 듯하다. 그렇게 생각해서인지 조금 따뜻해진 것 같다.
창고와 관리사무소 앞을 지나 좁은 벽돌담 사이를 하염없이 걸어가다 보니, 벽은 어느새 잘 다듬어진 높은 산울타리로 바뀌어 있었다. 정성스레 손질한 산울타리였다.
갑자기 탁 트인 공간이 나타났다. 놀라울 만큼 잘 정돈된

기하학적인 정원이었다. 마치 바다 위에 떠 있는 섬처럼 보였다. 바로 뒤쪽은 깎아지른 절벽이고, 위로는 학교 건물이 보인다. 지금 걸어온 산울타리 사이의 길이 출입구고, 삼면은 못으로 둘러싸여 있었다.

앞쪽에는 네모난 타일이 깔려 있고, 철제 의자와 테이블이 몇 개 놓여 있다. 그 뒤로는 넓은 계단이 있고, 계단 끝은 못 속으로 사라졌다. 습원이 바로 눈앞에 있어서 사초며 갈대 같은 잿빛 풀들이 손에 닿을 듯 가까웠다.

좁은 공간을 지나면 뜻밖에 넓은 공간이 나타나는 구조는 이 학교 특유의 패턴인 듯하다. 뭔가 《파노라마 섬 기담》*같다.

"저기는 뭐야?"

리세는 안쪽의 한층 작은 산울타리를 가리켰다.

"저건 미로야. 장미 울타리로 만든 미로."

"아, 유럽 사진 같은 데 자주 나오는 거구나."

"장미 철에는 향기도 아주 좋아. 초여름에는 여기서 가든파티도 열고."

미쓰코가 장미 향을 떠올리는 듯 빙그레 웃었다.

"맛있는 것도 많이 나와."

가오루가 리세의 팔에 찰싹 달라붙으며 말했다. 조금 전

---

* 에도가와 란포의 추리소설로, 현실 감각을 교란하는 공간 묘사가 특징이다.

리세가 가오루의 착각을 지적해서 기분 나빠하면 어쩌나 걱정했지만, 가오루는 오히려 리세에게 존경의 시선을 보내며 더욱 친근하게 다가와 당황스러울 정도였다.

"……레이코가 없어진 건, 작년 크리스마스 파티."

히지리가 처음의 목적을 다시 상기시키듯 진지한 목소리로 입을 열었다.

"좀 춥긴 했지만 여기서 촛불을 잔뜩 켜놓고 파티를 여니까 정말 멋졌어. 모두 들떠 있었잖아. 솔직히 말해서, 레이코는 좀 폐쇄적인 아이였어. 원래는 섬세했지만, 그 무렵에는 별로…… 아니, 상당히 정신 상태가 좋지 않았지. 파티가 한창일 때도 저 의자에 혼자 앉아 못 쪽을 바라보고 있는 걸 여러 사람이 봤어. 얘기는 간단해. 그 파티가 끝났을 때, 레이코는 어디에도 없었어."

히지리는 철제 의자에 손을 얹었다.

"앗, 차가워."

황급히 손을 뗐다.

"좀 더 설명할게. 우리가 아까 들어온 길이 이 정원에서 바깥으로 나갈 수 있는 유일한 통로라는 건 보면 알 수 있지? 그래서 말인데, 봐. 저 출입구에는 철문이 달려 있어. 그날, 저 문은 닫혀 있었어. 학생들이 정원에 있는 동안 문을 안쪽에서 잠가놨거든. 작년에 부지 공사를 하느라 도개교를 오랫동안 내려놨더니 들개들이 이 산까지 마구 들어와서 말이야. 밤이면 음식 냄새를 따라 몰려들었어. 이 정원에 들어오면 도망갈 곳이 없거든. 그래서 파티가 끝나고 정리를 마칠 때까지 안에서 문을 잠가둔 거야. 그리고 우리가 레이코가 없어진 걸 알았을 때도 문은 여전히 잠겨 있었어. 열쇠는 선생님 두 분이 갖고 있었고, 두 분 다 그날 한 번도 문을 열지 않았다고 했어. 요컨대, 레이코 한 사람만 이곳에서 사라진 거야."

히지리는 말을 멈추고 레이지의 얼굴을 바라보았다.

"살인이라고 했지? 누가 떠밀었다는 얘기야?"

레이지는 아무 말도 하지 않았다. 히지리는 손을 가볍게 들어 올리며 말을 이었다.

"왜 굳이 이렇게 사람이 많은 곳에서 죽였겠니? 인적 없는 장소라면 얼마든지 있는데. 누가 볼지도 모르는 이런 곳에서 죽이다니, 바보가 아니고서야. 그래서 사고였다고 보는 편이 자연스러워. 아니면, 혼자 늪에 빠졌거나 했겠지. 우리가 들떠서 정신없이 놀고 있는 사이에, 아무도 눈치채지 못할 때 말이야. 레이코는 그 틈에 조용히 늪으로 가라앉은 거야. 그런 의미에선 살해당했다고 볼 수도 있겠지. 하지만 그걸 '살인'이라고 부른다면, 그때는 레이지, 너도 용의자 중 하나야. 맞지?"

히지리는 비장한 기운이 서린 미소를 지으며 말했다.

역시나 레이지는 무표정한 얼굴로 입을 다문 채였다.

"너는 휴머니스트니까 그럴 거야. 사람의 행동에서 동기를 찾고, 세상의 모든 일에 이유를 부여하지. 하지만 현실은 달라. 네 말대로, 특히 이곳 3월의 나라에서는 더더욱. 단순한 사고에 의미를 부여해 봤자 누구에게도 도움이 되지 않아."

히지리는 리세를 돌아보았다.

"이런 거야, 리세. 무섭니? 이게 우리 패밀리의 저주받은 역사야. 뭔가 질문이라도?"

4
장

초대장

 수업은 수준이 높아서 예습과 복습을 제대로 하지 않으면 따라가기 어려웠다. 하지만 교사들은 모두 우수했고 수업 자체도 흥미로웠다. 입학 단계에서 일정 기준 이상의 성적으로 지원자를 뽑는 것은 명확해 보였다.

 희망하면 다양한 수업을 선택할 수 있었다. '향상심 있는 아이를 좋아한다'는 교장의 말이 허투루 들리지 않을 정도로 학구열이 강한 분위기라 프랑스어나 중국어를 일대일로 배우는 학생도 있었고, 가구 장인을 초빙해서 함께 의자를 만드는 학생도 있었다. 히지리는 영재교육을 받는지 수학 한 과목에만 전담 교사를 몇 명씩 두었다. 리세는 영어 신문을 읽는 것이 꿈이어서 영어 과외 수업을 따로 받기로 했다.

학생들은 저마다 개성적인 생활을 하고 있었다. 기본적인 규율은 있었지만, 남에게 피해를 주지 않는 한 웬만한 일은 허용되었다. 그러나 예외도 있었다. 외출과 외부와의 연락은 허용되지 않았다. 편지는 가능했지만 전화는 금지였고, 학교 안에는 공중전화조차 없었다. 외출은 사실상 불가능했으며, 방학이 되어도 집으로 돌아가는 학생은 거의 없다고 했다.

유리와 함께 생활하는 데 곧 익숙해진 리세는 주로 도서관과 그 안마당을 활동 중심지로 삼았다. 학교 안내도는 여전히 눈에 띄지 않았지만 지도를 그려보려는 의욕은 있었다. 다만 강한 한파가 자주 닥쳐와 좀처럼 실행에 옮길 수 없었다.

방의 벽에 걸린 그림이 신경 쓰였지만 굳이 떼어낼 마음은 들지 않았다. 그림 속 인물은 도서관에서 본 그 소년과 무척 닮았지만, 다르다고 생각하면 또 그런 것 같기도 했다. 도서관 사건 이후 그 소년을 다시 본 일은 없었다.

책상 서랍 속에는 봉투 하나가 들어 있었다. 유리와 동시에 받은 교장의 다과회 초대장이었다. 토요일 밤 8시부터라고 적혀 있었다. 연한 보라색의 대리석 무늬 편지지에는 달콤한 향이 배어 있었다. 그 강한 향은 교장의 목소리를 떠올리게 했다.

교장의 다과회에 초대받았다는 말은 다른 학생들에게 하지 않는 편이 좋다고 유리는 충고했다. 교장의 친위대에게 들키면 질투해서 바로 심술을 부리기 때문이라고 했다. 유리는 화려하고 솔직한 말투와 행동 탓에 이미 친위대에게 미움을 산 눈치였다. 가끔 그들과 언성을 높이는 모습을 볼 때면 리세는 조마조마했다. 하지만 유리는 언니 같은 기질이 있어서 남을 잘 챙기는 편이었다. 덕분에 친위대 이외의 학생들에게는 인기가 많았다.

유리는 "난 배우가 되는 게 꿈이야"라고 리세에게 털어놓았다. 그건 유리에게 딱 어울리는 직업처럼 느껴졌다. 유리가 유명한 가부키 배우의 사생아라는 소문도 들은 적이 있다. 개인적인 이야기를 묻지 않는 것이 이곳 생활의 전제 조건이지만 그런 소문은 습원 아래를 흐르는 물처럼 조용히 학생들 사이를 흘렀고, 대부분 사실처럼 들렸다. '그럼 나에 대해서는 뭐라고들 말할까.' 리세는 문득 궁금해졌다.

토요일 오전 스케줄은 학생들의 과외 수업 중심으로 짜여 있어서 뭔가 휴일 같은 분위기가 감돌았다. 평소와는 조금 다른 공기였다.

오후에는 유리가 다른 학생 세 명과 함께 만든 워크숍에서 공연하는 팬터마임을 보러 갔다. 유리는 그 워크숍에 '로즈버드'라는 이름을 붙였다. 과외 수업으로 팬터마임과 탭댄스를 배운다고 했다. 리세처럼 무대에 문외한인 사람이 보기에도 유리의 움직임은 아마추어 같지 않았다. 타고난 재능이 있다는 느낌이 들 정도였다.

그날 공연한 것은 〈3월〉이라는 제목의 오리지널 팬터마임으로, 네 사람이 출구를 찾아 끊임없이 헤맨다는 이야기였다.

제목까지 포함해 그 팬터마임에 이중의 의미가 있다는 사실을 깨달은 건, 공연이 끝난 뒤였다. 자신들이 처한 상황을 냉소적인 시선으로 표현한 작품. 누가 만들었을까. 유리일까.

리세는 열심히 박수를 치면서도 머릿속 한편으로는 냉정하게 생각에 잠겼다.

네 명의 손님

유리와 리세는 저녁 식사를 마친 뒤 방에서 쉬고 있었다. 서로 말은 하지 않았지만 안절부절못하며 긴장한 기색이었다. 유리처럼 교장에게 반감을 품고 있는 학생도 일부 있었지만, 그럼에도 교장의 존재는 이 넓은 학교 곳곳을 덮고 있었다. 여기저기서 교장의 시선이 느껴지고 목소리가 들리는 것 같은 느낌을 받는 건 리세만이 아닌 듯했다.

7시 반이 지나자 둘은 누가 먼저랄 것도 없이 차림새를 가다듬고 코트를 걸쳤다.

먼저 유리가 나갔다. 둘이 함께 나가면 눈에 띨 우려가 있기 때문이다. 유리가 산책을 나가는 것처럼 먼저 나가고, 그로부터 10분쯤 지나 리세도 조용히 방을 나섰다.

인적 없는 쉼터에서 유리는 제자리걸음을 하며 기다리고 있었다.

"춥다."

"역시 사디스트야, 그 교장."

손전등으로 발밑을 비추고 하얀 입김을 뿜으며 두 사람은 빠른 걸음으로 걷기 시작했다.

어둠이 내려앉은 학교는 깊은 밤처럼 캄캄했다. 긴 회랑을 걷고 있자니, 어디까지 이어질지 모를 해저를 헤매는 듯한 불안감이 들었다.

"아, 저기 봐. 뒤에 누가 와."

리세는 뒤편 숲속에서 어슴푸레 번쩍이는 손전등 불빛을 재빨리 알아차렸다.

"누굴까, 이런 시간에."

칠흑 같은 어둠 속, 깜박이며 움직이는 동그란 빛은 누가 봐도 두 사람을 따라오고 있는 것처럼 보였다.

두 사람은 얼굴을 마주 보았다.

"어떡하지?"

"도망갈까?"

"잠깐 기다려볼까?"

두 사람은 바짝 붙어 선 채 빛이 다가오기를 기다렸다. 아마 저쪽도 이쪽을 알아차렸을 것이다.

빛은 주저 없이 빠르게 이쪽으로 다가왔다.

"앗."

코트를 입은 레이지였다.

어둠 속, 손전등 세 개가 만들어낸 둥근 빛 속에 레이지의 놀란 얼굴이 떠올랐다.

"레이지, 웬일이야? 어쩌다 이런 데까지?"

"그건 내가 묻고 싶은 말이지. 너희는 어디 가는 거야?"

"저기, 혹시 너도 교장의 다과회에?"

"너희도?"

"와, 신기하다."

"너희야말로."

레이지도 초대를 받은 모양이었다. 세 사람은 투덜거리며 함께 걷기 시작했다. 레이지와 같이 있으니, 솔직히 마음이 좀 든든해졌다.

"우리 셋이 초대받았다는 건 뭔가 일이 벌어질 거란 얘기겠지. 오늘 손님은 우리 셋뿐일까? 보통은 몇 명 정도 초대돼?"

"모르겠어, 나도 처음이거든. 소문으론 많아 봐야 예닐곱 명이라던데."

"흐음."

캄캄한 숲길 위로 세 사람의 하얀 입김만이 또렷하게 피어올랐다.

드디어 바로 앞 잡목림 너머로 교장 집의 오렌지색 불빛이 보였다.

"오, 마녀의 저택이군."

레이지가 천연덕스럽게 말했다.

세 사람은 불빛을 향해 잡목림 사이를 걸어갔다.

간신히 현관에 도착했을 때는 몸이 완전히 얼어 있었다.

유리가 "안녕하세요" 하고 인터폰을 향해 인사하자 "들어오렴" 하고 짧은 대답이 돌아왔다.

따뜻한 현관에 들어서자, 옷걸이에 학생 것으로 보이는 진초록색 코트가 걸려 있었다. 먼저 온 손님이 있다. 다른 코트가 보이지 않는 걸 보니 손님은 한 명뿐인 듯했다.

"어, 이 코트 본 적 있는데."

레이지가 중얼거렸다.

"어서 오너라."

구석방에서 교장이 얼굴을 내밀었다. 오늘 밤도 역시 '여자' 같았다. 헐렁한 오렌지색 터틀넥 스웨터에 체크무늬 플리츠스커트를 입고 있었다. 얼굴을 비추는 것만으로도 화사한 분위기가 방 안을 빠르게 물들였다.

세 사람은 짧게 인사를 나누고 안쪽 방으로 들어갔다.

히지리가 다리를 꼬고 의자 하나를 차지하고 있었다.

"뭐야, 히지리였어? 어쩐지 낯익은 코트라 했네."

레이지가 옆 의자에 털썩 앉았다.

"쳇, 뭐야. 또 이 멤버잖아. 괜히 설레면서 기다렸네."

히지리도 심술 섞인 말을 했다.

잘 차려진 테이블 둘레에는 다섯 개의 의자가 놓여 있었다. 이걸로 오늘 밤의 초대 인원은 전부인 듯했다.

흰 테이블보가 덮인 둥근 테이블 중앙에는 아름다운 생화가 꽂혀 있었다. 한겨울에 이런 꽃을 어디서 구했을까. 그리고 그 옆에는 얼핏 보기에도 상당히 값비싸 보이는 찻잔 세트가 놓여 있었다. 중국풍 디자인인지, 검은 바탕에 금색 라인을 두르고 작고 화려한 꽃무늬가 흩뿌려진 아름다운 찻잔들이었다. 은색 쟁반에는 쿠키, 초콜릿, 작은 스콘들이 나란히 놓여 있었다.

교장은 모두에게 차례로 홍차를 따라주었다. 김이 피어오르는 찻잔이 하나둘 늘어날 때마다 마치 무슨 의식이라도 시작되는 듯한 긴장감이 감돌았다. 아무도 입을 열지 않았다.

교장이 쿡 웃었다.

"어머나, 긴장 풀어. 평소 친한 멤버들끼리잖니? 마치 심문이라도 받으러 온 분위기네."

교장만이 유독 즐거워 보였다. 리세는 자신이 또다시 교장의 페이스에 말려들고 있다는 걸 느꼈다.

대단하다. 역시 대단한 사람이다. 이렇게 앉아 있는 모습만 보면 그냥 체격이 큰 여성일 뿐이다. 하지만 교장은 자신에게 반감을 품고 있는 유리나 레이지 앞에서도 전혀 흔들리지 않고, 오히려 당장이라도 두 사람을 집어삼킬 듯한 기세였다. 두 사람이 교장의 흐름에 휘말리지 않으려 애쓰는 모습이 역력했지만 도무지 상대가 되지 않았다.

 히지리는 어떨까.

 리세는 평소와 다름없이 차분한 히지리의 옆얼굴을 바라보았다. 그는 그저 자기 방식대로 편안히 있는 듯 보였다. 히지리는 교장과 어느 정도의 거리를 두고 있을까. 그의 평소 말과 행동을 보면, 교장에게 특별한 감정을 품은 것 같지는 않았다. 도대체 왜 이 네 사람을 불렀을까.

 교장이 끓여준 홍차는 평소 마시는 것보다 훨씬 맛있었다. 리세는 얼어붙은 몸을 녹이듯 홍차를 천천히 마셨다.

 교장은 편안한 자세로 의자에 앉아 히지리에게 근황부터 물었다. 유학 일정이며 현재 전담 교사가 내준 연구 주제 등에 관한 이야기가 오갔다. 교장은 자연과학 분야에도 박식했고, 히지리도 교장이 자신이 공부하는 내용을 잘 이해하는 것이 기쁜지 즐겁게 이야기를 이어갔다.

 유리와 레이지는 진지한 얼굴로 조용히 과자를 먹었다.

 그러다 교장의 시선이 리세에게로 향했다.

 "리세, 어때? 힘든 건 없니? 궁금한 것이라든지."

 마력이 담긴 시선에 리세는 긴장했다. 하지만 자신도 모르게 입을 열고 있었다.

 "저기, 왜 이 학교는 3월에 신학기가 시작되나요?"

 의외의 질문이었는지 교장은 입을 작게 오므렸다. 다른 세 명도 리세의 얼굴을 흘끗 보았다.

"아아, 음, 아무래도 그건 이상하게 보이겠지."

교장은 고개를 끄덕이며 중얼거렸다. 홍차를 한 모금 마시더니 조용히 입을 열었다.

"그건 말이지, 나의…… 아니, 우리 아버지라고 해야 할까…… 극히 개인적인 사정인데, 어떤 책에서 유래한 거야."

책의 제목

교장은 느릿한 말투로 이야기를 시작했다. 허스키한 목소리가 그 느린 템포와 잘 어울렸다.

"이 학교는 우리 아버지가 세우셨어. 우리 집은 할아버지 대부터 여러 사업에 손을 대 성공했지만, 아버지는 이 학교를 만드는 것이 가장 큰 꿈이었던 모양이야. 그리고 학교를 설립할 때부터 이미 이런 학사 일정이었던 것 같아. 사실 나도 이 학교 출신이야. 벌써 20년도 훨씬 넘은 일이지만. 어릴 적에 나도 같은 질문을 했지. '왜 이 학교는 3월에 새 학기가 시작돼요?' 그때는 아버지가 막 학교를 세운 직후였어. 아직 시설도 제대로 정비되지 않아서 여기저기 공사 중이었고. 아버지는 내 질문에는 대답하지 않고, 이제 막 생긴 도서관으로 나를 데려가셨어……."

늘 비꼬는 듯하던 말투는 사라져 있었다. 교장의 눈빛에는 포근하고 부드러운 기운이 천천히 감돌았다.

교장은 홍차 위로 피어오르는 김을 바라보며 천천히 회상의 세계로 빠져들고 있었다. 다른 학생들도 그 분위기에 자연스레 끌려드는 듯했다.

"그 무렵엔 장서도 지금처럼 풍부하지 않아서 도서관 서가가 텅 빈 느낌이었지. 그때부터 언젠가 이 학교를 운영해 보겠다는 야심을 품고 있었던 나는, 경영자가 되면 이 서가를 책으로 가득 채우겠다고 결심했단다. 아버지는 도서관에서 책 한 권을 꺼내셨어. 책등이 붉은색인 평범한 책이었지."

교장은 테이블 위에 그 책이 놓여 있기라도 한 듯 문득 손을 뻗었다.

"자비로 출판한, 아마추어 냄새가 물씬 풍기는 책이었단다. '이 책이 왜요?' 물었더니, 아버지는 '내 친구가 쓴 책이야'라고 말씀하셨어. 그리고 '나는 이 책에 나오는 학교를 만들고 싶었단다' 하며, 그 책을 나에게 건네주셨어.

나는 그 책을 읽고 아버지의 마음을 이해했지. 그 책은 3월부터 1년이 시작되는, 아주 이상한 학원 제국 이야기였어. 세속과 동떨어진, 폐쇄적이면서도 호화로운 환경. 다양한 배경을 가진 학생들이 모여 세상의 커리큘럼에 얽매이지 않는 세계. 아버지는 그 소설 속 세계를 이 현실에 구현하고 싶으셨던 거야. 그리고 나도 그 뜻을 이어받았고…….

세상에는 때때로 자신의 망상 속 세계로 타인을 끌어들

이는 사람이 있단다. 아버지는 틀림없이 그런 사람이었어. 나는 아버지가 이 세계를 만든 것에 감사하고 있어. 어쩌면 지금도 나는 아버지의 망상 속 세계, 그 붉은색 책등의 책 안에서 살고 있는지도 모르지. 어때, 리세, 답이 되었니? 요컨대 특별한 이유는 없어. 굳이 말하자면 '그 책 속의 세계가 그렇게 되어 있어서'라고밖에 설명할 수 없겠네."

교장은 꿈에서 깬 듯 얼굴을 들고 리세를 바라보며 빙그레 웃었다.

"그 책은 지금도 도서관에 있나요?"

리세가 물었다. 왠지 그 책에 흥미가 생겼다.

교장은 고개를 가로저었다.

"아니, 지금은 없어. 어느 졸업생이 가져가 버린 것 같아. 책이 없어진 걸 알게 된 건 내가 교장이 되고 나서였는데, 그 뒤론 한 번도 본 적이 없어."

"왜 그 책을 교장선생님 곁에 두지 않으셨어요? 학교 설립에 관련된 중요한 자료인데요."

리세가 아쉬운 듯 물었다. 교장은 작게 웃었다.

"너, 나랑 똑같은 질문을 하는구나. 나도 예전에 아버지께 그랬어. 이 책은 아버지 곁에 두어야 하지 않느냐고. 하지만 아버지는 이렇게 말씀하셨어. '학교 설립에 관한 자료이기 때문에 오히려 학생들에게 공개하고 싶다. 도서관에서 이 책을 우연히 집어 든 누군가가, 그 안에 자기가 생활하는 이 학교가 그대로 담겨 있는 걸 보고 놀라는 모습을 상상만 해도 너무 유쾌하단다.' 짜릿하지 않니? 어느 날 문득 집어 든 소설 속에 자기 학교 이야기가 아주 자세히 쓰여 있는 거야. 내가 그 학생이었다면 얼마나 기뻐했을지. 그래서 학생들이 부러웠어. 아마 그런 경험을 한 학생이 기념 삼아 슬쩍 가져간 게 아닐까 싶네. 그래도 유감이지. 언젠가는 또 누군가가 그 책을 발견해, 도서관에서 놀라는 순간이 이어지길 바랐는데……."

네 사람은 교장의 이야기에 조용히 귀를 기울였다.

리세는 진심으로 아쉽다는 생각이 들었다. 도서관에서 그 책을 우연히 발견한다면 얼마나 재미있을까. 얼마나 가슴이 뛰고, 또 얼마나 놀랄까.

"정말로 없어졌나요, 그 책? 장서가 많으니까 어딘가에 묻혀 있는 건 아닐까요?"

히지리가 실망스러운 말투로 중얼거렸다. 교장은 작게 고개를 끄덕였다.

"그래, 나도 아직은 가능성을 열어두고 있어. 정리하지 못한 상자 속에라도 들어 있을까 싶어서 시간이 날 때마다 도서관 서가를 뒤져봤지. 사서에게도 신경 써달라고 부탁했고. 객관적으로 말하자면, 우리 도서관 직원들은 아주 유능한 사람들이야. 그래도 아직 그 책을 찾았다는 보고는 없어. 자, 너희도 혹시 그 책을 발견하면 꼭 내게 알려줘. 사례는 할게."

문득 유리가 물었다.

"그 책, 제목이 뭔가요?"

교장은 그리운 듯한 표정으로 대답했다.

"《삼월은 붉은 구렁을》이라고 해. 빨간 표지고, 판형은 좀 작아. 작가 이름은 쓰여 있지 않지."

리세는 머릿속으로 책 제목을 되뇌었다. 인상적인 제목이었다.

"여러분, 차 한 잔 더 하겠어요?"

교장이 포트를 들고 일어섰다. 모두 리필을 부탁했다.

교장이 방에서 나가자 팽팽하던 긴장이 뚝 끊어졌다.

예상과 달리 부드럽게 흘러가는 분위기에 유리와 레이지는 맥이 풀린 얼굴이었다.

"묘한 얘기네. 우리가 사는 세계가 그 책 속에 들어 있다는 건가."

레이지도 방금 들은 이야기에 흥미가 생긴 듯, 솔직한 얼굴로 히지리에게 말을 건넸다.

"읽어보고 싶은데, 그 책."

히지리도 고개를 끄덕였다.

교장은 포트를 들고 돌아와 찻잔을 돌리며 차를 따랐다. 아까보다 훨씬 부드러워진 분위기 속에서 유리도 어느새 웃는 얼굴이 되었다.

"자…… 슬슬 본론으로 들어갈까."

교장이 자연스럽게 입을 열었다. 담소하던 네 사람이 그의 얼굴을 바라보았다. 교장은 평소처럼 농염한 미소를 지으며 네 사람의 얼굴을 하나하나 둘러보았다.

네 사람은 순간 아차 싶었고, 방 안에는 다시 긴장감이 일었다.

"리세, 이사오 실종사건에 대해 훌륭한 추리를 했다고 들었어. 역시 너야. 너를 그 패밀리에 넣길 정말 잘했어."

리세는 깜짝 놀랐다. 어떻게 그런 일까지 알고 있을까. 문득, 유리가 했던 '미쓰코도 교장의 측근'이라는 말이 떠올랐다. 친위대는 아니지만 총애를 받고 있다고 했지. 미쓰코에게서 들었을까? 교장의 정보망이 우리가 나눈 일상적인 대화에도 닿아 있는 걸까? 목덜미가 서늘해졌다.

히지리와 레이지가 서로의 얼굴을 마주 보았다. 그들도 같은 생각을 하는 듯했다. 레이지는 노골적으로 경계심을 드러냈고, 유리는 수상하다는 듯 리세의 얼굴을 쳐다보았다.

"그래, 히지리와 레이지는 레이코가 이미 죽었다고 생각하고 있지. 내가 한 말을 믿지 않는다는 거네."

교장은 두 사람의 얼굴을 번갈아 바라보며 말했다.

잠자코 있던 두 사람 가운데, 레이지가 천천히 입을 열었다.

"그 상황에서 레이코가 집으로 돌아갔다고 해도 믿을 수 없죠. 밀실이나 다름없는 장소에서 레이코가 어떻게 나갔는지 알려주세요. 아니, 더 간단한 방법이 있어요. 레이코가 살아 있다면, 연락처를 알려주세요. 본인의 목소리를 듣는 게 가장 확실하니까요."

"밀실이니 어쩌니 하는 건 난 몰라. 그건 너희들의 착각일 수도 있잖아. 내가 현장에 있었던 것도 아니고, 그저 레이코가 부모님 댁에 돌아갔다는 사실만 알고 있을 뿐이야. 레이코가 어디 있는지는 말할 수 없어. 나는 학생의 프라이버시를 지켜야 하니까."

교장은 자신만만하게 말했다.

"그렇게 말씀하시면 끝이 없잖아요. 계속 평행선이에요."

히지리가 한숨을 쉬며 말했다.

"두 사람 다 레이코가 죽었다는 생각에는 변함이 없는 거니?"

교장이 다짐하듯 물었다. 두 사람은 침묵으로 답했다.

방 안에 어색한 정적이 흘렀다.

교장은 눈을 감고 희미하게 웃었다.

"알겠어. 이런 건 어떨까?"

네 사람은 흘끗 교장의 얼굴로 시선을 던졌다.

"만약 레이코가 이미 이 세상 사람이 아니라면……."

교장은 거기서 말을 끊었다.

무슨 말을 하려는 걸까, 이 사람은.

리세는 교장의 오렌지색 입술을 지켜보았다.

"부를 수 있겠네."

"부르다니요?"

모두가 일제히 되물었다.

"무슨 뜻이에요?"

유리가 화난 얼굴로 물었다.

교장은 장난기 어린 눈빛으로 유리를 바라보며 말했다.

"……레이코의 영靈을 말이야."

"농담은 그만두세요."

레이지가 벌떡 일어섰다.

"무슨 말씀을 하시나 했더니, 레이코의 영이라니요? 진지하게 대해주세요. 전 정말 레이코의 행방을 알고 싶단 말이에요."

"앉으렴, 레이지."

교장은 얼음처럼 차가운 목소리로 말했다. 말 한마디로 제압하는 힘에 레이지는 온몸을 움찔했다.

"'레이코의 행방을 알고 싶다'고 했지?"

교장은 레이지의 말을 되풀이하며 여전히 냉담한 목소리로 말했다.

"그렇다면 앉아. 너는 레이코를 만나고 싶어 하면서도 이미 죽었다고 확신하고 있어. 즉, 너는 죽은 사람을 만나고 싶은 거야. 그래서 오늘 너희를 불렀어. 생전에 레이코와 가까웠던 너희였으니까."

교장의 목소리는 채찍처럼 날카롭고 단호했다. 말이 바로 앞에서, 창자 속까지 울려오는 것 같았다.

"시험해보자······. 아주 흥미로운걸."

교장은 눈도 깜박이지 않고 학생들을 천천히 둘러보았다.

"나는 진심이야. 더 이상 학교 안에 이상한 소문이 도는 걸 원치 않아. 만약 다른 학생들에게 그런 헛소문을 퍼트릴 용기가 있다면, 그걸 증명해 보여. 죽은 레이코를 불러와."

교장은 히지리를 바라보았다.

"히지리, 넌 레이코가 습원에 빠졌다고 생각하지?"

그러고는 팔짱을 낀 채 천천히 일어나 구석에 있는 커튼을 젖히고 작은 창을 열었다. 곧바로 쏴······ 하고 얼어붙을 듯한 찬바람이 방 안으로 들이닥쳤다.

"저 방향이 정원이야. 너희가 레이코가 빠졌을 거라고 생각하는 습원이 있는 곳이지."

교장은 다시 네 사람을 돌아보았다.

"자, 강령회를 시작하자. 테이블을 정리해."

"그런······. 말도 안 돼요, 이런 거."

레이지가 파랗게 질린 얼굴로 소리쳤다.

"무엇보다 저나 히지리가 레이코에게 빙의된 척이라도 한다면 어쩌시려고요? 선생님은 레이코가 죽었다고 인정하실 건가요?"

히지리도 고개를 끄덕였다. 같은 생각을 하고 있었던 모양이다.

"괜찮아. 리세가 영매가 되어줄 테니까."

교장은 아무렇지 않은 듯 말했다. 리세는 놀라 움찔했다.

"제가요?"

"그래. 넌 소질이 있어. 게다가 이 가운데서 유일하게 레이코를 모르는 사람이잖니. 그래서 너도 부른 거란다. 레이코가 사라진 건 작년 말. 이런 한겨울에 습원에 빠졌다면 아직 시신은 부패하지 않았을지도 몰라. 만약 레이코가 나타난다면, 어디에 가라앉아 있는지 알려달라고 하자. 레이코의 죽음을 입증하려면 시신을 확인하는 게 먼저겠지. 만약 장소를 알려준다면, 약속할게. 반드시 수색하겠다고."

교장은 말 그대로 네 사람의 목덜미를 움켜쥐고 있는 듯한 위압감으로 말을 이었다. 뱀의 시선에 짓눌린 개구리처럼 누구 하나 움직이지 못했다.

진짜다. 이 사람, 진심으로 강령회를 하려는 거구나.

리세는 등줄기를 타고 서서히 기어오르는 공포를 느꼈다.

"어때? 이 내기는 너희에게 유리하지 않니? 만약 레이코가 나타나지 않으면 내가 옳다고 주장하지도 않을 거야. 그런 말을 했다간 오히려 내 상식만 의심받겠지. 나타나지 않으면 그건 그냥 한 번의 여흥이었던 셈 치고 잊어줘. 사춘기 아이들은 오컬트를 좋아하잖니. 너희도 방과 후 교실에서 분신사바 해본 적 있잖아? 오늘은 옛날얘기를 좀 많이 해서 그런지 나도 10대 시절로 돌아가 보고 싶어졌어. 그게 전부야.

자, 만약 레이코가 나타나면 너희의 승리야. 해볼 가치는 있지 않니?"

교장은 즐거운 듯한 목소리로 학생들을 몰아붙였다. 리세는 그런 침착함이 더없이 무서웠다.

이 자리를 버텨낼 방법이 없다는 사실을 깨달은 네 사람은, 누가 먼저랄 것도 없이 달달 떨면서 일어나 테이블 위를 정리했다. 방 안은 점점 더 서늘해지고 있었다.

"코트를 입는 게 좋을 거야. 추우면 집중이 안 되니까."

교장은 텅 빈 테이블 가운데에 빨간 양초를 하나 놓고 불을 붙였다.

학생들은 아무 말도 하지 않았다. 그저 서로의 시선을 피하며 조용히 코트를 집어 들고 천천히 입었다.

"자, 의자에 앉아. 그리고 옆 사람과 손을 잡아."

리세는 절망적인 기분으로 의자에 앉았다.

어쩌다 이렇게 되었을까. 도대체 무엇이 시작되려는 걸까.

떨리는 왼손을 내밀자, 유리의 차가운 손이 닿았다. 서로의 불안을 확인하듯 두 사람은 손을 꼭 잡았다. 이어 오른손을 머뭇거리며 내밀자, 레이지의 크고 따뜻한 손이 감싸안듯 다가와 조금 안심이 되었다.

"모두 천천히 숨을 들이마셨다가…… 내쉬고…… 눈을 감아."

교장의 낮고 또렷한 목소리가 방 안을 울렸다.

이윽고 조명이 꺼졌다.

작은 양초 불빛만이 흔들리며 춤을 추고 있었다.

그리고 방 안에는 음산한 정적이 찾아왔다.

어둠 속의 목소리

체격이 큰 소년이 어둠 속을 걷고 있었다. 차가운 밤공기에 어깨를 움츠린 소년의 얼굴은 단정하고 단단한 인상을 지녔다. 스웨터 위에 야구 점퍼를 걸치고 한 손은 청바지 주머니에 찔러 넣은 채, 그는 희미한 손전등 불빛으로 발밑을 비추며 말없이 일정한 속도로 걸었다.

어둠이 깊었다. 소년은 점퍼 주머니에서 봉투를 꺼내 들었다.

연보라색 대리석 무늬의 봉투.

왜 이런 늦은 시간에 초대한 걸까.

고개를 갸웃거리며 봉투를 다시 주머니에 넣었다.

신발 밑창이 돌길을 밟는 소리와 자신의 숨소리만이 귓가를 맴돌았다.

밤에는 사람이 다니지 않는다는 점을 생각하지 못한 게 분명하다. 학교 부지엔 조명이 부족했다. 손전등 불빛이 스치는 곳마다 어둠 속 학교의 윤곽이 잠시 모습을 드러냈다가 곧 다시 삼켜졌다. 이 세상에 혼자 남은 듯한 외로움과 불안감이 가슴 깊숙이 스며들었다. 하늘을 올려다보았지만, 구름 때문인지 별빛 하나 보이지 않았다. 칠흑 같은 어둠이 세상을 잠재우듯 고요히 내려앉아 있었다.

오늘 밤은 유난히 춥다.

소년은 몸을 파르르 떨었다. 어깨가 시릴 만큼 차다.

따뜻한 방 안, 모락모락 김이 오르는 홍차를 떠올렸다. 빨리 몸을 녹이고 과자도 먹고 싶다.

소년은 걸음을 재촉했다.

그때, 바스락하고 무언가 스치는 소리가 들린 듯했다.

소년은 순간 멈춰 서서 손전등으로 주변을 비추었다. 잘 다듬어진 상록수 숲이 희미하게 흔들리고 있었다. 야행성 동물일까? 그러나 주위는 고요하기만 했다.

괜스레 불안한 기분 탓일지도 모른다.

소년은 다시 걷기 시작했다. 점점 발걸음이 빨라졌다.

그는 점점 공포에 끌려가는 듯한 기분에서 벗어나려 애썼다. 설마…… 설마 내 뒤에 누가 있을 리는…… 이 어둠 속에, 나 말고 누가…….

어둠이 급속히 속도를 올리는 것만 같았다. 소년은 총총걸음이 되었다. 헉헉거리는 숨소리가 머릿속 가득 울렸다.

침착해, 침착해야 해. 그냥 내 상상일 뿐이야. 아무도 없어. 바보 같은 망상이야.

드디어 눈앞에 오렌지색 불빛이 보였다. 소년은 자신도 모르게 가슴을 쓸어내렸다. 뛰던 걸음을 멈추고, 천천히 현관을 향해 걸어갔다.

어휴, 간신히 도착했네.

그 순간, 바로 등 뒤에서 차갑고 어딘가 기묘한 톤의 목소리가 속삭였다.

"어서 오렴, 다과회에······."

나타난 것

방은 빠르게 식어가고 있었다.

바람은 없지만 열린 창으로 냉기가 계속 들어와 공기가 점점 무거워졌다. 너무 추워서 방 전체가 낮게 가라앉는 것만 같다.

어두운 방 안에서 다들 얼어붙은 듯 움직임이 멈췄다. 마주 잡은 손도 마치 녹아서 달라붙은 것처럼 감각이 사라졌다.

"자, 모두 레이코를 불러. 마음속으로 간절히 기도하는 거야."

교장의 낮은 목소리가 어둠 속에서 묵직하게 몸속으로 스며들었다.

레이코. 어떤 아이였을까.

리세는 눈을 감은 채 얼굴 없는 소녀의 모습을 떠올리려 했다.

머리는 길까, 아니면 짧을까?

어둠 속에 선 소녀는 긴 머리를 하고 있었다. 윤기 나는 검은 머리 위로 희미한 빛이 내려앉았다.

신경질적인 소녀…… 정신의 균형을 잃어가던 소녀……. 분명 마르고 피부는 하얗고, 섬세한 유리 세공품처럼 깨지기 쉬운 아이였을 것이다……. 레이지가 좋아했던 아이. 도서관에서 보았던 호기심 어린 갈색 눈동자가 떠올랐다. 그 부드러운 눈으로, 그 아이를 바라봤던 걸까. 그렇게 생각하니 마음 어딘가가 묵직하게 아파왔다.

레이지의 크고 따뜻한 손이 리세의 손을 다시 꽉 잡는 순간, 깜짝 놀랐다. 옆에 있는 사람이 레이지와 유리라는 사실을 그제야 떠올렸다. 레이지의 손은 땀이 약간 배어 있었다. 긴장한 걸까.

유리가 작게 기침을 했다.

리세는 서서히 의식이 퍼져나가는 것을 느꼈다. 시렸던 발끝이 조금씩 따뜻해졌다.

서로 연결된 다섯 사람의 손이 방 안에 빛나는 원을 그리고 있는 듯한 느낌이 들었다.

"레이코."

황천에서 울려오는 듯한 소리가 들렸다.

"넌 지금 어디 있니? 내 목소리가 들리니? 여기 모두 모였어……. 네가 보고 싶어 했던 사람들이 여기서 너를 부르고 있어. 만약 이 목소리가 들린다면, 이쪽으로 와……. 네 목소리를 들려줘……. 지금 네 몸이 어디 있는지, 우리에게 알려줘. 레이코. 모습을 보여줘. 네가 있는 곳을 알려줘."

그 목소리는 절박했다. 혹시 교장도 레이코가 어디 있는지 모른 채 레이지와 히지리를 이용해 이 강령회를 연 게 아닌가 하는 의심이 잠시 스쳤다.

어쩌면 교장 역시 레이코가 죽었다고 믿고 있을지도 모른다.

그 의혹이 마음속에서 형태를 만든 순간, 그때까지 어렴풋이 느꼈던 공포심이 단번에 뿜어져 나왔다.

정말로 레이코가 올지도 모른다.

그렇게 생각하니, 갑자기 창이 열려 있다는 사실이 무서워졌다.

창이 열려 있다. 바깥과 이어져 있다. 끝없이 펼쳐진 어둠과 이어지는 창이 열려 있다. 그곳으로 뭔가가 들어온다. 이런 곳에 앉아 있는 무방비한 나와 같은 공기를 마시는 뭔가가 들어온다. 창이 열려 있다. 어둠을 향해 창이 열려 있다.

리세는 패닉에 빠질 것 같았다.

엉겁결에 온몸이 굳었다. 리세의 상태를 알아챈 레이지와 유리가 동요하는 것을 느꼈다.

무섭다. 무방비한 등과 어깨가. 발밑이. 금방이라도 뭔가가 등에 달라붙을 것 같은 예감에 목덜미가 서늘해졌다. 춥다. 왜 이렇게 춥지. 창이 열려 있다.

"창을……."

리세는 무의식중에 말을 하고 있었다.

"창을 닫아줘."

"리세."

유리가 진정시키려고 말을 걸었다.

"무서워. 창을 닫아. **들어오잖아.**"

리세는 우는 소리를 냈다. 참을 수 없어서 눈을 떴다.

그 순간, 테이블 한복판의 촛불이 커졌다.

뭐지, 이거……? 리세는 눈을 크게 떴다.

휘익, 무언가가 천장을 스쳐 지나가는 기척.

그리고 다섯 사람이 앉아 있는 의자와 테이블이 펄쩍 뛰었다.

"으악!"

다들 비명을 질렀다.

"눈을 뜨면 안 돼, 손을 꼭 잡아!"

교장의 목소리가 어둠을 찢듯 날아왔다.

하지만 이미, 모두 눈을 뜨고 있었다.

리세는 어둠 속에서 유리와 눈이 마주쳤다. 두 사람은 서로에게 매달리듯 손을 꼭 쥐었다.

방 안의 온도가 높아진 듯한 착각이 들었다. 동그랗게 부푼 촛불이 이번엔 천장을 향해 실처럼 가늘고 길게 불꽃을 뻗었다.

"천장에……."

유리가 목소리를 삼키듯 말했다.

거기엔 무언가가 있었다.

검은 덩어리…….

교복을 입은 누군가의 등처럼 보이는 형체.

그리고 다음 순간, 리세는 그 무언가가 쑥 하고 내려오는 감각을 경악과 함께 온몸으로 느꼈다.

의자에 앉은 몸이 찌릿하고 흔들렸다.

몸이 한 사이즈쯤 커진 듯한 기묘한 감각이 밀려왔다. 정전기가 이는 것처럼 머리카락 끝이 곤두섰다. 무슨 일이 일어나고 있는지 알 수 없었다. 나는 내가 아니다. 나를 내가 바라보고 있다. 내가 두 겹이 되어 있다……. 사람 키만 한 인형탈을 뒤집어쓴 순간, 의식이 그 안으로 옮겨진 느낌이다.

"리세."

유리가 비명을 지르며 벌떡 일어섰다.

"여기는……?"

몸 안에서 끌려 나온 듯한, 낯선 목소리가 리세의 입에서 흘러나왔다.

"나는…… 어디……?"

이미 다른 네 사람은 눈을 크게 뜬 채 리세의 입만 뚫어지게 쳐다보고 있었다.

리세는 자신의 몸이 더는 자신의 것이 아니라는 감각뿐만 아니라, 남아 있는 한 가닥의 의식이 어딘가 냉정한 시선으로 그들 네 사람을 바라보고 있다는 것도 분명히 느꼈다…….

아연해하는 교장. 그 얼굴엔 예상 밖이라는 표정이 역력했다.

히지리와 레이지의 얼굴엔 경악과 공포가 반반씩 섞여 있었다. 믿을 수 없다는 눈빛.

유리의 두 눈엔 공포가 가득 차 있었다.

싫어. 그런 눈으로 날 보지 마. 리세는 속으로 유리에게 외쳤다.

"아빠한테 가야 해…… 아빠, 위독하대…… 정말 급해……. 그래…… 누군가가…… 뒤에서 밀었어……. 떨어졌어, 나."

말이 멋대로 흘러나왔다. 담담했지만, 어딘가 혼란스러운 목소리였다.

"차가운 늪에…… 깜깜한 늪…… 그래…… 누군가가 날 죽였어…… 산을 내려올 때."

목소리는 점점 흐느끼듯 떨리다가 결국 히스테릭하게 변해갔다.

"이건……."

히지리가 침을 꿀꺽 삼켰다.

촛불 너머로 레이지와 눈이 마주쳤다.

"레이코가 아냐."

끼익, 하고 방이 울리는 소리가 났다.

리세의 몸이 뒤로 확 젖혀졌다. 긴 머리가 허공에 흩날렸다.

"여기에 온 건, 이사오야."

히지리의 눈이 휘둥그레졌다.

"늪에 가라앉은 게…… 이사오……?"

레이지가 중얼거렸다.

"이사오? 지금 어디 있어, 이사오? 넌…… 어디에 가라앉아 있는 거야?"

그 순간, 리세의 입에서 날카로운 금속성의 비명이 길게 터져 나왔다. 그것은 소년의 비명이었다.

묵직하게 바닥이 울렸다. 그리고 다시 가구며 테이블이 불쑥 떠올랐다.

팽팽하던 실이 뚝 끊기듯, 리세의 몸이 의자 위로 털썩 무너져 내렸다.

촛불 위로 훅하고 따뜻한 바람이 지나가고, 다음 순간, 방 안은 숨이 막힐 듯 무거운 침묵 속으로 가라앉았다.

긴장이 풀렸다.

네 사람은 크게 숨을 내쉬며 의자에 바로 앉았다.

"……없어졌어."

레이지가 일어나 어두운 천장을 올려다보았다.

"리세, 괜찮아?"

유리가 창백한 얼굴로 리세를 들여다보았다.

탈진한 리세는 한 박자 늦게, 간신히 고개를 끄덕였다.

방 안은 여전히 추웠지만 온몸이 땀에 흠뻑 젖어 있었다.

"어떻게 된 거야? 죽은 건…… 이사오야? 그럼 레이코는……?"

히지리는 조용히 테이블 위에서 손깍지를 꼈다.

교장이 천천히 일어나 벽 쪽으로 향했다. 조명 스위치를 켜려는 찰나.

엄청난 비명소리가 저택 안을 뒤흔들었다. 다섯 사람의 몸이 동시에 굳었다.

"누구?"

"어디서야?"

교장이 스위치를 올렸다. 불이 환하게 켜지자 리세는 반사적으로 눈 위로 손을 올렸다. 편안하고 환한 방이 보였다. 불과 몇 분 전 일이 짧은 꿈처럼 아득했다.

"진짜 비명이 들렸어."

"밖이야."

"현관 쪽이었어."

"들은 적 있는 목소리였어."

굳어 있던 몸이 서서히 풀려, 모두 우르르 복도로 나왔다.

"잠깐. 내가 먼저 나간다."

교장의 낭랑한 목소리에 학생들의 움직임이 멈췄다.

교장은 주머니에서 열쇠 꾸러미를 꺼내더니 재빨리 커다란 나무 옷장의 열쇠 구멍에 열쇠 하나를 꽂아 문을 열었다.

그리고 그 안에서 윤이 나는 엽총을 꺼냈다.

학생들은 놀란 눈으로 교장을 바라보았다.

하지만 교장은 태연한 표정으로 민첩하게 탄환을 장전하더니 익숙한 손놀림으로 엽총을 들었다.

이상하리만치 잘 어울리네. 리세는 방정맞다고 생각하면서도 마음 한구석으론 감탄했다. 그 갈색 도구는 교장의 강인함과 아름다움에 너무나도 잘 어울렸다. 금빛 티포트를 들고 있을 때와 다를 바 없는 모습이었지만, 그 손엔 이제 총이 들려 있었다. 조금도 어색하지 않았다.

"수렵 면허는 있으니까 안심해."

교장이 웃으며 말했다.

이보다 믿음직한 아군이 또 있을까. 심지어 교장을 싫어하는 레이지와 유리조차 그 순간만큼은 인정하지 않을 수 없다는 눈치였다.

교장은 주저함 없이 총을 든 채 뚜벅뚜벅 복도를 걸어나갔다. 그 뒤를 네 사람이 머뭇거리며 따랐다.

복도가 유난히 길게 느껴졌다.

천장에 매달린 랜턴의 불빛이 출입문 너머를 희미하게

비추었다.

교장은 네 사람에게 뒤로 물러나라는 손짓을 하고는 천천히 몸을 현관문 뒤로 감추며 손잡이를 당겼다.

네모난 어둠이 조금씩 커져갔다. 동시에, 현관 불빛이 집 앞 돌층계 위에 오렌지빛 그물무늬를 드리웠다.

"앗……."

유리가 낮게 숨을 삼키듯 소리쳤다.

돌층계 중간에 누군가 엎어져 있었다.

"저건……."

교장은 주변을 잠시 둘러보더니 아무도 없는 것을 확인했는지 문을 활짝 열고 밖으로 걸어 나갔다. 차가운 밤하늘 아래, 하이힐 소리가 또각또각 울려 퍼졌다.

길게 뻗은 오렌지색 불빛 속, 교장은 총을 든 채 눈앞에 쓰러진 소년을 내려다보았다. 그 모습은 자신이 직접 사냥한 짐승을 확인하는 사냥꾼처럼 보이기도 했다.

"……죽었어."

건조하고 나직한 중얼거림이 흘러나온 뒤 교장은 냉정한 눈빛으로 학생들을 향했다.

"누구예요?"

유리가 조심스럽게 물었다.

"슈지."

교장이 짧게 대답했다.

"슈지……?"

레이지가 와락 달려들었다. 교장이 그를 날카롭게 노려보았다. 레이지도 같이 노려보았다.

"보지 않는 편이 좋아. 얼굴이 보이지 않아 다행이네."

하지만 나머지 세 사람도 멀찍이 떨어진 자리에서 그 광경을 지켜보고 있었다.

감색으로 보이는 야구 점퍼의 등에는 칼이 꽂혀 있었다.

즉사에 가까운 상태였을 것이다. 말로 설명할 수 없는 물체의 질량이 다섯 사람을 압도했다.

"누군가가 이 애를 따라와서 뒤에서 찌른 것 같네."

교장이 사체 위로 몸을 숙이며 낮게 중얼거렸다.

"어쩌다 이런 곳에……."

히지리가 레이지의 얼굴을 바라보았다.

가까이 다가가서야 리세는 그것이 지난번 식당에서 레이지에게 달려들었던 소년임을 알아차렸다.

교장의 친위대. 레이지와 사이가 나쁜 그가 다과회 초대 사실을 알고 방해하러 온 걸까?

리세가 유리 곁으로 바짝 다가가자 유리도 자연스레 몸을 기댔다.

자신들은 지금 얼마나 무방비한 세계에 있는 것인가. 등에 돋은 소름은 차가운 바깥 공기 때문만은 아니었다.

레이지와 히지리는 코트 주머니에서 손전등을 꺼낸 뒤

구부려 앉아 교장의 손을 비추었다.

그때 교장의 시선이 무언가에 이끌렸다. 야구 점퍼 주머니에서 하얗고 네모난 것이 삐죽이 튀어나와 있었다.

교장은 장갑을 낀 채로 그것을 집어 조심스럽게 꺼냈다.

네모난 봉투. 교장이 다과회 초대장으로 사용하는 것과 같은 모양이었다.

"이건……"

교장이 낮게 중얼거리며 봉투를 열고 내용물을 꺼냈다. 그러나 그것은 평범하게 생긴 흰 종이였다. 초대장에 쓰는 봉투와 세트인 편지지가 아니었다.

종이를 펼치자 손전등 끝에서 뿜어져 나온 오렌지빛 동그라미 안으로 서늘한 글씨가 떠올랐다.

9시 반까지 다과회에 오너라.

"아마도 이건 속임수였던 것 같아. 오늘 밤, 나는 슈지를 초대하지 않았어."

교장은 냉랭한 말투로 말하며 편지를 봉투에 다시 넣었다.

"그럼…… 그 녀석이 슈지를……"

레이지가 중간에 말을 멈췄다.

"아마도."

교장이 짧게 대꾸했다.

리세는 쓰러진 사체를 멍하니 쳐다보았다. 두려움은 이미 사라졌다. 지금 리세가 느끼는 것은 기묘한 위화감뿐이다.

저 칼. 왜일까, 본 기억이 있다.

리세는 슈지의 등에서 튀어나온 낡은 칼의 손잡이에 의식을 집중했다.

꽤 오래된 칼이었다. 손잡이에 새겨진 장식 무늬가 살아 움직이는 듯했다. 리세는 필사적으로 기억을 더듬었다. 어디서일까. 어디서 본 무늬일까. 그런데 왜. 왜 내가 이런 것을 본 기억이 있는 거지······.

교장이 천천히 일어섰다. 무언가를 깊이 생각하는 듯한 표정이었다.

"너희, 넷이 함께 돌아가렴. 오늘 밤은 더 이상 아무 일도 없을 거야. 그다음은 나에게 맡기고."

교장이 네 사람의 얼굴을 하나씩 둘러보았다.

"경찰을······ 경찰을 불러야 해요."

리세가 퍼뜩 떠올랐다는 듯이 얼굴을 들고 중얼거렸다.

교장이 희미하게 미소를 지었다.

"경찰? 그렇지. 경우에 따라서는."

"경우에 따라서요······?"

리세는 멍한 얼굴로 유리를 바라보았다. 유리는 이미 포기한 듯한 표정으로 리세를 바라보았다. 레이지와 히지리도 마찬가지였다.

리세는 길을 헤매다 낯선 마을에 들어온 아이가 된 기분이었다.

"말도 안 돼요. 살인사건이잖아요? 빨리 경찰을 부르지 않으면…… 그의 가족들도……."

리세는 더듬거리는 말로 호소했다.

교장은 관리자의 얼굴로 조용히 리세를 바라볼 뿐이었다.

충고, 경고, 위협. 교장의 얼굴에 서린 표정은 어느 것일까.

"리세, 오늘 밤 일은 부디 입 밖에 내지 않도록. 다른 세 사람은 이미 알고 있겠지만, 학생들이 불안에 휩싸이지 않도록 해야 해. 알겠니? 물론 너희 같은 호기심 많은 아이들이 조용히 있지는 않겠지. 좋아, 너희에겐 사건의 경과를 알려 줄게. 그러니까 얌전히 있어. 범인을 자극하지 않도록. 여긴 3월의 나라. 3월의 왕국이야. 왕국에는 왕국만의 사건 처리 방식이 있어. 알겠지? 자. 이제 돌아가서 따뜻하게 하고 자렴. 나쁜 꿈 꾸지 않도록 내가 기도해 줄게."

5장

파란 언덕의 과거

아침에 눈을 뜨면 가장 먼저 커튼을 젖히고 창밖을 바라보는 것이 습관이 되었다.

창밖으로 펼쳐지는 풍경은 리세의 마음 깊은 곳에 알 수 없는 그리움을 불러일으켰다. 아직 열네 살밖에 되지 않은 소녀에게 향수란 감정이 있을까 싶었지만, 자기가 아는 단어로는 그렇게밖에 표현할 수 없었다.

날마다 잔뜩 흐린 날씨가 이어지고, 끝없이 펼쳐진 질척이는 습원은 늘 잿빛 하늘과 맞닿아 있었다. 구불구불 흘러가는 검은 강 위로 앙상한 물새들이 무리를 지어 날아가는 풍경은 리세를 약간은 우울하게 또 한편으로는 황홀하게 만들었다.

오래된 창에 박힌 두 줄 철창은 더 이상 신경 쓰이지 않았지만, 창틀의 벽돌이 아직 새것이라는 사실은 예전에 일어났다는 사고를 떠올리게 했다.

공상에 빠지는 리세의 기질은, 이 폐쇄된 학원 제국 속에서 한층 더 짙어져 가는 듯했다. 리세는 멍하니 창밖을 바라보다 문득 자신이 외딴섬에 갇힌 공주가 된 것 같은 기분에 사로잡혔다. 일상이 아무리 쾌적해도 이곳이 거대한 감옥이라는 사실은 변하지 않았다. 유리의 충고를 가슴에 새기면서도 리세는 조금씩 이곳 생활에 익숙해지고 있었다.

교장 집에서 다과회가 열린 지 2주일이 지났다.

살인사건이 일어났다는 사실에 충격을 받았지만 학교는 변한 것이 없었고 네 사람이 입을 다물어서인지 소문도 퍼지지 않았다.

게다가 사건이 기숙사나 교사동과 멀리 떨어진 곳에서 벌어진 탓에 모르는 사람이 많은 것도 당연했다. 리세와 유리조차 그날 밤 이후 그 일에 관해 말하기를 꺼렸다. 두 사람은 침묵 속에서 마음의 평정을 되찾고, 무엇보다 일상으로 복귀하기 위해 애썼다. 보아하니 히지리와 레이지도 마찬가지였다.

교장은 슈지의 시신을 어떻게 처리했을까. 범인은? 학교 안에 범인이 있다는 사실을 알 텐데, 교장은 무슨 생각을 하고 있을까.

생각하기 시작하면 끝이 없었다.

규칙적인 종소리에 맞춰 학교생활을 반복하는 동안 소년의 시신은 마치 오래전 악몽처럼 기억의 저편으로 가라앉았다. 그러나 그 기억은 언제라도 떠오를 준비가 되어 있어서 리세의 마음속 긴장은 사라지지 않았다.

"리세, 너 여기 오기 전에 교장 만난 적 있어?"

"아니, 없어."

주말 오후, 대본을 읽던 유리가 무심히 물었다.

"그 사람, 어떻게 네가 영매 체질인 걸 알아챘을까."

유리가 리세를 가만히 바라보았다. 리세는 읽고 있던 책을 덮고 의자에 반듯이 앉았다. 서로 그 사건에 관해 얘기할 때가 왔다는 걸 느꼈다. 유리도 그 순간을 기다리고 있었던 것이다.

두 사람은 작은 테이블을 사이에 두고 마주 앉았다.

유리는 평소보다 진한 인스턴트커피를 머그잔에 탔다. 리세도 따라 했다. 유리는 선반 위에 놓인 보온병을 내려 잔 두 개에 뜨거운 물을 부었다.

"이 학교는 말이야, 들어오기 전에 반드시 교장하고 면접을 봐야 해. 그 절차도 없었어?"

유리는 진지한 눈빛으로 물었다.

크고 초롱초롱한 검은 눈으로 바라보면 누구라도 진실을 숨길 수 없을 것 같았다. 리세는 크게 끄덕였다.

"교장선생님이 출장 중이라서 면접을 못 했대."

"흐음…… 출장이라고. 난 믿을 수가 없어. 얼마 전에 그 사람이 하는 말 들었잖아. 여긴 자기 왕국이라고. 3월의 나라 어쩌고 하면서. 요컨대 자기가 왕이라는 뜻이겠지. 우리는 그 왕국의 백성, 결국 그 사람의 소유물이라는 말이야. 그런 사람이, 구성원을 아무렇게나 뽑았을 리가 없어. 이상하잖아? 너, 그 사람이 좋아하는 타입이라는 건 확실해. 아마 네 신상도 꽤 조사했을걸."

유리는 중얼중얼 말을 이었다.

"그것도 왜 하필 2월에 편입시켰을까……."

또다. 리세는 가슴속에 무거운 덩어리가 자라나는 것이 지긋지긋했다. 이 소외감……. 2월 마지막 날에 전학을 온 것에 대체 어떤 의미가 있는 걸까. 레이지가 처음 건넸던 말, 패밀리 학생들 사이에서 느껴진 이질적인 시선에 자신이 몹시 상처받았다는 걸 새삼 깨달았다. 세상에서 소외된 '묘지' 같은 세계에서 또다시 이단 취급을 받는다는 사실에.

"몰라. 난 지정받은 날에 맞춰 왔을 뿐이야. 마음대로 오고 갈 수 있는 곳도 아니잖아. 3월의 나라인지 뭔지 모르겠지만, 너도 이 사슬에 묶여 있잖아."

감정을 억누른 리세의 말에서 짜증을 느꼈을까, 유리는 쓴웃음을 지었다.

"미안, 리세. 영문 모를 얘기들만 듣게 해서. 하지만 이곳이 그 인간의 왕국이라는 점만은 확실해. 그 인간은 이곳에 집착하고 있어. 그래서 왕국의 평화를 깨트리는 짓은 절대 하지 않아."

리세는 몸을 앞으로 내밀었다.

"뭐야, 전설이라는 게? 레이지가 그랬어. 3월 이외에 전학 오는 사람이 있으면, 그 사람이 이 학교를 파멸로 이끈다는 말이 있다고. 누가 그런 얘기를 한 거야?"

유리는 시선을 돌리며 입을 다물었다.

"가르쳐줘, 유리. 모두가 아는 걸 나만 모르는 건 더 이상 견딜 수 없어."

리세는 더욱 몸을 내밀며 다그쳤다.

유리는 망설임을 떨쳐내듯이 커피를 한 모금 마셨다.

"곧 알게 되겠지만, 여긴 조금 이상한 수업이 하나 있어. 입학한 지 3개월쯤 지나면 받게 되지. 뭘 것 같아?"

결심한 듯 건네는 유리의 갑작스러운 질문에 리세는 당황했다.

"글쎄. 한 시간뿐이야?"

"응."

"뭘까. 종교 관련 수업?"

"틀렸어. 간단히 말하면 '학교사'. 이 학교의 역사야."

"학교사?"

"응. 아니, 정확히 말하면, 이 장소…… '파란 언덕'의 역사지."

"왜 그런 수업을 해?"

"글쎄. 유서 깊은 곳이라는 걸 자랑하고 싶어서일지도 모르고, 교장의 애교심 때문일지도 몰라. 강의는 교장이 직접 해."

"흐음⋯⋯ 그래서?"

리세는 머그잔을 양손으로 감싸며 흥미로워했다.

"너도 조금은 들었겠지만, 여긴 원래 수도원이었잖아. 꽤 오래됐지. 설립은 1800년대까지 거슬러 올라가. 트라피스트 수도원보다도 훨씬 전이야. 종파는 아직도 잘 몰라. 당시 하코다테에는 전 세계에서 온갖 종교가 흘러들어 왔으니까. 어느 교단에서 갈라져 흘러든 것 같지만, 어쩌면 도망쳐 온 걸지도 모르지, 이단 종파였을지도 몰라."

유리는 턱을 괴고 천천히 말을 이었다.

"하지만 이 '파란 언덕' 자체는 훨씬 더 오래된 것 같아. 옛 유적도 발견되었고, 그보다 훨씬 예전에도 사람이 살았던 흔적이 있는 것 같아. 습원 속에 우뚝 솟은 언덕, 지형 자체가 신기하잖아. 왜 이런 곳에 언덕이 있는지⋯⋯. 수도원이 생기기 전부터 이곳은 상징적인 장소로서 오랫동안 숭배받아 온 듯해."

"그래. 천연 지형이라고 믿기 어려울 정도야. 요새랄까, 성이랄까. 처음 봤을 때 완전히 압도당했어."

리세는 불안한 마음을 안고 습원의 도로를 달리던 기억

을 떠올렸다. 습원의 바다 위에 떠오른 삼각형의 파란 언덕. 그것이 눈앞에 나타났을 때의 섬뜩한 무서움과 기시감.

얼핏 뭔가가 머리를 스치는 듯했지만, 유리가 다시 입을 여는 바람에 그 감각은 리세의 의식 깊숙이 가라앉아 버렸다.

"여러 가지 신기한 현상들이 있었던 것 같아. 이 언덕에는 동서양 전설이 절충되어 전해지고 있대. 신이 살았다느니, 악마가 살았다느니, 재해가 일어나기 전엔 언덕의 색이 달라 보인다느니……. 믿을 수 없는 얘기지만, 한 가지 확실한 건 '불'이 자주 목격된다는 거야."

"불?"

"응. 세인트 엘모의 불이라는 것 알아? 자세히는 모르지만, 지하에 묻힌 가스나 불안정한 대기 같은 여러 조건이 맞아떨어지면 공중에서 방전이 일어나는 장소가 있는데, 이곳이 그런 곳이었던 것 같아. 그게 이 지역 사람들 눈에는 '신의 불'로 보였던 거지. 지형적으로 이런 현상이 일어나기 쉬운 모양이야. 그래서인지, 과거에도 이 '파란 언덕'에서는 몇 번이나 큰불이 났대."

"세상에."

리세는 갑작스러운 옛이야기에 당황했지만, 내용 자체에는 강한 호기심을 느꼈다.

"희한하게도, 그런 일은 전부 2월에 일어났어."

"2월에?"

"응. 첫 번째 큰불은 수도원이 있던 시절에 났어. 원인은 낙뢰였던 것 같아. 보다시피 이곳은 옛날이나 지금이나 덩그러니 드러나 있어서, 바람이 센 날에 불이라도 나면 진압하기가 거의 불가능했어. 그때도 눈 깜짝할 새에 언덕 전체가 불길에 휩싸였고, 아주 멀리서도 새빨간 삼각형이 보였다고 해."

"흐음."

리세는 어둠 속에서 불타오르는 언덕을 떠올렸다. 지금도 날씨가 좋을 때조차 접근하기 어려운데, 옛날이었다면 소방 활동은커녕 대피도 제대로 못 했을 것이다. 불이 꺼질 때까지 며칠이고 불길과 연기가 하늘로 치솟았겠지. 수녀들은 그동안 어떻게 버텼을까? 피할 곳도 없었을 텐데. 게다가 한겨울인 2월에 내쫓긴다면, 그것만으로도 죽을 고생이었을 것이다.

"2월에만 화재가 난 까닭은 공기가 건조하고 바람이 강하게 부는 철이라서일 거야. 하지만 단순히 2월에 불이 났다는 이유로 전설이 만들어진 건 아니야."

유리는 말을 멈추고 커피를 한 모금 마셨다. 별로 얘기하고 싶은 주제가 아닌 듯 커피를 자꾸 들이켰다.

"한 잔 더 마셔도 될까?"

유리는 인스턴트커피 병에 손을 뻗었다.

리세도 알 수 없는 긴장감을 느끼며 작은 테이블 위 꽃병에 꽂힌 갯버들 가지를 바라보았다. 비현실적이다. 리세는 부드러운 잿빛 털이 돋은 갯버들 끝을 응시하며 생각했다.

이 3월의 나라 이야기는 만들어낸 것 같다. 이렇게 예쁘고 총명한 소녀에게 옛날이야기를 듣고 있다는 사실이 이상할 정도였다. 리세는 문득 현기증을 느꼈다. 맞거울 속으로 빠져드는 듯한 현기증.

유리는 팔짱을 끼고 커피에서 피어오르는 김을 잠시 바라보다가 다시 입을 열었다.

"수도원 시절 기록은 거의 남아 있지 않지만 당시 최고의 사건이었던 만큼 화재에 관한 기록이 전체 기록의 절반을 차지한다고 해. 원래 그 수도원은 열두 명으로 시작했다는 얘기, 알고 있지?"

"응."

"그 열두 명이 언덕을 개척해서 살기 시작했대. 그런데, 그 큰불이 나기 며칠 전에 어떤 사람이 언덕에 찾아왔다고 해."

"이런 데를 혼자서? 대체 왜?"

"글쎄……. 종교 관계자인지, 나그네인지. 그 사람에 대한 기록은 전혀 없어. 다만, 그가 온 며칠 뒤에 파란 언덕에서 큰불이 일어났고, 불이 수습됐을 때는 그 사람도 사라졌다는 거야. 당시 화재로 불을 끄던 사람이랑 성당을 지키던 사람 등 수녀 네 명이 죽었다고 해. 의미심장하지 않아? 열세 번째 사람이 나타난 순간 재난이 닥쳤다는 게. 종교 분쟁이었을지도 몰라. 이단을 처단하려고 온 자객이 아닐까 했어, 나는."

자기 생각을 은근슬쩍 드러내는 걸 보니, 아무래도 유리도 꽤 미스터리 팬인 것 같다.

"열세 명째라."

리세는 우울한 표정으로 중얼거렸다. 전설이 그렇게 옛날까지 거슬러 올라갈 줄이야.

"그게 첫 번째. 2월에 나타난 방문자 탓인지 아닌지는 모르지만, 어쨌든 그런 타이밍에 화재가 또 일어났어."

"뭐엇, 아직 더 있어?"

리세는 고개를 들었다.

"당연하지. 아무리 낡고 오래된 곳이라지만 그렇게 아득한 옛날 전설만으로 지금까지 이런 소문이 남아 있을 리 없잖아."

유리는 어깨를 으쓱였다. 리세는 왠지 등이 오싹해졌다.

"40년쯤 전 일인데 말이야. 지금 교장의 아버지, 선대가 이 학교를 만든 지 얼마 되지 않았을 무렵에도 불이 났대. 그때도 역시 낙뢰. 나무에 떨어진 번개가 발화해서 교사로 옮겨붙었다나 봐. 전소는 면했지만, 건물 한 동을 통째로 태웠다네. 저녁 무렵이라 학생들이 모두 기숙사에 있어서 다행히 다친 사람은 없었대."

"……그래서? 물론 거기에도 누군가 나타났겠지."

리세가 포기한 듯 말을 거들었다. 유리는 쓴웃음을 지었다.

"짐작한 대로야. 교장이 한 얘기로도 알 수 있듯이 선대 때 3월에 들어와서 3월에 나간다는 의식을 시작했지만, 당시는 아직 그렇게 엄격하지 않았던 모양이야. 그래서 학생 사정에 따라 다른 시기에도 아무 때나 전학과 입학을 허용했어. 그리고 그중에도 있었던 거야. 특별히 2월에 들어온 학생이."

"남자? 여자?"

리세는 침을 꿀꺽 삼켰다.

"글쎄, 성별은 못 들었어. 그리고 역시 그 며칠 뒤에 화재가 났다나 봐."

"그 학생은 졸업했어?"

"아니. 반년 정도 뒤에 전학 갔대."

"뭐야. 그것뿐이야?"

리세는 안도한 얼굴이었다.

"단."

유리는 못을 박듯이 말했다.

"이상한 얘기가 덤으로 있어. 그 불이 난 자리에서 신원불명의 시신 한 구가 나왔대."

"시신? 그렇지만 네가 다친 사람은 없다고 했잖아?"

"맞아. 재학생이나 직원은 모두 무사했어. 그런데 누군지 전혀 알 수 없는 시신이 까맣게 탄 채 발견된 거야. 결국 신원이 밝혀지지 않은 채 무연고자로 어느 절에 이장됐다는 얘기."

리세는 말문이 막혔다. 섬뜩한 이야기였다. 그리고 그 섬뜩한 이야기의 연장선상에 자신이 있다는 걸 어렴풋이 느끼는 만큼, 유리의 말은 더욱 충격적으로 다가왔다.

"왠지 우울해지는 얘기네. 그래서? 다들 내가 학교 건물에 불이라도 지를 거라고 생각하는 걸까?"

리세는 한숨 섞인 목소리로 말했다.

"실제로 있었어. 불을 지른 사람이."

"뭐엇?"

농담처럼 던진 말에 유리가 진지한 얼굴로 고개를 끄덕이자 리세는 어처구니가 없었다.

"정말로?"

"그래. 이건 아직 얼마 안 된 얘기야. 5년쯤 전. 지금 재학 중인 상급생 중에는 기억하는 사람도 있을 거야."

"그렇게 최근 일이야?"

"응, 뭐."

"그럼, 그 사람도 2월에……."

리세는 조심스럽게 물었다.

유리는 끄덕였다.

"그래. 2월 마지막 날에 온 것 같아. 일정상 어쩔 수 없는 사정이 있었던 모양이야. 그 무렵은 이미 교장의 왕국이었잖아. '3월' 의식이 깊이 스며들어 있었고, 교장도 그걸 굉장히 중시했지. 학교 측에서는 비용을 부담할 테니 시내 호텔에 이틀 정도 머무를 수 없겠냐고 부모에게 부탁했대. 그런데 세계를 돌아다니는 바쁜 부모 입장에서는 말도 안 되는 요구

였던 거지. 결국 부모는 일정을 맞추지 못했고, 2월 마지막 날 아이를 학교까지 데려왔어. 부모는 오자마자 바로 공항으로 갔고, 학교도 어쩔 수 없이 그 아이를 받아들였대. 그래서 2월 전학생이 와버린 거지."

그 장면이 눈앞에 선하게 떠올랐다. 교문 입구에 버려지듯 남겨진 아이. 어쩔 줄 몰라 하는 눈으로 파란 언덕을 올려다보는 모습. 그 뒤로 모래바람을 일으키며 떠나는 고급 승용차.

"전학 온 건 남매였는데, 사건의 당사자는 남동생 쪽이야. 몸집이 작고 예민한 아이였대. 처음부터 모두에게 적의를 드러내면서 아무하고도 친해지려 하지 않았다고 해."

혼자 남겨진 아이. 아무도 없는 잿빛 풍경.

"한 달도 지나지 않아 그 애는 학생들이 수업 중이던 건물에 방화를 했어. 때마침 강풍이 불어서 불길은 금세 번졌지. 죽은 사람은 없었지만 학생과 교직원 등, 다친 사람이 많았어."

"너무해."

동정보다 분노가 앞섰다. 그건 무차별 살인이나 다름없다.

"그 아이는 어떻게 됐어?"

리세는 유리의 얘기가 결말에 가까워지고 있음을 느끼며 물었다.

"자살했어."

유리는 간단하게 대답했다.

"불을 지른 뒤 터덜터덜 늪으로 걸어 들어갔다고 해. 입수자살이야. 시신은 발견되지 않았고, 누나는 바로 전학 갔대."

리세는 깊은 한숨을 쉬며 식어버린 커피를 마셨다.

"그래서 내가 미움을 받는 거구나. 듣지 않는 편이 나았을지도 몰라."

"그렇지?"

"응……. 그래도 듣길 잘했어. 적어도 유리 네 입으로 들을 수 있어서 다행이야. 너, 어떻게 나랑 룸메이트를 하겠다는 결심을 했니?"

리세는 감탄 어린 눈으로 유리를 바라보았다.

유리는 깜짝 놀란 얼굴을 했다.

"바보 아냐, 리세. 그런 건 상관없어. 나는 사람을 캐릭터로 판단하거든. 다른 아이들과 비교하면 아무리 봐도 네 쪽이 훨씬 정상이지. 전설은 전설. 어쩌다 불행한 우연이 겹쳐서 이런 얘기가 생겨난 것뿐이야. 나는 그런 소문 따윈 신경 안 써. 다만, 걱정되는 건 교장이야. 그 인간, 그렇게 보여도 현실주의자야. 오컬트 취향이 좀 있긴 해도 비즈니스에는 굉장히 진지한 사람이거든. 그런 사람이 일부러 학생들이 불안해할 짓을 할 리 없다고 생각하면, 교장이 일부러 너를 2월에 받아들인 게 아닐까 하는 의심이 들어."

"어째서 그런 짓을?"

유리는 크게 고개를 저었다.

"몰라. 그러니까 더 혼란스러운 거야."

두 사람의 시선이 마주쳤다.

서로의 눈 속에서 혼란과 두려움을 읽었다.

"아, 벌써 3시네."

유리가 손목시계를 보며 작게 소리쳤다.

"할 일 있니? 연극 연습?"

"아니, 너도 가자, 리세."

"왜?"

유리는 일어서면서 대답했다.

"히지리랑 레이지를 만나기로 했어. 그 애들도 지난번 사건의 진전과 진상에 관심이 많은 것 같으니까, 넷이 토론 좀 해보자."

온실에서

유리를 따라 밖으로 나왔다.

하늘은 여전히 잿빛이다. 이곳에 온 뒤로 아직 파란 하늘을 본 적이 없다.

"어디 가니?"

"온실. 나하고 레이지 같은 불순분자가 얼굴을 맞대고 있으면 말이 나오니까 비밀장소에서 만나는 거야."

유리는 체육관으로 난 길을 걷기 시작했다.

검고 곧은 나무들이 가지런하게 늘어선 숲에 난 돌층계를 내려갔다. 쭉쭉 뻗은 나무가 즐비한 풍경 속을 걸어가는 유리의 뒷모습은 마치 철창살 사이를 지나가는 것 같았다. 리세는 숲 위에서 입을 딱 벌리고 있는 하늘을 불안한 마음으로 올려다보았다. 리세는 흐린 하늘을 싫어하진 않았다. 오히려 흐린 날은 구름의 입체감이 변화무쌍해서 꿈꾸기를 좋아하는 리세가 사색하기에는 더없이 좋다. 구름의 움직임을 눈으로 좇는 것은 내면에 흐르는 감정을 좇는 행위와 비슷하기 때문일지도 모른다.

그러나 이곳 하늘은……. 리세는 한숨을 쉬다가 하얀 입김에 놀랐다. 구름이라도 좀 움직여 주면 좋을 텐데. 이렇게 두꺼운 구름이 날마다 머리 위를 덮고 있으니 빛의 색을 잊어버릴 것 같다.

돌층계 중간에 아주 낡은 쉼터가 있었다. 돌 벤치와 돌 덮개. 한여름이라면 서늘하고 시원할 것 같지만 이런 추위에는 손을 댈 마음조차 들지 않는다.

유리가 발을 멈췄다.

쉼터 뒤는 돌벽이고, 정체 모를 동그란 구멍들이 점점이 뚫려 있다. 별자리인가? 리세는 벽을 보며 생각에 잠겼다.

"으음…… 이 쉼터 뒤인가?"

유리가 돌벽 뒤를 들여다보았다.

"있다, 있어. 리세, 따라와."

"응?"

유리의 모습이 벽 뒤로 사라졌다.

"유리."

리세는 황급히 벽 뒤로 머리를 들이밀었다.

"앗."

가운데에 동그랗게 구멍이 뚫린 어묵 모양의 터널이 있었다. 꽤 옛날에 만들어진 것 같다.

유리의 등이 터널 속으로 사라져 갔다.

"유리, 기다려."

리세는 어둠 속으로 발을 내디뎠다.

공기는 생각보다 건조했다. 바람이 통하는 길이 있는지 바깥보다 따뜻했다. 의식적으로 눈을 몇 번 깜박였다. 눈이 익숙해지자 터널 안이 희미하게 보였다. 5미터 정도 앞에 돌로 쌓은 벽이 보였다. 유리의 모습은 보이지 않았다. 모퉁이가 있는 것 같다.

리세는 뒤를 돌아보았다. 입구는 쉼터의 벽에 교묘하게 가려져 있었다. 무심코 걷거나 벤치에 앉아 있는 정도로는 이 터널을 눈치챌 수 없을 것이다.

리세는 고개를 숙이고 터널을 지나갔다. 모퉁이를 돌자, 10미터 정도 앞이 희미하게 밝아졌다. 그곳에 철제 나선계단이 있었다. 지상으로 이어진 것 같았다. 캉, 캉, 둔한 소리를 내며 계단을 올라가는 유리의 다리가 보였다. 서둘러 계단까지 달려온 리세도 녹슨 난간을 잡고 위로 올라갔다.

환하게 열린 곳으로 나온 순간, 압도적인 초록색이 눈앞을 가득 채워 깜짝 놀랐다.

"리세? 여기야."

초록빛 저편에서 유리가 불쑥 얼굴을 내밀었다.

"뭐 하는 곳이야, 여기?"

녹슨 골조에 불투명한 유리가 기하학적으로 끼워진, 돔 모양의 온실이었다. 보존 상태는 썩 좋지 않았다. 오랫동안 방치되어 온 듯하다. 그러나 난방기는 작동하는지 숨이 막힐 정도로 더웠다.

종려나무와 야자수 잎들이 방사형으로 뻗어 있었다. 손질이 잘된 편은 아니었다. 흙바닥에는 양치식물이며 잡초가 제멋대로 자라고 있었다. 생물의 냄새가 났다. 비릿한 냄새, 썩었다가 다시 태어나는 생명 활동의 냄새였다.

"부채파초야."

"이름은 들어봤는데, 이게 그거야?"

리세는 돔 천장 가득 잎을 펼친 거대한 식물을 올려다보았다. 납작하고 기다란 손가락처럼 생긴 잎들이 종이를 벗겨낸 부챗살처럼 하늘을 향해 뻗어 있었다.

"저기 잎이 갈라지는 부분에서 물을 채취할 수 있대. 시험해 본 적은 없지만."

"와, 깜짝 놀랐어. 밤에 이런 걸 보면 무섭겠다."

리세는 벌벌 떨면서 열대식물 지대를 빠져나갔다.

별세계 같은 짙은 초록빛 속에 히지리와 레이지가 앉아 있었다. 등받이가 없고 높이가 들쭉날쭉한 검은 파이프 의자 네 개가 둥근 철제 테이블을 둘러싸듯 놓여 있었다.

"오랜만이야."

"뭐야, 너희 같은 패밀리 아니니? 그동안 만났잖아."

유리가 어이없다는 듯 크게 말했다.

"그야 그렇지만 슈지의 시신 얘기 같은 건 패밀리 안에선 할 수 없잖아? 아무래도 그 사건은 없던 일로 된 것 같으니까."

히지리가 부예진 안경알을 닦으며 말했다.

"역시 그런가······. 그 애 반이나 패밀리에서는 그 애가 어떻게 된 걸로 되어 있어?"

유리가 허리에 손을 짚고 두 사람 앞에 섰다.

"자자, 그런 무서운 얼굴 하지 말고 앉지. 리세도. 하고 싶은 얘기가 있으니까."

히지리가 작게 손을 흔들며 빈 의자 두 개를 가리켰다.

"이런 것도 있는데."

레이지가 테이블 밑에서 와인병을 꺼냈다. 한 손에는 와인잔 두 개를 손가락에 끼워 들고 있다.

"맙소사. 어디서 구한 거야?"

유리는 팔짱을 끼고 의자에 털썩 앉았다.

"아오키 주방장한테 졸라서 얻어 왔는데, 요리용이라 별거 아냐. 뚜껑 딴 지 꽤 된 것 같아. 알코올도 다 날아갔네."

레이지는 병을 눈앞에 들고 고개를 갸웃거렸다.

"너무하네. 나도 줘."

유리가 레이지의 손에서 잔을 빼앗았다.

"무섭네."

레이지는 잔에 와인을 따랐다.

리세도 의자에 앉아 주위를 두리번두리번 둘러보았다.

"굉장해. 이런 곳이 있다니. 아래에서 봐서는 절대 모르겠어."

그 길을 몇 번이나 걸어 다녔지만, 전혀 눈치채지 못했다. 아래에서는 보이지 않는 곳에 만들어진 것 같다.

"응, 뭐. 몇 년 전에 원예사를 꿈꾸던 부잣집 아들 있었잖아. 지금은 거의 폐원이 됐지만, 인정상 온실 기능만큼은 유지해 주고 있는 것 같아. 이곳을 아는 학생들도 얼마 없을걸."

레이지가 대답했다.

"우와. 별도 보이려나."

리세는 천장을 올려다보았다.

"글쎄…… 밤에는 캄캄하니까 보일지도 모르지. 그 전에 저 지저분한 유리를 좀 닦아야겠지만."

레이지도 따라서 천장을 올려다보았다.

대화가 끊기고 네 사람의 시선이 어색하게 마주쳤다.

"슈지는 친척이 상을 당해서 잠시 돌아간 걸로 되어 있어."

히지리가 냉정한 얼굴로 도화선에 불을 댕겼다.

"만날 똑같아. 가끔은 다른 평계도 좀 생각하시지."

턱을 괴고 앉은 레이지가 콧방귀를 뀌었다.

"아마 일주일쯤 지나면 슈지는 집안 사정으로 전학 간 걸로 처리될 거야."

"전학생이 너무 많지. 나도 언제 '전학' 가게 될지 모르겠군."

유리가 잔을 입에 대며 차갑게 중얼거렸다.

"그렇게 자주 없어지니?"

리세가 손가락을 만지작거리며 조심스럽게 물었다.

"그렇지. 진짜로 나가는 사람도 포함해서 한 해 열 명 정도."

"꽤 많네."

"음. 애초에 이 학교 성격상 출입이 많은 건 어쩔 수 없지만, 그중 몇 퍼센트는 스스로 걸어 나간 게 아닐 거야."

"슈지는…… 그 사체는 어떻게 됐을까?"

리세가 겁먹은 눈길로 말했다.

"그 녀석은 '묘지' 팀이었어. 떨어져 나간대도 누구 하나 신경 쓰지 않을걸. 교장은 이런 일 처리하는 법을 자알 알고 있지. 그 인간이 돈만 주면 사고사 진단서 써줄 사람들은 얼마든지 있을 테니까."

"근데, 그 애 정말 죽은 게 맞니?"

유리가 히지리의 얼굴을 보며 불쑥 물었다.

히지리는 깜짝 놀란 표정이었다.

"뭐야, 연극이었단 말이야? 그런 연극을 왜 했겠어. 그것도 우리가 보는 앞에서."

"으음, 우리가 사체를 본 건 아주 잠깐이었잖아. 게다가 주위도 깜깜했고. 죽은 걸 확인한 것도 교장이고, 우리를 밀쳐 낸 것도 교장이야. 지금 돌이켜 보면 뭔가 꿈 같기도 하고."

"아냐, 죽었어. 사체란 건 살아 있는 사람과는 전혀 다른 물체야. 왠지는 모르겠지만, 보는 순간 죽었다고 직감했어. 그런데 슈지를 죽여서 무슨 득이 생기지?"

레이지가 반론했다.

"없을 것 같긴 해. 하지만 교장의 이상한 행동은 도무지 이해할 수 없어. 리세의 일도 그렇고."

유리는 와인을 한 모금 마시고 얼굴을 찡그렸다.

"뭐야, 이거. 식초가 되어가고 있잖아."

"역시. 난 안 마시기로 했음."

"억울해, 나한테 맛보게 시킨 거잖아."

"아야야야야."

유리가 레이지의 팔을 꼬집은 모양이다.

"그 다과회는 뭐였을까?"

히지리가 중얼거렸다.

"응?"

세 사람이 히지리를 바라보았다.

"왜 우리를 불렀을까? 왜 갑자기 강령회 같은 걸 했을까?"

"왜긴 왜야. 그 인간의 취미겠지. 나랑 레이지를 초대하고 싶어 했던 건 훨씬 전부터야. 이번에는 비겁했어, 리세와 룸메이트가 되는 걸 미끼로 삼다니."

유리가 주머니에서 캐러멜을 꺼내 모두에게 나눠주었다. 식초를 마시고 입가심하라는 뜻 같았다.

"확실히 그 인간은 미남 미녀를 좋아하긴 해. 전부터 레이지나 유리한테 은근히 시선을 보내는 건 눈치챘어."

"그만해, 재수 없으니까."

"하지만 그 인간이 초자연현상에 흥미가 있다는 사실은 놀라웠어. 그 강령회, 좀 뜻밖이지 않았냐?"

히지리가 탐색하듯 세 사람의 얼굴을 둘러보았다. 세 사람은 불안한 표정이 되었다.

"그 인간은 이렇게 세상과 동떨어진 곳에 있으면서도 점이나 유령 같은 건 전혀 믿지 않는 남자야. 무엇보다 그 인간은 운에 의지할 필요가 없어. 막연한 추측이나 별점을 믿기보다 자기 머리로 확률을 계산하는 쪽이 빠른 사람이니까."

히지리의 목소리에는 약간의 공포가 배어 있었다.

세 사람은 말없이 히지리의 얼굴을 바라보았다.

"나는 지금까지 IQ 테스트를 몇 종류나 받았어. 초등학생들이 보는 그런 간단한 게 아니라, 미군 연구자들이 사용하는 몇 시간이나 걸리는 본격적인 테스트야. 이 학교에서도 그런 테스트를 받은 적이 있어. 아마 어딘가 연구기관에 위탁했겠지. 나는 그때까지 받은 테스트에서 전국 상위 5퍼센트 안에 들었으니까 이 학교에서는 분명 최고일 거라 생각했어. 그런데 시험관이 우연히 흘린 말로 알게 됐어. 나는 이곳의 역대 졸업생을 포함해도 2위였어. 1위가 누굴 것 같아? 바로 그 교장이야."

평소에는 온화한 소년이어서 별로 의식하지 못했지만, 히지리가 천재라는 것은 알고 있었다. 그러나 그보다 위에 있는 사람이 교장이라니.

"스무 살 넘으면 다 똑같다고 하잖아. 너는 그렇지 않을 것 같지만."

레이지가 놀리듯 끼어들었다. 히지리는 고개를 저었.

"그 인간은 도깨비야. 이런 벽지의 사립학교에서 교장이나 하고 있을 인물이 아니야. 연구자로도, 사업가로도 얼마든지 성공할 수 있었을 거야. 그 다과회 때도 교사들이 내게 준 연구 주제를 완벽하게 이해하고 있었어. 아니, 더 잘 알면서도 장소가 장소라 잡담처럼 가볍게 넘긴 거겠지."

히지리는 어딘지 모르게 패배감이 서린 얼굴로 캐러멜을 입에 던져 넣었다.

"그 인간이 현실주의자라는 건 알고 있었어. 그럼 그때 일어난 일은 뭐지? 그게 꿈이라고 느껴지지는 않아? 우리 모두 같은 체험을 했을 거야. 천장에 비친 그림자, 의자며 테이블의 진동, 그 일들은 대체 뭐였을까?"

유리가 양손을 벌리며 물었다.

히지리는 진지한 얼굴로 팔짱을 꼈다.

"그 강령회 자체가 교장이 꾸민 트릭 아닐까?"

반론의 목소리가 일제히 터져 나왔다.

"그럼 내가 거짓말을 했다는 거야?"

리세가 굳은 목소리로 묻자 유리와 레이지가 아차 하는 표정을 지었다. 히지리는 무표정하게 리세를 바라보았다. 총명함이 넘쳐나는 눈동자와 시선이 마주쳤다.

"리세, 기분 나쁘게 듣지 마. 우리는 가능성 있는 얘기를 하고 있을 뿐이야. 교장의 행동을 설명하기 위해서 말이지. 그리고 나는 네가 거짓말을 했다고 말하는 게 아니야. 너는 암시에 걸렸을지도 몰라. 교장은 사람 마음을 쥐락펴락하는 데 능숙하니까. 나는 그 사람이 평소에도 학생들에게 암시를 걸고 다니는 게 아닐까 의심하고 있었어. 리세, 어때? 너, 암시에 잘 걸리는 편이야?"

히지리가 그렇게 되묻자 리세는 입을 다물었다.

"글쎄…… 그다지 자아가 강한 편은 아니라고 생각하지만. 교장이 내게 최면술을 걸었다고?"

"최면술이라고 하긴 극단적이지만 말이야. 그 어두운 방, 촛불……. 리세뿐 아니라 우리 모두가 암시에 걸리기 쉬운 상태였을 거야. 나는 교장이 창을 연 게 계속 마음에 걸려. 혹시 창을 열기 위해 일부러 강령회를 벌인 건 아닐까 싶을 정도로."

"창을?"

"어째서?"

히지리는 생각에 잠겼다.

"그건 아직 잘 몰라. 이를테면 우리가 마신 홍차에 무슨 약을 탔거나…… 사람이 느끼지 못하는 휘발성 약물을 써서 우리를 환각 상태로 만든 다음, 창을 열어 가스를 빼냈다든가…… 아니면 처음부터 교장이 슈지와 한패였을 수도 있어. 슈지에게 밖에서 약품을 뿌리게 하고, 교장 스스로 슈지를 제거했다든가."

"설마. 그런 귀찮은 짓을. 성공할 확률도 아주 낮잖아. 굳이 그렇게 귀찮은 방법을 쓸 이유가 있을까?"

레이지가 가볍게 웃어넘겼다. 다른 두 사람에게도 히지리의 얘기는 황당하게 들렸다. 히지리가 농담을 한다고 생각한 유리와 리세는 후후 웃었다.

그러나 히지리는 웃지 않았다.

"그래도 나는 교장이 창을 연 게 여전히 마음에 걸려."

창? 창이 어쨌다는 거지.

리세는 창을 열던 교장의 모습을 떠올렸다. 이내 방에 스며들던 밤의 냉기도. 마음 한구석이 술렁거렸다. 열린 창.

"그보다 만일 우리가 교장의 책략으로 환각 상태에 빠졌다 하더라도, 그게 교장에게 무슨 득이 될까? 우리를 겁주는 게 목적이었다는 거야?"

유리가 아직 웃음기가 남은 얼굴로 물었다. 입속에서 부드러워진 캐러멜을 우물우물 씹고 있었다. 히지리가 차가운 눈으로 유리를 보자, 유리는 캐러멜 씹던 것을 멈췄다.

"그때, 그 인간이 어떤 얘기를 했지?"

"어떤 얘기라니. 레이코가 죽었다는 소문을 그만 퍼트리라는 얘기 아니었어? 레이코가 죽었다는 증거를 보여달라고."

"음. 그런데 실제로 나온 건 이사오였지. 요컨대 우리는 이렇게 생각했던 거야. 죽은 건 이사오. 그리고."

"레이코는 살아 있다, 고?"

레이지가 히지리의 말을 대신했다.

"그런 거지."

히지리가 작은 소리로 웃었다.

"머릿속이 혼란스러워⋯⋯. 요컨대 교장은 우리에게 레이코가 살아 있다고 믿게 하려고 그 다과회를 열었다는 말이야?"

유리가 약간 시비조로 물으며 히지리를 노려보았다. 히지리는 가만히 있었다.

"그럴지도 모른다는 거지. 어디까지나 가능성 얘기야."

"하지만 그렇다고 해도 이상해. 리세는 이사오를 만난 적이 없잖아. 어째서 본인밖에 모를 대사가 나와?"

리세는 자신이 둘로 갈라진 듯했던 그때의 감각을 떠올렸다. 그것이 환각이었다는 말인가? 그렇게 또렷이 느꼈는데? 천장에 붙어 있던 등의 곡선…… 나는 분명히 보았다. 게다가 그것이 내 속으로 떨어지는 충격, 내 안으로 스며든 감각. 그건 절대로 거짓이 아니었다.

"아니. 본인밖에 모르는 내용은 아니야. 그때 리세가 한 말 기억나? 아빠가 위독해서 돌아가야 해, 그런데 산을 내려올 때 누가 밀었어, 이것뿐이야. 우리가 이사오를 마지막으로 봤을 때, 그 애 아버지가 위독하다는 소식을 들었다는 걸 리세는 예비지식으로 알고 있었어. 아, 우리 패밀리의 저주받은 역사를 리세에게 얘기할 때 유리는 없었구나. 교장도 얼핏 얘기했지만, 리세는 산정 야외극장에서 이사오가 사라진 사건의 진상을 전후 사정만 듣고도 간파했어. 리세는 본인이 생각하는 것 이상으로 관찰력과 직감이 뛰어나. 서둘러 산을 내려간 이사오에게 무슨 일이 일어났는지, 의식 속에서 상상하고 있던 걸 얘기했을 뿐이야. 동요하는 이사오의 심정까지 헤아려서. 교장은 '이사오가 나온다'는 암시만 리세에게 걸어도 충분했던 거야. 그 인간은 리세의 관찰력과 직감을 꿰뚫어 보고 있었을 테니까."

"그렇지만……."

리세는 머뭇거리며 입을 열었다.

"그렇게까지 할 필요가 있었을까? 그런 목적을 위해서라면 더 간단한 방법이 있었겠지. 내게 암시를 걸 거라면 '아무도 나오지 않는다'라고 했으면 돼. 굳이 이사오를 꺼낼 필요는 없잖아. 기껏 레이코가 살아 있다고 믿게 했다 하더라도, 그때까지 문제가 되지 않았던 이사오의 영혼을 끌어내는 건 긁어 부스럼이잖아. 학교를 지키기 위한 트릭이라면 두 사람 다 살아 있다는 사실을 증명해야 의미가 있지 않을까?"

"그렇지. 반대로 그 사건이 교장의 트릭이라면 오히려 레이코가 죽었다는 걸 증명하게 되는 셈 아냐? 우리에게 레이코가 살아 있다는 사실을 납득시키기 위해 그런 방법을 쓸 수밖에 없었던 건, 달리 수단이 없어서야."

"같은 논리로 보면."

레이지가 유리의 얼굴을 보면서 말을 이었다.

"어느 쪽이든 이사오는 죽은 게 돼. 살아 있는 이사오를 죽었다고 해도 교장이나 학교에 전혀 득이 없지. 하지만 죽은 이사오를 죽었다고 해도 별문제는 없어. 잠깐, 혹시 교장의 목적은 이사오 쪽이 아니었을까? 그래, 만일 유리의 말이 맞다면 레이코는 이미 죽었을지도 몰라. 그리고 교장은 그걸 알고 있어. 하지만 이사오에 대해서는……."

"무슨 얘긴지 모르겠어. 알기 쉽게 말해줄래?"

유리가 머리를 긁적였다.

"그러니까. 교장은 레이코가 어떻게 됐는지는 알고 있지만, 이사오에 대해서는 몰랐던 거야."

"뭐어?"

"분명 이사오는 진짜로 행방불명된 거야. 교장이 찾고 싶었던 쪽은 이사오였던 거지. 교내에서 사라진 이사오의 행방을 우리에게 찾게 하려는 의도가 있었던 거야."

바스락 소리가 나며 천장이 흔들렸다. 새가 유리에 부딪쳤는지, 깃털이 흩날리며 떨어지는 것이 보였다. 새는 파닥파닥 날갯짓을 하며 자세를 바로잡더니 다시 잿빛 하늘로 사라졌다.

네 사람은 창백한 얼굴로 말없이 천장을 올려다보았다.

히지리가 불쑥 중얼거렸다.

"모르겠어······. 앞뒤가 안 맞아. 그 강령회는 진짜였는지 가짜였는지······ 연극이었다면 왜 그런 연극을 벌였는지. 레이코와 이사오는 살아 있는지 죽었는지······. 이사오가 죽었다면 대체 누가 죽였는지?"

"한 가지는 확실한 게 있지."

유리가 차갑게 웃었다.

"이 학교에는 사람의 등을 칼로 찔러 죽인 살인자가 있다는 것."

리세가 문득 얼굴을 들자 온실 유리 저편으로 하늘을 가로지르는 새들의 무리가 보였다.

새는 날 수 있다. 어디로든 갈 수 있다. 그러나 우리는 이 언덕에서 도망치지 못한다.

6장

봄기운

역시 이 땅에도 봄은 어김없이 다가오고 있었다.

4월에 들어서자, 이제야 엷어진 구름 사이로 숨바꼭질하듯 빛의 기운이 보일락 말락 했다.

봄 특유의 술렁이는 공기 감촉. 겨울 동안 대지에 박혀 있던 단단한 쐐기가 조금씩 올라와 하늘하늘 움직이듯 습원이 녹기 시작했다.

리세는 책장을 넘기던 손을 멈추고 창밖을 멍하니 바라보았다.

언제부턴가 도서관에 오면 늘 이 자리에 앉는 게 습관이 되었다.

검은 머리 소년을 만났던 기억은 아직 지워지지 않았다.

얼굴을 들면 정면에 일을 하는 사서가 보인다. 만일 그 아이가 다시 나타나더라도 곧장 사서에게 달려갈 수 있다. 큰 기둥을 등지고 벽의 움푹 팬 공간에 꼭 맞게 놓인 비스듬한 독서용 책상이 있어, 은신처 같은 안심감을 주었다. 왼쪽의 좁고 기다란 창으로는 언덕의 경사면과 하늘이 반반 나뉘어 마치 화투 그림 같은 풍경이 펼쳐져 있었다.

그런데 그 뒤로 그 소년은 왜 보이지 않을까? 날마다 학교를 오가다 보면 학생들 대부분의 얼굴을 익히게 된다. 그렇다고 해도 그렇게 인상이 강렬한 소년이 눈에 띄지 않다니. 외부인일까? 하지만 그 애는 교복을 입고 교내를 자유롭게 돌아다니고 있었다.

언덕에 줄지어 선 나무들에도 재생의 조짐이 소리 없이 다가오고 있었다. 환절기 바람이 숲을 흔들고 구름을 흘려보냈다. 아주 잠깐 구름이 끊긴 사이, 햇빛이 얼른 나와 언덕을 비추었다.

그 강렬한 빛을 보는 것만으로도 불안한 느낌에 가슴이 두근거렸다.

어쩌면 나는 예전부터 줄곧 여기 앉아 이 경치를 바라보고 있었던 건 아닐까. 영원히 이 자리에 앉아, 이따금 과거와 미래를 꿈꾸고 있을 뿐인지도 모른다.

그때 갑자기 배에서 소리가 났다. 리세는 이내 현실로 돌아왔다. 마지막 수업인 체육 시간에 단거리 달리기를 하느라 있는 힘껏 달린 탓에 위가 빨리 비어버린 모양이다.

유리를 부르러 가자.

리세는 책을 덮고 자리에서 일어섰다.

오월제 공연에서 유리는 '로즈버드'의 주요 배역을 맡아 추리극에 도전한다고 한다. "대사가 많아" 하고 투덜거리면서도 체력 강화 훈련에도 열심이고, 발성 연습이나 책 읽기까지 날마다 밤늦도록 연습에 전념하고 있었다.

이 학교에는 행사가 많았다. 행사라고 해도 카드 게임 대회나 테니스 대회처럼 거창하지 않은 이벤트였고, 의무적으로 참가해야 하는 건 아니었지만 모두 좋은 집안의 도련님과 규수들답게 스스로 참가하여 무난히 운영되고 있었다.

학생들은 타인과 거리를 두는 법을 터득한 듯했다. 남의 일에 참견하지 않고, 적당한 관심과 적당한 사양으로 자신의 일상생활을 유지해 간다. 그런 점은 참으로 훌륭해서, 리세가 전학 오기 전 다녔던 학교 학생들과는 천지 차이였다. 느닷없이 부딪치거나 가짜 폭탄을 던지는 일 따위는 하지 않는다. 어떻게 보면 아이답지 않다고도 할 수 있다. 1년 내내 얼굴을 마주하고 생활하다 보니 나름대로 터득한 생활의 지혜일 것이다.

지혜롭긴 하지만, 한편으로는 뭔가를 포기하고 있는 것처럼 보이기도 했다.

나도 그런 식으로 보일까?

리세는 책을 안고 천천히 통로를 걸었다. 큰 탁자에 책을 펼쳐놓고 보고 있던 낯익은 여자아이에게 인사를 건넸다.

바로 그 순간, 퍽 하고 누군가와 부딪쳤다.

종이뭉치가 낱낱이 바닥에 떨어졌다. 낡은 악보들이었다.

"앗."

놀라는 소리가 났다.

"미안해, 내가 딴 데를 보고 가다가."

리세는 황급히 몸을 구부려 악보를 주워 모으기 시작했다.

"아냐, 나야말로 멍하니 가다가."

누군가가 몸을 구부렸다. 크고 예쁜 손이 눈에 들어왔다.

"어, 너."

고개를 들자, 하얀 얼굴 속에 놀란 듯한 갈색 눈과 마주쳤다. 밤색보다 조금 더 옅은 색의 부드러워 보이는 머리카락. 어쩐지 독일계 피가 섞인 것 같다.

리세가 이름을 기억하려고 말끄러미 소년의 얼굴을 쳐다보자, 소년은 금세 얼굴을 붉히며 시선을 돌렸다. 리세는 자신이 실례되는 행동을 했다는 걸 깨닫고 따라서 얼굴을 붉혔다.

"미안해, 빤히 쳐다봐서. 저기, 너는……."

리세가 더듬거리자 소년은 황급히 손을 저었다.

"요한이라고 해. 넌 리세지?"

아름다운 소년은 수줍어하면서도 친근하게 미소를 지었다.

"난 너보다 한 살 위야. 너보다 하루 뒤에 전학 왔어."

"아, 네가."

제법 귀여운 아이야. 여자아이들이 난리 났어.

유리의 목소리가 뇌리에 되살아났다. 과연 그렇군.

유리나 레이지처럼 날카롭고 작은 동물 같은 아름다움이 아니다. 그야말로 천성적으로 착한 성격이 배어 나오고 누구에게도 손가락질받을 일 없는, 사람 좋아 보이는 아름다움이다. 아이돌의 조건을 타고났다. 분명 그는 '요람' 팀이거나, 이 악보 다발로 보아 '양성소' 팀일 것이다.

리세는 여기서 지내는 동안 그 두 팀과 '묘지' 팀 사이에 보이지 않는 벽이 있다는 걸 깨달았다. 리세는 말하자면 '묘지' 팀이었지만, 뭔가 어중간한 처지라는 느낌을 받고 있었다. 그러나 눈앞에 있는 것은 언제나 밝은 곳에서 살아온 소년이었다. 괜스레 끌리면서도, 동시에 왠지 상대방을 주눅 들게 하는 소년이다.

겨우 하루 차이인데 나를 2월에 전학시키고 그를 3월에 전학시킨 것도 나름대로 이유가 있는 걸까. 나는 이색분자고, 그는 정통파인가? 교장은 분명 요한을 만났을 것이다.

리세는 표현할 수 없는 분노를 애써 참으려고 바닥만 보며 말없이 악보를 주웠다. 하지만 요한은 리세와 얘기를 하고 싶어 하는 눈치였다. 그런 기색을 느끼고 할 수 없이 고개를 들자, 요한은 빙긋 웃으며 해맑은 보조개를 만들었다. 그 웃는 얼굴에 리세는 '못 당하겠군' 하고 속으로 쓴웃음을 지었다. 분명 누군가와 눈이 마주치면 웃어주라고 자연스럽게 교육을 받았을 것이다. 요한의 뒤에 요한을 사랑하는 어머니의 얼굴이 보이는 것 같았다. 당연한 듯이 사랑을 받으며 자란 소년.

"너는 여기 오기 전에 교장선생님에게 면접을 봤니?"

리세는 마음을 가다듬고 대화를 해보기로 했다. 요한이 어리둥절한 표정을 지었다.

"응, 잠깐. 삿포로에 있는 호텔에서 만났어. 그 사람한테 정말 놀랐어. 내가 만났을 때는 어딜 봐도 남자였는데."

"어머, 나는 아직 그 사람이 남자인 걸 본 적이 없어."

"듣기로는, 밖에 나갈 땐 남자고 학교에 있을 땐 여자래. 역시 그렇게 젊은 나이에 교장을 하려면 밖에서는 남자로 있는 편이 더 자연스럽겠지."

생각보다 목소리가 차가웠다. 의외로 외모와 달리 세상살이에 익숙한 아이인지도 모른다.

"어떤 차림이었어?"

리세가 흥미를 느끼며 물었다.

요한은 천장을 올려다보며 기억을 더듬는 시늉을 했다.

"으음, 모직 스리피스를 입고 있었는데, 능력 있고 활동적인 사업가 같은 분위기였어. 서 있기만 해도 아우라가 느껴질 정도였지. 스쳐 지나가는 사람들이 다 돌아봤어. 우리 아빠는 완전 압도당했잖아."

요한은 쿡쿡 웃었다. 낱낱이 흩어졌던 악보를 마룻바닥 위에서 번호순으로 늘어놓으며 콧노래를 불렀다.

"아, 그거 《전람회의 그림》*이지?"

리세가 말하자 요한의 얼굴에 기쁨이 번졌다. 그가 흥얼거리고 있던 건 주요 테마인 〈프롬나드〉 부분이었다.

"리세는 어떤 곡을 좋아해?"

"난 〈고성古城〉. 좀 어둡긴 하지만."

"그렇구나. 난 다 재미있지만, 굳이 고르자면 〈리모주의 시장〉이야. 그 곡을 들으면 전혀 다른 곡인데도 이상하게 늘 〈체로키〉**가 생각나. 〈리모주의 시장〉을 트럼펫으로 포 비트로 연주하면 재미있겠다는 생각이 자주 들어. 마지막 부분도 형식에 얽매이지 않고 자유롭게 만들어진 것 같고."

리세는 〈체로키〉라는 곡을 몰라 그냥 끄덕이기만 했다. 요한은 이내 눈치채고 자연스럽게 화제를 바꿨다. 세심한 아이다.

"난 말이야, 이 학교 얘기를 본Bonn에서 들었어. 음악 학교도 아닌데 악보가 굉장히 충실한 학교가 일본에 있다고. 음악 관계자들 사이에선 여기가 꽤 알려져 있대. 나, 일본에 오래 머물 수 있는 건 아닌데, 여기 악보를 전부 읽어보고 싶어서 일부러 들어왔어. 정말 대단해. 이걸 수집해서 팔면 엄청

---

* 무소륵스키가 작곡한 피아노 모음곡.
** 레이 노블이 1938년에 발표한 유명한 재즈 스탠더드 곡.

난 돈이 될 거야."

요한의 흥분한 모습을 보니 제법 돈이 들어갔겠다는 걸 짐작할 수 있었다. 아무리 부자라고 해도 학생 한 사람 한 사람에게 이렇게까지 투자해도 괜찮은 걸까. 남의 일이지만 걱정이 될 정도였다. 거기에 비하면 나는 정말 싸게 먹히는 편이네. 애초에 아무 특기가 없으니 어쩔 수 없지.

"우리 패밀리에도 지휘자를 꿈꾸는 아이가 있는데."

"아, 히로시? 좋은 녀석이야. 음악에도 열심이고, 아주 잘 들어줘. 그 녀석이 있어서 다행이야."

"넌 무슨 악기를 연주해?"

두 사람은 데스크에서 책을 빌리면서 대화를 이어갔다.

요한은 머리를 긁적였다.

"악기는 대충 다 만질 줄 알아. 나, 이래 봬도 작곡가 지망이거든. 여긴 말이야, 예비 악기도 아주 충실하게 갖춰져 있어서 깜짝 놀랐어. 더욱이 튜닝까지 완벽하게 되어 있어. 보통 학교에 있는 예비 악기들은 여기저기 부품이 떨어져서 음정이 엉망인데."

"대단해. 그럼 이런 악보를 보면 머릿속에서 오케스트라 소리가 울리니?"

"응."

"나로선 상상도 할 수 없는 일이네. 언젠가 네 곡을 히로시가 지휘할 수 있으면 좋겠다."

"응, 벌써 약속했어. 장래 내 곡의 초연은 히로시가 지휘해 주기로. 실은 여기 와서 몇 곡 만들었어. 이 언덕의 인상이 강렬해서 잊지 않으려고 말이야. 〈3월의 블루 심포니〉라고."

"아아."

스스럼없이 즐겁게 얘기하는 요한의 목소리를 들으면서 리세는 이 아이가 2월의 방문자 전설을 아직 모르는 모양이라고 짐작했다. 안다면 어떨까. 출신이 좋은 애니까 이상하게는 생각해도 크게 신경 쓰지는 않을까.

두 사람이 얘길 나누며 걸어가고 있으니 모두가 돌아보는 것이 느껴졌다. 학년도 패밀리도 달라서 뜻밖의 조합으로 보였을 것이다. 리세는 남자아이들과 어울리는 걸 불편해하는 편이지만 곁에서 걷고 있는 요한에게서는 왠지 오래 알고 지낸 가족 같은 편안함이 느껴졌다.

유리의 연습장으로 갈라지는 길에서 손을 흔들자, 요한은 우두커니 멈춰 서서 이쪽을 바라보았다. 리세가 의아한 듯 요한을 보자, 요한은 진지하게 말했다.

"솔직히 말하면 나, 줄곧 너랑 얘기하고 싶었어. 같은 시기에 들어와서 친근감도 들고. 좀처럼 얘기할 기회가 없었는데, 오늘 정말 기뻤어. 남자애들 사이에선 네 소문도 돌고 있고."

요한은 칭찬이라고 한 말이었겠지만, 리세의 마음은 오히려 서늘해졌다.

내 소문…… 2월에 온 사람의 소문.

시커멓게 불안이 끓어오른다. 모두가 뒤에서 몰래 손가락질하고 있을지도 모른다.

"나, 다음에도 도서관에 갈 테니까, 또 나하고 놀아줄래?"

리세는 당황하면서도 고개를 끄덕였다. 요한은 그제야 안심한 듯, 특유의 천사 같은 웃음을 지으며 손을 흔들고 갔다. 그 누구라도 녹여버릴 것 같은 천진하게 웃는 얼굴이, 지금 리세에게는 몹시 무겁게 느껴졌다.

왈츠 연습

오래된 카세트에서 우아한 음악이 흐르고 있다.

그 옆에서 미쓰코의 매서운 목소리가 날아들고, 리세는 식은땀을 흘리며 필사적으로 발을 움직인다.

"리세, 발을 보면 안 돼. 이제 스텝은 외웠으니까 상대의 움직임에 맞추기만 하면 된다고."

미쓰코는 씩씩하게 리세를 리드해 가지만, 리세는 발이 엉켜 따라갈 수가 없었다. 머릿속에서 스텝이 엉망이 됐다.

"아, 못 하겠어……. 발이 엉켜."

리세의 힘없는 목소리를 듣고 다른 패밀리 멤버들이 소리 내어 웃었다.

미쓰코도 엉겁결에 푸훗 하고 웃음을 터트리며 발을 멈

추더니, 곧 참을 수 없다는 듯 아하하하 하고 크게 웃었다.

"리세는 너무 긴장해서 그래. 좀 더 릴랙스해. 오월제까지는 앞으로 3주 남았으니까. 그렇게 하면 남자아이들이 같이 춤추려 하지 않아."

미쓰코는 간신히 웃음을 가라앉히고 허리에 손을 올리며 리세를 노려보았다.

"그래도 어쩔 수 없어. 부끄럽단 말이야."

리세가 빨개진 얼굴로 말했다.

"너무 의식하지 마. 어색하게 하는 게 오히려 더 부끄러워. 좀 더 자연스럽게 해. 괜찮아, 리세는 방긋방긋 웃으면서 상대 얼굴만 보면 돼. 그러면 상대가 리드해 줄 거야."

가오루가 웃으며 말했다.

"원래 왈츠가 제일 어려운 거야."

"우린 1년 전부터 해왔으니까 그렇지. 나도 처음에는 엄청 부끄러웠어."

모두 한마디씩 거들었다.

미쓰코가 한숨을 쉬었다.

"좋아, 잠깐 쉬자. 춤을 추고 추고 또 추면서 익숙해지는 수밖에 없어."

"세상에……."

리세는 의자에 털썩 주저앉았다.

오월제에 댄스파티가 있다는 말을 듣고도 리세는 별생각

이 없었다. 그 댄스가 정식 사교댄스라는 걸 알게 되기 전까지는.

댄스는 대대로 패밀리 안에서 서로 가르쳐주는 것이 전통인 듯했다. 모두 열심히 가르쳐주긴 하지만, 포크댄스밖에 춰본 적 없는 리세는 왈츠 스텝이 어려울 뿐만 아니라, 무엇보다 손을 맞잡고 춤춘다는 행위 자체가 부끄러워 견딜 수 없었다. 시선을 어디에 두어야 할지, 어디에 신경을 집중해야 할지 고민하는 동안 머리와 다리가 따로 놀게 된다.

처음 왔을 때에 비하면 도서관 안마당은 제법 따뜻해졌다. 바늘 같던 정원수에도 새싹이 움텄다.

"지금 리세를 보면서 생각했는데, 역시 사교댄스는 유럽인이 만든 문화가 맞는 것 같아."

히지리가 감탄한 듯이 말했다.

"어째서?"

레이지가 책에서 얼굴을 들고 물었다.

"일본에는 얼굴을 마주 보는 춤이 없잖아. 가부키도, 봉오도리도, 다들 같은 방향으로 돌면서 각자 춤추지. 둘이서, 그것도 눈을 마주 보며 추는 춤은 아니야. 결혼식에서조차, 이른바 축사라고 하지? 거기서도 남녀가 나란히 앉아 있어서 끝까지 눈을 마주치는 일이 없어. 술잔도 각자 앞을 보며 들어 올리잖아."

"으음."

"사교댄스는 개인과 자아가 확립된 사회에서나 가능한 거야. 상대에게 닿을 듯하면서도 닿지 않지. 존재하는 것은 상대와 자신뿐. 일대일로 마주 보면서 함께 있어도, 두 사람은 결코 섞이지 않아. 게다가 상대를 향해 배를 보이는 거니까 아주 무방비한 자세야. 상대를 믿지 못하면, 다시 말해 둘 다 똑같이 상식적인 사람이라는 전제 조건이 없다면 사교댄스는 불가능하지."

"그래서 리세는 일본인답다는 거야?"

"말하자면."

"일본인에게 개인이 확립되어 있지 않다는 말은 알겠지만, 어쨌든 나는 리세가 빨리 왈츠를 익혔으면 좋겠어. 교장선생님께 야단맞을 테니까."

리세는 기가 죽었다. 맙소사, 왈츠를 못 춘다고 히지리에게 일본인론까지 듣다니.

"너 말이야, 생각이 너무 많아. 좀 더 가볍게 살아도 돼."

레이지가 질린 얼굴로 리세에게 말했다.

"삐딱이 레이지가 가볍게 살라고 충고해 봐야 설득력 없지."

미쓰코가 놀리듯 끼어들었다.

"흥. 나도 왈츠 정도는 출 수 있어."

"그러고 보니 레이지가 추는 모습은 본 적이 없네. 너, 언제나 오월제에서 빠졌지. 정말 출 줄 아나?"

입을 삐죽거리는 레이지에게 히지리가 빈정거렸다.

"뭐야? 모르는군, 나의 화려한 스텝을. 좋아, 보여주지. 히로시, 컴 온."

레이지는 엄지를 세우더니 일어나서 히로시를 불렀다.

"앗, 나?"

히로시가 눈을 동그랗게 뜨고 자신을 가리켰다.

"그래. 나보다 큰 놈은 너뿐이니까. 내가 여자 역을 맡지. 봐라, 리세."

"그런가? 그럼 〈꽃의 왈츠〉를 불러주지."

히로시가 재미있다는 듯이 일어섰다.

"뭐야, 굳이 남자끼리 출 것까지야."

"됐어, 춰, 춰."

무책임한 말들이 날아든다.

히로시가 큰 소리로 낭랑하게 〈꽃의 왈츠〉를 부르며 레이지와 춤을 추기 시작했다. 몸집이 큰 히로시와 레이지가 서로 손을 잡고 있는 모습만으로도 우스웠지만, 두 사람 다 너무 진지한 얼굴로 춤을 추어서 더 우스꽝스러웠다. 안마당은 금세 웃음소리에 휩싸이고, 어리둥절해 있던 리세마저 참지 못하고 웃음을 터뜨렸다.

"뭐야, 레이지 정말 잘 추네. 나보다 잘 춰."

레이지의 움직임은 흐르는 듯이 아름다웠다. 일부러 의식해서 여자 역을 맡은 탓인지, 몸의 선이 우아하고 요염하기까지 했다. 그에게 이런 끼가 있다니 놀라웠다.

이것이 레이지의 본모습일지도 모른다고 리세는 생각했다. 타인에 대해 공격적인 건 나름대로의 자기방어일지도 모른다.

"리세도 파트너 정해야지. 레이지에게 부탁할래? 저 애, 해마다 빠지지만 리세라면 파트너를 해줄 텐데."

미쓰코가 리세의 얼굴을 보았다.

"음."

댄스파티의 상대를 정해야 하지만, 리세는 밑도 끝도 없이 서양식인 이 학교 문화에 아직 익숙해지지 못했다. 외국 영화에 나오는 학교 학생들처럼 커플로 다니는 걸 자연스럽게 받아들일 수 없었다. 히지리의 말이 아니더라도, 리세는 어쩔 수 없이 폐쇄적인 일본인이기 때문일까.

리세에게 남자란 경계선 저편에 있는 두려운 미지의 세계 사람들이었고, 연인이나 부부는 그것보다 훨씬 더 먼 미래의 이야기였다.

리세는 당혹스러운 마음을 미쓰코에게 설명할 수 없었다.

"미쓰코는 누구랑?"

"일단 정하긴 했는데, 나도 교장선생님과 추고 싶어. 정말 멋있어, 선생님과 춤추는 건."

미쓰코는 가볍게 대답했다.

교장. 리세는 요한이 얘기하던 남성일 때의(하긴 그게 교장의 본모습이겠지만) 교장을 상상했다. 교장이야말로 리세에게 미지의 세계의 상징이었다.

"교장선생님은 가족 없어?"

문득 떠오른 의문을 입에 올려보았다. 미쓰코는 흥이 깨진 듯이 고개를 저었다.

"독신이야. 그 사람은 완전한 사람이니까 다른 사람이 필요 없지 않을까?"

"음. 이곳 이사장이라는 사람은 누구야?"

"선대 교장이야. 지금 교장의 아버지. 이사장은 여기에 없어. 교장선생님이 전부 관리하고 있어서 거의 이름뿐인 존재야. 나도 지금까지 한 번도 본 적 없어."

미쓰코는 마치 자신의 일처럼 자랑스럽게 말했다.

그러나 리세는 기억의 밑바닥이 건드려지는 듯한 느낌을 받았다.

이사장.

그러고 보니 처음 만났을 때 교장은 이렇게 말했다.

더구나 너는 2월의 마지막 날에 왔잖니. 이것만으로도 보통 일이 아니야. 하지만 괜찮아, 이사장님이 결정한 일이니까.

그 말투로 보아 교장은 당사자가 아니었다. 나를 2월에 입학시키기로 결정한 건 이사장이었을까? 그렇다면 역시 이사장은 상당한 결정권을 갖고 있다는 얘기가 된다. 점점 더 알 수 없는 일뿐이다.

밝은 얼굴로 우아하게 왈츠를 추는 레이지의 옆얼굴을

바라보며, 리세는 또다시 자신이 정체 모를 불안 속에 있다는 걸 느꼈다.

축제 준비

이 학교는 4월 29일부터 5월 5일까지가 휴일이다. 기숙사 생활을 하는 학생들의 30퍼센트는 집으로 돌아간다. 그리고 집안 사정으로 돌아갈 수 없는 나머지 학생들을 위해서는 오월제가 열린다. 영화를 상영하고, 콘서트를 열고, 티파티를 여는 등 남은 학생들이 즐겁게 보내도록 준비된 사흘간의 축제다. 해마다 이벤트가 늘어나는데 '양성소' 팀 학생들의 발표장이 되는 일이 많은 듯하다. 이 사흘 동안은 소등 시간도 없어 밤을 새워 노는 아이들도 있다.

"……나, 봤어. 그 두 사람, 한참 동안 얘길 나누고 있더라고. 아무리 봐도 친한 느낌이었어. 그래, 모르는 사이 같진 않았어. 오랜만에 만난 친구, 그런 느낌. 나이는…… 맞아, 둘 다 비슷해. 서른 정도. 커리어우먼 분위기였어. 두 사람 다 머리칼이 길었어. 한 사람은 스트레이트, 한 사람은 파마. 스트레이트 쪽은 요즘 텔레비전에서 인기 있는 M이라는 배우를 닮았더라. 나, 가게에서 꽃을 포장해 주는 걸 기다리다가 어쩌다 두 사람이 얘기하는 모습을 봤어. 그 두 사람, 굉장 한

가운데에 서 있어서 눈에 띄었거든. 처음에는 평온하게 세상 돌아가는 얘길 하는 것 같더니, 도중에 갑자기 변하는 거야. 그래, 파마머리 여자가 소리를 질렀어. '그걸 어떻게 알았니?' 하고. 광장에 있던 사람들이 그 소리에 모두 돌아볼 정도로 꽤 큰 소리였지. 그 소리? 음, 분노가 담겨 있었어. 그때부터 분위기가 이상해진 거야……."

몸짓 발짓을 섞어가며 대사를 읊던 유리가 혀를 차며 "아악, 안 돼!" 하고 소리를 질렀다.

"도저히 안 돼."

천장을 올려다보며 좁은 방 안을 초조하게 곰처럼 돌아다녔다.

"그렇지 않아. 전보다 훨씬 좋아졌어."

침대에 누워 영어 숙제를 하고 있던 리세가 따뜻한 목소리로 말했다.

"안 돼, 안 돼. 뭔가 부자연스러워."

유리는 금방이라도 덤벼들 듯한 표정으로 털썩 침대에 앉았다.

평소에는 사소한 일에 개의치 않고 배짱 있는 사람으로 보였지만, 공연이 가까워지자 의외로 예민하고 완벽을 추구하는 모습이 드러났다. 처음에는 유리가 예민해질 때마다 놀라기도 하고 위로하려 애쓰던 리세였지만, 차츰 익숙해졌다. 지금은 그냥 내버려두는 것이 가장 낫다는 결론에 이르렀다.

"나, 날마다 듣다 보니 유리의 대사 외워버렸어. 본공연을 얼마나 기대하고 있었는데, 시시해."

리세는 침대 위에 바로 앉았다.

"괜찮아, 내 대사만으로는 이 연극의 전모를 파악할 수 없어. 꽤 복잡해."

유리는 다리를 떨고 있었다. 좀처럼 그러지 않는데.

리세는 숨을 들이마셨다.

"······그래, 그러고부터야. 두 사람의 분위기가 명확히 험악해진 건. 점점 두 사람의 목소리가 커지더니 말싸움이 시작됐어. 듣자 하니 '사토시'라는 이름이 몇 번이나 나왔어. 그 남자가 두 사람 싸움의 쟁점이 된 게 틀림없어······. 그리고 눈 깜짝할 사이에 일어난 일이야. 갑자기 스트레이트 머리칼의 여자가 가방에서 칼을 꺼내 눈앞에 있는 여자의 배를 찔러버렸어······. 너무 갑작스러워서, 눈앞에서 벌어진 일을 믿을 수가 없었어. 믿을 수 없는 건 나뿐만이 아니었던 것 같아. 찌른 쪽도 찔린 쪽도 눈을 동그랗게 뜨고 깜짝 놀란 얼굴을 하고 있었어."

유리는 입을 딱 벌리고 리세를 바라보았다. 정말 놀란 것 같았다.

"이렇게 하는 거지."

리세는 빙그레 웃었다.

리세에게는 대단한 일도 아니다. 매일같이, 그것도 하루 몇 시간씩 유리의 대사를 주문처럼 들었다. 외우지 못하는 게 오히려 이상할 정도다.

그러나 유리는 리세가 대사를 전부 외웠다는 사실에 놀란 게 아닌 것 같았다.

"리세, 대단해. 너, 배우 소질 있어. 여러 가지로 자꾸 놀라게 하네. 그거야, 그런 느낌이야. 지금 같은 느낌으로 하고 싶어. 응, 한 번 더 해봐."

"아냐, 의식하지 않아서 할 수 있었던 거야. 한 번 더 하라면 못 해."

"아아, 부탁이야. 날 돕는다고 생각해 줘."

리세의 어깨를 잡은 유리의 눈은 충혈되어 있었다.

"무리야."

리세는 완강하게 고개를 저었다.

"치사해. 뭐, 하긴 의식하지 않아서일지도 모르겠네. 음, 그래도 느낌은 정말 좋았어."

유리는 리세가 읊던 대사의 분위기를 머릿속으로 재현하는 듯, 다시 중얼거리며 대사를 외우기 시작했다.

"차 끓일게."

리세는 맙소사 하고 한숨을 쉬며 보온병을 들고 일어섰다.

정말로 연극을 좋아하는구나, 유리는.

리세는 보온병에 뜨거운 물을 받으면서 조금 부러움을 느꼈다.

방으로 돌아오자 유리는 연습을 한차례 마쳤는지 침대에서 뒹굴고 있었다.

"근데 이거, 어떤 연극이야? 어차피 유리 대사는 아니까 줄거리만 가르쳐줘."

리세는 유리에게 컵을 건네고, 자신도 침대에 앉았다.

"그래. 너한테는 민폐를 끼치고 있으니 가르쳐줄까. 간단히 말하면, 〈덤불 속〉*의 현대판 같은 얘기야. 우리 연극 제목은 〈광장의 증언〉이라고 하지만."

유리는 책상 서랍에서 등사본으로 만든 대본을 꺼냈다.

"시내 광장에서 두 여자가 서서 얘기를 나누다가, 그중 한 사람이 다른 한 사람을 칼로 찔러 죽이는 거야. 광장에는 그 사건의 목격자가 몇 명 있지만 각자의 증언이 달라. 어느 목격자는 젊은 여자 둘이었다고 하고, 다른 목격자는 노인과 중년 여인이었다고 해. 또 두 사람이 친한 것 같았다고 말하는 사람이 있는가 하면, 지나가는 사람들이었다고 하는 사람도 있어. 연극 대사는 대부분 목격자들의 증언이야. 그래서 사건의 진상은? 하는 얘기."

"흐음, 그런 얘기구나. 재미있겠다."

"그렇지? 하지만 힘들어. 세 사람 역할을 소화해야 하거든. 네 명이 열두 명 역할을 해야 해."

---

* 아쿠타가와 류노스케의 단편 소설로, 살인사건을 둘러싼 목격자들의 서로 다른 증언을 통해 진실의 불확실성을 그린 작품.

"마지막에는 어떻게 돼?"

"그걸 말하면 재미없어지잖아. 마지막에는 말이야, 광장에서 일어난 사건을 재현하면서 끝나. 두 여자가 나오고, 실제로 무슨 일이 일어났는지를 보여줘. 그리고 막이 내려……."

유리의 그 말을 듣는 순간, 리세는 갑자기 안 좋은 예감이 들었다. 이유는 알 수 없다. 어째서 연극의 줄거리를 듣고 불안해지는 걸까.

리세는 그 불안을 애써 지웠다.

"대단한 줄거리네. 누가 쓴 거야? 요전 팬터마임에도 감탄했는데, 네가 만든 거니? 아니면 '로즈버드'의 합작?"

대수롭지 않은 질문이었는데, 유리가 깜짝 놀라는 것 같았다.

"아냐, 작가는 비밀이야. 작가와 약속한 거라서."

유리는 살짝 웃어 보였다. 그 질문에는 대답할 수 없어, 하는 얼굴이다.

"내가 아는 사람이야?"

"글쎄……."

리세가 계속 묻자 유리는 어깨를 으쓱해 보였다. 리세도 더는 파고들지 않았다.

"그러고 보니 리세, 너 그 귀여운 전학생이랑 사이좋다며?"

문득 생각난 듯이 유리가 빙그레 웃었다.

"뭣?"

리세는 갑작스러운 화제 전환에 허를 찔렸다.

"말했지, 모두 안 보는 척하면서 다 본다고. 제법 화제야. 꽤 어울리네. 그 애, 성격도 좋아 보이고."

"말도 안 돼. 도서관에서 잠깐 얘기를 나눴을 뿐인데."

리세는 쓴웃음을 지었다. 정말로 방심할 틈이 없다. 처음 만난 뒤로 요한과 얘기한 건 아직 서너 번밖에 안 된다. 그것도 도서관 구석에서. 대체 누가 그런 소문을 퍼트렸을까. 소문의 네트워크는 상상 이상으로 촘촘한 것 같다.

"순진해, 순진해. 모두 우아한 척하지만 가십에 굶주려 있다고. 리세, 그 천사 같은 아이 이름이 뭐더라?"

"요한이야."

"요한! 이름까지 딱 좋네. 혹시 그 애, 너한테 오월제 파트너가 되어달라고 말하지 않았니?"

"앗, 어떻게 그런 일까지 알고 있니?"

"역시 그렇군. 요한, 히로시랑 친하거든. 그 애, 리세에게 열심인 것 같아. 히로시에게 리세랑 파트너 하고 싶다고 말했다나 봐."

"그런 것까지……."

리세는 한숨을 쉬었다. 프라이버시고 뭐고 없다. 모두 좋은 환경에서 자라 겉으로는 내색하지 않지만, 그래서 오히려 더 기분 나쁘다.

"오케이 했겠지?"

유리는 머리 뒤로 깍지를 꼈다.

"그냥, 뭐……."

"뭐야, 그 어정쩡한 대답은."

"너무 우울해. 아직 왈츠도 제대로 못 춘단 말이야, 나. 미쓰코 코치가 너무 깐깐해서 왈츠 스텝이 트라우마가 될 것 같아. 요즘은 꿈에서도 발을 움직이고 있어. 그런데 꼭 발이 엉켜서 넘어지는 장면에서 잠을 깬다니까."

유리가 푸웃 하고 웃음을 터뜨렸다.

"들었어, 들었어. 나, 너희 연습할 때 지나간 적 있어. 너무하더라, 그 애. 열심인 건 좋지만, 네가 완전히 겁먹고 있잖아. 그러면 외울 것도 안 외워지지. 코치가 나빠."

도무지 실력이 늘지 않는 머리 나쁜 학생 때문에 미쓰코는 최근 심기가 불편했다.

"유리는 안 추니?"

"흥, 그런 철없는 부잣집 딸들 놀음에는 어울릴 수 없지. 연극만으로도 머리가 복잡한걸. 나는 땡땡이 팀."

"흐음, 레이지와 똑같네. 그러고 보니 레이지가 히로시와 왈츠를 추는데 깜짝 놀랐어. 그 애, 정말 잘 추더라."

"어머, 레이지가……."

유리는 의외라는 얼굴이었다. 문득 생각에 잠긴 표정이 되었다.

"그럼 조금은 생기를 되찾은 건가······. 레이코가 없어진 뒤로는 줄곧 비실거리더니."

진지한 얼굴로 왈츠를 추는 레이지의 모습이 떠올랐다. 이어서 교장에게 덤벼들 듯이 공격적이던 그의 얼굴이 떠올랐다. 레이코는 어디 있을까?

"저기, 레이코는 어떤 애였어? 귀여운 아이였니?"

리세는 애써 자연스럽게 물었다.

"신경 쓰여?"

유리가 바로 되물었다. 리세는 자기도 모르게 시선을 돌렸다.

"그런 건 아니지만······ 들어올 때부터 이름을 하도 많이 들어서."

유리는 더 묻지 않고 말을 이었다.

"응. 아주 예쁜 아이야. 바스러질 듯 여렸지만, 그걸 드러내지 않으려고 언제나 무표정인 척했어. 그래서 얼핏 보면 차가워 보였지."

"흐음."

"그렇지만 말이야, 리세, 오해하지 마. 레이지가 레이코를 좋아한 건 사실이지만, 좀 달라. 뭐라고 설명하면 좋을까. 음."

유리는 곤란한 표정으로 단어를 찾는 듯했다.

"좀 다르다니, 어떻게? 레이지를 보면 완전히 빠져 있었던 것 같던데······."

"글쎄…… 빠져 있었다고 할까. 레이지는 걱정했어. 아, 잘 설명할 수가 없네. 왜 내가 이런 걸 리세에게 설명해야 하지? 레이지에게 직접 들어봐."

결국에는 유리도 조금 화를 내고 있었다.

"미안."

리세는 한발 물러섰다.

유리가 갑자기 생각난 듯 큰 소리로 말했다.

"참, 리세, 너 드레스는 어떻게 할 거야?"

개인 물건을 거의 못 가지고 들어오게 하는 이 학교도 파티에는 관대했다. 파티 복장은 사복 정장. 오히려 교복을 입는 것이 금지되어 있다. 화려한 파티를 좋아하는 교장의 방침이다. 물론 여학생들은 옷을 고르는 데 총력을 기울인다. 집에다 보내달라고 연락하는 아이도 있고, 사는 아이도 있다. 이 시기면 일부러 외부에서 몇몇 업자들이 옷을 싸들고 와서 팔기도 하고 대여해 주기도 하는 모양이다. 어찌나 빈틈이 없는지.

"대여하기로 했어. 별로 입을 기회도 없을 텐데 사기는 아깝고."

리세는 냉담하게 대답했다. 유리가 어이없다는 표정을 지었다.

"넌 겉보기에는 그야말로 정통파 미소녀 분위기인데, 의외로 멋을 안 부리네. 사면 될 텐데. 어차피 그 옷값도 학비에 포함되어 있잖아. 그 옷 장사들, 모두 도쿄에서 와. 하나같이 엄청나게 비싼 옷들뿐이야. 그게 많이 팔려야 이런 땅끝까지 온 보람이 있지 않겠니?"

"귀찮잖아. 대여하면 파는 사람들이 전부 골라줄 텐데."

"말해두지만, 선별은 교장이 해."

"뭣? 어째서?"

"그 인간 취미지. 분명 리세의 옷을 골라줄 생각에 좋아 어쩔 줄 모르고 있을걸."

유리는 심술궂게 웃었다.

"옷 입히기 인형이네."

리세는 마른 목소리로 작게 웃었다.

그 웃음소리에 유리가 자못 진지한 얼굴이 되었다.

"넌 희한한 아이야. 난 너를 좋아하지만, 가끔은 이해할 수 없을 때가 있어. 멍청한 듯하면서 예리하고, 아무것도 모르는 척하면서 다 알고 있고. 너 스스로는 모르는 것 같은데, 넌 복잡한 양면성이 있는 아이야. 어쩌면 나보다 더 배우 쪽에 소질이 있을지도 몰라."

"내가? 설마."

리세는 웃었지만, 유리의 표정은 진지했다. 잠깐 리세의 얼굴을 바라보더니 웃으며 일어섰다.

"자, 잘까. 내일도 아침부터 연습이야."

칫솔과 컵을 들고 복도로 나간 유리가 문을 닫는 순간, 리세의 가슴에 아까의 기분 나쁜 예감이 되살아났다.

이 불안은 무엇일까. 연극의 줄거리를 들었을 때 느낀 가슴속의 소용돌이. 그리고 지금 유리가 한 말. 양면성…… 나의 양면성.

리세는 닫힌 문을 한참이나 바라보았다.

7
장

선물

오월제가 열리기 3일 전에 리세는 사무실에 불려 가 큰 상자를 받았다.

"교장선생님께서 주시는 겁니다."

무심하게 한마디 하며, 젊은 직원이 상자를 건넸다.

리세는 어리둥절한 얼굴로 예쁜 핑크색 리본이 달린 상자를 받아 들고 기숙사로 돌아왔다.

상자를 열자 아름다운 진주색 원피스와 검은 벨벳 리본, 검은 스웨이드 구두, 베이비진주 목걸이, 장미 모양의 물빛 코사지와 스타킹까지 나왔다.

어안이 벙벙해 있는데, 상자 바닥에서 대리석 무늬 봉투를 발견했다.

이것은 내가 주는 선물. 돌려줄 필요는 없단다. 모두 갖춰서 입고 오도록. 파티를 기대할게.

교장의 글씨체였다.

선물을 본 순간 기쁘긴 했지만, 하나같이 몹시 비싼 물건들이라 부담스러웠다. 베이비진주는 진품 같다. 리세는 우울해졌다. 이런 건 돌려줘야 하지 않을까.

목걸이를 바라보며 얼굴을 찡그리고 있을 때 유리가 돌아왔다.

"우와, 이거 교장이? 네 구두 사이즈까지 조사한 거야? 과연 바람둥이 아저씨답네. 스타킹까지 챙기다니 꼼꼼하기도 하지. 평소 여장을 하고 다녀서 그런가, 알긴 잘 아네."

유리는 계속 감탄하면서 선물을 살폈다.

"분하지만 그 바람둥이의 탁월한 안목을 인정하지 않을 수 없군. 모두 네게 정말 잘 어울려. 돌려줄 것 없어, 받을 수 있는 건 받아. 어차피 그 인간은 필요경비로 처리할 게 뻔하니까. 좋겠다, 나도 드레스가 입고 싶어지네. 옷 하나 사버릴까?"

"파티에 같이 가자. 나랑 왈츠도 추고."

"농담하지 마, 너한테 발 밟히기 싫어. 좀 늘었니?"

"역시 난 사교댄스에는 소질이 없나 봐."

유리가 쿡쿡 웃는다.

"괜찮아, 천사 요한은 너한테 빠져 있으니까, 오히려 너한테 발을 밟혔다고 기뻐할지도 몰라. 이쪽 발도 밟아줘, 하고 내밀지도 모르지."

"말도 안 돼. 예수도 아니고."

"음, 결정했어. 연극이 끝나면 파티에 갈래. 리세, 같이 놀자."

유리의 연극은 오월제 마지막 날이다. 마지막 날 오후부터 댄스파티가 시작되고, 중간에 연극 공연을 한 뒤 계속 먹거니 놀거니 하는 파티가 이어진다.

오월제 준비가 착착 진행되고 있었다. 캠퍼스 이곳저곳이 꽃으로 장식되고, 평소에는 별 장식 없는 쉼터나 테이블에도 화려한 테이블보가 씌워졌다. 별로 감정을 표현하지 않는 학생들에게서도 들뜬 분위기가 감돌았다.

그런 한편, 귀가 팀은 큰 짐을 안고 잇따라 돌아갔다. 나가면서 짧은 인사는 주고받지만 학교에 남는 사람들의 들뜬 분위기와는 대조적인 모습이다.

"땡땡이 팀 학생들은 모두 어디에 있을까?"

마지못해 원피스를 입어보면서 리세가 물었다.

"와, 잘 어울리네, 리세. 제각각이지. 기숙사에서 나오지 않는 아이도 있고, 연습에 몰두하는 '양성소' 팀도 있고. 히지리와 레이지는 분명 온실 행이겠지. 또 와인을 슬쩍해 와서 둘이 마시지 않을까? 교직원을 위한 술이 어딘가에 있을 테니."

"그렇구나."

유리가 갑자기 목소리를 낮췄다.

"저기, 리세. 좀 이상한 소문을 들었어. 너의 요한이 상급생 언니들에게도 인기가 많아서, 그 언니들이 너를 질투하고 있대."

리세는 쓴웃음을 지었다.

"'나의 요한' 아냐. 왜 내가."

"언니들 중에 요한에게 파트너가 되어달라고 신청한 사람이 몇 명 있었나 봐. 그 바보, 좀 잘 거절하면 될 텐데 아주 기쁜 듯이 '나는 리세하고 약속했어' 하고 단호하게 모두 거절했대. 그것도 하필 교장의 친위대 멤버들을. 그 애들은 처음부터 요한을 자기네 그룹에 넣으려고 했나 봐. 그런데 넌 나랑 레이지하고 친하니까 반反교장파로 찍혔잖아, 반교장파에게 사랑하는 요한을 뺏겼다고 열받아 있는 모양이야."

또 시커먼 불안감이 마음속을 가득 채웠다.

"그렇게 말해도…… 나한테 어떻게 하라는 건지."

리세는 느릿느릿 원피스를 벗었다.

유리는 팔짱을 끼고 격려하듯 목소리를 높였다.

"얌전하게 있어. 상대하면 안 돼. 문제는 천진한 요한이지. 그 아이, 네게는 재앙 같은 존재일지도 몰라."

"아, 가기 싫어지네. 나도 빠질까?"

"잠깐만 요한을 상대하고 얼른 연회장에서 빠져나오는 것도 방법이야. 아, 더 좋은 방법이 떠올랐어. 교장한테 붙어 있으면 돼. 그러면 그 애들도 손대지 못할걸."

"귀찮아라."

"그 애들 근성 나쁜 거 하나는 존경스러울 정도야. 내가 그동안 얼마나 당했는지. 뭐, 신경을 쓰지 말아야지. 아, 그리고 그 원피스, 교장이 골라주었다는 건 비밀로 해두는 편이 좋아. 그 애들이 알게 되면 불에 기름을 붓는 격이니까."

리세는 한숨을 쉬면서 원피스를 옷걸이에 걸었다.

축제의 시작

첫날 날씨는 잔뜩 흐렸다.

그러나 학교 안으로 한 걸음 들어서니 음악이 흐르고, 여기저기 차와 과자가 넘쳐나고, 밝은 웃음소리가 들렸다. 문화부가 주최하는 체스며 브리지 등의 토너먼트가 곳곳에서 열리고 있었고, 영어 연극이나 모던 댄스 같은 이벤트도 한창이었다. 리세는 공연 전인 유리를 만나 둘이서 학교 안을 돌아다녔다.

슌이치와 가오루가 실내 연습장에서 리세에게 테니스 강습을 해주었다. 리세는 평소 그들의 연습을 볼 기회가 없었기 때문에 막강한 두 사람의 실력에 깜짝 놀랐다. 압도적인 실력 차에 완전히 충격 받아서 비틀비틀 돌아왔다.

식당에는 의자와 테이블을 벽 쪽으로 붙여놓고 파티 요리를 마련해 놓았다. 해 질 녘이 되자 학생들이 몰려와 왁자지껄하게 테이블 사이를 돌아다녔다. 모두 사복이어서 아주 자유로운 느낌이었다. 개중에는 벌써 드레스를 입고 있는 여자아이도 있었다. 사복을 입으니 상급생들의 어른스러움이 두드러졌다. 직원들은 이른 시간부터 맥주며 와인을 마셨다. 슬쩍 옆자리에 앉아 얻어먹는 학생도 있었다.

어두워진 뒤에도 언덕은 흥청거리는 분위기로 가득했다. 리세는 같은 반 여자아이들과 밤늦게까지 수다를 떨어, 잠자리에 들 무렵에는 목이 쉴 정도였다. 유리는 마지막 날까지 체력을 보존할 계획이었는지 리세가 방에 돌아왔을 때는 곤히 잠들어 있었다.

다음 날도 하늘이 흐렸다. 이틀째에는 몸이 완전히 축제 모드가 되어 있었다. 오전에는 영화상영회에 다녀왔다. 오후에는 학생들의 콘서트가 있었다. 모두 놀라울 정도로 실력이 좋았다. 요한과 히로시가 요한이 만든 곡을 피아노로 함께 연주했다. 요한이 나오자 여기저기서 환호성이 터졌고, 리세는 그의 높은 인기를 실감하며 우울한 기분에 휩싸였다.

이 안에 유리가 말한 그룹이 있을까?

리세는 무의식중에 두리번거리는 자신을 발견했다.

마지막 연습을 마친 유리와 합류하여 저녁 무렵부터 또 여자아이들과 수다를 즐겼다. 모두 기분이 들떴는지, 유리도 평소와 달리 쓸데없이 말이 많았다. 그래도 다음 날을 대비해 일찌감치 자리를 뜨는 유리를 따라 리세도 기숙사로 돌아왔다.

"유리, 긴장되니?"

침대에 누우며 리세가 살짝 물었다.

유리는 천장을 보면서 대답한다.

"조금. 그렇지만 각오는 되어 있어."

"잘해."

"응, 리세도."

"나도?"

"둘 다 내일은 결전의 날이니까."

"그렇구나. 나도 싸우지 않으면 안 되지."

리세는 불을 껐다.

마지막 날 아침

아침에 눈을 뜨자 유리가 조깅을 하고 막 돌아오는 참이었다. 창밖은 눈부시게 맑았다.

"우와, 처음 봤어. 습원이 화창하게 갠 광경."

"오랜만이지? 파란 하늘 보는 거."

유리도 수건으로 얼굴을 닦으면서 리세가 찰싹 붙어 있는 창을 잠깐 내다보았다. 그렇게 음울했던 습원의 인상이 완전히 달라 보였다. 생생하게 활기를 띤 연두색 싹이 움트고 있었다. 맑게 갠 하늘 아래로 잔잔한 바람이 지나갔다.

"예쁘다."

"좋아, 잘해야지."

유리는 주먹을 꽉 쥐며 기합을 넣었다.

"기대할게."

"맡겨주세요."

리허설 하러 가는 유리의 뒷모습을 바라보면서 리세는 몸단장을 시작했다. 복도 여기저기서 들뜬 소녀들의 목소리가 웅성웅성 들려왔다. 파티 때까지 기다리지 못하고 드레스를 차려입은 여자아이들이 서로의 옷을 칭찬하고 있다.

역시 여자아이들이군.

그렇게 중얼거리고는 '나도 여자아이면서……' 하고 속으로 쓴웃음을 지었다. 어째서 나는 이렇게 차려입는 행위에 거부감을 느낄까. 또래 여자아이들은 예쁘게 꾸미느라 열심인데. 단순히 자의식이 지나쳐서일까?

리세는 어릴 때부터 레이스며 리본이 달린 옷은 딱 질색이었다. 그런 옷에는 왠지 하나같이 '여성스러움'이라는 딱지가 붙어 있는 것 같았다. 머리에 묶는 리본조차 싫어했다. 하지만 어른들은 리세를 보면 반드시 리세가 싫어하는 '여자아이다운' 옷을 골랐다. 골라준 옷이 싫다고 하면, 모두 이상하다는 얼굴을 했다. 그러나 리세는 자신을 귀엽고 여자아이답게 꾸미는 일이 아무래도 꺼림칙하고 작위적이라고 느꼈다.

리세는 자기가 얼마나 예쁜지 알고 있기 때문이야. 아무것도 꾸미지 않아도 모두에게 예쁘다는 말을 들을 자신이 있으니까 일부러 남자아이처럼 하고 다니는 거지.

초등학교 6학년 때였던가, 언제나 바지와 수수한 색의 옷을 입고 다니는 리세에게 큰 소리로 그렇게 말한 여자아이가 있었다. 몸집이 크고 당돌한 아이였다. 그때는 이중으로 충격을 받았다. 남들에게 그렇게 보인다는 것과, 자기 마음속에 실제로 그런 감정이 있을지도 모른다는 걸 깨달은 충격이었다.

옷깃에 클립으로 된 물빛 장미 코사지를 단 채 거울 속에 완성된 완벽한 '여자아이'의 모습을 보자 리세는 괜스레 우울해졌다. 이 차림을 본다면 요한은 기뻐할 것이다. 요한은 리세를 여자다운 아이로 대한다. 그 사실이 때로 리세에게 상처가 되고, 때로 허무감마저 준다는 것을 그는 알지 못했다. 그런 요한의 시선에 증오를 느낄 때조차 있다는 사실을 그는 이해할 수 없을 것이다.

일단 몸단장을 마치고 나니 방에서 책을 읽을 마음도 들지 않아 리세는 요깃거리나 사 오려고 복도로 나왔다. 리세가 나오자 모두들 달려와 저마다 칭찬했다. 리세도 분위기를 맞추어 모두의 옷에 흥미를 보이는 척했다. 사실은 패션 자체에 별로 관심이 없다. 그러나 그렇게 말해도 아무도 믿어주지 않고 거만해 보이기만 할 뿐임을 알기에 적당히 관심 있는 척했다.

밖으로 나오니 따스한 햇볕이 뺨에 느껴졌다. 한동안 잊고 있던 감촉. 기분이 조금은 가벼워졌다. 예쁘게 차려입은 소녀들이 여기저기서 밝은 목소리로 떠들고 있다. 일찌감치 마중 나온 소년들도 슈트에 넥타이 차림으로 얘기를 나누고 있다.

리세는 화려한 공기에 주눅이 들어 총총걸음으로 길을 서둘렀다.

문득 저 앞에 걸어가는 레이지를 발견했다. 온실로 가는지, 청바지와 스웨터 차림에 책을 옆구리에 끼고 있다. 주위의 화려함 따위는 싹 무시하는 모습에서 여전히 이 분위기를 거부하려는 의지가 엿보이는 듯했다. 리세는 자기도 모르게 소리쳤다.

"레이지!"

깜짝 놀란 얼굴이 뒤를 돌아보았다. 그 어리둥절한 얼굴을 보고 리세는 레이지가 자기를 몰라본다는 걸 알았다.

"온실에 가는 거야?"

가까이 다가가자 그제야 리세를 알아본 것 같았다. 레이지는 잠시 눈부신 듯한 표정을 지었지만, 이내 평소의 빈정거리는 얼굴로 돌아왔다.

"거긴 조용하거든. 다들 들떠서 도서관에서도 기숙사에서도 안정이 안 돼. 깜짝 놀랐네. 새하얀 여자가 다가오기에 저세상에서 마중 나온 줄 알았잖아."

"너무해. 오늘도 계속 온실에 있을 거야?"

"아마도."

"유리 연극 보러 가자. 유리, 연습 엄청 많이 했거든. 레이지가 봐주었으면 해. 미스터리 연극이어서 아주 재미있어. 유리, 세 역이나 맡았대."

리세는 열심히 유혹했다.

"흐음. 생각해 볼게."

레이지는 건성으로 대답했다.

멀리서 리세를 부르는 소리가 났다.

"4시부터야. 꼭 와. 약속이야."

리세는 다짐하듯 말한 뒤 바로 뒤돌아서 뛰어갔다.

반짝하고 물빛 물체가 떨어졌다.

"어…… 야."

막 걸음을 떼려던 레이지가 소리쳐 불렀지만, 리세는 이미 길에서 만난 소녀들과 얘기꽃을 피우고 있었다.

레이지는 말없이 리세의 뒷모습을 지켜보다가 발밑에 떨어진 작은 코사지를 조심스레 주워들었다.

개막

리세가 코사지를 잃어버린 걸 깨달은 것은 샌드위치를 사서 방으로 돌아온 뒤였다. 황급히 왔던 길을 되짚어 갔지만 코사지는 어디에도 보이지 않았다.

리세는 샌드위치를 먹으면서 어디에서 잃어버렸는지 열심히 기억을 더듬었다. 교장에게 눈총 받으면 어떡하지. 옷에 달고 한 시간도 지나지 않아 잃어버리다니.

우울하게 걱정을 곱씹는 사이에 댄스파티 시간이 가까워졌다.

"리세, 요한이 왔어."

누군가가 부르는 소리가 나서, 할 수 없지, 포기하고 일어섰다.

현관에 내려가자 화려한 색으로 온몸을 두른 아이들이 들떠서 웅성거리고 있었다. 평소와 다른 색채의 홍수에 리세는 금방 압도되었다.

요한은 여자아이들에게 둘러싸여 싱글벙글 얘기를 나누고 있었다. 언제나 감탄하는 점이지만, 요한에게는 타고난 화사함이 있다. 그가 있는 곳에는 언제나 밝은 공기가 흐르는 것 같다.

리세가 머뭇머뭇 다가가자, 요한이 이쪽을 돌아보았다. 예의 웃는 얼굴이 활짝 빛났다. 리세는 요한을 둘러싼 여자아이들의 얼굴에 희미하게 질투의 빛이 서리는 것을 보고 움찔했다. 네게는 재앙 같은 존재일지도 몰라. 유리의 목소리가 되살아났다.

요한은 이내 달려왔다. 감색 핀스트라이프 슈트에 레몬색 셔츠와 초록색 넥타이. 눈앞의 소년은 넋을 잃을 정도로 아름다웠다.

"그 흰색, 리세의 까만 머리에 아주 잘 어울리네."

예상대로 요한은 기분이 매우 좋아 보였다. 살갑게 말을 건네며 리세를 데리고 걸었다. 리세는 요한을 신기해하는 눈으로 올려다보았다.

혹시 이 아이는 자신이 얼마나 은혜로운지, 얼마나 아름다운지 모르는 게 아닐까. 너무 천진하거나, 아니면······.

너무 계산적이거나.

그런 생각이 든 순간, 리세는 어디선가 경계심이 생기는 데 놀랐다.

무엇을 의심하는 걸까, 나는. 여기 온 뒤로 늘 뭔가를 의심만 하고 있다. 환경 탓일까.

여기저기서 멋지게 차려입은 학생들이 모여들어 강당 앞 광장은 야단법석이었다. 이윽고 강당에서 오케스트라가 악기를 조율하는 소리가 흘러나오자 광장은 고요해졌다.

"우왓, 대단해, 진짜 오케스트라야. 과연 스케일이 크네, 이 학교는."

요한이 흥분해서 외쳤다. 리세는 왠지 무서운 느낌이 들었다.

잠시 조용해지더니, 나직하게 왈츠가 흘렀다. 동시에 문이 활짝 열리며 음악 소리가 와르르 밖으로 흘러나왔다. 학생들이 소리에 이끌리듯이 안으로 자꾸자꾸 들어갔다.

학생들을 따라 강당 안으로 들어가는 사이, 음악 소리에 귀를 기울이고 있던 요한은 점점 흥분이 되는지 홍조 띤 얼굴로 리세를 보았다.

"잘한다. 잘하네, 이 오케스트라. 프로잖아. 겨우 두 시간을 위해 오케스트라를 통째로 데려오다니. 믿을 수 없어. 정말 호화스러워."

리세는 다른 일로 떨고 있었다. 조심스럽게 입을 열었다.

"저기, 요한. 한 가지 말해두고 싶은데."

"응, 뭐?"

요한은 리세의 입가에 귀를 기울였다.

"나, 춤을 아주 못 춰."

그 약하디약한 목소리에 요한은 순간 어리둥절한 모습이었지만 이내 화통하게 웃었다.

"괜찮아, 괜찮아. 나도 눈동냥으로 배웠는걸. 전교생이 왈츠를 출 줄 아는 이 학교가 이상한 거야. 괜찮아, 이렇게 많은 사람들이 춤을 추니까 아무도 우릴 쳐다보지 않을 거야. 마음 놓고 방긋방긋 웃으면서 빙글빙글 놀면 돼."

요한은 그렇게 말하고는 자연스럽게 리세의 손을 잡았다.

"자, 우리도 빙글빙글 돌아볼까?"

환하게 켜진 조명 아래 만화경 같은 빛깔이 돌아가고 있었다. 강당에 들어선 순간, 어딘가 이상한 나라로 흘러들어온 느낌이 들었다. 뼛속까지 울리는 오케스트라 소리와 학생들의 스텝 밟는 소리가 심장 고동처럼 눈 깜짝할 사이에 온몸을 채웠다.

동화의 나라. 세속과 동떨어진, 폐쇄적이면서도 호화로운 환경. 교장의 말이 뇌리를 스쳤다. 회전운동은 현기증과 황홀감을 불러일으켰다. 리세는 꿈을 꾸는 기분이었다.

눈동냥으로 배웠을 뿐이라는 말은 아무리 봐도 겸손이다. 요한은 능숙하게 리세를 리드했고, 그 움직임에는 군더더기도 망설임도 전혀 없었다. 잘 추는 사람이 리드해 주는 것이 이렇게 멋진 일이었다니. 리세는 감탄했다. 움직이기가 쉽고, 그렇게 엉키던 발이 즐겁게 스텝을 밟았다. 몸이 깃털처럼 가벼웠다. 미쓰코에게는 미안하지만, 코치에게 문제가 있었다는 게 확실해졌다. 오히려 왈츠에 공포심만 갖게 한 미쓰코에게 리세는 마음속으로 투덜거렸다.

한 곡이 끝나자 박수가 쏟아졌다. 처음의 긴장감이 사라지고 한숨 돌리는 소리들로 강당이 웅성거렸다.

"뭐야, 잘 추네."

요한이 천진스런 얼굴로 웃었다.

"요한, 너야말로 거짓말이지? 엄청나게 잘 추잖아. 덕분에 춤추기 쉬웠어."

"거짓말 아냐. 이런 건 보통이지."

다음 곡이 시작되자 다시 온갖 빛깔들이 돌아가기 시작했다. 편안한 분위기가 감돌고, 리세는 자신이 춤추는 걸 즐기고 있다는 사실을 깨달았다.

"저기, 요한."

긴장의 끈이 풀린 리세는 어느새 말을 걸고 있었다.

"응?"

"이 학교…… 이상하지."

요한은 순간 표정이 없어지면서 물끄러미 리세의 얼굴을 보았다. 이내 침착한 목소리로 대답했다.

"응, 이상해."

리세는 뜻밖이라고 생각했다. 작곡에 몰두하느라 주위의 일 따위 보지 않는 줄 알았는데.

"특수한 목적을 위해 세워진, 특수한 환경에 있는 학교이기도 하고."

"특수한 목적이라니……. 요컨대 그 '묘지' 팀이라든가 '양성소' 팀을 위해서라는 거야?"

"응? 아아, 그렇구나. 그런 의미도 있겠지만."

요한은 말을 끊었다.

"다른 목적도?"

리세는 요한의 눈을 들여다보았다.

"이상하게 느껴지는 것들은 여러 가지 있지. 이를테면 이만큼 호화롭게 지내기 위한 자금을 어디서 끌어올까. 학비며 기부금이 아무리 많다고 해도 좀 의문이 생기지."

요한은 담담하게 대답했다. 평소의 그와는 다르다.

"그 외에는?"

"학생들이 너무 많이 사라진다는 점이라든가."

요한은 태연한 어투로 대답했다. 리세는 놀랐다.

"알고 있었니?"

요한은 나지막하게 웃었다.

"당연하지. 이렇게 폐쇄적인 곳에 있는 아이들은 모두 소문을 좋아하니까. 네 친구들은 사라진 학생들에 대해 다른 아이들이 너무 무관심하다고 생각하겠지만, 내가 보기엔 그렇지 않아. 다들 일부러 무관심한 척하는 것뿐이야. 아니면 스스로 무관심하다고 믿으려는 것이지."

리세는 다시 한번 놀랐다. 유리와 레이지의 주장까지 알고 있다니.

요한은 차가운 시선으로 즐겁게 춤을 추는 주위 학생들을 둘러보았다.

"내가 여기 왔을 때 맨 처음 느낀 것은 모두의 마음 밑바닥에 있는 공포였어."

"공포?"

"응. 다들 필사적으로 그것을 느끼지 않으려고 애쓴다는 느낌이랄까."

리세는 낯선 사람을 보듯 요한을 올려다보았다.

"요한, 평소와 너무 달라."

요한은 작게 웃었다.

"이 학교, 겉보기와 달리 안에 있는 시설들은 아주 최첨단이야. 리세의 친구들도 말할 때 더 신경 써야 해. 내가 보기에는 여기저기에 귀가 많아."

리세는 그가 의미하는 바를 깨닫고 소름이 끼쳤다.

학생들이 하는 말을 도청하고 있다?

"설마……."

요한은 가볍게 어깨를 으쓱했다.

"그렇다면 좋겠지만. 여기, 몇 번이나 불에 탔지? 그건 그런 기구를 장치할 기회가 여러 번 있었다는 말도 돼. 그런 작업을 하려고 일부러 불을 냈을 가능성도 없다고는 할 수 없어."

"그럼 2월의 방문자 얘기도……."

리세는 엉겁결에 말해놓고는 얼굴을 가렸다.

요한이 끄덕였다.

"아, 들었어. 시시하지만 그 얘기에는 뭔가 다른 의미가 있는 것 같아. 리세가 신경 쓰는 그런 의미가 아니라."

"다른 의미?"

"아직은 모르겠지만."

두 사람은 입을 다문 채 한동안 왈츠의 흐름에 몸을 맡겼다.

리세는 눈앞에 있는 소년의 달라진 모습 때문에 혼란스러웠다. 아까 자신이 느낀 경계심이 틀리지 않았다는 걸 깨달았다. 천사 같은 소년의 모습을 보여준 요한의 훌륭한 연기력을 떠올리자 그가 단순히 천진한 소년이라고 믿고 있었던 자신이 부끄러워졌다. 요한은 겉으로 보이는 모습 그대로의 소년이 아니었다. 머리가 무섭도록 잘 돌아가고 상대의 감정 흐름을 하나도 놓치지 않는다. 어쩌면 그는 처음 만났을 때부터 지금까지 내 기분도 정확히 읽고 있던 게 아닐까. 리세는 점점 무서워졌다.

그럼 요한은 내게 왜 다가왔을까? 혹시 도서관에서도 일부러 부딪친 걸까? 뭔가 목적이 있을까?

눈앞에 있는 소년의 얼굴이 다르게 보였다. 그의 손이 왠지 더 크고 강하게 느껴졌다.

두 번째 곡이 끝나고 또 와르르 박수가 터졌다. 학생들이 움직이기 시작했다. 벽 쪽으로 가서 쉬려는 학생들이었다. 앞으로 두 시간가량 많은 커플이 춤추는 무리에 끼기도 하고 빠지기도 하면서 파티가 계속될 것이다.

"어떻게 할까? 잠시 쉴까?"

요한이 리세의 얼굴을 보았다. 리세는 조그맣게 끄덕였다.

"리세, 넌 머리가 좋은 아이구나. 예상한 대로야. 그렇지만 믿어줘. 나는 정말로 너랑 얘기하고 싶어서 다가갔던 거니까. 잠깐 기다려, 마실 것 갖고 올게."

요한은 그렇게 말하더니 얼른 뒤쪽에 사람들이 몰려 있는 테이블로 향했다.

모두 꿰뚫고 있다.

리세는 또다시 충격을 받았다. 댄스가 끝나기 전 몇 분 동안 내가 그를 의심한 것까지도 요한은 간파했다.

"리세, 정말 멋지구나. 못 알아봤어."

낭랑한 목소리가 등 뒤에서 날아와, 그렇잖아도 마음이 혼란스럽던 리세는 깜짝 놀라며 뒤를 돌아보았다. 거기에는 옅은 회색 슈트를 입은 키 큰 남자가 서 있었다.

올백으로 넘긴 긴 머리. 차분한 시선.

리세는 잠시 멍했지만, 그것이 '남성'인 교장이라는 걸 간신히 깨달았다.

"뭐야, 얘. 입을 딱 벌리고 멍청하게."

"선생님한테 반한 거 아냐?"

어딘지 모르게 악의가 담긴 듯한 여자아이들의 웃음소리에 퍼뜩 정신을 차렸다. 교장 뒤에 여자아이들 네댓 명이 달라붙어 있다. 모두 어른스럽고 예쁜 아이들뿐이지만, 리세를 보는 시선은 적의에 차 있다. 이른바 친위대인 모양이다. 좋지 않은 예감이 들었지만 그보다는 '남성'인 교장을 본 놀라움이 더 컸다.

"마음에 드니?"

교장은 웃으며 리세를 내려다보았다. 리세는 무심결에 교장을 관찰했다. 목소리, 시선, 몸짓. 어느 걸 봐도 틀림없는 남성이다. 믿을 수 없다.

"아, 저기. 아주 마음에 듭니다. 뭐라고 감사를 드려야 할지. 정말 고맙습니다."

리세는 두서없이 말하며 머리를 숙였다.

"아냐, 아냐, 나야말로. 내 선택이 잘못되지 않았다는 자신감이 생기는구나."

교장의 그 말에 순간 아찔했다. 교장 뒤에 선 친위대 사이에서 전류가 흐르는 것이 느껴졌다. 리세의 옷을 교장이 골라줬다는 사실이 들통난 것 같다. 리세는 마음속으로 얼굴을 찡그렸지만, 이 상황에서 교장에게 인사를 하지 않을 수는 없었다며 자신을 위로했다. 그러나 그런 작은 위로도 고개를 들자마자 무너져 버렸다. 친위대가 이제는 노골적으로 적의를 품고 리세를 노려보고 있었다.

"리세, 오렌지주스 괜찮니?"

그 순간 요한이 돌아오는 바람에 리세는 한층 더 위축되었다. 정신건강상 좋지 않으니 가능한 한 친위대의 얼굴이 눈에 들어오지 않는 자리로 몸을 움직였다.

"오, 리세의 파트너가 요한이었구나. 요한도 제법이네."

교장이 재미있다는 듯이 요한에게 말을 걸었다. 요한도 놀란 얼굴로 교장을 보았다.

"우와, 교장선생님 멋있어요."

요한은 솔직하게 감탄했다. 친위대 아이들에게서 교태를 띤 웃음소리가 터져 나왔다. 나를 대할 때와 반응이 전혀 다르잖아, 하고 리세는 마음속으로 투덜거렸다.

"전 아직도 선생님이 어느 쪽인지 잘 모르겠어요. 양쪽 다 멋있다고는 생각하지만."

요한은 수줍은 얼굴로 머리를 긁적였다.

"어느 쪽이든 상관없어. 둘 다 나니까."

교장은 화통하게 웃으며 대답했다.

리세는 내심 혀를 내둘렀다. 요한은 평소의 천진한 천사로 돌아와 있었다. 이렇게 보고 있으니 왈츠를 추며 얘기를 나눈 상대는 다른 사람이었던가, 하는 의심밖에 들지 않는다.

"아아, 맛있네. 리세, 춤 더 출까?"

요한은 잠시 교장과 친위대를 상대했지만, 곧 손에 들고 있던 주스를 다 마시고는 리세에게 빙그레 웃어 보였다.

"응."

리세는 안도하며 끄덕였다.

"리세, 나하고도 한 번 춰주지 않겠니?"

교장이 말을 걸자, 그걸 막으려는 듯 곧바로 친위대에서 소리가 터져 나왔다.

"선생님, 저랑 춰요."

"우리, 여태 기다렸는걸요오."

리세는 황급히 그 자리를 떠났다.

"잘 참네, 리세. 저 애들, 당장이라도 네게 덤벼들 기세던데."

요한이 빈 잔을 가까운 테이블에 내려놓으며 어이없다는 듯 속삭였다.

"알아차렸니?"

리세는 지친 얼굴로 대답했다.

"다 보이지. 교장에게 찰싹 달라붙어서는 꼴불견이야. 무리 지어 다니는 여자들은 정말 싫어."

요한은 경멸스럽다는 얼굴로 잠깐 뒤를 돌아보았다. 가슴 저 밑바닥에서 우러난 듯한 경멸의 표정에 리세는 세 번째로 간담이 서늘해졌다.

"그런데 저 교장만은 잘 모르겠어. 전혀 읽을 수가 없어."

요한은 손가락을 입술에 대고 생각에 잠겼다.

저 교장만은. 리세는 마음속으로 되뇌었다. 그렇다면 교장 이외의 인간이 생각하는 것은 모두 꿰뚫어 본다는 말인가.

숲속의 그림자

레이지는 손목시계를 흘끗 훔쳐보았다.

"나, 잠깐 도서관에 다녀올게."

"응."

히지리는 아침부터 내내 종이를 펼쳐놓고 계산에 몰두해 있다. 이러니 무슨 말을 시켜도 건성이다. 몇 시간씩이나 계속 집중력을 발휘하는 히지리를 볼 때면 역시 천재 소년이라는 것이 실감 난다.

이 녀석, 내가 나간 것도 알아차리지 못하는 거 아닐까?

레이지는 테이블에 파묻히다시피 열중하고 있는 히지리를 어이없다는 얼굴로 바라본 뒤, 온실 밖으로 이어지는 나선계단 난간에 손을 짚었다.

오랜만에 날이 개어 온실 안은 따뜻했다. 스웨터를 벗고 한숨 자고 싶어질 정도였다. 그러나 터널 밖으로 나오자 다시 쌀쌀해졌다. 손에 들고 있던 스웨터를 다시 입으려는데, 셔츠 주머니에서 바스락하는 소리가 났다.

레이지는 물빛 코사지를 꺼내 손바닥에 올려놓았다.

돌려주러 가볼까. 찾고 있을지도 모른다. 슬슬 댄스파티도 끝나갈 시간이다. 그 녀석과 춤추는 데도 어느 정도 지쳤을 것이다. 아니, 그렇게 춤을 못 추니 어쩌면 발이라도 삐었을지 모른다.

레이지는 도서관에서 요한과 리세가 함께 있는 모습을 곧잘 보았다. 청춘영화의 주인공처럼 아름다운 커플이었다.

레이지가 요한에게서 받은 인상은 한마디로 인형 같은 도련님이었다. 하지만 실은 요한이 전학 왔을 때, 레이지는 요한의 출신에 대해 너무나도 믿기 힘든 소문을 하나 들었다.

그 소문은 이내 사라져서 반농담으로 치부되어 버렸지만.

레이지는 인기척 없는 숲속 길을 총총걸음으로 지나갔다.

숲속에서 뭔가가 반짝 빛났다.

응?

레이지는 발을 멈추고 자세히 바라보았다.

누가 있나?

레이지는 발걸음을 빨리했다.

틀림없다. 누군가가 숲속을 걷고 있다. 누굴까, 오월제가 한창인데. 땡땡이 팀 녀석인가? 그렇다 해도 어째서 이런 데서 어슬렁거리지?

레이지는 시야에서 놓치지 않을 만큼 조용히 거리를 좁혀갔다. 우리 학교 교복을 입고 있는 것은 확실하다. 하지만 그것도 이상하다. 모두가 사복을 입는 기간인데.

레이지는 작은 등을 놓치지 않으려고 뚫어지게 그 한 점에 의식을 집중하면서 사냥감을 쫓는 짐승처럼 뒤를 따라갔다.

의외의 인물

강당 안은 사람들의 열기로 공기가 탁했다. 앞으로 몇 곡만 더 추면 댄스파티도 끝나고, 드디어 유리가 연극을 하는 시간이다.

리세는 강당을 나와 외진 곳으로 가서 심호흡을 했다. 오랜만에 본 파란 하늘도 이제 석양으로 물들고 있다.

발이 아팠다. 춤을 많이 추어서 발이 부은 것 같다. 내일은 더 아프겠지. 그러나 이렇게까지 피곤한 것은 댄스 탓이 아니라 여러 가지 의미로 긴장했기 때문일 터다.

요한은 인기인답게 여기저기 불려다니며 여전히 '천사처럼' 대접받고 있었다. 이제 파트너로서의 임무도 끝났겠지, 하고 리세는 여자들에게 둘러싸인 요한의 옆을 살짝 빠져나온 참이었다.

그런데 돌연 등 뒤에서 말소리가 들려왔다.

"얌전하게 생겨선 제법인걸."

"저 옷도 교장선생님을 졸라서 받았나 봐."

"보통은 그런 짓 못 하지 않니? 여긴 돈이 드는 곳이란 걸 알고 왔을 테니, 형편이 어려운 것도 아닐 텐데."

"얻어 입는 걸 좋아하는 거 아냐?"

"어지간히 자신이 있는 모양이지."

온몸이 얼어붙는 것만 같다. 바로 뒤에서 친위대가 일부러 들으라고 떠들고 있다. 돌아보면 안 된다. 모른 척해야 한다.

"요한도 운이 없지. 아직 들어온 지 얼마 안 돼서 그래."

"불쌍해."

"역시 상대는 2월에 들어온 마녀니까."

와들와들 몸이 떨리는 것을 간신히 참았다.

상대하면 안 돼. 유리의 목소리를 몇 번이나 머릿속에서 되살려 본다.

"어라, 모르는 척?"

"대단하네, 이렇게까지 말해도 자기 얘긴 줄 모르나 봐."

소리가 커졌다. 바삭하고 풀 밟는 소리가 점점 가까워졌다.

"얘, 너 말이야."

바로 뒤에서 들리는 소리에 속에서 뭔가가 울컥 치밀었다. 막 돌아보는 찰나, 차가운 액체가 머리 위로 쏟아졌다.

리세는 어이가 없었다.

꺄악, 아하하하, 하고 새된 환성이 울려 퍼졌다.

가슴팍으로 차가운 것이 스며들었다. 턱이며 스커트에서 차가운 것이 뚝뚝 떨어지고 있었다.

"또 교장선생님한테 새 옷 사달라고 졸라봐!"

소녀들이 시끄럽게 웃으며 빠르게 사라졌다.

리세는 파랗게 질린 얼굴로 그 자리에 못 박힌 듯 서 있었다. 천천히 자신의 옷을 내려다보았다.

콜라를 뿌렸다.

하얀 원피스에 갈색 얼룩이 퍼져갔다.

리세는 굴욕과 충격에 한동안 몸을 움직일 수 없었다. 자신에게 일어난 일이라고 믿기지 않았다. 머릿속에서 활활, 용암같이 붉은 것이 말이 되어 나오지 못하고 미친 듯이 날뛰고 있다.

떨리는 몸을 겨우 움직일 수 있게 되자 리세는 간신히 힘을 내어 강당 뒤에 있는 수돗가로 갔다. 분해서 눈물을 흘리며 물로 원피스를 거칠게 씻었다. 물의 차가움이, 저녁이 다가오는 것과 같은 속도로 질금질금 몸에 스며들었다. 그래도 쿵쿵 뛰는 심장은 진정되지 않고 분노에 찬 눈물이 자꾸만 흘렀다.

옷감에 방수성이 있는지 콜라 얼룩은 생각보다 간단히 빠졌지만, 축축해진 것은 어쩔 수가 없었다.

강당 안에서 덜거덕덜거덕 의자를 늘어놓는 소리가 들렸다. 댄스파티가 끝나고 연극 볼 준비를 하고 있는 모양이다.

리세는 멍하니 그 소리를 듣고 있었다. 다리가 움직이지 않았다. 몸이 점점 차가워졌다. 이대로 있으면 감기 걸릴 게 뻔하지만, 그래도 리세는 그 자리를 뜰 수가 없었다.

괜찮아, 감기 걸려봤자, 열이 나봤자. 어차피 나는 마녀인걸.

리세는 자포자기한 기분으로 새삼 흐르는 눈물을 닦았다.

그때, 고개를 든 리세는 눈앞에 들어선 무언가에 깜짝 놀랐다.

누군가 숲에서 올라오고 있다.

리세는 반사적으로 가까운 수풀 뒤에 몸을 숨겼다.

그 아이다.

잊지 않았다. 도서관에서 보았던 그 검은 머리 소년이 교복 차림으로 숲속을 걸어오고 있다. 여전히 무표정하고 창백한 얼굴이다.

이윽고 리세는 소년의 뒤를 쫓아오는 누군가를 발견했다. 레이지다.

리세는 몸을 앞으로 내밀었다. 그의 표정이 이상해서 놀랐다. 레이지의 얼굴도 창백하게 변해 있었다. 놀라움과 의혹으로 터질 것 같은 표정이었다.

어떻게 된 걸까?

"레이코!"

갑자기 레이지가 소리쳤다. 리세는 귀를 의심했다. 지금 레이지가 뭐라고 했지?

앞에 가는 소년은 돌아보지 않았다. 그러나 레이지는 분명히 자기 앞을 가는 소년을 향해 소리를 질렀다.

"기다려, 레이코!"

레이지는 되풀이해 소리쳤다. 리세는 꿀꺽 침을 삼켰다. 머릿속이 여러 가지 것들로 뒤엉켜 엉망이 되어버렸다.

대체 어떻게 된 걸까? 저것이…… 저 아이가 레이코?

연극 개막 5분 전을 알리는 강당 벨 소리가 요란스럽게 울렸다.

무대 위에서

두 사람은 강당 쪽으로 사라져 갔다.

리세는 혼란스러운 머리로 머뭇머뭇 강당 입구로 향했다. 이미 연극이 시작되었는지 안에는 고요가 감돌고 있었다.

젖은 원피스의 불쾌한 감각도 잊고 리세는 검은 커튼을 친 입구를 거쳐 살며시 안으로 들어갔다. 강당 안은 사람들의 열기로 후텁지근했다. 관객들이 꽤 많이 와 있었다. 대략 300명쯤 될까.

단순하게 만든 무대에서 하얀 코트를 입은 유리와 점퍼를 입은 남학생이 연기를 하고 있다. 무대 체질인 듯한 유리의 화려하면서도 진지한 표정이 단번에 눈에 들어왔다.

유리, 침착하네. 이런 상태라면 괜찮겠어.

리세는 그 사실에 먼저 안도했다. 그리고 슬쩍 주위 관객을 둘러보았다.

그 두 사람은 어디로 갔을까? 안으로 들어간 것처럼 보였는데.

리세는 주변을 두리번거리다가 문득 뒤쪽에 꼼짝 않고 서서 학생들을 둘러보고 있는 레이지를 발견했다. 멀리서 보기에도 파랗게 질린 얼굴로 여기저기 바쁘게 시선을 보내고 있었다. 레이지도 그 소년을 놓쳐버린 것 같다.

그 애가 레이코. 대체 어떻게 된 걸까? 리세는 레이지의 옆얼굴을 지켜보면서 아까 그가 내지른 말을 떠올렸다. 확실히 레이지는 그 소년을 향해 '레이코'라고 외쳤다. 아무리 봐도 남자아이였는데…….

그때, 갑자기 누군가가 손을 꽉 잡아 리세는 엉겁결에 비명을 지를 뻔했다.

"어떻게 된 거니? 이런 데 서서."

침착하고 낮은 목소리가 머리 위에서 내려왔다. 교장이 뒤에 서 있었다.

리세는 왠지 모르게 소름이 쫙 끼쳤다. 이 사람은 어째서 이렇게 조용히 움직이는 걸까. 아무리 레이지에게 정신을 빼앗겼다고 해도, 이렇게 덩치 큰 사람이 다가오는데 전혀 눈치채지 못하다니.

리세는 '남성'인 교장이 뿜는 존재감에 압도되었다. 전에 그가 코트를 입혀줄 때를 떠올렸다. 확실히 이곳에 서 있는 것은 성인 남성이다. 대체 어떤 식으로 분위기를 바꾸는 것일까. 이렇게까지 인상이 달라질 수 있다니.

교장은 어두운데도 리세의 원피스가 젖어 있다는 것을 눈치챈 듯했다. 리세는 반사적으로 몸을 비틀어 교장에게서 등을 돌리려 했지만, 교장은 리세의 손을 놓지 않고 휙 잡아당겨 자기 쪽으로 향하게 했다.

"이것은?"

리세는 신문하는 듯한 교장의 시선에서 벗어나려 얼굴을 돌린 채 굳은 표정으로 입을 다물었다. 하지만 그는 이내 사정을 눈치챘는지 리세의 손을 잡은 팔에서 힘을 빼더니 쓸쓸하게 웃었다.

"난감하구나, 그 애들도."

교장은 한숨을 쉬며 손을 떼더니 입고 있던 웃옷을 벗어 리세에게 입히려 했다. 리세는 격렬하게 손을 저으며 거절했다. 교장은 눈썹을 찌푸렸다.

"감기 걸린다."

"안 돼요, 교장선생님 옷을 입고 있는 걸 또 보면, 저……."

리세는 아까의 굴욕을 떠올리며 울음 섞인 소리가 나오려는 걸 꾹 참고 황급히 말을 돌렸다.

"괜찮습니다. 여기 있으면 마를 거예요. 그보다도 레이코가……."

"뭐?"

교장이 날카롭게 외쳤다. 찌르는 듯한 시선에 리세는 움찔했다.

"레이지가 레이코를 쫓아 이리로 들어오는 걸 봤어요. 저기…… 레이코는 남자아이인가요?"

어리석은 질문이라고 생각하면서 물었지만 교장은 웃지 않았다. 안에 있는 레이지의 모습을 확인하더니 이제야 알겠다는 듯 희미하게 고개를 끄덕였다. 그리고 리세를 흘끗 보며 냉랭한 표정으로 입을 열었다.

"레이코는 여자아이다. 다만 어릴 때부터 남자로 자라왔다. 본인도 줄곧 자신이 남자라고 생각하고 있는 것 같아."

리세는 교장이 하는 말을 바로 이해하지 못하고 멍하니

서 있었다.

그런, 그런 일이. 그래서 그런 차림을…….

"그래서 남자 교복을……. 저, 몇 번이나 그 애를 봤어요. 그 애, 조금 상태가 이상했어요. 그럼 그 애는 역시 살아 있는 건가요?"

교장은 리세 옆에 서더니 앞을 보며 중얼거리듯 말을 이었다.

"특수한 가정환경에서 자란 탓인지, 그 애는 네가 본 것처럼 정신적으로 불안정한 면이 있었다. 그런데 상태가 점점 심각해져서 학생들과 격리시켜 치료하고 있는데, 이따금 빠져나와 교내를 어슬렁거리는 모양이구나."

"그럼, 그 강령회는……."

"물론 아무것도 나오지 않아야 했다. 그런 결과가 될 줄은 전혀 예상 못 했다."

교장의 담담한 말투에 리세는 등골이 서늘해졌다. 히지리가 말한 대로라면, 교장은 레이지 앞에서 혼자 연극을 했던 것이다. 그렇다면 그때 정말로 나온 것은……. 천장의 검은 그림자가 뇌리를 스쳐가 소름이 돋았다.

교장은 소리도 없이 스르륵 다가가서 레이지에게 낮게 귓속말을 했다. 레이지는 깜짝 놀란 얼굴로 돌아봤지만, 상대가 교장임을 알아보고는 뭔가를 소곤소곤 이야기했다. 객석을 가리키는 걸로 보아, 레이코가 그 속에 섞여 있는지도 모른다. 이윽고 두 사람은 거리를 두고 어둠 속에 나란히 서서 대기했다. 연극을 관람하며 객석을 지켜보려는 모양이었다.

리세도 그 자리에 서서, 한편으로 긴장하면서도 점차 무대 위에 펼쳐지는 세계에 빨려 들어갔다.

광장의 증언. 그런 제목이었던 것 같다.

광장의 중심에서 두 여자가 서서 얘기를 나누고 있다. 갑자기 한 여자가 다른 여자를 찔러 죽인다. 이어서 같은 광장에 있던 목격자들의 증언이 이어진다.

"예, 나는 봤어요. 키가 크고 머리카락이 긴 여자가 커트 머리 여자에게 말을 걸었어요. 두 사람은 아는 사이 같았어요. 아주 친해 보였어요. 한 여자가 말을 걸자 다른 여자가 환성을 지르며 반겼거든요. 오랜만에 만난 친구처럼요. 한동안 선 채로 얘기를 나누다가, 점점 분위기가 이상해졌어요. 두 사람 표정이 험악해지더니, 한쪽이 '그런 바보 같은!'이라고 소리쳤어요. 주변 사람들이 모두 그들을 바라봤죠. 잠시 조용해진 뒤, 머리카락이 긴 여자가 가방에서 칼을 꺼냈어요. 눈 깜짝할 사이에, 그녀는 다른 여자의 배를 찔렀어요. 정말 눈 깜짝할 사이였어요."

"예, 나는 봤어요. 여자 둘…… 제법 나이 든 중년 여성이었어요. 한 명은 어딘가 지친 느낌이었고, 다른 한 명은 부유해 보였어요. 지친 여자가 다른 여자가 떨어뜨린 무언가를 줍는 것 같았어요. 뭔지는 보이지 않았지만요. 주운 뒤 말을 걸었고, 부유해 보이는 여자는 불쾌한 표정을 지었어요. 얼른 내놓으라는 듯 손을 내밀었죠. 하지만 주운 여자는 건네기를 거부했어요. 싫다는 듯 고개를 저었고, 두 사람은 험악하게 대화를 이어갔어요. 그러다 부유한 여자가 안달한 듯 가방에서 칼을 꺼내, 갑자기 찔렀어요."

"예, 나는 봤어요. 두 사람, 자매인 것 같았어요. 한 사람이 '언니'라고 부르는 걸 확실히 들었으니까요. 둘 다 젊고 예뻤어요. 스타일은 달랐지만. 누군가를 기다리는 듯 설레는 분위기였어요. 대화 속에 같은 이름의 남자가 몇 번이나 나왔던 것 같아요. 두 사람은 그 남자와 관련해 트러블이 있었던 게 아닐까요."

자신에 가득 찬 모습으로 사건의 정황을 설명하는 목격자들. 그러나 그 내용은 저마다 달랐다. 목격자들의 얘기는 이윽고 각자의 얘기가 되었다. 목격자들의 얘기 속에서 두 여자는 다양한 인생을 살아왔다. 같은 남자를 사랑한 두 여자의 줄다리기. 자신의 처지에 만족하지 못하는 여자와 만족하는 여자 사이에 일어난 대립. 과거의 사건을 가슴에 담아둔 여자들. 목격자들이 말하는 여자의 인생에는 목격자들의 인생도 투영되고 있었다.

배우들 모두 열연 중이었고, 무엇보다 대사에서 생생한 현실감이 느껴졌다. 소설을 좋아하는 리세가 봐도 상당히 잘 쓴 각본이었다.

작가는 누구야? 며칠 전에 그렇게 물었을 때 움찔하던 유리의 표정이 떠올랐다.

어느새 완전히 몰입했던 무대는 클라이맥스에 다다랐다. 목격자들의 진술이 끝나고, 시간을 거슬러 다시 사건이 재현되었다.

암전 후, 객석을 등진 채 무대에 서 있는 여자. 그곳으로 하얀 레인코트를 입은 유리가 다가가 말을 건다.

"어머나, 미나코? 저기, 미나코 아니니?"

여자는 움직이지 않는다.

"나야, 치즈루야."

유리가 여자에게 다가갔다. 그러고는 깜짝 놀란 듯 움직임을 멈추었다. 유리는 믿을 수 없다는 표정으로 입을 딱 벌리더니 뒷걸음질을 쳤다.

유리의 모습이 이상하다.

리세는 유리를 주시했다. 그것은…… 그것은 연기가 아니다.

객석이 술렁거리기 시작했다. 모두 무대 위의 모습이 이상하다는 것을 눈치챘다.

유리는 넋을 잃은 채 우두커니 서 있었다. 설마, 하고 유리의 입술이 움직이는 것이 보였다.

여전히 등을 돌리고 있는 여자. 베이지색 재킷을 걸치고 고개를 숙인 채 서 있다. 미동도 하지 않는 등. 이윽고 천천히 이쪽을 돌아보았다.

그것은 바로 레이코였다. 허무한 눈동자가 유리를 향했다. 베이지 재킷 아래로 피투성이 나이프를 쥐고 있었다. 뿜어져 나온 피를 뒤집어썼는지, 하얀 얼굴과 교복 재킷에 선혈이 흩어져 있다.

그 눈은 무표정했다. 창백하고 단정한 얼굴에 점점이 피가 묻어 있다.

"레이코!"

유리가 소리침과 동시에 객석에서도 비명이 터져 나왔다. 덜거덕덜거덕 소리를 내며 학생들이 일어섰다.

"레이코! 너 어떻게……."

유리가 말을 건 순간, 레이코는 유리를 향해 나이프를 휘둘렀다. 객석 여기저기에서 찢어지는 듯한 비명이 들렸다.

"유리!"

리세는 새파랗게 질려 무대로 뛰어가려고 했다. 학생들은 밖으로 나가려고 서둘러 움직였다. 일제히 뛰기 시작하는 학생들. 레이지와 교장이 무대로 올라가는 모습이 얼핏 눈에 들어왔다. 무대의 조명이 꺼졌다. 패닉에 빠진 강당에 날카로운 소리가 울려 퍼졌다.

"유리!"

리세는 소리치며 무대 쪽으로 몸을 움직였지만, 무대에 가까이 가기는커녕 역류해 오는 학생들에게 떠밀려 여전히 제자리였다. 흘러 다니는 빛깔들. 비명과 고함. 밖으로 나가려는 학생들의 기세에 강당 문이 활짝 열리고, 학생들이 구르듯 와아아 하고 밀려 나갔다. 누군가가 구르고, 그 위에 또 다른 학생들이 엎어졌다. 격렬한 혼란. 리세는 유리의 이름을 계속 불러댔다.

"리세, 위험해."

누군가에게 팔을 잡혀 학생들의 흐름에서 빠져나왔다. 돌아보니 파랗게 질린 요한의 얼굴이 눈앞에 있었다.

"찾았잖아, 리세. 어디 갔던 거야."

"유리가…… 유리가……."

리세는 요한의 팔을 잡아당겼다.

"괜찮아. 교장선생님이 붙어 있어. 곧 설명해 주겠지. 여긴 위험해. 떨어져 있자."

요한은 침착한 목소리로 말하며 공황 상태인 학생들로 북적대는 그곳에서 리세를 데리고 나왔다.

"대체 어떻게 된 거야, 여긴."

요한은 곤혹스러운 얼굴로 강당을 올려다보았다. 강당을 둘러싸듯 이어진 숲의 나뭇가지들이 어두워진 하늘 아래에 스산한 그림자를 드리우고 있었다.

축제가 끝난 뒤

시각은 9시를 지나고 있다.

다른 해 같았으면 오월제 마지막 날 밤이라고 들뜬 학생들로 식당 파티는 절정을 이루었을 것이다. 그러나 올해는 이제 간신히 한숨 돌리긴 했어도 여전히 불안한 술렁거림이 모두를 뒤덮고 있다. 무리도 아니다. 누구나 뇌리에 피투성이 나이프를 든 무대 위의 소녀(아니, 소년인가)가 각인되어 있을 테니.

식사 중인 학생들 앞에 교장과 직원이 나란히 찾아왔다. 단정하게 차려입은 교장은 여전히 강한 아우라를 내뿜으며 단도직입적으로 설명했다.

레이코는 정신 상태가 불안정해 학교 내 다른 시설에서 치료를 받던 중 빠져나와 이런 소동을 일으켰다. 지금은 약을 먹고 안정을 취하고 있다. 앞으로 레이코는 엄중한 감시 아래 학교 밖으로 이송될 예정이다. 레이코에게 다리를 찔린 학생은 출혈에 비해 상처가 깊지 않았으며, 목숨에는 지장이 없고 지금은 안정을 되찾은 상태다. 이 사건을 경찰에 신고할 계획은 없다. 이번 일은 관리자들의 상상을 초월한 일이었다. 관리 소홀이라 해도 어쩔 수 없는 일이며, 그 점에 대해서는 깊이 사과하고 앞으로 개선할 것이다. 만약 이곳에 머무는 것이 불안한 학생은 신청을 받아 전학 등 모든 수속에 협조하겠다.

질문은?

질문하는 사람은 아무도 없었다. 당당한 태도를 보이는 교장에게 반론을 제기할 수 있는 사람은 없었다.

"나가고 싶은 사람은 나가도 좋다."

그 말에, 리세는 새삼 이곳이 얼마나 나가기 어려운 곳인지를 절감했다. 다른 학생들도 마찬가지였다. 이곳에서 나갈 수 있다고 생각하는 사람은 아무도 없을 것이다. 어차피 자신들은 이제 이 안에서 살아갈 수밖에 없다는 걸 다시금 깨달았을 뿐이다.

"그럼 이제 좋지 않았던 일은 잊고 오월제 마지막 밤을 즐기도록."

교장은 그렇게 말하고 방을 나갔다.

그 모습이 사라지자 갑자기 긴장이 풀렸다. 교장이 사건의 종결을 선언함으로써 왠지 모를 안도감이 든 것도 사실이다. 다른 학생들도 그제야 긴장이 풀렸는지 왁자지껄한 소리가 식당을 가득 채웠다. 유리잔이 부딪히는 소리. 웃음소리. 해방된 듯한 술렁거림이 서서히 높아졌다.

유리와 리세는 식당 구석 의자에 멍하니 앉아 있었다.

유리는 자주색 민소매 원피스로 갈아입고 한껏 멋을 냈지만, 생기가 없고 평소의 에너지도 느껴지지 않았다. 리세는 접시에 음식을 담아 열심히 유리에게 날랐지만, 두 사람 다 식욕이 별로 없었다. 어떤 얘기를 해도 지금은 소용없다고 판단한 리세는 그냥 유리 옆에 조용히 앉아 있었다.

요한이 쪼르르 다가와 "자" 하고 두 사람에게 잔을 내밀었다. 아무 생각 없이 받았더니 와인이었다. 좋은 향이 났다.

"고마워. 이건 식초가 아닌 것 같네."

유리가 간신히 희미하게 웃어 보였다. 요한은 빙그레 웃으며 자기 잔을 가지러 돌아갔다. 유리가 리세에게 속삭였다.

"꽤 괜찮은 아이지 않니."

"뭐야, 재앙이라고 말했으면서. 사실은 오늘 비참한 일을 당했어."

리세가 교장의 친위대에게 콜라 세례를 받은 일을 설명하자 유리는 울컥한 얼굴이 되었다. 평소답게 얼굴에 분노가 고스란히 드러났다.

"정말로 못된 것들이네. 자기들이 못생겼다고 그렇게 삐딱하게 나오다니. 손 좀 봐줄까?"

"됐어. 이미 지난 일이니까. 옷도 말랐고."

리세는 황급히 달랬다. 돌아온 요한과 셋이 잔을 부딪쳤다. 와인을 한 모금 머금은 순간, 와르르 피로가 밀려왔다.

"요한, 리세를 너무 궁지에 몰아넣지 않도록 해. 그러잖아도 교장의 부하들은 심보가 뒤틀려 있으니까."

유리가 반은 농담, 반은 진담으로 요한의 얼굴을 째려보며 말했다. 요한은 천진한 얼굴로 어깨를 으쓱였다.

"그런 무리에게 말려드는 거, 나도 정말 싫어. 남자라면 누구라도 이쪽을 선택할 거야. 그런 애들은 에둘러 말해도 못 알아들으니까 대놓고 거절할 수밖에 없어."

"어머나. 의외로 세네. 귀엽기만 한 천사인 줄 알았는데."

"너야말로 세잖아. 평소엔 편의상 그렇게 행동할 뿐이야."

투닥거리긴 했지만, 두 사람은 금세 의기투합한 듯했다.

"그건 그렇고, 그 애…… 여자아이였지 않니? 어째서?"

요한은 천진한 얼굴로, 당연히 대답이 돌아올 거라 믿으며 물었다. 이런 얼굴로 바라보면 누구라도 말해버릴 것 같다. 유리는 내키지 않는 표정으로 마지못해 입을 열었다.

"어딘가의 정신 나간 돈 많은 아주머니가 고아였던 그 애를 맡아서 남자아이로 키우기로 했대. 자기 아들이 병으로 죽었는데, 얼굴이 레이코랑 꼭 닮았다는 거야. 아무리 그래도 보통은 그런 짓 안 하지 않니? 게다가 레이코가 몸이 약한 걸 구실 삼아 외부와도 격리시키고, 남자라고 세뇌하면서 키웠대."

"너무하네. 그렇지만 현실적으로는, 저기, 여자아이면 크면서 몸이 달라지잖아?"

당연히 예상되는 점을 요한이 조심스럽게 물었다. 유리는 얄밉다는 듯이 중얼거렸다.

"그게 말이야, 정말 기가 막혀. 너는 남자가 제대로 되지 못해서 그렇다는 식으로 매달 괴롭혔나 봐. 너무하지, 자기도 여자면서. 그래서 이곳에 올 무렵 레이코는 자신을 지키기 위해 완전히 무표정한 얼굴이 되어 있었고, 자신을 남자라고 믿고 있었어. 기숙사에 들어갈 때도 왜 여자랑 같은 기숙사를 써야 하냐며 소란을 피웠지. 난리도 아니었어."

"이야, 그건 정말 너무하네. 그런데 어떻게 이 학교에 들어오게 된 거야?"

"그 여자가 교통사고로 죽었대. 양녀였으니까 당연히 레이코에게 유산이 돌아왔는데, 친척들이 그걸 마음대로 쓰려고 레이코를 이 학교에 보내버렸나 봐."

입에 담기도 끔찍하다는 듯이 유리는 얼굴을 찌푸렸다.

"좀처럼 아무에게도 마음을 열지 않았어……. 그런데 말이야, 레이지는 처음부터 잘 따르더라고. 이해도 돼. 레이지가 정말 잘 보살펴 줬거든."

자신을 뚫어지게 바라보는 요한의 시선을 느끼며, 리세는 왠지 모르게 어색해졌다. 갑자기 얼굴이 화끈 달아오르는 기분이었다.

"레이지는 그 애를 좋아했어?"

요한의 질문에 가슴이 살짝 찌릿했다. 요한은 일부러 그러는 것 같았다.

"음, 좋아했을 거야. 레이코는 여자로서 레이지를 좋아한 거지. 그를 좋아하게 되면서 처음으로 자기가 여자라는 걸 의식하게 됐던 게 아닐까?"

유리는 무릎 위에 턱을 괴고 기억을 더듬듯 조용히 말했다.

"하지만 그게 비극의 시작이었어. 내 개인적인 생각이지만, 레이지는 달랐어……. 걔는 아마 남자아이로서의 레이코를 좋아했던 것 같아."

"레이지한테 그런 취향이 있어?"

천진난만한 표정을 지으며 묻는 요한에게, 유리는 작게 웃으며 고개를 저었다.

"아니야. 그가 동성애자라는 뜻은 아니고……. 알지? 동성인데도 마치 이성처럼 애정을 느낄 때 있잖아. 그냥 친구다 뭐다 하는 수준이 아니라, 좀 더 깊은 감정. 레이지는 그랬던 거라고 생각해. 하지만 어디까지나 이성처럼이지, 진짜 이성애는 아니었던 거야. 그래서 레이코가 여자로서 마음을 고백했을 때, 레이지는 당황해서 대답하지 못했겠지. 그게 레이코의 자아에 상처를 준 거야. 처음으로 여자로서 감정을 표현했던 상대에게 거절당했으니까. 아마 레이지는 그 일로 꽤 오래 고민했을 거야. 레이코가 모습을 감춘 일도, 자기 책임이라고 느끼는 것 같아."

리세는 천천히 와인을 마셨다. 도서관에서 자신을 도와주던 레이지의 눈빛이 떠올랐다. 그리고 레이코의 행방에 관해 필사적으로 교장을 추궁하던 그의 모습도. 그는 타인에 대한 책임감이 강한 사람이었다. 그런 면은 성실한 사람일수록 오히려 더 큰 고통으로 돌아오는 법이다.

"어머나, 호랑이도 제 말 하면 온다더니."

유리는 놀란 눈으로 식당 입구를 바라보았다.

레이지가 냉담한 표정으로 서 있었다. 평소보다 더 날이 선 느낌. 타인을 밀어내는 차가움 너머에 왠지 모를 허무감까지 느껴졌다.

그는 식당 안을 가로질러 주저 없이 세 사람에게 다가왔다.

"무슨 일이야?"

유리가 레이지의 얼굴을 보고 잠이 깬 듯한 목소리로 말했다.

"함께 가줘."

레이지는 침착한 목소리로 유리와 눈을 마주쳤다.

세 사람은 자리에서 일어섰다. 레이지가 말을 이었다.

"레이코가 죽었어."

심야의 폐막

5월이라고는 하지만, 밤은 여전히 쌀쌀했다.

네 사람은 어둠 속을 터벅터벅 걸어서 교장의 집으로 향했다. 아무도 말을 하지 않았다. 리세는 강령회를 했던 그날 밤으로 돌아가는 듯한 기분이 들었다. 등에 칼이 꽂힌 사체…….

그러고 보니, 그때 나는 뭔가를 느꼈다. 문득, 기억을 스쳐 지나가는 듯한 이상한 기분이 들었지. 그것이 무엇인지는 여전히 알 수 없다.

그 집의 실루엣과 희미한 불빛이 눈앞에 나타났다. 바깥에는 교장과 직원이 서 있었다. 가까이 다가가자, 그들 앞에 담요를 덮은 무언가가 누워 있는 것이 보였다. 네 사람은 깜짝 놀라 발을 멈췄다.

교장이 이쪽을 돌아보았다. 압도적으로 날카로운 눈동자가 네 사람을 보더니 한층 번쩍이는 듯했다.

"레이코?"

유리가 비명을 지르며 달려들었다.

담요에 손을 대려는 유리를 교장이 막아섰다.

"보지 않는 편이 좋아. 창에서 뛰어내렸다. 이마가 깨졌어."

교장이 낮은 목소리로 말했다.

담요 아래로 흘러내린 검은 머리카락과 하얗고 가느다란 손이 조금 보였다.

유리는 바들바들 떨었다.

"어째서…… 어째서, 이런…….."

교장 옆에 서 있던 젊은 간호사가 주뼛주뼛 입을 열었다.

"약을 먹는 척만 했나 봐요. 잠든 줄 알고 잠시 눈을 뗀 사이에…… 그만…….."

간호사는 겁먹은 얼굴로 2층의 열린 창문을 올려다보았다.

교장은 조용히 네 사람의 얼굴을 둘러보며 말했다.

"슈지의 등에 꽂힌 칼에서 레이코의 지문이 나왔어."

슈지 사건을 모르는 요한은 어리둥절한 표정을 지었지만,

나머지 세 사람은 깜짝 놀랐다.

"어째서 굳이 우리를 부르셨어요?"

레이지가 소름 돋을 만큼 침착한 목소리로 물었다.

교장은 도전적인 눈빛으로 레이지를 바라보았다. 차가운 기운이 두 사람 사이를 가르듯 지나갔다.

"너희들은 이 아이랑 친했잖아. 작별 인사를 하게 해주려고 불렀을 뿐이야. 레이코가 자살했다고 해도, 내 말을 쉽게 믿지 않을 테니까."

너무도 사무적인 말투에 유리는 신경질적으로 웃어댔다.

"레이코가 없어져서 친척들도 기뻐하겠죠. 저기, 혹시 이걸로 당신에게도 보상이 들어오는 거 아니에요? 또 수억 벌겠군요. 얼마예요? 한 사람 처리하면 얼마나 받아요? 나는 얼마? 얼마 줄 테니 처리해 달라고 하던가요?"

유리의 눈에서 눈물이 방울방울 흘러내렸다.

울음을 터뜨리며 비틀거리던 유리는 교장에게 달려들었다.

그러나 교장은 꿈쩍도 하지 않았다. 표정 하나 바꾸지 않고 유리를 내려다보며 조용히 말했다.

"망자 앞이다. 말을 조심하렴."

유리는 교장의 가슴을 쿵쿵 내리쳤다.

"당신한텐 그냥 상품일지 몰라도, 나한텐…… 나한텐 정말 소중한 아이였어요. 나도…… 나 역시도 이 아이를 좋아했다고요. 안타깝고…… 예뻐서…… 레이코의 존재 자체를 사랑했는데……."

교장은 유리가 때리는 대로 맞고 있었다. 그 눈동자에는 아무런 감정도 없었다.

리세는 바로 앞에 서 있는 레이지의 손을 바라보고 있었다. 불끈 쥔 주먹. 꿈쩍도 하지 않는 그. 리세가 앞으로 나서려 하자, 요한이 그녀의 팔을 잡고 말렸다.

아니야.

그 순간, 리세는 여기 오는 길부터 계속 느꼈던 이상한 감각에 당황했다.

이건, 어딘가 잘못됐어.

왠지 모르게 격렬한 혼란에 휩싸였다. 혼란스러워한다는 사실 자체가 그녀를 점점 혼란에 빠뜨렸다.

이상하다. 뭔가 이상하다. 어딘가 잘못됐다. 왜 그렇게 느꼈을까.

리세는 멍하니 2층 창을 올려다보았다.

쥐어짜듯 터져 나오는 유리의 울음소리가 차가운 밤하늘 속으로 빨려 들어갔다.

8장

기억의 바닥에서

얇은 껍질이 한 겹 한 겹 벗겨지는 것처럼 천천히 봄이 다가왔다.

아침 창문 너머의 습원이 점점 밝은색으로 덮여갔다.

푸른 하늘이 습지를 내려다보게 되자, 리세는 오히려 자신이 내면으로 우울하게 가라앉고 있음을 느꼈다.

아침에 일어나 철창살 너머로 화사한 바깥세상을 볼 때면 자신이 얼마나 좁은 곳에 갇혀 있는가를 실감한다. 처음 여기 왔을 무렵에는 자신을 포로가 된 공주에 비유하기도 하며 조금은 소녀답게 로맨틱한 환상을 품었지만, 지금은 그저 회색의 죄수에 지나지 않는다는 사실을 날마다 깨닫고 있을 뿐이다.

오월제를 하던 그날 밤으로부터 몇 주가 지났다. 무대 위에서 펼쳐진 피비린내 나는 사건에 관해서는 아무도 입에 올리지 않았다.

결국 나는 마지막까지 레이코와 얘기를 나누지 못했어.

5월의 마지막 토요일 오후. 오늘도 리세는 멍하니 턱을 괴고 창가에 앉아 바깥을 내다보고 있었다. 하얀 물새 떼가 여유롭게 습원 위를 날아다녔다. 비어 있는 옆 침대를 흘끗 보았다. 오늘도 유리는 연습이다.

레이코의 죽음과 함께 유리의 한 부분도 죽어버린 것 같았다. 겉으로는 평소와 다름없이 욕을 하거나 수다를 떨지만, 이따금 표정에 그늘이 지는 것을 보면 죽은 자의 그림자를 좇고 있는 게 분명하다. 레이지도 마찬가지였다. 레이지도 그날 밤 이후 어딘가 달라졌다.

그러나 유리의 얘기로 미루어 상상하건대, 레이지에게는 레이코의 죽음이 어떤 면에서는 상실인과 동시에 해방이었을 것 같다. 레이코에게 상당한 의무감을 느끼고 있었기에 결말은 그토록 비참했지만 자신을 짓누르고 있던 부담감은 사라지지 않았을까. 그것은 레이지에게 작은 구원이기도 할 것이다.

그날 유리가 흘린 레이코를 향한 애정은 리세에게 강한 인상을 남겼다. 레이지와 유리가 왜 레이코라는 존재에 이끌렸는지 이해할 수 있을 것 같았다. 특이한 환경에서 자란 여린 미소녀. 두 사람은 레이코를 보호하고 싶은 감정을 느꼈다. 즉, 사실은 보호받고 싶었던 자신들의 여린 영혼을, 그녀를 통해 위로받고 있었다.

레이코는 왜 나를 쫓아왔을까.

리세는 그게 이상했다. 레이코는 내 얼굴을 알고 있었다. 도서관에서 내 얼굴을 알아보고 쫓아왔다.

정신 상태가 정상이 아니었다고는 해도 굳이 그 추운 밤에 슈지에게 편지를 보내고, 뒤를 쫓아가 찌른 걸 보면 상대를 분명히 인식하고 있었을 것이다. 상당히 계획적이다. 그가 피해자가 되어야 했던 이유가 나름대로 있었던 건 아닐까.

이곳에 왔을 때부터 주위에 레이코의 그림자가 어른거렸다. 리세는 레이코와 자신 사이에 뭔지 모를 인연이 있음을 느꼈다.

지금 강령회를 하면 레이코가 나올까?

리세는 차가운 철창살을 꽉 잡았다.

교장은 그런 결과가 나오리라고는 예상치 못했다고 했다. 아무것도 나오지 않을 줄 알았다고. 왜 그런 연극을? 아무것도 나오지 않았다고 해서 우리가 레이코의 죽음을 믿지 않을 거라 생각했을까? 그럼 이사오라는 아이는? 내게는 정말 영매 소질이 있는 걸까? 이렇게 생각하니, 자신이 자신이 아닌 듯한 불안이 금세 리세의 마음속을 가득 채웠다.

높고 맑은 소리가 울렸다. 리세는 창밖을 내다보았다.

빙글빙글 작고 검은 점이 높은 곳을 날아다니고 있다.

뭐라고 부르는 새일까?

리세는 이리저리 각도를 바꾸어가며 하늘을 올려다보았다. 그때, 갑자기 이 학교에 왔을 때 오페라글라스를 받았던 기억이 났다. 오자마자 바로 넣어두고 꺼낸 적이 없다. 리세는 주섬주섬 서랍을 뒤졌다. 두 겹으로 된 종이가방 안에 앤티크 오페라글라스가 조심스럽게 잠들어 있었다. 손에 들고 보니 제법 묵직하다. 이걸 건네준 초로의 남자를 떠올렸다. 그러고 보니 그 남자는 그 뒤로 본 적이 없다. 외부 스태프인가?

습원을 날아다니는 물새들의 모습을 한참 좇던 리세는 문득 마음에 걸리는 게 있어 그 오페라글라스를 찬찬히 들여다보았다.

본 적이 있다. 어디서? 이 오페라글라스를 꺼낸 것은 오늘이 처음인데. 그런데 확실히 이 문양을 본 기억이 있다.

리세는 한참 동안 기억을 떠올렸다. 이곳에 오고 나서다. 어딘가에서 이것과 같은 문양을 보았다.

갑자기 다과회를 하던 밤이 떠올랐다. 엽총을 든 교장. 그 발밑에 쓰러진 슈지. 등에 꽂힌 칼.

그 칼이다! 그때, 칼 손잡이의 문양이 낯익다고 느낀 건 이것 때문이었다. 특색 있는 페르시아풍의 당초무늬. 단지 기분 탓일까? 하지만 아무리 봐도 대량 생산된 물건이 아니라, 특별 주문으로 한 점 한 점 만들어진 것으로 보였다. 그것도 상당히 오래된 물건이다. 그 칼과 세트로 만들어졌다고 생각하는 건 비약일까?

오페라글라스를 건네준 남자의 모습이 머릿속에 클로즈업됐다.

그 남자는 누구지? 설마, 슈지를 죽인 것은 그 사람? 그렇게 덩치 큰 슈지를 단칼에 죽였다면, 역시 범인은 남자일지도 모른다. 교장은 레이코의 자살을 기회 삼아 모든 죄를 레이코에게 뒤집어씌운 게 아닐까. "레이코의 지문이 있었다"는 한마디 말고는 근거가 없다.

처음 이곳으로 왔던 날의 기억이 고속 재생 화면처럼 지나갔다. 도둑맞은 트렁크. 잿빛 습원. 느닷없이 룸메이트가 된 유리. 그땐 아무것도 몰랐고, 아무 일도 일어나지 않았다.

리세는 무심코 고개를 들었다. 자신이 퇴창 위의 천장을 올려다보았던 게 그제야 생각났다. 그러고 보니 처음 이 방에 들어왔을 때 나는······.

리세는 머뭇머뭇 천장 쪽으로 손을 뻗었다. 널빤지가 살짝 움직였다. 그 위에 은근하게 전해져 오는 무게감. 심장이 쿵쿵 뛰었다. 몇 초 뒤, 리세의 손에는 작고 표지가 붉은 책 한 권이 들려 있었다.

이건······.

리세는 자신의 눈을 의심했다.

빛바랜 붉은 천으로 싸인 표지. 작은 글씨로 대충 갈겨쓴 제목, 그리고 작가 이름은 없다.

자세히 들여다보니, 그 제목은……

《삼월은 붉은 구렁을》

리세는 엉겁결에 주위를 두리번거렸다. 심하게 동요하는 자신에게 놀랐다.

어떡하지……? 이건 교장이 얘기하던 바로 그 책이 틀림없다. 어째서 이런 곳에? 전에 이 방을 쓰던 학생이 숨기고 간 걸까. 왜 이런 짓까지.

리세는 허둥대며, 다른 책에 씌워 두었던 검은 가죽 커버를 벗겨 그 책에 재빨리 씌웠다. 이 책을 가지고 있다는 사실을 누구에게도 들켜선 안 될 것 같다는 예감이 들었다. 책을 품에 안은 채, 리세는 방 안을 이리저리 돌아다녔다. 책이 손안에서 따뜻해지는 것 같은 차가움 느꼈다.

도서관에 돌려줄까? 아니면 교장에게 직접 건네는 편이 좋을까? 리세는 망설였다. 이 죄책감은 대체 뭐지. 하지만 그 순간, 이 책을 도서관이나 교장에게 돌려주면 두 번 다시 손에 넣을 수 없으리라는 사실을 직감했다. 그것은 확신이었다.

그 전에 읽어야 해.

식은땀을 흘리며 리세는 마음속으로 다짐했다.

일단 다 읽고 나서 이 책을 어떻게 할지 생각하자. 〈도둑맞은 편지〉.* 다 읽을 때까지는 책상 위에 사전과 함께 쌓아두는 게 제일이야. 유리는 절대 남의 책상엔 손대지 않으니까.

어디서 읽을까, 이 책을? 리세는 책을 품에 안고 골똘히 생각에 잠겼다.

약속

마음을 설레게 하는 봄바람이 살랑거렸다.

리세는 책 읽을 곳을 찾아, 새잎이 난 검은 나무들 사이로 걸어갔다. 나뭇가지 사이로 내려온 빛이 날카롭게 빛났다. 습원을 건너온 바람이 그 빛을 찰랑찰랑 흔들고 있다. 나른하고 한가로운 오후, 드디어 밖에서 쉴 수 있는 계절을 맞아 학생들은 저마다 시간을 보내고 있었다.

위장된 낙원. 문득 머릿속에 그런 말이 떠올랐다.

숲속에서 머리칼이 길고 풍성한 여자아이가 다가왔다. 깡충거리며 춤을 추듯 가까이 왔다. 언젠가 식당에서 레이코를 보지 못했냐고 묻던 아이다. 아마 이름이 마리이였지. 이 아이도 시설에서 빠져나온 레이코를 목격했던 모양이다.

소녀는 리세를 보자 빙그레 웃었다. 여전히 많이 말랐지

---

* 에드거 앨런 포의 단편 추리소설. 도둑맞은 편지를 아무리 찾아도 못 찾다가, 결국 아주 평범한 장소에서 발견된다는 반전이 있는 내용.

만, 오늘은 얼굴빛이 좋다. 리세도 빙그레 웃어주었다.

"산딸기, 찾았니?"

"응?"

갑작스러운 질문에 리세는 당황했다. 상대하지 않는 편이 좋다고 유리는 말했지만, 똑바로 보고 있으니 대답하지 않을 수 없었다.

"봄에 첫 산딸기를 찾으면 따뜻한 곳으로 갈 수 있대."

"따뜻한 곳?"

리세가 어리둥절해하자 소녀는 불만스러운 기색이다.

"못 찾았어?"

"찾아볼게."

리세는 상냥하게 고개를 끄덕였다. 소녀의 얼굴이 활짝 빛났다.

"그럼, 약속해. 가장 처음 본 산딸기를 내게 따주겠다고."

"그래."

소녀가 가는 새끼손가락을 내밀었다. 당황했지만, 리세도 자기 새끼손가락을 걸었다. 차갑고 하얀, 뼈밖에 없는 손가락.

"약속. 안 지키면 교장선생님 집에서 검은 홍차 마시기. 퉷퉷퉷."

리세는 리듬이 흐트러진 이 아이의 노래가 마음에 걸렸다. 지금 이 아이가 뭐라고 노랠 불렀지?

"그럼 안녕, 리세."

리세의 이름을 말하며 손을 흔드는 소녀의 모습에 리세는 움찔했다. 기분 좋게 스텝을 밟으며 떠나가는 소녀의 뒷모습을 물끄러미 지켜보았다. 내 이름을 안다, 저 아이.

기이한 노래였다. 교장선생님 집에서 검은 홍차 마시기……. 무슨 뜻일까? 교장의 다과회를 비아냥거리는 것일까?

그러고 보니 오늘은 오랜만에 다과회가 열린다. 요한이 초대되었다는 소문도 있다. 요한이라면 교장과 맞겨룰 수 있을 것이다. 친위대도 함께일까? 언제나처럼 살살거리겠지. 오월제 이후로 요한과 얘기를 나눈 적이 없다. 리세가 도서관에 가지 않기 때문이다. 그 뒤로 왠지 교장과 요한이 무서워서 견딜 수가 없다. 사람 마음을 꿰뚫어 보는 듯한, 자신감으로 가득 찬 두 사람의 눈동자가 무서웠다.

아니, 그 두 사람뿐만이 아니다. 사실은 다른 사람들의 시선이 무서웠다. 요즘 리세는 아무하고도 만나지 않고 방에 처박혀 있기 일쑤였다. 콜라 세례를 퍼부은 아이들을 멀리서 보기만 해도 길을 되돌아온다. 도저히 유리처럼 의연할 수가 없다. 이러면 안 된다고 스스로를 타일러 보아도, 바깥의 살랑거리는 바람과는 대조적으로 위축되는 자신을 어떻게 할 수가 없다.

리세의 검은 머리카락이 바람에 날렸다. 여기저기 장소를 알아보다 '파란 언덕' 중턱의 양지바른 곳에서 책을 읽기로 했다. 풀이 바삭바삭 말라서 기분이 좋다. 키 작은 정원수

들이 우거져서 햇빛 가리개로도 안성맞춤이었다. 뒤쪽에는 무너져 가는 높은 벽이 나란히 서 있다. 누군가 장난삼아 '한탄의 벽'이라 이름 붙였다. 수도원이 생기기 전부터 살았던 주민들이 만든 건물의 잔해 같다. 벽에 귀를 대면 이 언덕에서 죽은 자들의 울음소리가 들린다고 한다. 물론 리세는 귀를 대보지 않았다. 벽에 햇빛이 내리쬐자, 쌓인 돌 사이의 경계가 사라져 가면서 긴 세월의 윤곽마저 서서히 녹아내렸다. 기대어 책을 읽기에 딱 좋아 보이는 벽이다.

리세는 풀밭에 자리를 잡았다. 두근거리면서 책 표지를 펼쳤다.

순간, 묘한 느낌이 들었다. 표지도 종이도 너덜너덜하게 닳았는데, 의외로 새것 같다는 인상이 든 것이다.

이상하네. 교장의 얘기로는 학교 창립 때부터 있던 책이라고 했는데.

리세는 책장을 손가락 등으로 어루만지기도 하면서 책을 위아래로 살펴보았다.

그때, 멀리서 무슨 소리가 들리는 것 같았다. 귀를 기울였다. 땅끝에서 울려오는 듯한 희미한 소리다. 누군가가 소리치고 있다.

한탄의 벽?

리세는 뒤쪽에 있는 벽을 올려다보았다. 조심스레 벽에 귀를 대보았다.

멀리에서다……. 먼 땅바닥에서부터 우는 소리가 전해진다.

말도 안 돼.

목덜미에 식은땀이 축축하게 흘렀다.

그때, 리세는 자기도 모르게 온몸이 굳어졌다.

누군가가 있다. 바로 가까이에.

정원수 너머에 검은 그림자가 비치고 있었다. 누군가가 그곳에 서 있다. 머리 그림자가 땅바닥에 비쳤다.

그림자는 움직이지 않았다. 그 자리에 가만히 서 있기만 할 뿐이었다. 내가 여기 있는 걸 아는 게 틀림없어.

"누구야!"

리세는 새된 소리로 몸을 움츠리며 소리쳤다.

"……리세?"

요한이 놀란 얼굴로 나왔다. 리세는 크게 한숨을 쉬었다.

"아, 깜짝이야."

"나도 깜짝 놀랐어. 여기, 내 지정석이야. 작곡하거나 기분 전환할 때 오는 곳."

요한은 정원수 건너편을 가리키며 악보와 연필을 들어 보였다.

"그랬니? 내 쪽이 침입자였구나."

리세는 파랗게 질린 얼굴을 가리며 중얼거렸다.

오랜만에 얼굴을 보는 것 같다. 햇빛 속에서 보는 요한은, 색이 옅은 머리가 반짝반짝 빛나는 것이 역시 벽화 속의 천사 같았다.

"……옆에 앉아도 돼?"

요한이 나지막한 목소리로 물었다. 오월제 뒤로 리세가 왠지 그를 피하고 있다는 걸 아는 듯하다.

"응, 물론이지. 저기, 요한. 잠깐 이 벽에 귀를 대봐. 울음소리가 들리지 않니?"

"또 이상한 소문을 진짜로 받아들이는구나."

요한은 살짝 웃으며 리세 옆에 앉더니 귀를 댔다. 잠시 귀를 기울이더니, 뭔가를 생각하는 듯 표정이 진지해졌다.

"그렇지, 들리지?"

리세도 귀를 기울였다.

"아니. 바람 소리 아냐? 그 네 개의 탑을 빠져나가는 바람 소리 같은걸."

요한은 침착한 목소리로 대답했다. 리세는 부정하려고 했지만, 그러고 보니 바람 소리 같기도 했다. 아까의 울음소리는 이제 들리지 않았다. 아까도 이 소리였을까? 같은 소리를 울음소리로 들은 걸까? 리세는 아까 들은 소리를 떠올리려 했지만, 이미 기억 속에 섞여버렸다.

"그렇구나. 바람 소리네."

리세는 애써 웃으며 벽에서 귀를 뗐다.

요한은 리세에게 봉투를 건넸다.

대리석 무늬 봉투. 리세는 흠칫했다.

"오늘 밤 함께 다과회에 가자. 교장선생님이 줬어. 우체통에 넣으면 주위에 들켜 또 괴롭힘을 당할지 모른다고. 그러니까 괜찮아."

리세는 자기도 모르게 몸을 뺐다. 그 봉투가 불길한 사자처럼 보였다.

"그 집에는 가고 싶지 않아. 전에 그런 일이 있어서. 선생님에게 그렇게 전해줘."

봉투에서 눈을 돌리며 리세는 신음하듯 중얼거렸다.

"그런 일?"

"그렇게 말하면 아실 거야."

"교장선생님은 너를 걱정하고 있어. 나도 그래. 오월제 이후 네가 줄곧 우울해하고 있으니까. 도서관에도 오지 않고. 뭘 무서워하는 거야? 레이코는 이제 없어졌고, 평범하게 지내면 아무도 네게 해를 끼치지 않아. 오늘 밤 차분히 얘기를 나누며 너의 불안을 없애주고 싶대. 오늘 밤 멤버는 세 명뿐이야. 나랑 너랑 히지리."

"히지리?"

"그렇게 들었어."

사실은 유리와 레이지도 부르고 싶었던 게 아닐까, 하고 리세는 생각했다. 하지만 그 두 사람은 이제 두 번 다시 교장의 초대에 응하지 않을 것이다. 주먹을 쥐고 서 있던 레이지의 등. 흐느끼며 무너지던 유리.

"7시 반에 기숙사에서 떨어진 파란 지붕의 쉼터에서 기다릴게. 거기라면 사람들 눈에 띄지 않을 테고, 거기까지는 길이 밝을 테니까."

요한은 막무가내로 봉투를 리세의 손에 쥐여주었다.

"네가 책 읽는 거 방해하지 않을게. 나도 작곡할 거야."

요한은 털썩 풀 위에 눕더니 악보에 의식을 집중했다.

리세는 책을 읽지도 봉투를 열지도 못하고, 풀밭에 앉아 눈 아래 펼쳐진 푸른 습원만 멍하니 바라보았다.

또다시 다과회에

어째서 와버렸을까.

리세는 쓰디쓴 자기혐오와 무거운 후회에 가슴을 치면서도 터덜터덜 밤길을 걷고 있었다. 이렇게 해서 자신은 또 나쁜 쪽으로, 나쁜 쪽으로 끌려간다.

오늘도 무슨 일이 일어날 게 틀림없어, 무언가 기분 나쁜 일이…….

감기 기운이 있다며 일찌감치 잠자리에 든 유리에게는, 다른 방 친구에게 놀러 간다고 말하고 나왔다. 왜 거짓말을 했을까. 교장의 다과회에 간다고 하면 유리에게 비난받을까 봐?

숲 앞 쉼터에서 손을 흔드는 요한이 보였다. 요한은 아무 말도 하지 않고 앞장서서 걸었다.

점점 가슴이 답답해졌다. 그때의 무거운 공기가 되살아나기 시작해 서서히 몸이 차가워졌다. 어떡하지. 또 뭔가가 자신의 속으로 들어와 버릴 것 같다. 자신을 제어할 수 없게 되지 않을까 하는 공포가 마음속에서 점점 커졌다.

멀리서 오렌지색 불빛이 떠올랐다.

똑같다. 그날 밤과.

필름이 되감기는 듯한 느낌이었다.

리세의 발걸음이 느려진 것을 눈치챘는지, 앞장서서 걷던 요한이 옆으로 와서 나란히 걸었다. 자연스럽게 질문을 건넸다. 요한은 질문에 능숙하다. 상대방으로부터 정보를 쉽게 이끌어낸다.

"전에 무슨 일이 있었는데?"

"믿지 못할 거야. 유령이 나왔어."

"유령?"

"내 몸을 빌려서 말이야."

"누구의 유령?"

"난 만난 적 없지만, 이사오라고 하는 우리 패밀리에 있던 아이야. 행방불명이 되었나 봐."

"흐음. 어떤 식으로 나왔어?"

"갑자기 교장선생님이 강령회를 시작했어."

"강령회?"

"응. 내게 영매 소질이 있다면서."

"교장이 그런 말을?"

요한은 몹시 의심스러운 표정을 지었다. 또 뭔가 생각하는 모양이다. 이럴 때 그는 갑자기 열 살쯤 더 먹은 듯한 얼굴이 된다. 이렇게 나이 들어 보이는 표정은 어디서 배웠을까. 이 아이는 정말 신기하다.

현관에 도착했다. 요한이 초인종을 눌렀다. 교장의 목소리가 대답했다.

"오늘 밤은 남자 같아. 왠지 모르지만, 오월제 뒤로는 남자로 있을 때가 많네. 그런 사건이 있어서 위엄을 보일 필요가 있다고 판단한 건가. 하긴 이제 여름이라 얇은 옷을 입어야 하니 여자로 있긴 힘들겠지."

요한이 작게 어깨를 으쓱이며 속삭였다. 리세는 쿡쿡 웃었다. 그렇게 훌륭한 체격을 갖고 있으니, 얇은 여자 옷은 입기 힘들기 하겠다.

문이 열리고 데님 셔츠에 면바지로 편안하게 차려입은 교장이 얼굴을 내밀었다. 긴 머리를 아무렇게나 뒤로 묶어, 교장이라기보다는 카메라맨 같았다.

"잘 왔다. 어서 들어와."

복도 저편에 열려 있는 문으로 반가운 음악이 흘러나왔다. 요한이 눈을 가늘게 떴다.

"〈렛츠 댄스〉구나. 좋네."

리세는 멈춰 섰다. 바닥이 가라앉는 듯한 강렬한 향수에 휩싸였다. 이 멜로디, 어딘가에서. 훨씬 전에.

습원의 풍경이 천천히 뇌리를 스쳐갔다. 하늘을 나는 하얀 새. 누군가가 하늘로 올린 손이 보인다. 가늘고 흰, 교복을 입은 자의 손.

"리세? 얼굴빛이 안 좋네. 저녁은 제대로 먹었니?"

깜짝 놀라 보니, 그 모든 것을 꿰뚫어 보는 듯한 눈동자가 눈앞에 나란히 있다.

"아, 예."

리세는 끄덕이며 복도를 걸어갔다. 여전히 부드럽고 경쾌한 음악이 흘렀다.

문 너머는 더욱 편안한 분위기였다. 추억의 무드 음악, 포트 가득한 커피, 스콘과 초콜릿. 테이블에는 책 여러 권과 카드가 펼쳐진 채 쌓여 있고, 놀랍게도 위스키병과 술잔까지 있었다. 히지리는 소파에 한쪽 다리를 올린 채, 여전히 종이에 연필로 뭔가 계산식 같은 것을 휘갈기고 있다. 히지리가 뻐끔뻐끔 담배를 피우고 있어서 깜짝 놀랐다. 자신이 담배를 피우고 있다는 사실도 모르는 게 아닐까 싶을 정도로 계산에 집중하는 히지리. 오렌지색 조명 아래 보랏빛 연기가 천천히 소용돌이치는 것이 보였다.

"야, 그건 내 담배잖아."

교장이 히지리의 머리를 콩 때렸다. 히지리가 "아아" 하고 그제야 깨달은 듯 순순히 담배를 교장에게 건넸다. 너무나 자연스러운 모습에 리세와 요한은 입이 딱 벌어졌다.

교장은 소파에 털썩 앉더니 다리를 꼬고 히지리에게 받은 담배를 깊이 빨면서 리세와 요한을 태연한 표정으로 바라보았다.

"그런 얼굴 하지 말고 앉으렴. 현명한 두 사람은 잘 알 거라 생각하지만, 오늘 밤 여기서 있었던 일은 이곳을 나가면 잊어버릴 것. 가끔은 말이야, 사람이란 어딘가에서 탈선하지 않으면 배겨내지 못하는 법이거든. 나의 무례도 이곳을 나가면 기억에서 삭제할 것. 오늘은 리세가 긴장을 풀고 가슴속에 있는 고민을 털어놓도록 하는 게 목적이니까. 그래, 요즘 힘이 없는 리세는 대체 무슨 고민을 하고 있을까?"

교장은 담배를 문 채 포트를 들고 리세와 요한 앞에 있는 컵에 커피를 따랐다.

지난번 다과회와는 너무도 다른 분위기에 리세는 당황했다. 요한은 교장과 히지리의 얼굴을 번갈아 쳐다보았다.

"아, 일단 나는 패밀리의 리더로서 여기 왔지만 그냥 입회인이라고 생각해 줘. 물론 내가 힘이 될 일이 있다면 협력하겠지만."

히지리가 종이에서 얼굴도 들지 않고 말했다.

"아뇨, 고민은 별로 없습니다. 조금 우울할 뿐이에요. 학교에 익숙해진 탓이겠죠. 가끔 이래요. 곧 나을 거예요."

리세는 어색하게 웃었지만 입에 댄 커피가 뜨거워 얼굴을 찡그렸다.

교장은 소파 등에 한 손을 올리고 다른 한 손에 담배를 든 채 리세의 표정을 물끄러미 바라보았다. 그런 눈으로 보면 언제나 안절부절못하게 된다. 왜 이렇게도 이 사람은 내 얼굴을 말끄러미 보는 걸까. 마치 내가 뭔가를 숨기기라도 한 것처럼.

"유리의 상태는 어떠냐?" 교장은 천천히 물었다. 좀 의외라는 느낌이 들었다.

"겉으로는 달라진 게 없어 보이지만, 레이코가 죽은 뒤로는 아무래도 어딘가 힘이 없어요."

"그러냐."

교장은 표정을 바꾸지 않고 담배를 한 모금 빨았다. 그날 밤에 보여준 차갑기까지 한 의연함이 떠오른다.

"아, 도 아키오*군요."

요한이 테이블에 쌓여 있는 책 표지를 보며 눈을 반짝거렸다.

"놀랍군. 요한이 그런 이름을 알고 있다니."

교장은 책을 집어 들더니 책장을 훌훌 넘기다가 요한에게 건넸다.

---

* 일본의 문필가 나카이 히데오의 필명 중 하나.

"이 작가의 책을 갖고 계신 것도 대단한걸요. 저, 일본 소설 아주 좋아해요. 독일에 있을 때도 일본에 있는 삼촌이 곧잘 보내주었죠. 일본어는 시각적으로 화려한 느낌이 들어서 좋아요. 한자는 사치스러운 그림 같고, 히라가나는 순수하면서도 요염해요."

"뭐, 어떤 시기까지는 그랬지. 그 구멍이 숭숭 난 당용한자*는 받아들일 수 없지만."

"읽기는 확실히 쉬워요. 그래도 소설은, 특히 미스터리는 화려해야 제맛이죠."

교장은 작은 커트글라스에 위스키를 따랐다.

"요전의 오월제 연극 말인데요."

갑자기 요한이 말했다. 교장과 히지리의 표정이 조금 달라졌다.

"잘 만들었더군요. 재미있었습니다. 학생의 창작물이라고 들었는데, 누가 썼는지 아세요?"

교장은 어깨를 으쓱해 보였다.

"모르는데. 그 아이들은 사실 유명한 예술가의 자제들이야. 부모 이름을 들으면 놀랄걸. 그런 걸 무시하더라도 수준이 상당히 높아. 연습하는 걸 보니, 그 각본은 공동작품 같던데."

"순전히 합작이라고 보긴 어렵죠. 누군가가 원본을 썼을

---

* 일본에서 1946년에 제정한 1850자의 한자. 1981년에 상용한자로 대체됨.

거예요."

요한은 초콜릿을 하나 입에 던져 넣고는 말을 이었다.

"……그거, 레이코가 쓴 거 아닌가요?"

리세는 요한의 얼굴을 바라봤다. 히지리도 고개를 들어 요한을 보고 있다.

"근거는?"

교장이 위스키를 마시며 물었다.

"그야, 그 친구는 연극 줄거리를 완전히 알고 있었잖아요. 마지막에 두 여자가 무대에 나와서 사건을 재현하죠? 그 장면에서 레이코는 뒤로 돌아선 채 칼을 들고 나왔어요. 줄거리를 알고 등장한 것입니다. 그 연극이 연습하면서 만든 오리지널 작품이라면, 연습이 시작된 시점에 레이코는 이미 시설에 있었어요. 줄거리를 알 수가 없었겠죠. 더군다나 무대 뒤에 숨어 있던 레이코가 그때까지 상연된 내용을 추측하는 건 불가능합니다. 원래 레이코가 쓴 걸 각색했다는 쪽이 더 자연스럽지 않을까요."

요한은 커피를 마셨다.

"누군지 레이코와 연락한 사람이 있어요. 레이코가 쓴 연극이 그날 공연된다고 알려준 사람. 얼마 전 슈지라는 학생의 그 사건도, 그날 다과회가 있고 멤버로 누가 오는지 자세히 알려준 인물이 있었을 겁니다. 어쩌면 그 사람이 레이코를 부추겼을지도 모르고요. 그렇게 되면, 훌륭한 살인 교사죠."

요한은 담담하게 어른처럼 말했다.

"흐음."

히지리가 흥미로운 듯 요한의 얼굴을 보았다.

"재미있구나, 너. 처음에 들은 소문과 전혀 어울리지 않는다고 생각했는데, 이렇게 보니 납득이 가네."

컵을 들고 있던 요한의 손이 멈췄다. 옅은 색 눈동자가 무표정해졌다.

"어떤 소문?"

순간, 요한의 차가운 시선과 히지리의 시선이 얽혔다.

히지리는 쓴웃음을 지으며 손을 들었다.

"실례. 시시한 소문이야. 근거도 없고. 네 귀에 들어갈 만한 건 아냐."

"그래? 그럼 됐고."

요한은 냉소적으로 웃었다.

기묘한 광경이었다. 방탕한 자식을 두고 인상을 찌푸리는 부모와 세상 물정 밝은 삼촌을 만나러 온 조카들. 세 사람이 편하게 이야기 나누는 모습은 꼭 그런 장면처럼 보였다.

그렇다면 내 역할은 뭐지? 리세는 생각했다.

학교에서 돌아오는 길에, 좋아하는 같은 반 남자아이를 우연히 만났다. 누구에게나 친절한 그 아이가 '재미있는 아저씨를 만나러 가는데 같이 갈래?' 해서 망설이지도 않고 따라온 동급생. 세 사람의 친한 분위기 속에 혼자 주눅 들어 조용히 앉아 있다······. 이런 느낌일까?

"리세는 참 희한해. 누가 봐도 흠잡을 데 없는 미인이니, 좀 더 당당해도 될 텐데. 늘 불편해 보여."

히지리가 정말 이상하다는 듯 중얼거리며 교장의 담배를 한 개비 가져갔다. 교장은 못 본 척했다.

"그 점이 신비로워서 좋잖아. 내 생각이지만, 예쁜 여자아이들은 정말로 상처를 많이 받을 것 같아."

요한은 초콜릿을 하나 더 집었다.

"'정말로'라는 건 무슨 뜻?"

"음······ 예쁜 여자아이로 산다는 건 힘들 것 같단 얘기야. 어디를 가도 눈에 띄고, 사람들이 떠받들고, 또 질투하고······. 그런 상황에서 자기 자신을 객관적으로 보기란 어려울 거야. 아무리 겸손하게 있어도 자신이 주변보다 예쁘다는 건 부정할 수 없는 사실이니까. 그냥 존재하는 것만으로도 친구에게 상처를 줄 수 있고, 세상을 살아가는 무기가 되기도 하고, 누군가에겐 망상이나 선입견을 심어줘서 공격받는 이유가 되기도 해. 그러다 보면 점점 조심스러워질 수밖에 없지. 그렇게 되기까지 좋은 일만 있는 것도 아니고, 불쾌한 일도 많이 겪어야 하겠지. 그냥 교만하게 자기 외모를 자랑하는 애들은 그런 균형감이 없어. 그래서 예뻐 보이지도 않고. 나는 천진무구한 미소녀라는 것도 믿지 않아. 정말 자기가 예쁜 줄 모르는 애도 있긴 하겠지만, 대부분은 연기야.

분명히 알고 있을걸. 자기의 아름다움을 인식하지 못한다는 것도 어떻게 보면 무지하거나 게으른 거지. 오히려 자기 아름다움에 상처받을 섬세함도 없는 여자아이는 내 눈엔 그다지 예뻐 보이지 않아."

"리세를 변호하는 거야? 리세가 상처받은 거라고 생각해? 뭐…… 유리도 레이코도 확실히 미인이긴 한데 다들 좀 왜곡돼 있지. 하지만 나는 좀 달라. 예를 들어 유리는 화통해서 여자라기보단 남자 같다는 생각이 들 정도지만, 난 100퍼센트 여자라고 느껴. 근데 리세는 달라. 리세에게서 가끔 아주 남성적인 면이 느껴져. 내 생각에 리세가 불편해 보이는 이유는 '예뻐서'가 아니라 '예쁜 여자아이'여서야."

히지리는 교장의 라이터를 들고 익숙한 손놀림으로 불을 붙였다.

리세는 깜짝 놀랐다. 히지리가 그런 식으로 자신을 보고 있을 줄은 생각도 못 했다

"남자니 여자니 정할 건 없잖아. 어느 쪽이나 멋있어. 어느 쪽이나 아름다워. 어느 쪽의 세계나 즐겁다고."

교장이 웃으면서 얘기를 듣고 있다가 한마디 했다.

"선생님이 그렇게 말씀하시니 굉장히 설득력 있군요. 어째서 선생님은 여자도 되시는 건가요?"

요한이 진지한 얼굴로 묻자 교장이 쿡 웃는다.

"나는 욕심이 많은 데다, 모르는 걸 싫어하니까."

"모르는 것?"

담배를 문 히지리가 무릎에 턱을 괸 자세로 되물었다. 교장도 담배에 불을 붙였다.

"그래. 인간은, 미지의 것에는 불안을 느끼지. 화를 내. 의심이 많아져. 소심해져. 예를 들면 네가 지금 전철에 타고 있다고 하자. 그런데 갑자기 역과 역 사이에서 전철이 멈췄어. 그대로 전철은 계속 멈춰 있어. 너는 어떨까? 불안해지겠지. 그러다 점점 초조해지며 화를 내겠지. 이건 어떤 불안, 어떤 분노라고 생각하니? 정보가 없다는 사실에 대한 불안과 분노야. 인간이 이성에게 불안과 분노를 느끼는 이유도 자기 속에 상대의 정보가 없다는 점, 이해할 수 없다는 점 때문이지. 그걸 해소하려면 체험해 볼 수밖에 없겠지. 알고 있으면 사람은 관대해져. 나는 내 손안에 모든 카드가 없으면 화가 나는 타입이거든."

"완벽주의시군요."

"그럴지도 몰라. 게다가 어떠냐? 단순하게, 여자아이는 예쁘고 즐거울 것 같지 않니? 자기가 모르는 즐거움이 있다면 시험해 보고 싶은 것이 인지상정이지."

리세는 요한과 자신의 컵에 커피를 더 따랐다.

"자, 들어봐. '거울 없는 궁전'이라는 이야기가 있어."

교장은 담배 연기를 보며 혼잣말처럼 얘기를 시작했다.

"옛날, 어느 왕국에 딸이 하나 태어났어. 딸은 태어날 때부터 뛰어나게 아름다워서 왕은 딸이 자신의 용모 때문에 교만해질까 걱정했지. 그래서 딸이 자신의 얼굴을 보고 우쭐하지 않도록 궁전 안의 거울을 전부 치워버렸어. 얼굴이 비칠 만한 은그릇도 치우고 연못도 없애버리고. 딸은 커갈수록 자신의 얼굴을 보고 싶다고 주위 사람들에게 조르지만, 모두 '너는 못생겨서 안 보는 게 좋아'라고 답하며 아무도 보여주지 않아. 딸도 점점 자신이 너무나도 못생겨서 거울도 보여주지 않는 거라고 생각하게 돼."

세 사람은 교장의 얼굴을 말끄러미 보았다. 그 얼굴에서는 아무런 감정도 읽을 수가 없었다.

교장은 크리스털 재떨이에 톡톡 재를 떨었다.

"그런데 어느 날, 행상인으로 꾸민 마녀가 궁전에 몰래 들어와 공주에게 여러 가지 물건을 선물해. 따뜻한 불 드레스를 만드는 구두, 시원한 분수에 싸인 부채. 그리고 마지막으로 소매 안에 숨기고 있던 거울을 공주에게 보여줘 버렸어. 공주는 자신의 얼굴을 보고 깜짝 놀라며 좋아서 어쩔 줄 몰랐지. 마녀는 공주에게, 왕이 공주를 속여 불행하게 만들려고 한다며 부추겨. 그렇게 해서 공주를 성 밖으로 유인해서는, 제대로 밖에 나가본 적도 없는 그녀를 산속에 방치해."

요한의 눈동자가 오렌지색 불빛에 비쳐 갈색이라기보다 호박색으로 빛났다. 그는 가로세로 퍼즐을 푸는 듯한 얼굴로 교장의 표정을 지그시 들여다보고 있다. 그의 생각을 읽으려는 걸까?

"해가 저물어 주위는 어두워지고 추워졌어. 공주는 마녀가 준 구두를 신고 불 드레스를 만들려고 했지. 그러자 구두는 거친 불을 토해내며 주위 수풀에 불을 붙였어. 공주는 황급히 분수의 부채를 폈어. 그러나 이번에는 세찬 바람과 큰 비가 내려 공주는 흠뻑 젖고 말았어. 여기저기 도망 다니던 공주는 마지막으로 거울을 꺼내 자신의 얼굴을 보려고 했지. 하지만 그때, 마녀의 웃음소리가 들리며 거울은 산산이 부서져 버렸어."

히지리는 어딘지 의심스럽다는 표정으로 얘기를 듣고 있었다.

"자, 너희라면 이 얘기에 어떤 결말을 붙이겠니?"

"어, 이건 수수께끼인가요?"

요한이 당황스러운 듯이 물었다.

교장은 천천히 고개를 가로젓는다.

"아니. 단순한 동화야."

"……저라면 이렇게 하겠어요."

히지리가 입을 열었다.

"공주는 절망과 공포에 시달리면서 마물魔物이 우글대는 산속을 밤새 헤맨다. 그러다 다음 날 아침, 궁전에서 공주를 찾으러 나온 신하들이 발견했을 때는 너무나 공포에 시달린 나머지 추한 노파의 얼굴로 변해 있었다. 그 뒤 그녀는 평생을 자신의 추한 얼굴을 볼 일 없는 거울 없는 궁전에서 살았다. 끝."

교장이 쿡쿡 웃었다.

"히지리답구나. 교훈이 담긴 동화인가?"

요한이 "으음" 하고 신음했다.

"저는 이렇게 하겠어요. 공주님은 너무나 무서운 나머지 정신이 나가버렸습니다. 그 후로 '내 얼굴 보여줘' 하고 거울을 찾아 헤매는 젊은 여자가 있다는 소문이 사람들 사이에 돌고, 자기 미모에 넋이 빠진 아가씨가 밤중에 혼자 거울을 보고 있으면 거울 속에 그 공주가 비친다는 전설이 남았습니다. 끝."

"오호. 전설이 되는구나."

교장은 흘끗 리세를 보았다.

리세가 입을 열었다.

"……공주님은 울면서 산속을 걷고 있었는데, 작은 샘물이 하나 나타났습니다. 공주님은 수면에 비친 자신의 얼굴을 보려고 샘물 위로 몸을 구부렸지만, 너무 구부린 탓에 균형을 잃고 자신의 얼굴을 보기 전에 샘물에 빠져 그만 죽고 말았습니다. 끝."

"가혹하네."

"하여간 여자들은 잔인해."

히지리와 요한이 어이없다는 얼굴을 했지만, 교장은 말없이 리세의 얼굴을 바라보았다.

"원래는 어떤 식으로 끝나나요?"

리세가 교장에게 물었다. 교장은 재떨이에 담배를 비벼 껐다.

"거울이 깨져 산속에서 절망하여 울고 있는 공주 앞에……."

이번에는 잔을 들었다.

"한 사냥꾼 청년이 나타난다. 공주는 놀란다. 그 청년은 자기보다 훨씬 아름다워 보였기 때문이다. 청년이 묻는다. '왜 울고 있어요?' 공주는 대답한다. '거울이 깨져버렸어요.' 청년은 이렇게 말한다. '그럼 내가 당신의 거울이 되어줄게요'. 두 사람은 부부가 되어 행복하게 산다. 마지막은 이렇다. 두 사람이 사는 숲속의 작은 집 기둥에는 작은 거울이 걸려 있었다. 하지만 공주는 아이들 뒷바라지에 정신이 없어서 좀처럼 그 거울을 볼 생각을 못 했다. 끝."

"뭐예요."

"의외로 달콤한 결말이네요."

불만스러워하는 요한과 히지리를 보면서 리세는 왜 교장이 이런 얘기를 했을지 추측했다. 이 얘기에 뭔가 깊은 의미가 있을까? 아니면 이 세 사람 중 누군가에게 들려주기 위해?

"방에 연기가 많이 찼구나. 머리칼에 담배 냄새가 배면 안 되지."

교장은 조명 속에 떠도는 하얀 연기를 보더니, 일어나서 창으로 손을 뻗었다.

요전과 같은 창. 이사오가 나타났을 때……

그렇게 생각한 순간 온몸에 소름이 돋았다. 휘익 하고 등 뒤의 공기가 차가워졌다.

"창문 열지 마세요."

리세는 겁먹은 목소리로 소리쳤다.

교장이 깜짝 놀란 듯이 이쪽을 돌아본다. 뭘까, 이 눈, 이 묘한 표정은. 눈 두 개가 리세를 뚫어지게 바라본다. 모든 것을 알고 있는 듯한 눈이.

창이 드르륵 소리를 내며 열리고 쏴아 하고 차가운 바람이 들어왔다.

머릿속이 하얘진다.

또 그 감각이다. 자신이 이중으로 흔들리는 듯한 감각. 바닥에서 떠올라 오는 듯한 감각. 방이 팽창한다. 천장이 일그러진다. 머리카락이 거꾸로 선다. 어, 내 다리는 어디 있지?

이변을 깨달은 다른 세 사람이 일어섰다.

"창을."

읍, 하고 말문이 막혔다.

"숨 막혀."

의지와 달리 소리가 흘러나왔다. 리세는 목을 누르며 비틀비틀 일어섰다.

"목을. 누가 내 목을 조르고 있어."

히지리가 깜짝 놀라며 몸을 내밀었다. 요한은 믿기 어렵다는 눈으로 이쪽을 보고 있다.

리세는 패닉에 빠졌다.

"괴로워. 괴로워. 숨을 쉴 수가 없어. 창으로 밀어붙이고 있어. 하지 마. 창이 열려 있잖아. 창으로 떨어지잖아……. 하지 마!"

리세가…… 리세 속에 있는 누군가가 비명을 질렀다.

"레이코? 지금 온 건 레이코지?"

히지리가 소리쳤다. 교장이 달려와 리세의 양어깨를 잡고 세게 흔들었다.

"누구지? 누가 네 목을 졸랐지?"

교장은 눈앞에서 날카롭게 소리쳤다. 몸이 흔들렸다. 시야가 흔들렸다. 답답하다. 숨을 쉴 수가 없다. 심장이 폭발해 버릴 것 같다.

"누구야? 생각해 내, 리세!"

교장이 리세의 귓가에서 소리쳤다. 놔줘. 아파. 어깨가 아파…….

순간, 뚝 하고 전원이 꺼지듯이 의식이 꺼지며 온몸에서 힘이 빠졌다. 리세는 휘청 하고 뒤로 넘어지려 했다. 요한과 교장이 그녀를 부축해 조심스럽게 소파에 앉혔다.

"레이코는 자살이 아니었던 건가요?"

히지리가 테이블에 손을 짚고 교장의 얼굴을 노려보았다. 교장은 싸늘한 눈으로 히지리를 바라봤다.

"간호사에게는 자살이라고 들었어. 스스로 몸을 던졌다고."

"누군가한테 떠밀린 거야. 아마도…… 이 집 2층에서."

교장의 말을 끊듯, 히지리가 중얼거리며 천장을 올려다보았다. 리세는 새파랗게 질린 얼굴로 소파에 앉아 파르르 떨고 있었다. 싸늘한 침묵이 방안을 감쌌다.

"……부탁이야. 창 좀 닫아줘."

꺼져가는 목소리로 말하자 요한이 성큼성큼 걸어가 창을 닫았다. 방 안의 공기는 이미 완전히 식어 있었다.

"역시…… 이 학교엔 아직도 제멋대로 돌아다니는 살인자가 있는 것 같네요."

요한이 온화한 목소리로 말하며 고개를 갸웃거렸다.

방 안엔 장발의 남자 하나, 소년 둘, 소파에서 몸을 떠는 소녀 하나가 있다.

한참 동안 아무도 움직이려고 하지 않았다.

9장

백과사전 속에

구름이 한가로이 흘러간다.

장마가 없는 이 북쪽 지방에 짧은 여름이 찾아오려 하고 있다.

이따금 여름다운 선명한 햇살이 요새 같은 이 '파란 언덕'을 비추었다. '파란 언덕'은 산기슭부터 차례로 생명의 입김으로 덧칠되어, 보석 같은 빛으로 물들어 갔다.

시야 한가득 펼쳐진 대습원.

아무리 바라보고 있어도 질리지 않았다. 짙은 푸른색과 초록색을 합쳐놓은 듯한 색을 띠고 구불구불 한가로이 흘러가는 강은 유구한 시간의 흐름을 떠올리게 했다. 햇살 가득한 습원의 지평선은 산줄기로 이어지고, 부드럽게 찢어놓은 듯한 구름이 하늘에 둥실 떠서 천진한 그림자를 드리웠다.

저 위를 걸어갈 수 있다면, 하는 생각을 가끔 한다.

습원 위를 30센티미터 정도 떠서 걸어간다면 어떨까? 지평선 저 너머까지 곧장. 그리고 그 끝에 오즈의 에메랄드 도시 같은 빛나는 나라가 있다면 어떨까······.

리세는 몽상에서 깨어났다.

최근 이렇게 멍하니 있을 때가 많다. 유리는 그런 리세를 걱정했다.

두 번씩이나 되풀이된 악몽.

무의식중에 몇 번이고 그 장면이 비디오테이프처럼 되감겼다.

강령회. 열린 창. 교장의 눈. 두 차례의 빙의. 이사오가. 그리고 레이코가.

나는 병들기 시작한 걸까.

정면으로 바람이 불어왔다. 머리카락이 뒤로 좌르륵 날렸다. 교복에 달린 리본도 둥실 허공에서 날렸다.

해가 눈에 들어왔다. 순간 머릿속이 새하얗게 빛났다가 꺼졌다.

플래시백은 느닷없이 일어났다. 밝은 아침 햇빛 속에서도, 오후의 권태 속에서도. 머리를 빗던 거울 속에서, 식당 기둥 옆에서, 그 소년과 소녀의 모습이 보이는 것 같고 그 목소리가 머릿속에 울리는 듯한 착각이 들었다.

두 사람은 역시 살해된 걸까?

그들은 억울하게 죽은 탓에 리세에게 더 반응하는지도 모른다. 그렇다면 살인자는 둘 이상이며, 적어도 한 사람은 아직 이 '파란 언덕'에 있다는 말이 된다.

나도 유령일지 모른다.

리세는 느릿느릿 회랑을 걸으면서 생각했다.

이제 나는 아무에게도 보이지 않는, 이미 없어진 학생의 유령일지도······.

나뭇가지 틈으로 내리쬐는 햇빛도 강렬해지고, 녹음도 한층 짙어졌다.

나무숲 사이로 옅은 색 머리카락과 하얀 교복 셔츠가 보였다.

저건, 마리이잖아.

입을 헤벌리고 비트적비트적, 하늘을 올려다보면서 햇빛 속을 걷고 있다.

최근 불안정한 마리이의 모습을 모두가 멀리서 지켜보고 있었다. 이제 곧 어딘가로 끌려가겠지, 하고 누군가 속삭이기도 했다.

요전에 약속한 산딸기를 딸 새도 없이 봄은 눈 깜짝할 사이에 지나갔다.

마리이는 산딸기를 보았을까.

그 아이는 즐거워 보였다. 학교에서 볼 때는 애처로움이 앞섰지만, 이렇게 숲속에서 보니 한 폭의 그림처럼 사랑스럽고 자유로운 아이였다. 일종의 대인공포증일까? 주위에 사람만 없으면 언제나 평화로워 보인다. 마리이가 아주 조금은 부럽기도 하다.

교장선생님 집에서 검은 홍차 마시기.

문득 그 아이가 부르던 노래가 떠올랐다.

교장의 다과회에는 아마 여러 가지 목적이 있을 것이다. 리세는 두 번째 다과회에서 돌아왔을 때, 그렇게 확신했다. 자신의 친위대를 키우기도 하고, 교내의 정보를 수집하기도 하고, 중도 포기할 것 같은 학생들을 회유하기도 하고, 고민이 있는 학생과 상담도 하고. 그리고 필요하다면 말썽의 소지가 될 만한 학생을 위협하기도 한다.

교장이 리세를 격렬하게 흔들 때, 거칠게 어깨를 잡았던 느낌이 한동안 지워지지 않았다. 그 큰 손에 그대로 짓눌려서 산산이 부서지는 게 아닐까 싶을 정도였다.

그런 목적으로 다과회 멤버를 뽑고, 그날의 차림새를 바꾸고, 방 분위기를 바꾸고, 연기하는 역할을 바꾸는 것이다.

그야말로 그의 왕국, 그의 신하, 그를 정점으로 하는 피라미드.

리세는 비밀 때문에 괴로워하고 있었다.

하나는, 두 번째 다과회다. 유리에게 말하지 못한 탓에 두 번째 강령의 기억은 리세만의 악몽이 되었다. 히지리도 패밀리에서는 여전히 쿨하게 행동해서 리세와 그 다과회에 대해 말을 나눈 적이 없다.

겨드랑이에 낀 책을 흘끗 보았다. 검은 커버가 씌워진 책.

읽어야지, 읽어야지, 하면서도 페이지를 넘기기가 두려웠다. 다과회 이후 그런 증세가 더 심해졌다. 왜 그런지는 모른다. 이 책을 읽고 나면 그때는 돌이킬 수 없을 것 같은 기분이 들었다.

차라리 읽지 말고 교장에게 돌려줄까? 교장의 우편함에 넣어버리면 그걸로 끝이다.

그런데도 '교장에게 넘겨선 안 된다'고 완강하게 막는 듯한 이 마음속의 경고는 대체 뭘까.

이 책을 읽을 장소를 찾아 리세는 몇 번이나 교내를 어슬렁거렸다. 이 책을 들고 있는 한 마음이 편할 리 없고, 다 읽고 난 뒤에는 더 무서운 일이 일어날지도 모른다. 그렇다고 며칠이나 책상 위에서 잠들어 있던 책을 이제 와서 되돌려줄 마음도 들지 않았다.

리세는 서성이다가 도서관 안으로 들어갔다.

햇빛 속에 있다 들어오니, 안은 유난히 어둡게 느껴졌다. 서늘한 공기, 한산한 책상. 학생은 거의 없었다. 문득, 그 퇴창이 보고 싶어졌다. 처음 도서관에 왔을 때 레이지가 데려가 준 곳.

리세는 몰래, 소리 죽여 서가 뒤 나선계단을 올라갔다. 세월 속에 잊힌 듯한 공간은 여전히 그 자리에 있었다.

오려낸 듯한 밝은 풍경이 퇴창 너머로 펼쳐져 있다.

그 풍경을 보는 순간, 갑자기 오열이 솟구쳤다.

영원히 닿지 않을 풍경. 언제나 감옥 같은 우리 속에서 바라보기만 할 풍경.

리세는 퇴창의 창턱에 주저앉듯 쓰러졌다.

나는 천천히 망가져 간다. 아무도 알지 못하는 채, 머나먼 습원의 동화 같은 성안에서, 나사 하나하나가 느슨해지듯 서서히 혼자 망가져 가는 것이다. 그래도 풍경은 언제까지고 변하지 않는다. 나의 기억도 존재도 아무도 봐주는 이 없는 가운데 시들어간다.

리세는 비명을 지르고 싶은 충동을 느꼈다.

"……여긴 내 지정석이라고 했잖아."

깜짝 놀라 얼굴을 들었다.

계단을 올라오는 레이지의 상반신이 보였다. 리세의 눈이 벌겋게 충혈된 걸 봤는지, 레이지는 놀란 표정으로 바뀌었다.

"왜 그래. 누가 괴롭혔어?"

"미안, 내려갈게."

리세는 황급히 얼굴을 돌리며 일어섰다.

"됐어."

레이지는 계단을 막듯 난간을 붙잡고 화난 얼굴로 리세를 올려다보았다. 리세는 그 자리에 멈춰 섰다.

"여기 있어."

레이지는 리세의 머리를 거칠게 쓰다듬더니 그대로 머리를 눌러 앉혔다. 리세는 거스르지 않고 무릎을 끌어안은 채 털썩 앉았다.

레이지는 퉁명스럽게 퇴창에 다리를 걸치고 앉더니, 평소와 같이 아무도 없는 것처럼 책을 폈다.

리세는 길게 숨을 내쉰 뒤 무릎에 얼굴을 묻고 한참을 가만히 있었다. 멀리서 새떼 우는 소리가 들려왔다. 고요한 시간이 아주 천천히 흘렀다.

리세는 조금씩 마음이 가라앉았다. 어찌 됐든 눈물을 흘리는 행위에는 진정 효과가 있는 것 같다.

"……참 조용하게 우네."

레이지가 중얼거렸다.

리세는 고개를 들었다. 레이지의 눈은 여전히 책에 고정돼 있다. 단정한 옆얼굴이 창턱에 그림자를 만들고 있었다.

여기서 보는 레이지의 옆얼굴이 참 좋아, 하고 리세는 생각했다.

빛살 때문일까, 종교화 속 성인처럼 보인다. 가만히 바라보고 있으면 마음이 차분해진다.

레이지는 얼굴을 스윽 들어 창밖을 내다봤다.

"제일 좋은 계절이 왔네. 이제 곧 장미정원 파티가 열리겠군."

레이지가 혼잣말처럼 중얼거렸다.

"몇천 년째, 여전한 풍경일 거야. 내가 몇십 번을 살아도 계속 이대로. 분명 예전에도, 나 같은 누군가가 이 창에 걸터앉아 똑같은 풍경을 바라보았겠지."

레이지는 책을 탁 덮더니 리세를 바라봤다.

"재미있는 거 보여줄까?"

"재미있는 거?"

레이지는 낡은 백과사전이 즐비하게 꽂힌 책장에서 한 권을 꺼내 바닥에 내려놓았다. 벌써 몇 번이나 펼쳐본 곳인 듯, 익숙한 손놀림으로 어느 페이지를 활짝 폈다. '야' 항목. 세계의 산 사진이 나란히 보이는 곳에 종이쪽지 하나가 꽂혀 있었다.

"뭐야, 이거?"

"옛날 졸업생이 꽂아놓은 것 같아."

레이지는 조심스레 종이를 펼쳐 보였다.

누렇게 바랜 종이. 흐릿하게 번진 만년필 글씨.

"시?"

"그런 것 같아. 가끔씩 펼쳐서 이걸 읽어."

"그렇게 마음에 들면 갖고 가면 되잖아."

리세는 이상하다는 듯 레이지를 올려다보았다.

레이지의 옆얼굴에 살짝 웃음기가 번졌다.

"이건 여기 있는 게 좋아. 그래야 몇 년쯤 뒤 또 누군가가 이걸 발견하고 읽게 되겠지."

"그걸로 만족해?"

"만족해. 나는 벌써 외웠고, 보고 싶을 때는 여기 와서 또 보면 돼."

리세는 찬찬히 그 시를 묵독했다.

잘 쓴 시는 아니었다. '시'라는 걸 쓰려고 한껏 어른인 척 단어를 고른 듯한 문장 속에서 어린 마음과 외로움이 엿보였다.

보리의 바다에 가라앉는 열매

내가 소녀였을 적에,
우리는 잿빛 바다 위에 떠오른 열매였다.

내가 소년이었을 적에,
우리는 막간 같은 어두운 물결 속을 소리 없이 떠돌고 있었다.

열린 창 너머에는 구름과 지평선 사이의 사다리를 오르는 우리가 보인다.
보리의 바다에 빠진, 우리의 혼이.

바다에서 돌아온 뱃사람들은

다시 육지에서 시간의 꽃잎 속에 가라앉는다.

바다에서 돌아온 뱃사람들은
다시 허공에 시간의 꽃잎을 뿌린다.

레이지가 중얼중얼 작은 목소리로 시를 암송하는 소리가 들렸다. 어지간히 많이 읽었는지, 눈은 글자를 보지 않고 있는데 입에서 시가 줄줄 흘러나왔다.

이 학교 학생이 지은 게 틀림없다. 아마 이곳에서, 창밖의 습원을 바라보며 쓴 것이겠지.

"왜 이 시를 좋아해?"

"글쎄. 이유 같은 건 없어. 잘 쓴 시도, 좋은 시도 아니지만, 여기 있는 지금의 심경에 딱 어울리기 때문이 아닐까?"

"그건 그러네."

레이지는 다시 쪽지를 끼워놓고 백과사전을 덮었다. 그 소리와 함께 리세는 자신의 마음이 가벼워지는 걸 느꼈다.

장미의 미로

하얀 장미가 흐드러지게 핀 광경은 그야말로 장관이었다. 초록색 잎 위로 생크림을 폭신하게 말아 올린 것 같다.

부드러운 푸른 하늘. 기온도 올라가고, 장미 울타리에서 일제히 멋진 향기가 감돌기 시작한다. 울타리 사이를 걷고 있으면 장미 향에 취할 것 같았다.

"리세, 과자 없어져. 서둘러!"

앞에 가고 있던 유리가 돌아보며 소리쳤다.

"나, 벌써 이 향기만으로 배가 불러."

리세는 시큰둥하게 대답했다.

"아주 로맨틱한 대사라고 생각하지만, 장미로는 공복이 채워지지 않아. 이 가든파티에는 맛있는 케이크가 잔뜩 나오니까 안 먹으면 후회할 거야."

유리는 생기 가득한 얼굴로 다시 돌아보았다.

울타리 사이로 난 통로를 빠져나가 연회장으로 들어섰다. 벌써 학생들이 많이 모여 큰 소리로 웃고 떠들고 있었다.

불현듯, 리세는 그 추운 초봄에 히지리네와 같이 이곳에 왔던 기억을 떠올렸다. 그때는 다들 레이코의 행방을 두고 여러 가지 억측을 하고 있었다.

연못을 마주하고 있는 정원은 이미 그날의 추위를 떠올릴 수 없을 만큼 밝고 따스했다.

리세는 문득 그때 나눈 모든 대화를 되돌아보았다.

그러고 보니, 그 아이는 이 정원을 대체 어떻게 나갔을까?

리세는 통로에서 정원으로 나가는 곳에 있는 문을 흘끗 보았다. 아직 파티가 시작될 시간이 아니어서 문은 열려 있었다. 탄탄해 보이는 철문이지만, 윗부분은 뚫려 있어서 문 위로 넘어가는 건 가능하다. 그러나 남들이 눈치채지 못하게 넘어갈 수 있을지는 의문이다.

유리는 열심히 접시에 케이크를 담고 있다.

100퍼센트 여자아이.

리세는 히지리의 말이 떠올라 쿡쿡 웃었다.

나는 몇 퍼센트일까? 75퍼센트 정도려나.

조용히 음악이 흐르기 시작했다. 구석진 곳에서 현악 4중주 연주가 시작됐다. 요한이 지휘하는 모습이 눈에 들어왔다. 그가 만든 곡이었다. 화사한 초여름 오후에 어울리는 상쾌한 곡이다.

이런 자리에 좀처럼 나타나지 않는 히지리와 레이지의 모습도 보였다. 두 사람은 못 옆에 있는 철제 의자에 나란히 앉아 있다.

"리세, 너, 그것밖에 안 가져왔어?"

유리가 음식을 산더미처럼 쌓은 접시를 들고 다가왔다. 리세의 접시에는 달랑 치즈케이크와 스콘 두 개가 전부였다.

"이걸로 충분해. 너, 그거 다 먹을 수 있어?"

리세는 유리의 접시를 보고 끔찍하다는 듯이 물었다.

"어머나, 이건 첫 번째 접시야. 다 담을 수 없어서 이따가 더 먹을 건데. 나중에 따뜻한 슈크림하고 아이스크림 케이크가 나올 거야. 그게 진짜 일품이지. 리세, 같이 먹자. 이 케이크를 먹지 않으면 평생 후회할 거야."

"알았어."

리세는 질렸다는 얼굴로 대답했다.

"날씨가 좋네. 기분 좋다. 너, 요즘 힘이 없어 보이던데, 무슨 일이야?"

유리가 넌지시 물었다. 역시 눈치채고 있었다.

"그래? 환경에 적응한 탓일까. 조금 이 생활에 질리기 시작했는지도 모르고. 왠지 좀 우울했던 것 같아."

"알아. 아무리 시설 좋은 환경이라 해도 감옥은 감옥이지. 나도 곧잘 우울해져. 그러나 지금은 인생의 준비 기간이라 생각하고 연습에 전념하고 있어. 리세도 그렇게 생각해. 넌 머리도 좋으니까."

유리가 밀푀유에 있는 딸기를 입에 넣으면서 격려하듯 말했다.

"넌? 넌 괜찮아졌어?"

리세는 여태 묻지 않았던 것을 물었다.

"나야 언제나 힘이 넘치지."

"그러니? 레이코가 죽은 뒤로는 좀 달라졌어. 너도 그런 걸 별로 내색하지 않지만."

유리는 깜짝 놀란 듯이 케이크 먹던 손을 멈추었다. 그러나 그 얼굴에 이제 굳은 표정은 없었다. 온화한 목소리로 입을 열었다.

"응. 충격이긴 했지. 처음 레이코가 사라졌을 때는 그렇지 않았어. 원래 우리 상식과 먼 아이여서, 아, 또 어딘가로 가버렸네, 하는 정도로만 생각했거든. 근데 그때 담요에 덮인 그 아이를 본 순간, 뭔가가 뚝 끊겼어. 그 아이는 무섭도록 순수해서 나도 모르는 사이 그 아이에게 내 이상을 맡겼던 것 같아. 그러니까 나의 예쁜 부분을 잃어버린 듯한 기분이 들었어. 최근에야 겨우 이것으로 잘된 일인지도 모른다고 생각하게 됐어. 그 아이는 바깥에서 이곳 이상으로 버거웠고, 힘든 일만 있었던 것 같으니까."

"그렇구나."

리세는 짧게 맞장구를 쳤다.

하얀 장미 향이 진하게 났다.

존재하지 않게 되면 잊힌다.

달콤한 바람이 테이블 위를 살랑거리다 연못을 향해 흘러갔다.

그렇다. 죽으면 존재도 사라지고, 육체도 소멸하고, 열정도 희망도 사라진다. 이윽고 사람들의 기억에서도 잊히며 두 번째 죽음을 맞이한다. 레이지는 어떨까? 그의 기억 속에서 레이코는 이미 두 번째 죽음을 맞이했을까?

리세는 레이지를 슬쩍 보았다. 쾌활하게 웃는 얼굴이 눈에 들어왔다.

그때, 유난히 화려한 무리의 웅성거림이 가까워졌다.

"왔어, 교장. 여전히 들러리가 많으시군."

유리는 작게 어깨를 으쓱해 보였다.

푸른색의 마 재킷을 입은 교장이 정원으로 들어왔다. 요한이 말한 대로 여름은 남자로 보낼 계획인 모양이다. 주위에 학생들이 무리 지어 따라왔다. 교장도 입을 크게 벌리고 웃고 있다.

"리세, 나 말이야, 전부터 의심하던 것이 있어."

유리는 교장의 얼굴을 찬찬히 보면서 싸늘한 목소리로 말했다.

"뭔데?"

"너, 레이코를 몇 번 본 적 있지?"

"응, 그다지 긴 시간은 아니지만."

리세는 이상하다는 얼굴로 유리를 보았다.

"누굴 닮았다고 생각하지 않았니?"

"누구라니……. 유명인 중에서?"

"아니, 여기 있는 누군가와."

"응?"

유리는 낮게 중얼거렸다.

"저 인간이랑 닮지 않았니? 저 교장이랑."

"설마."

리세는 유리의 시선을 따라 교장을 보았다. 초여름 햇살 속에서 자신의 아름다움과 능력을 확신하며 인생을 즐기고 있는 남자. 넘치는 자신감이 오라를 뿜는 듯하다.

"어떻게 생각해?"

"음, 닮았다고 하면 닮은 것 같기도 하고."

"난 닮았다고 생각해. 실은 말이야, 예전부터 재학생 중에 저 인간의 자식들이 있다는 소문이 있었어."

"교장의? 그렇지만 독신이잖아?"

유리는 코웃음을 쳤다.

"물론 저 인간, 독신주의자이긴 하지. 그렇다고 아이를 만들 수 없는 건 아니잖니. 오히려 적극적으로 여기저기에 자신의 후계자를 만들고 다니는 모양이던데."

"후계자."

리세는 멍하니 되뇌었다. 유리가 확신을 담아 끄덕였다.

"응. 이곳은 교장이 사랑하는 제국이잖아. 이곳을 이어받을 사람을 생각하지 않을 리 없어. 교장은 자신의 사상과 취향에 맞는 자식을 신중하게 고르겠지. 레이코가 남자로 자란 것도, 교장의 방침과 그 이상한 여자의 목적이 일치했기 때문이 아닐까? 보다시피, 교장은 양성적인 존재를 이상으로 삼고 있어. 실천도 하는 것 같지. 하지만 아무리 교장의 자식이라 해도 저 인간처럼 될 수 있는 건 아니잖아. 덕분에 레이코는 그렇게 불안정한 아이가 되어버렸어. 레이코가 자기 사식이라는 걸 교장이 알았는지 어떤지는 모르겠지만, 레이코는 교장이 자기 아버지란 걸 알았을 것 같아. 여기 와서 그렇게 갑자기 정신 상태가 흐트러진 이유도 여태까지 자기 삶의 방식을 강요한 사람이 교장이란 걸 알고, 레이코가 온몸으로 그걸 거부해서가 아닌가 몰라."

유리는 소름 끼치도록 차가운 말투로 차분하게 얘기를 계속했다. 그 말의 의미를 상상하다 보니, 리세는 등줄기가 서늘해졌다.

"그렇지만…… 그렇지만…… 만일 그게 사실이라면, 눈앞에 딸의 사체가 놓여 있는데 그렇게 침착하게, 그렇게 차갑게…… 그런다는 게."

"레이코는 불완전했어. 교장에게는 단순히 하자 있는 물품에 지나지 않아. 불량품을 처분했다는 정도로밖에 생각하지 않은 거야. 게다가 교장이 직접 키운 게 아니잖아. 선별해야 할 학생으로 눈앞에 나타난 레이코밖에 모르니까 부모로서 애정은 없었겠지."

완벽주의시군요, 하는 요한의 목소리가 뇌리에 되살아났다.

나는 내 손안에 모든 카드가 없으면 화가 나는 타입이거든.

교장의 목소리도 떠오른다. 정말 그럴 수 있을지도 모른다. 하지만 자기 자식이란 걸 알면서 그렇게 태연할 수 있을까.

두 번째 다과회 때 광경이 또 생각났다. 히지리, 요한, 교장, 레이코. 겨우 몇 번밖에 얼굴을 본 적이 없는데, 레이코의 그림자는 끈질기게 나를 따라왔다. 레이코는 편안히 잠들지 못한 걸까? 그래서 이렇게 자꾸 내 주위를 맴도는 걸까?

가까이서 콧노래가 들렸다.

돌아보니 가까운 테이블에서 마리이가 컵에 주르륵 홍차를 따르고 있었다. 호박색 홍차가 접시에 철철 넘치는데도 아랑곳없이.

주위 학생들은 보고도 못 본 척하고 있다. 멀찍하게 서서 그녀의 상태를 엿보기만 한다.

가끔 보긴 했지만 가까이에서 보니 마리이는 한층 더 야위었다. 주변에는 눈에 띄지 않게 간호사가 대기하고 있었다. 식사는 제대로 하고 있을까? 저런 상태라면 제대로 먹지도 못하는 게 아닐까?

유리는 어딘지 모르게 슬픈 듯한, 안쓰러운 듯한 얼굴로 마리이를 보았다. 레이코와 오버랩시키는 것일지도 모른다.

"어머나."

마리이는 갑자기 고개를 내밀며 컵 속을 들여다보았다. 주위에 있는 사람들이 움찔했다.

"이게 아냐. 달라. 검은 홍차가 아냐."

검은 홍차. 요전의 노래와 같다. 무엇을 가리키는 것일까.

"검은 홍차 마시고 싶어."

마리이는 기분이 좋지 않은지 조금 전까지 콧노래를 부르던 모습이 거짓말인 것처럼 창백하고 험악한 표정이 되었다. 짜증을 부리듯이 컵을 테이블 안으로 밀쳤다. 컵이 흔들리면서 테이블 위에 홍차가 쏟아졌다. 다들 얘기하는 척하면서 몰래 마리이를 관찰하고 있다.

마리이의 주위만 실을 한 가닥 잡아당기는 듯 팽팽한 긴장감이 넘쳤다.

마리이는 주위를 두리번거렸다. 모두의 얼굴이 눈에 들어올 텐데 아무도 없는 것처럼 무관심한 표정이었다. 이윽고 테이블을 떠나 비트적비트적 걷기 시작했다. 마리이가 가고 나자 안도하는 공기와 걱정하는 공기가 동시에 흘렀다.

"저 애, 괜찮을까? 요즘 패밀리조차 상대해 주지 않는 것 같아. 저러다가 분명."

유리가 그렇게 중얼거리다 입을 다물었다.

리세는 마리이가 걸어가는 모습을 시선으로 좇았다. 왠지 모르게 피부에 달라붙는 듯한 불안을 느꼈다. 유리도 마리이를 눈으로 좇고 있다.

마리이는 교장의 모습을 발견하더니 퍼뜩 정신이 드는 것 같았다. 비틀거리는 걸음으로 교장에게 다가갔다.

"선생님, 홍차 주세요. 홍차."

마리이는 톤 높은 목소리로 크게 말했다.

교장과 그를 둘러싼 학생들이 동시에 마리이를 보았다.

교장은 침착한 눈동자로 마리이를 보며 앞으로 나왔다.

"오, 마리이. 몸은 어떠니?"

"홍차 주세요."

익숙하게 말을 거는 교장에게 마리이는 텅 빈 눈동자로

되풀이해서 말했다.

"홍차? 줄게."

교장은 마리이를 안다시피 데리고 가까운 테이블로 갔다. 마리이는 컵과 접시를 챙겨서 홍차를 따라주는 교장의 손을 말끄러미 보았다.

"자."

내주는 컵을 들여다보며 마리이는 도리질하듯 고개를 저었다.

"아니요. 검은 홍차가 좋아요."

아주 잠깐, 교장의 눈에 무섭도록 차가운 것이 떠오른 듯했다. 그것은 이내 사라졌지만, 마리이는 몸을 떨며 겁먹은 얼굴로 교장을 올려다보았다.

교장은 빙그레 웃으며 평소보다 더 관대하게 웃어주었다.

"커피하고 착각한 거지? 그렇지, 마리이."

몹시도 강압적이고 단정적으로 들렸다.

마리이는 여전히 불안정해 보였다. 끊임없이 혀로 입술을 핥으며 두리번거렸다.

"커피를 줄까?"

교장은 선언하듯 말하고는 다른 포트에 손을 뻗었다. 마리이는 겁에 질린 채 뒷걸음질 치다가, 이윽고 도망치듯 쏜살같이 달려갔다. 정원 구석, 장미 울타리로 이루어진 미로 속으로 마리이는 몸을 숨기듯 사라졌다.

모두 어안이 벙벙한 얼굴로 마리이가 사라진 울타리를 멍하니 바라보았다.

교장은 무표정하게 마리이를 지켜보다가 대기하고 있던 간호사에게 손짓했다. 간호사가 황급히 뛰어와 교장이 내리는 지시에 고개를 끄덕였다.

어쨌든 마리이가 시야에서 사라지자 학생들의 얼굴에서 긴장이 눈에 띄게 누그러졌다. 곧 다시 왁자지껄 각자의 이야기로 돌아갔다.

아무 일도 없었던 척하는 건, 이곳 학생들에게 가장 능숙한 연기였다.

간호사는 정원 구석에서 약상자를 열어 주섬주섬 약을 챙겼다. 마리이에게 진정제 같은 걸 주려는지도 모른다.

"걱정이네. 패닉을 일으킨 것 같았는데."

유리가 중얼거리며 마리이가 들어간 울타리 쪽으로 걸어가기 시작했다.

"아, 나도 갈게."

리세도 뒤를 따랐다.

그 순간, **아앗** 하는 묘하게 길고 날카로운 비명이 초여름 하늘을 갈랐다.

정원에 있던 사람들은 깜짝 놀라 움직임을 멈추었다.

그 목소리를 들은 순간, 리세는 묘한 느낌을 받았다.

이상해. 뭔가 멀어져 가는 듯한…….

"마리이!"

유리가 소리치며 뛰어가려 했다.

"기다려, 유리. 내가 먼저 갈게. 시바다 씨, 함께 가요."

매서운 목소리가 날아와 유리의 발을 멈추게 했다. 교장이 간호사와 함께 달려와 유리를 제치고 울타리 안으로 들어갔다. 유리와 리세는 조금 거리를 두고 그 뒤를 쫓았다.

달콤한 향이 나는 두꺼운 벽이 시야를 가렸다. 통로에는 신음하는 듯한 장미 향이 진하게 떠돌았다. 그 속을 네 사람은 달려갔다. 그렇게 큰 미로는 아니다. 꺾고, 꺾고, 꺾고, 꺾었다. 하얀 장미. 장미의 벽. 느닷없이 확 트인 공간이 나왔다.

눈에 들어온 것은 물이 다 말라버린 오래된 분수였다. 높이가 다른 돌로 만든 이중의 원기둥이 조심스레 솟아 있었다.

그리고 그 분수에 기대듯이 힘없이 쓰러져 있는 마리이.

숱 많은 머리카락이 마구 흐트러져 있었다.

멍하니 뜬 눈.

머리에서는 피가 흘렀다.

마음 한구석으로 예상했던 광경이라고는 하지만, 모두 우두커니 멈춰 선 채 말을 하지 못했다. 마리이는 이미 이 세상 사람이 아닌 게 분명해서 손을 쓸 겨를도 없었다. 그래도 간호사가 다가가 맥을 짚었지만, 교장을 돌아보며 힘없이 고개를 저었다.

리세와 유리는 서로 몸을 기댄 채 쓰러진 소녀를 내려다보았다.

슈지, 레이코, 마리이.

뇌리에서 세 사람의 사체가 교차했다.

"사고구나." 교장이 깨끗이 단정했다.

리세와 유리는 교장을 보았다.

"엎어져서 여기에 머리를 부딪친 것 같아."

분수 모서리에 피가 묻어 있었다. 모서리가 부서진 흔적도 희미하게 보였다. 나중에 피를 묻힌 것처럼 보이지는 않았다. 조심스레 들여다보니 마리이의 머리에도 돌가루가 묻어 있었다.

"그렇지만…… 그 비명은. 어째서 그냥 엎어졌을 뿐인데 그렇게 긴 비명을……."

리세는 혼잣말처럼 중얼거렸다.

교장이 조용히 리세를 돌아보았다. 리세는 움찔했다.

또 그 묘한 시선이었다. 리세는 이끌리듯이 그 시선과 눈을 마주쳤다. 이 눈은 무엇을 의미하는 걸까. 이미 그는 눈앞의 사체에 흥미를 잃은 것처럼 보였다. 그의 시선은 리세에게 흥미를 보이고 있었다.

"글쎄. 이상하구나. 어쩌면 비명을 지르면서 분수를 들이박았을지도 모르지."

교장은 분수로 눈을 돌리며 담담히 대답했다.

"설마, 그런 바보 같은 짓을."

유리가 화난 듯이 고개를 돌렸다.

웅성웅성하고 학생들이 통로로 다가오는 기척이 났다. 그걸 알아차린 교장이 얼른 발길을 돌려서 걸어갔다. 울타리 너머에서 정원으로 돌아가라고 지시하는 소리가 들렸다.

리세는 유리와 그 자리에 우두커니 서 있었다.

문득 하늘을 올려다보니, 하얀 장미로 메워진 높은 울타리 위로 파란 하늘이 네모낳게 보였다. 관에 누워 하늘을 보는 듯한 착각이 들었다.

10
장

누가 소녀를 죽였나

 일주일 전 이곳에서 파티가 열렸다는 사실이 믿기지 않을 만큼 정원에는 고요가 감돌았다.
 이 계절에 학교에서 가장 싱그러운 곳이라 학생들에게 인기 있는 장소였지만 그런 사고가 있었던 탓인지, 혹은 그저 저기압 탓인지 썰렁하니 아무도 없다.
 잿빛 하늘 아래 묵직하고 미지근한 바람이 불었다. 무거운 색으로 가라앉은 연못 위로 이따금 잔물결이 불안하게 일었다. 절정을 지난 하얀 장미는 흐린 하늘 아래서 은은하게, 그러나 생기 없이 꽃잎을 반짝였다.
 피어나는 장미도 박력이 있지만, 시들기 시작한 장미는 또 다르게 거친 박력이 있다. 지기 전에 모두 불태우려는 몸부림이 여기저기 저주처럼 떠도는 것 같다.

이런 느낌이 드는 건, 그 울타리 너머에서 마리이의 사체를 보았기 때문일까?

리세는 조심스레 안쪽으로 난 미로의 울타리를 보았다. 도망치듯 달려가는 소녀의 모습이 눈에 어른거렸다.

옆에서 팔짱을 끼고 있는 유리도 굳은 표정이었다.

"야, 대체 뭐 하려고 그래. 이런 데 데려와서."

텅 빈 정원 한복판에 히지리와 레이지와 요한이 서 있었다.

"아니, 나의 호기심이야. 그때 무슨 일이 일어났는지 알고 싶어서."

히지리는 별로 개의치 않는 모습으로 어깨를 으쓱였다.

"호기심! 말은 잘하네. 그때 괜히 걱정해서 안으로 들어오는 게 아니었어. 너나 레이지가 그 애를 먼저 발견해 주었더라면 좋았을걸."

유리는 씩씩거리며 불평했다.

확실히 그 쓰러져 있는 아이를 보았다면, 이런 곳에 와보려는 마음은 들지 않았을 것이다. 할 얘기가 있다고 히지리가 불러내서 와보니 이 정원이다.

"그러게, 나도 그 편이 좋았을 거라 생각해. 내 눈으로 확인하고 싶은 게 여러 가지 있었거든."

히지리는 거침없이 받아쳤다. 유리는 부루퉁한 얼굴로 입을 다물었다.

"어째서 요한이 여기 있지?"

리세는 뒤에 팔짱을 끼고 서 있는 요한을 올려다보았다.

"그러게. 히지리가 불렀어."

요한은 고개를 갸웃거리며 답했다.

"요한도 목격자 중 한 사람이니까."

히지리는 연못 쪽으로 얼굴을 돌렸다.

"목격자라니, 무슨?"

주머니에 손을 찔러넣고 선 레이지가 무뚝뚝하게 물었다.

히지리는 연못 쪽으로 휘릭 몸을 돌렸다. 그러고는 모두에게 등을 돌린 채 낮게 중얼거렸다.

"그 살인사건 말이야."

"살인사건? 마리이가 살해당했다는 뜻이야? 너, 죽은 사람이 또 생겨서 미스터리로 만들고 싶은 마음은 알겠지만, 그 상황은 그게 아니잖아."

레이지가 어이없다는 듯이 말했다.

"그럴까?"

히지리는 의미심장한 눈으로 레이지를 돌아보았다. 레이지의 입술이 일그러졌다.

"아, 그렇구나."

요한은 잠깐 생각한 뒤 이내 이해했다는 표정을 지었다.

"하지만 히지리, 난 레이지의 의견에 찬성해. 그건 아니지. 그때 그 프랑스식 정원은 밀실이었어. 나를 부른 것은 그

점을 묻고 싶어서겠지?"

히지리는 히죽 웃었다.

"과연, 이해가 빠르군. 도 아키오를 알 만한 능력은 되는걸."

"뭐야, 요한. 너도 미스터리 팬이니?"

유리가 입을 삐죽거리며 요한을 노려보았다. 요한은 양손을 펼치면서 말했다.

"아주 조금 즐기는 정도야."

"그보다 레이코가 어떻게 이곳에서 나갔는지 히지리, 너는 알았니?"

리세는 지난주 느낀 의문을 떠올리며 물었다.

히지리는 '아아' 하는 얼굴을 했다.

"그러고 보니 그런 문제도 있었구나……. 어쩐지 이곳은 밀실 사건과 인연이 있는 장소 같군."

"리세, 그게 무슨 말이야?"

요한이 리세에게 물었다.

"오월제 때 교장선생님은 레이코가 다른 시설에 들어가 있었다고 했잖아. 그런데 실제로 레이코가 모두 앞에서 모습을 감춘 건 이곳이었어."

리세는 히지리에게 확인해 가며 예전에 들은 이야기를 설명했다. 요한은 진지한 표정으로 귀를 기울였다.

"흐음, 이상한 얘기네."

"한 사람은 사라지고, 한 사람은 죽었다는 건가?"

히지리가 재미있다는 듯이 중얼거렸다.

히지리는 단순히 추리 게임을 즐기고 싶은 것뿐일까? 리세는 문득 의문이 들었다. 단지, 그 이유만으로 이 네 사람을 불러 모았다고?

"저기, 히지리, 너의 추리, 빨리 털어놔 줘. 난 등장인물 3분의 2가 죽을 때까지 아무 설명도 안 하는 탐정이 제일 싫어."

유리가 답답하다는 투로 투덜거렸다.

요한이 "아하하" 하고 웃었다.

"그럴 순 없어. 나는 추리소설에 관해 말하자면 정통 보수파거든. 여기선 원칙에 따라 풀어야 해."

히지리는 약 올리는 듯이 빙그레 웃었다.

"저기, 리세."

히지리가 갑자기 돌아보아서 리세는 깜짝 놀랐다.

"그때도 교장이 창문을 열었지?"

"엇."

리세는 움찔했다. 히지리가 느닷없이 두 번째 다과회 이야기를 꺼내 당황한 것이다. 리세는 유리를 흘끗 바라보았다. 유리는 무표정한 얼굴로 리세를 보고 있었다.

"무슨 그런…… 그게 무슨 상관이야……."

리세는 더듬거리며 말했다.

"됐어, 리세. 네가 요한이랑 히지리랑 셋이 간 다과회 이야기잖아?"

유리가 털어놓듯 말했다.

"앗, 어떻게……."

"말했잖아. 여기선 뭘 해도 금방 들통난다고. 그다음 날에 알았어. 신경 쓰지 않아도 됐을 텐데. 난 그런 일엔 개의치 않아. 요한, 아직 모르고 있는 것 같은데 아사미는 조심하는 게 좋아. 그 애, 병적으로 집착하는 구석이 있어. 교장한테도 한때 대단했거든."

유리는 교장의 '친위대' 중 한 명의 이름을 입에 올렸다. 리세도 요즘 그 애가 요한을 따라다닌다는 이야기를 들은 적이 있었다. 요한은 얼굴을 찡그렸다.

"역시 그때도 뒤를 밟았군. 걔 정말 질린다니까. 자주 찾아와. 귀찮다고 말해도 전혀 못 알아들어. 어떻게 해야 알아들을지……."

"바람둥이시군."

레이지가 히죽거리며 말했다. 요한은 밉상스럽다는 듯 레이지를 흘겨보았다.

"그런 애는 조금만 잘해줘도 착각하거든. 네가 누구한테나 잘해주는 게 문제야."

유리는 단호한 목소리로, 동정의 여지도 없이 말했다. 요한은 곤란한 표정으로 리세를 바라보았다.

"리세가 곁에 있어주면 돼. 그러면 포기하겠지."

"그랬다간, 내가 당장 칼 맞을걸……."

리세는 어처구니없다는 듯 손을 저었다.

"이런 경우, 남자는 자기 여친을 찌르고 여자는 새 여친을 찌르지. 왜일까?"

히지리가 이상하다는 듯 말했다.

"남자는 애인한테 배신당했다고 생각하니까 여친을 찌르는 거고, 여자는 남친을 뺏겼다고 생각하니까 새 여친을 찌르는 거야."

유리는 주저 없이 답했다.

"역시, 배역 덕분에 경험이 많구나."

"역할만큼은."

감탄하는 히지리에게 유리는 잠깐 의기양양한 얼굴을 지었다.

"저기, 그럼 유리는 그 얘기도……?"

리세는 겁먹은 얼굴로 유리의 안색을 살펴보았다. 레이코가 자기 안에 나타났던 일도 들었을까? 유리는 시선을 돌리며 대답했다.

"응. 알고 있었어. 목을 졸린 것 같다는 것도."

리세는 레이지를 돌아보았다. 레이지는 무표정한 얼굴로 팔짱을 끼고 있었다. 그 눈빛을 보니, 레이지 역시 모든 걸 알고 있는 게 분명했다. 리세는 작게 한숨을 내쉬었다.

얘기가 대체 어떤 식으로 전해졌을까. 혹시 내가 그 책을 갖고 있다는 것도 모두 알고 있는 게 아닐까. 알고 있으면서도 모른 척하는 건 아닐까. 그렇게 생각하니 등골이 오싹해졌다. 하지만 달리 확인할 방법은 없었다.

"얘기가 잠깐 빗나갔지만, 기억하지? 그때도 교장은 창을 열었어."

히지리가 다시 그 얘기를 꺼냈다. 리세는 곤혹스러운 듯 고개를 끄덕였다.

"응. 그렇지만 그건 연기 때문이었잖아."

"교장, 창을 열려고 일부러 담배를 피운 게 아닐까?"

"어째서?"

"몰라. 하지만 그 답을 푸는 열쇠는 리세에게 있다고 생각했어."

"나한테? 나를 통해 이사오나 레이코를 빙의시키려 했다는 말이야?"

"그럴지도 모르지. 아니, 아닐 것 같기도 해. 뭐, 됐어. 그건 앞으로의 숙제로 남겨두자. 어쨌든 내가 하고 싶은 말은, 모든 일이 교장이 바라는 대로 흘러가고 있다는 거야. 학교 안에 살인자가 있어. 슈지의 경우를 제외하면 겉보기로는 살인이 아니지. 한 사람은 자살로 처리됐고, 한 사람은 사고야. 하지만 죽은 건 모두 정신 상태가 불안정했던 학생들이었어. 단순한 우연일까? 그럼 지난주 사건을 떠올려봐. 그때 마리이는 이런 식으로 비틀비틀 교장을 피해 달아나다가 혼자 미로에 들어갔어."

히지리는 마리이가 걸어간 코스를 따라가며 울타리 옆 미로 입구에 섰다.

"다들, 마리이가 이곳에 들어갈 때 어디 있었는지 기억해 봐."

네 사람은 내키지 않는 표정으로 제자리를 옮기기 시작했다. 레이지는 연못 옆 철제 의자에 앉았다. 리세와 유리는 정원 중간쯤에 섰다. 요한은 울타리 옆 미로 쪽으로 걸어갔다.

"마리이가 안으로 들어간 다음, 누가 또 들어갔지?"

히지리가 모두에게 물었다.

"아니."

리세와 유리는 동시에 고개를 저었다.

"그때는 모두가 주목하고 있었어. 아무도 들어가지 않았고, 아무도 나오지도 않았지."

"맞아. 나도 보고 있었어. 하지만 이 울타리엔 반대편에도 출입구가 하나 더 있어."

히지리의 말에 요한이 손을 들었다.

"그래. 만약 누가 출입했다면 내가 있는 곳에서 분명히 보였을 거야. 나는 계속 여기서 지휘봉을 흔들고 있었거든."

과연, 그 자리에 있었기 때문에 요한을 불러낸 걸까? 리세가 듣기에도 그럴듯했다.

히지리는 고개를 끄덕였다.

"요한 말대로, 그건 완전한 밀실이었어. 마리이 말고는 아무도 출입하지 않았지. 자, 마리이가 들어간 뒤 잠깐 틈이 있었어. 교장이 간호사를 불러 뭔가 지시했지."

"응. 간호사는 약상자를 들고 뭔가를 찾았어. 진정제라도 먹이려 했던 게 아닐까? 난 이상한 예감이 들어서 마리이 상태를 보러 가려 했어. 그래서 걸어갔지."

유리는 뚜벅뚜벅 히지리 쪽으로 걸어갔다. 리세도 그 뒤를 따랐다. 유리는 도중에 걸음을 멈추고 조심스럽게 말했다.

"이쯤에서 그 비명이……."

"그래. 다들 동시에 울타리 쪽을 봤지."

요한이 이어서 말했다.

"그래서 교장이 유리를 막고 간호사를 불러 둘이 먼저 울타리 안으로 들어갔어."

히지리는 울타리 안으로 들어가 손짓했다.

"유리, 어느 정도 거리 두고 따라갔지? 기억해 봐."

"그리 멀진 않았어. 간호사 모습이 보였으니까."

유리와 리세는 걷기 시작했다.

그날의 기억이 생생히 되살아났다. 하얀 장미의 벽. 달콤한 향기가 숨 막히게 벽 사이를 채우고 있었다. 벽 사이의 통로는 좁아서 두 사람이 나란히 지나갈 수 없었다. 그때 리세는 장미 향을 맡으며 유리의 등을 바라보고 있었다. 유리의 등 너머로 간호사의 등이 어렴풋이 보였다. 교장의 모습은 보이지 않았다. 길은 꺾이고, 또 꺾이고, 다시 꺾였다.

물이 말라 있는 분수가 눈앞에 확 펼쳐졌다. 그 앞에 마리이가 쓰러져 있는 환영이 어른거렸다.

"교장과 간호사가 이곳에 도착한 시점과 우리가 도착한 시점 사이엔 거의 시간 차가 없었어. 교장이 뭔가를 하기엔 시간이 부족했을 거야."

유리가 히지리를 보며 말했다.

"교장은 상황을 보자마자 사고라고 했어. 실제로 그렇게 보이기도 했지. 엎어지면서 머리를 부딪힌 것 같았으니까. 분수대 모서리에도 피가 묻어 있었고."

히지리는 고개를 들어 외쳤다.

"요한! 레이지! 여기까지 오는 동안, 울타리 밖에서 뭔가 달라진 건······."

"없었어. 반대쪽에서도 아무도 나오지 않았고, 들어간 사람도 없었어."

"내 쪽도 없었어······."

요한과 레이지의 목소리가 다시 들렸다.

"그러나 그게 살인이었다고 가정하면······ 누군가가 마리이를 밀쳐 머리를 부딪히게 했다고 한다면, 범인은 반대쪽 출구와 이 분수 사이 통로에 숨어 있었을지도 몰라. 우리는 거기까진 보지 않았잖아."

유리가 중얼거리더니 이내 뭔가 깨달은 듯 얼굴을 들었다.

"아, 그런가? 그렇다면 범인은 분명 학생일 거야. 교장이 학생들을 움직이지 못하게 하고 가장 먼저 들어온 건, 반대쪽 통로에 숨어 있던 학생을 감싸려는 의도가 아니었을까?"

요한과 레이지가 정원으로 들어왔다.

"반대쪽 통로? 그건 아니야. 그다음에 마리이를 옮기기 위해 직원 몇 명이 그쪽 입구로 들어갔어. 누군가 있었다면 금세 소란이 났을 거야."

유리의 말을 들은 요한이 단호히 부정했다.

"히지리, 너 어떻게든 이 사건을 살인으로 몰고 가고 싶은 모양이구나. 너의 추리대로라면 범인은 교장이라는 거냐?"

레이지가 지루하다는 표정으로 말했다.

"응, 간접적으로는."

히지리가 짧게 대답했다.

"어떻게?"

요한이 물었다. 히지리는 분수대에 걸터앉아 입을 열었다.

"그때, 뭔가 이상하다고 느끼지 않았어?"

"이상하다고?"

다른 네 사람은 서로의 얼굴을 바라보며 의미를 헤아리려 했다.

"그 비명…… 마리이의 비명은 묘했어. 엎어져 머리를 부딪히는 데 그렇게 시간이 걸릴까? 그녀의 비명은 길고 날카롭고, 멀어져 가는 듯 들렸어."

리세가 조용히 말했다. 히지리는 만족스러운 얼굴로 리세를 바라보았다.

"음, 역시 느꼈구나. 또 다른 건?"

"마리이는 계속 '검은 홍차'를 찾았어. 그때도 교장에게 그렇게 졸라서 교장의 눈빛이 순간 무섭게 변했어."

"그래. 그 외에는?"

리세는 딱히 떠오르지 않아 고개를 갸웃거렸다. 다른 세 사람도 말이 없었다. 히지리는 팔짱을 낀 채 모두를 한 차례 둘러보았다.

"어째서 마리이는 애초에 이런 곳으로 도망쳤을까?"

"응?"

네 사람은 의외라는 얼굴을 했다.

"어째서라니."

레이지가 히지리의 의도를 가늠하려는 듯 중얼거렸다.

"마리이는 교장의 분노를 느끼고 동요했어. 이 자리를 벗어나려 했지. 마리이와 교장이 있던 곳은 이 미로에서 떨어진 테이블이었어. 거리가 꽤 되었어. 교장에게서 달아나려면 정원 쪽이 훨씬 가까워. 출구가 바로 옆에 있었으니까. 그런데도 마리이는 곧장 이 길로 달려갔어. 겁을 먹고 제정신이 아닌 상태에서도 말이야. 왜 여기였을까?"

"듣고 보니 그러네."

요한이 고개를 끄덕였다.

"단순히 여기가 벽으로 둘러싸여 있어서 안전하다고 느

졌던 거 아닐까? 좁은 공간은 마음을 안정시키기도 하니까."

레이지가 대답했다.

"그래, 그럴지도 몰라. 여기는 그녀에게 안심할 수 있는 장소였던 거야. 그런 기억이 있어서 이곳으로 도망쳤겠지."

"좀 더 알기 쉽게 말해줘."

유리가 퉁명스럽게 말했다. 히지리는 개의치 않는 얼굴로 되물었다.

"유리는 알고 있지? '검은 홍차'의 뜻."

유리는 움찔했다. 히지리는 이번엔 레이지를 보았다.

"레이지도 알고 있을걸."

"뭐, 대충은. 교장이 학생들한테 한 모금씩 먹였다는 얘긴 예전부터 들었거든."

"한 모금이라니?"

리세가 놀라 물었다.

"약이야. 신경안정제인지 마약 계열인지는 몰라도. 어쨌든 교장은 이 학교를 잇기 전에는 의사였잖아. 약에 관해서도 잘 알 테고, 구하는 데도 능했겠지."

히지리는 아무렇지 않게 말했다.

"치료하려고 했는지, 폐인으로 만들려 했는지는 모르겠어. 하지만 최소한 폐인이 되어도 문제 될 것 같지 않은 학생을 골랐다는 점만은 확실하지. 정서적으로 불안정해서 학교의 질서를 흔드는 학생을 다과회에 불러서 약을 먹이는 거야."

"설마…… 나도?"

리세는 몸서리쳤다. 히지리는 차갑게 웃었다.

"괜찮아. 우리가 마신 건 그냥 차였어. 하지만 마리이의 반응을 보면, 그 아이한테는 중독성이 강한 약을 먹였던 것 같아. 자기가 먼저 원할 정도였으니까."

"그런…… 그렇게 끔찍한 짓을."

"약이 들어가서 홍차가 탁하게 보였던 건지, 아니면 그 자체가 비유인지 모르지만 '검은 홍차'라는 말에는 꽤 상징적인 의미가 있어. 그 부분은 요한이 더 잘 알겠지."

히지리가 갑자기 말했다.

요한은 무표정하게 히지리를 돌아보았다.

"네 말뜻을 잘 모르겠는걸."

"실례. 리세도 눈치챘을 거야. 이 학교는 이 넓은 부지 가운데 극히 일부만 사용하고 있다는 거. 하지만 우리 생활권에서 눈에 띄지 않는 뒷산이나 지하엔 상당히 넓은 시설이 있는 게 확실해. 당연히 물자나 사람을 드나들게 할 출입구가 여러 곳 있을 테고."

히지리는 일어나 분수 주위를 천천히 돌기 시작했다.

"이 분수…… 꽤 오래된 것 같아. 그런데 한 번도 물을 뿜는 걸 본 적이 없어."

모두는 어리둥절한 얼굴로 분수를 바라보았다.

"분수? 그게 왜?"

"혹시 애초에 물을 뿜지 않게 만든 걸 수도 있지. 수도관 같은 건 처음부터 없었는지도 몰라."

히지리는 이야기를 하면서도 발밑을 두리번거리며 뭔가를 찾고 있었다.

"히지리, 지금 뭐 하는 거야?"

유리가 어이없다는 듯 물었다. 히지리는 몸을 낮춘 채 대답했다.

"증거를 찾고 있어."

"증거?"

"아마 여기가 그 시설로 들어가는 입구 중 하나일 거야."

"여기가?"

네 명이 일제히 돌아보았다. 히지리는 고개를 들었다.

"뭘 그렇게 놀라. 그렇게 생각하면 딱 들어맞지 않아? 아마 이 분수는 위아래로 움직일 거야. 지하로 내려가는 구조인지도 몰라. 그렇지 않고서는 마리이 사건이 설명되지 않아. 꽤 깊이 내려갈 수 있을 거야……."

히지리는 다시 몸을 굽히고 분수 주위를 걷기 시작했다.

"확실히 그 비명은 달랐어. 멀어지는 소리였지. 마리이는 분명 이곳을 통해 시설에 출입한 적이 있었어. 그래서 이쪽으로 도망친 거야. 분수를 타고 내려가는 방법을 알고 있었으니까. 그런데 당황한 나머지, 내려가 있던 분수 위에 떨어지고 말았어. 지하로 내려간 분수의 꼭대기에 굴러떨어진 거지. 그래서 그런 비명이 나왔던 거야. 교장은 그 비명을 듣고 곧 무슨 일이 일어났는지 알아챘겠지. 그리고 곧바로 분수를 되돌리려고 했을 거야. 어떤 수단인지는 몰라도, 리모컨 같은 걸 썼을지도 몰라. 분수가 지상으로 올라왔고, 그 위에 머리를 부딪혀 죽은 마리이가 발견됐겠지."

히지리는 뭔가를 본 듯 얼굴을 바짝 들이밀었다.

"그렇게 가정하면, 레이코가 이 정원에서 모습을 감춘 것도 설명이 되지? 그 애도 시설에 있었으니, 분수를 내려가는 방법을 알고 있었던 거야. 이쪽으로 빠져나갔겠지. 봐, 찾았어. 여기까지는 교장도 눈치채지 못했던 모양이네."

히지리의 말에 모두가 그에게 몰려들었다.

그가 가리킨 곳을 보았다.

거기에는 마리이의 것으로 보이는 옅은 색 머리카락 몇 가닥이, 분수대의 대좌와 지면 사이에 끼어 있었다.

태풍의 고발

드디어 저기압이 다가오고 있었다. 사방이 확 트인 '파란 언덕'에 첫 여름 태풍이 찾아오고 있었다. 지형만 봐도 짐작할 수 있듯 이곳은 자연의 맹위를 고스란히 받아들인다. 거센 바람이 숲을 울리고 태풍을 알리는 비가 정자와 돌층계를 툭툭 두드렸다.

부옇게 불이 켜진 어두운 온실에 누군가 슬그머니 들어왔다.

"히지리……? 거기 있니?"

유리의 불안한 목소리가 들렸다.

대답 대신, 쉬익 하고 성냥이 켜지는 소리가 나며 주위가 밝아졌다. 작은 불빛 속에 히지리의 단정한 얼굴이 떠올랐다.

"거기 있었니? 이런 날씨에 무섭잖아. 바람이 얼마나 요란한지……. 생각보다 여긴 조용하네. 바람이 지나가는 길에서 좀 벗어나서 그런가 봐."

유리는 부연 유리 천장을 올려다보았다. 캄캄해서 아무것도 보이지 않았다. 그저 휘잉거리는 바람 소리만이 허공을 가르고 있었다.

또 한 사람이 들어왔다.

"유리?"

"어머나, 요한. 다음엔 또 누가 오는 거야?"

요한이 어깨의 비를 털며 들어왔다. 어둠 속에서 요한은 두 사람을 노려보듯 응시했다.

"이걸로 전부야. 세 사람뿐."

"이 세 사람? 묘한 조합이네. 레이지는?"

"레이지는 뺐어."

"흐음."

"리세는 뭐 하고 있는데?"

"나올 때 책 읽고 있었어. 꽤 한참 전부터 읽던 책이야. 그 애, 책은 빨리 읽는 편인데 이상하지. 나는 연극 회의 있다고 하면서 나왔어."

요한과 유리는 히지리 앞 의자에 앉았다. 히지리는 느긋하게 담배를 피웠다. 테이블 위에는 작은 초 하나가 타오르고 있었다.

"그래서? 이건 무슨 모임이야?"

요한이 조용히 물었다.

"왜 세 사람뿐이지? 레이지나 리세도 부르면 좋을 텐데. 마리이 사건 추리는 꽤 재미있었잖아. 오늘은 또 뭔데?"

유리는 거리낌 없이 말했다. 양초의 불꽃이 비친 유리의 눈동자는 작은 동물처럼 생기가 넘쳤다.

요한은 뭔가를 기다리는 듯한 얼굴로 말없이 히지리를 쳐다보았다. 불빛에 비친 그의 모습은 마치 중세의 그림 같았다.

"사소한 조사야. 두 사람의 의견을 듣고 싶어서."

히지리는 낮은 목소리로 말했다.

"레이지는 부를 수 없었어. 그 녀석은 리세를 좋아하니까."

"조사라니……. 설마, 리세를? 왜?"

유리가 놀라서 큰 소리로 물었다.

요한이 히지리를 흘끗 바라보았다. 히지리도 요한을 보았다.

"알고 있어. 요한도 리세를 좋아하지만, 요한은 훨씬 냉정하지. 사물을 객관적으로 보거든. 레이지는 좋은 녀석이지만, 너무 순진해."

"리세의 어디가 수상하다는 건데?"

유리가 노골적인 경계심을 드러내며 히지리를 노려보았다.

"실은 나도 딱히 설명하긴 어려워. 난 그 애를 잘 몰라. 막연하고 단편적인 인상뿐이야. 뭔가 잘 모르겠어. 그래서 알고 싶었던 거야. 교장이 전에 했던 말을 따라 하는 건 아니지만, 모르는 자에게 관대해질 수는 없으니까."

히지리는 요한을 보며 피식 웃더니 이내 다시 진지한 표정이 되었다.

"난 그 애의 정체를 알고 싶어."

"리세의 정체?"

유리가 불안한 눈빛으로 되물었다.

"응. 그렇지 않으면 불안할 것 같아서……."

한층 거센 바람이 하늘을 가로지르며 울부짖었다. 온실 안은 눅눅한 숨결 같은 냄새로 가득 차 숨이 막힐 듯했다. 천장까지 솟은 부채파초는 위압감을 풍기며 마치 귀를 기울이고 이들의 대화를 엿듣는 듯했다.

"하지만 개인적인 일은 묻지 않는 게 우리 룰이잖아. 그렇게 따지면 나도 히지리나 레이지의 정체 같은 건 몰라."

유리가 입을 열었다.

"물론, 그건 그래. 각자 집안 사정이 있으니까. 하지만 굳이 묻지 않아도 대강 느껴지는 건 있잖아. 레이지는 어떤 녀석이다, 유리는 이런 아이구나, 집안에 이런 사정이 있구나…… 그런 느낌 말이야. 그런데 리세는 그게 없어. 정말 예쁘고 총명하지만, 막연한 인상밖에 남질 않아. 그런 생각 해본 적 없어? 너희는 사이도 좋아 보이던데."

히지리의 말에 유리는 혼란스러운 표정을 감추지 못했다.

"듣고 보니, 확실히……. 묘한 아이라고는 느꼈어. 어딘가 이중적인 면이 있달까. 겉과 속이 다르다는 의미는 아니야. 오히려 자기도 잘 모르는 것 같아. 자기가 생각하는 것보다 훨씬 복잡한 아이란 느낌이 들 때가 있어."

"예를 들면, 아직도 그 애가 '요람' 팀인지 '묘지' 팀인지 모르겠어. 리세한테 직접 물은 적도 있었는데, 자기도 잘 모르겠대. 어느 정도 같이 지내다 보면 보통은 알게 되잖아. 근데 그 애는 정말 모르겠어. 아주 좋은 환경에서 사랑받으며 자란 것 같기도 하고, 외톨이로 자란 것 같기도 하고……. 하지만 분명한 건, 같은 여자가 봐도 매력 있는 아이라는 거야……."

생각에 잠겨 말하는 유리를, 히지리와 요한은 흥미롭게 지켜보았다.

히지리가 입을 열었다.

"그러게. 그 아이, 2월에 들어왔지. 그것만으로도 큰 사건이야. 그런데 그 애만큼 아무런 소문도 흘리지 않은 전학생은 드물어. 보통 전학생이 오면, 어디선가 그 아이의 출신에 관한 소문이 떠돌기 마련이야. 대체 어떤 경로로 흘러나오는 건지 모르겠지만, 꽤 사실에 가까운 경우가 많거든."

"과연, 그래서 내 소문도?"

요한이 비꼬는 어조로 끼어들었다.

"그렇지. 이 학교, 그런 네트워크만큼은 대단해."

"어떤 소문인데?"

요한은 재미있다는 얼굴로 물었다.

"유럽의 대부호이자 엄청난 거물의 후계자. 형제들도 몇 명 있지만 결국 네가 잇게 된다고들 하더라."

히지리는 망설임 없이 말했다. 요한은 작게 웃었다.

"훌륭한걸. 뭐, 영광이라 해두지. 그 이상은 캐묻지 않았으면 하는 게 솔직한 심정이지만."

"아무도 그런 짓 안 해. 널 적으로 돌리려는 사람은 없어. 그런 짓을 했다간 전교 여학생들의 적이 될 테니까."

"오, 이런. 과분한 평가네."

두 사람 사이에 언뜻 긴장감이 흐르는 것을, 유리는 눈치챘다. 대부호의 후계자? 그런 건 이 학교에 얼마든지 있다. 그도 사생아일까? 하지만 여기서는 그런 사정도 특별한 것이 아니다.

며칠 대화를 나누는 동안, 요한이 겉으로 보이는 것처럼 천사는 아니라는 사실을 유리는 이미 알고 있었다. 요한의 사무적인 태도와 진지함은 교장조차 압도할 정도였다. 그러고 보면, 그의 천진한 얼굴은 강력한 무기였다.

"2월 마지막 날이라……. 그거 참 특이하지. 왜 교장은 반대하지 않았을까? 리세 말로는, 이 학교에 오기 전까지 교장을 한 번도 만난 적이 없다던데. 그게 이상해. 그런 허락을 쉽게 내릴 인물이 아닌데."

유리가 투덜거리듯 말했다.

"맞아. 교장은 처음부터 리세를 이질적으로 대했어. 교장이 리세를 마음에 들어 하는 건 확실하지만, 그러면서도 스트레스를 주고 있지. 뭐, 그 사람은 진짜 사디스트니까, 단순히 귀여운 아이를 괴롭히고 싶은 걸 수도 있겠지만 말이야.

같은 전학생인 요한은 3월에 받아주면서, 리세는 하루 앞서 전학시켰지. 교장이 자신의 제국을 유지할 계획이었다면 어딘가에서 대기하게 하는 것도 가능했을 텐데. 그리고 굳이 2월에 데려왔다고 해도, 일부러 모두에게 소개할 필요는 없었잖아. 그의 집에 하루나 이틀 묵게 하면 되는 일인데.

그런데 교장은 2월 마지막 날에 당당히 데리고 와서 '패밀리'에게 소개했어. 기분 나쁜 전설이 남아 있는 시기에 들어왔다는 사실 때문에 리세는 상처를 입었고 의심이 많아졌지. 그것만으로도 큰 스트레스였을 거야.

게다가 그 갑작스러운 강령회? 그 현실주의적인 남자가 갑자기 오컬트 취미를 꺼내 들었잖아. 영매 소질이 있다는 말까지 들었으니 마음이 흔들릴 수밖에 없었겠지. '너는 평범하지 않다'는 말을 듣는 거나 마찬가지니까.

오월제 때도 교장이 리세에게 드레스를 선물했잖아? 자기 친위대가 얼마나 질투심 많고 성격이 고약한지, 그 인간이 모를 리 없었을 텐데. 리세가 봉변당할 걸 충분히 예상했을 거야. 게다가 그 사실을 굳이 그 애들 앞에서 밝혔잖아. 이건 단순한 심술이 아니라 악의가 느껴질 정도야."

히지리가 다그치듯 말했다.

유리는 분노로 얼굴이 달아올랐다.

"설마…… 교장, 리세도 폐인으로 만들려던 거 아니야? 그렇게 리세를 구석으로 몰아서, 레이코나 마리이처럼 만들 속셈은 아니겠지? 정말 싫어. 대체 얼마를 받아먹은 거야."

"그래도 설명되지 않는 부분이 있어. 교장의 태도를 보면 단순한 악의만으로는 설명이 안 돼. 오히려 리세를 주의 깊게 관찰하고 있는 것 같아. 왜 그런 짓을 하는 걸까."

"그 의문에 대한 답, 생각난 거 있어?"

조용히 듣고 있던 요한이 물었다.

촛불이 흔들렸다. 어딘가에서 바람이 들어오는 모양이었.

히지리는 담배를 작은 접시에 비벼 껐다.

"조금은. 좋은 생각은 아니지만."

"뭔데?"

유리가 가만히 히지리를 바라보았다.

"교장은 리세를 감시하고 있어. 그리고 부추겨서 뭔가를 시키려 하고 있지."

"리세에게? 뭘?"

요한이 의아한 얼굴로 물었다.

"몰라. 하지만 리세는 뭔가 해낼 수 있을 것 같은 기분이 들어. 어디까지 갈지 가늠할 수 없는 큰 잠재력이 있어. 도화선에 불을 붙이면 대폭발을 일으킬지도 몰라. 그 인간은 아마 그 순간을 기다리는 거야."

"뭐야, 그건……."

유리가 기분 나쁜 듯 중얼거렸다.

"모르는 일이지."

히지리는 차갑게 말했다.

"……그건 아니야."

갑자기 낮은 목소리가, 조금 떨어진 어둠 속에서 들려왔다. 세 사람은 깜짝 놀라 소리가 난 쪽으로 고개를 돌렸다.

어둠 속에 리세가 서 있었다. 조용하고, 어딘가 슬퍼 보이는 얼굴로 세 사람을 말없이 바라보고 있었다. 어깨가 비에 젖어 축축했다. 드디어 비가 내리기 시작한 모양이었다.

"리세……."

유리가 창백한 얼굴로 불렀다. 요한은 히지리 쪽으로 고개를 돌렸다. 히지리는 태연한 얼굴로 리세를 돌아보았다.

"아주 좋은 타이밍이었어, 리세. 역시 본인이 없는 자리에서 의심하는 건 찜찜하거든. 다음은 본인에게 해명을 듣는 게 순서겠지."

"뭐야, 히지리. 처음부터 리세한테 나중에 오라고 말해뒀던 거야? 완전히 속았잖아."

유리가 화난 목소리로 소리쳤다.

"어때, 리세. 내 추리는?"

히지리는 리세를 재촉했다.

리세는 유령처럼 어둠 속에 가만히 서 있었다.

세 사람 쪽으로 다가오려 하지도 않았다.

"틀렸어……. 히지리는 근본적으로 착각하고 있어. 내게 '정체' 같은 건 없어. 오히려 나도 알고 싶을 정도야. 난 내가 어떤 사람인지 몰라."

리세는 지친 듯한 목소리로 말했다.

"리세…… 너……."

유리가 천천히 입을 열었지만, 리세는 반응하지 않고 말을 이었다.

"지금까지 말하지 않고 있었지만…… 실은 난…… 1년 전 사고를 당해서, 나라는 존재에 대한 기억을 잃어버렸어……."

11장

고백

"……기억을 잃었다고 해도, 내 이름이나 출신까지 모르는 건 아니야. 초등학교 때까지는 기억해. 하지만 중학교에 들어갈 무렵부터 사고를 당하고 의식을 되찾을 때까지의 기억은 거의 없어. 10대 중반이면 한창 인격이 형성될 시기잖아. 초등학생 때까지의 나와 지금의 내가 내 안에서 도저히 이어지지 않아서…… 내가 내가 아닌 것 같은 기분이 들어……. 늘 불안해. 그래서 뭘 해도 자신이 없고, 이게 나라고 자신 있게 말할 수 있는 토대 같은 게 없으니 불안하고 또 불안해서 도저히 견딜 수가 없어."

리세는 젖은 바닥의 한 지점을 응시하며 낮고 조용한 목소리로 말했다. 세 사람은 미동도 하지 않은 채 리세의 말에 집중하고 있었다.

"리세, 거기 서 있지 말고 와서 앉아."

그제야 생각난 듯 유리가 손짓했다.

하지만 리세는 고개를 숙인 채 작게 도리질을 쳤다.

"여기서도 괜찮아. 이대로 들어줘."

세찬 빗소리가 말을 잠시 삼켰다.

"적어도 사고 당시의 상황이라도 기억할 수 있다면, 그 순간이 경계라는 걸 알 수 있을 텐데…… 그조차도 기억나지 않아. 의사 선생님 말씀으로는 내가 있던 장소가 환기가 거의 되지 않아서 뇌에 일시적인 산소 결핍이 왔대. 나, 어디서 그런 일을 당했는지도 전혀 기억이 안 나. 그런데 가끔 무언가가 어렴풋이 떠올라. 온몸이 떨리고, 심장이 마구 두근거려."

리세는 관자놀이를 눌렀다.

"내가 '요람' 팀인지, '묘지' 팀인지 나도 잘 몰라. 난 부모가 없어. 내가 어릴 때 사고로……. 하지만 할머니와 두 오빠에게 사랑받으며 자란 기억은 있고, 지금까지 내가 소외됐다고 느낀 적은 한 번도 없어. 내가 여기 오는 건 오래전부터 정해진 일 같아. 왜인지는 모르겠어. 다들 '정해져 있었다'는 말만 하고 자세한 이야기는 안 해줬거든. 아마 교장선생님은 그런 사정들을 다 알고 있겠지. 우리 부모님에 대해서도. 그 사람은 내가 기억을 잃은 걸 이상하게 여기고 있어. 나도 사고 전엔 그 사정을 알고 있었던 것 같아. 그게 너무 안타까워. 내가 알고 있던 모든 게 머릿속에서 사라졌다는 게……."

리세의 목소리가 점점 떨려왔다. 지금은 세 사람보다는 오히려 스스로를 향해 말하는 듯했다.

"나, 가기 싫다고 했어. 마음의 정리가 되지 않았고, 그런 상태에서 이곳에 오는 게 너무 무서웠거든. 왜 가족과 떨어져서 그렇게 먼 학교에 가야 하느냐고 울고불고 매달렸어. 그런데 모두 곤란한 얼굴로 고개만 저었지. 예전부터 정해진 일이었다고……."

목소리가 조금 높아졌다.

"몰라, 내가 누구인지. 몰라, 내가 어떤 사람인지……. 히지리, 그런 거야. 네가 기대하는 답은 내게 없어. 그건 교장선생님께 물어보는 편이 나을 거야. 그 사람은 내가 모르는 걸 알고 있을지도 몰라. 내가 전에는 알고 있었던, 지금은 잃어버린 무언가를 말이야. 하지만 한 가지는 확실해. 난 아무것도 아냐. 전설 속의 학생처럼 사건을 일으키는 인물도 아니고, 겁에 질려 있어. 모두가 무서워. 언제나 누군가가 지켜보는 것 같고, 프라이버시란 게 전혀 없는 것 같아. 가능하다면 방에 틀어박혀 아무도 만나고 싶지 않아. 누군가에게 해를 입히게 된다면, 차라리 혼자 늪에 빠지는 편이 나아……."

"리세, 한 가지만 물어도 될까?"

히지리가 침착한 목소리로 말했다.

아까부터 그는 리세를 날카로운 눈으로 지켜보고 있었다.

다른 두 사람이 리세의 동요에 마음을 졸이고 있을 때에도 히지리는 흔들림 없이 냉정했다.

"그 말이 사실이라면…… 요컨대 너는 1년 늦은 셈이네?"

리세는 천천히 끄덕였다.

"응. 앞으로도 계속 그럴지도 몰라."

히지리는 갑자기 말이 없어졌다.

빗소리가 어색한 침묵을 집어삼켰다.

"리세……."

유리가 조용히 몸을 일으켰다.

하지만 리세는 한 발 뒤로 물러섰다.

"……나, 먼저 갈게."

"리세!"

유리가 불렀지만 리세는 이미 어둠 속으로 사라졌다.

"하여간……. 히지리, 너무한 거 아니야? 이건 마치……."

유리는 한숨을 쉬며 의자에 털썩 주저앉았다

"마치, 뭐."

히지리는 무심히 되물었다. 유리는 분한 듯 중얼거렸다.

"마치 리세를 범죄자 취급하는 것 같잖아."

"……1년 늦었다, 라."

히지리는 유리의 말을 아랑곳하지 않고 혼잣말을 중얼거렸다.

"그게 왜?"

그때까지 조용히 있던 요한이 낮게 물었다.

"재미있네."

히지리는 희미한 웃음을 지었다.

요한은 의아한 표정으로 히지리를 바라보았다.

"나보다 연상이었다니."

유리는 머리를 긁적이며 히지리를 쏘아보았다.

"어때, 너의 호기심은 좀 풀렸냐? 이런 식으로 사람 곤란하게 만드는 짓, 이제 그만해. 정말이지, 리세에게 그런 사정이 있었다니. 그러니 당연히 종잡을 수 없는 느낌이 들었던 거야."

"그러게. 여러 가지로 이해가 되네. 늘 불안해 보였고, 자기 이야기는 거의 하지 않았어. 힘들었겠지."

요한도 고개를 끄덕였다.

"기억을 잃은 수수께끼의 미소녀, 드디어 흥미로워지기 시작했네."

히지리는 생각에 잠긴 얼굴로 빈정거리듯 중얼거렸다.

그의 시선은 여전히 허공 어딘가에 박혀 있었다.

유리와 요한의 비난 어린 눈빛도 그의 안중에는 들어오지 않았다.

세찬 빗소리는 온실 유리를 두드리며 점점 격렬해졌다.

불안한 밤

리세는 어둠 속에 앉아 빗방울이 떨어지는 창을 멍하니 바라보고 있었다.

어둠 속에서도 창밖은 은은하게 밝았다. 바람은 두꺼운 벽을 사이에 두고 가까워졌다 멀어지기를 반복했다. 그 소리를 듣고 있자니 묘한 기분이 들었다. 마치 자신이 보리의 바다 속으로 내몰려 정처 없이 떠도는 듯한 착각이 들었다. 이따금 유리 너머에서 찰싹 하고 물 튀는 소리가 났다.

캄캄한 어둠 속에서, 리세는 떠돌고 있었다.

리세는 천천히 눈을 감았다.

가슴속이 허전하고, 왠지 모르게 슬펐다.

결국 말해버렸다. 누구에게도 말하지 않으려고 했는데…….

어둠 속에서 자신의 손가락 끝을 내려다보았다.

어차피 아무도 이해하지 못하고, 다들 나를 환자처럼 볼 거란 걸 알고 있었잖아…….

엉겁결에 가슴속 이야기를 꺼내고 나니 수치와 혐오가 스멀스멀 끓어올라 얼굴이 화끈 달아올랐다.

나는 나를 모른다. 이 안타까움, 이 답답함은 말로 설명할 수 없다. 그 '사고' 이후, 할머니도 오빠들도 어딘가 낯선 사람처럼 느껴진다. 아니, 오히려 그들이 내 변화에 당황하는 것 같았다.

나는 어떤 아이였을까. 그렇게 물으면, 세 사람은 "적극적이었어", "어른스러웠어" 같은 말을 조심스레 골라서 대답했다. 내가 무슨 말을 할 때마다 그들이 지었던 묘한 표정은 공포였다.

초등학교 시절 친구도 말했다.

"리세, 너 달라졌어."

"넌 그렇게 겁에 질려 있지 않았잖아."

이상하다는 얼굴로 말이다. 어쩐지 예전의 나는 더 활달하고 강한 아이였던 것 같다. 하지만 그런 여자아이는 지금의 내 안 어디를 들여다봐도 없다. 나는 어디 있는 걸까. 여기 있는 나는, 누구일까……. 아아, 정말 귀에 거슬리는 바람 소리야. 세월의 저편으로 영혼을 데리고 가버릴 것 같은, 쓸쓸하고 무서운 소리…….

리세는 두 손으로 머리를 감쌌다.

무섭다. 여기 있으면 무슨 일이 일어날 것만 같아 무섭다.

아까는 그렇게 말했지만, 사실은 스스로가 뭔가 터무니없는 짓을 저지르지 않을까 하는 불안이 날이 갈수록 커지고 있다. 어떻게 표현해야 할까. 자신도 모르는 내면 깊은 곳에서, 흉포하고 상식을 벗어난 무언가가 천천히 자라는 것 같았다. 그것이 언젠가, 무슨 계기를 통해 자제력을 넘어 밖으로 터져 나올 것만 같았다. 그런 생각만으로도 리세는 공포에 떨었다.

어떡하지……. 사고 이후 내 정신이 이상해진 걸까?

아니, 사고를 당했다는 기억조차 난 없잖아.

할머니는 내가 폐가가 된 도금 공장에 들어가서 놀다가 쓰러졌다고 했지. 하지만 믿을 수 없어. 나는 신중한 아이였을 거야. 그런 폐허 같은 곳에 들어갈 리가 없어…….

노크 소리가 났다.

리세는 깜짝 놀라 고개를 들었다.

쏴아아…… 빗소리가 창을 두드렸다.

어둠 속에서 조심스럽게 방문 쪽을 쳐다보았다.

유리가 돌아온 걸까? 그렇다면 왜 바로 들어오지 않지?

……아니면 착각?

리세는 문을 바라보며 가만히 있었다.

소름이 돋았다. 천천히 몸을 일으켜 조심스럽게 문 쪽으로 걸어갔다. 문 너머에서는 아무런 기척도 느껴지지 않았다.

이렇게 바람 소리가 큰데, 어떤 소리도 들릴 리 없겠지.

리세는 문에 귀를 대고 숨을 죽였다.

그러자 바람 소리에 섞여, 저벅저벅 멀어져 가는 발소리가 들려왔다.

확실히 누군가가 근처에 있었다.

곧 그 발소리도 태풍의 비명 같은 바람 소리에 삼켜졌다.

차가운 문에 닿아 있던 손바닥이 땀으로 질척해졌다.

리세는 잠시 더 기다리다 문을 살짝 열었다.

우웅. 바람 소리가 긴 복도를 타고 지나갔다. 묵직한 석조 건물이지만, 어디선가 틈으로 바람이 스며들고 있었다. 습하고 차가운 기운이 뺨을 스쳐 리세는 본능적으로 몸을 움츠렸다.

여기저기 비상등이 흐릿한 불빛을 토해내고 있었지만, 복도는 여전히 짙은 흑백 동판화 같은 풍경이었다.

곧장 이어진 복도 끝에서, 누군가가 스르륵 모퉁이를 돌았다. 그 무릎 아래가 움직이며 모퉁이 뒤로 사라지는 것을 분명히 보았다.

누구지…… 이런 시간에?

정신을 차리고 보니 리세의 두 다리는 이미 움직이고 있었다. 리세는 흑백의 세계를 총총걸음으로 달려갔다. 미친 듯 부는 바람 소리에 발소리도 숨소리도 묻혀 현실감이 없었다. 평소 같으면 기침 소리 한 번에도 민감해지는 정적의 기숙사. 그런 공간에서, 이런 시간에 혼자 누군가의 그림자를 쫓아 나간다는 건 상상도 못 했을 일이다.

누구지? 나를 이렇게 불안하게 만드는 것은? 내 방 앞까지 와서 문을 두드린 사람은 누구지? 흑백의 꿈속을 달리는 것 같았다. 예전에, 이런 꿈을 꾼 적이 있다. 아니, 어느 소설에서 읽었던가……. 앙드레 모루아였던가? 꿈속의 집. 매일 밤 꾸는 같은 꿈 속에서, 주인공은 늘 같은 집을 찾는다. 자꾸 꾸게 되자 그는 그 집이 실제로 존재한다고 확신하고, 꿈에서 본 풍경을 떠올리며 현실에서 그 집을 찾아다닌다. 그리고 어느 날, 낯익은 길을 들판에서 발견하게 된다. 이 길, 분명히 알아. 여기 와본 적 있어……. 두근거리는 마음으로 걷다 보니, 정말로 꿈에서 봤던 그 집이 길 끝에 서 있었다. 그는 설레는 마음으로 문을 두드렸다. 그 집의 관리인이 문을 열었다. 주인공이 주인을 만나고 싶다고 하자 관리인은 말했다. 며칠 전, 집주인 가족은 집을 떠났다고. 매일 밤 유령이 나타나 겁에 질려 나가버렸다고. 주인공은 웃으며 말했다. "요즘 세상에 유령이라니요." 그러자 관리인이 그녀의 얼굴을 바라보며 대답했다.

"아가씨, 그 유령은 당신이었습니다."

……그 주인공은 어쩐지 나를 닮았다. 모두가 유령을 보는 듯한 얼굴로 나를 본다. 나만 내가 죽었다는 걸 모르는 거야. 내가 유령이 됐다는 사실을 모른 채, 모두가 나를 유령 취급한다고 당황하고 있다. 지금 내가 그런 상태에 있는 게 아닐까……?

밖으로 나오자 우우웅, 바람이 불었다. 하지만 의외로 그 힘은 약했다. 바람이 지나가는 길에서 벗어난 모양이었다. 그러나 둔탁하고 불길한 공기가 피부에 달라붙었다.

저 앞쪽에 사람 그림자가 보였다. 머리카락이 긴 여자아이 같았다. 그 작은 그림자는 흐물거리며 숲속 회랑을 빠져나갔다.

저 걸음걸이…… 몽유병 환자 같다. 마치 마리이 같지 않은가.

그러나 마리이는 이미 이 세상에 존재하지 않는다는 사실을 떠올리자 등이 오싹해졌다.

물러나.

머릿속에서 또 다른 자신이 경고했다.

밤중에 이런 곳을 돌아다니고 있으면 너야말로 몽유병 환자가 되어버린다. 리세는 순간 우뚝 멈춰 섰지만 이내 결심한 듯 다시 걷기 시작했다.

비에 섞인 바람이 포효하고 어둠 속에서 나뭇잎의 혼이 크게 흔들리는 기척이 났다. 바람에 떠밀리듯 걸음이 빨라졌다.

그래, 그래. 알고 있어. 유리가 지금의 나를 본다면 역시 리세는 이상하다고 말하겠지. 그러나 내 방을 노크한 아이가 어디로 가는지 지켜보고 싶을 뿐이야. 나가는 걸로 봐서 다른 학년 아이겠지. 나와 유리를 싫어하는 교장선생님의 친위대일지도 모르고, 요한을 따라다니는 그 아이일지도 몰라. 그 아이가 어느 기숙사로 들어가는지만 확인하면, 그걸로 만족하고 곧장 돌아갈 거야. 그렇게 자신을 타이르며 리세는 그림자를 쫓았다.

그림자는 거침없이 앞으로 나아갔다. 기숙사 관리실도 그냥 지나치고, 다른 학년 기숙사로 가는가 싶더니 난데없이 학교 쪽으로 난 길로 향했다.

이런 시간에 학교 쪽으로? 대체 무슨 생각을 하는 거지?

리세는 얼굴에 흘러내린 머리카락을 걷으며 눈썹을 찌푸렸다.

게다가 이 길은 분명…….

그림자는 망설임 없이 '큰집'을 지나 캄캄한 언덕길을 올라갔다. 첨탑으로 가는 길이었다. 그 거인의 손가락 같은 네 개의 첨탑으로 향하고 있었다. 그 길은 막다른 곳일 텐데, 뭘 하러 가는 거지?

걸음을 멈추자 쌩쌩 부는 바람이 얼굴을 아프게 밀어댔다. 포크처럼 날카로운 네 개의 탑이 어둠 속에서 음침한 실루엣을 이루고 있었다.

리세는 더는 뒤를 쫓을 마음이 생기지 않았다. 저렇게 캄캄하고 높은 탑 안에서 누군지도 모를 사람과 단둘이 있게 되는 상황은 사양하고 싶었다. 리세는 앞으로 나아가지도, 돌아서지도 못한 채 한동안 그 자리에 멈춰 서 있었다.

그림자는 이미 첨탑으로 가는 길 안쪽으로 사라져 버렸다. 광대한 어둠의 바닥에 혼자 서 있다는 사실이 새삼 선명하게 느껴졌다.

외톨이다. 이곳에는 나 혼자다. 만일 여기서 누군가가 나를 덮친다 해도, 아무도 도와주러 오지 못한다.

갑자기 패닉에 빠졌다. 유인당한 걸까?

그제야 비로소 그런 의혹이 뭉게뭉게 가슴속에서 피어올랐다.

나는 천연덕스럽게 여기까지 와버렸다. 분명, 그쪽이 노린 대로.

무엇 때문에? 나를 해치려고? 그렇지 않으면······.

그때였다.

번쩍, 하고 첨탑 위쪽에 불이 켜졌다. 어둠 속에서 너무도 강렬한 빛이 리세의 눈을 쐈다.

앗!

고개를 들어 첨탑을 올려다본 순간, 무언가가 창에서 떨어졌다. 묵직해 보이는 것이었다. 누군가가 그것을 창밖으로 밀어냈다.

다리······?

그것은 금세 어둠 속으로 떨어져 보이지 않았다. 창가에 누군가가 서 있었다. 역광이라 얼굴은 보이지 않았지만, 어깨의 실루엣으로 보아 어쩐지 남자 같았다.

불빛이 툭 하고 꺼졌다.

순식간에 주위 풍경이 어둠에 잠겼다.

다시 탑은 실루엣만 남았고, 리세는 마치 필름의 영사가 끊긴 듯한 착각에 빠졌다.

지금 본 건······ 뭐지?

몸이 덜덜 떨렸다. 도망치고 싶었지만 다리가 말을 듣지 않았다.

그건······ 그건······ 누군가 떨어진 것이었다.

리세는 알면서도 마음으로 인정하길 거부하고 있었다.

어떻게 해야 하지?

그 높이에서 떨어졌다면 살아날 수는 없을 텐데.

그럼 창가에 있던 그림자는?

그때, 누군가가 어둠 속에서 달려 나왔다.

첨탑으로 난 길이었다.

리세는 반사적으로 가까운 수풀 속에 몸을 숨겼다.

빗줄기가 사정없이 머리를 때렸다.

그 정도 거리라면 상대가 자신이 있다는 걸 눈치챌 리 없었지만, 리세는 숨을 죽인 채 꼼짝 않고 몸을 웅크렸다.

……레이지.

리세는 자기도 모르게 어둠 속에서 손으로 입을 막고 있었다.

심야의 방에서

혼란스러운 머리로 어디를 어떻게 달려왔는지, 정신을 차려보니 리세는 자기 방 앞에 서 있었다. 머리며 스커트에서는 물방울이 뚝뚝 떨어졌다.

손잡이에 손을 대자 문이 벌컥 열렸다.

"리세? 어디 갔었어? 흠뻑 젖었네."

걱정스러운 표정으로 유리가 얼굴을 내밀었다. 자지 않고 리세가 돌아오길 기다리고 있었던 모양이다.

"어, 응. 잠깐."

스스로도 말이 되지 않는다고 생각하면서, 리세는 유리의 시선을 피해 안으로 들어갔다. 따뜻하게 불이 켜진 방 안이 지금까지 있던 장소와는 다른 별세계처럼 보였다.

유리가 수건을 어깨에 걸쳐주었다.

"고마워."

"빨리 옷부터 갈아입어. 내일까지 교복 말려야 되잖아. 너, 아까부터 계속 젖은 채로 있었던 거 아니니? 감기 걸리겠다."

유리는 평소처럼 말하면서 커피를 타주었다.

리세는 느릿느릿 옷을 갈아입다가, 문득 자신의 책상을 보며 이상한 기분을 느꼈다.

뭐지, 이 느낌은.

깊이 생각하지 않고 커피 테이블 앞에 털썩 앉았다.

"미안해, 리세. 그런 식으로 너를 궁지에 몰 생각은 없었어."

유리가 난처한 얼굴로 말했다. 리세는 천천히 고개를 저었다.

"알고 있어. 히지리가 꾸민 일이라는 건. 전부터 히지리는 나를 관찰하고 있었고."

"솔직히 말해서 놀랐지만. 그렇다고 해서 네가 달라지는 건 아니잖아."

"고마워. 감출 생각은 없었는데, 편견을 갖게 할 것 같아서 말하고 싶지 않았어."

"그랬을 거야."

유리는 새삼스럽게 이런저런 말로 위로하려 들진 않았다. 리세는 그게 고마웠다.

유리는 문득 창을 보았다.

"날씨도 너무하네."

"히지리와 요한은?"

"내가 나올 때까지는 거기 있었어. 돌아와 보니 문은 안 잠겨 있는데 네가 없어서 깜짝 놀랐어."

문이 잠기지 않은 채로……

유리의 말이 왠지 모르게 마음에 걸려, 리세는 자신의 책상을 돌아보았다.

그 순간, 리세는 아까 책상을 보았을 때 느낀 이상한 기분의 정체를 알아차렸다.

그 책이 없다.

리세는 깜짝 놀라 얼떨결에 일어났다.

"왜 그래?"

유리가 놀란 목소리로 물었다. 리세는 대답하지 않고 책상 위를 휘젓고, 바닥을 보았다.

역시 없다. 《삼월은 붉은 구렁을》만 없어졌다. 다른 책과 함께 쌓아놓았는데.

"저기, 너 이 방에 언제 돌아왔어?"

리세는 파랗게 질린 표정으로 유리의 얼굴을 돌아보았다.

"언제라니······. 그러니까, 20분쯤 전에. 그게 왜? 혹시 뭐 도둑맞았니?"

20분쯤 전······. 내가 밖에 나가고 나서 유리가 돌아올 때까지 적어도 10분은 여유가 있었을 것이다. 여기서 그 책을 가져가기에는 충분한 시간이다.

이것이 목적이었다. 나를 여기에서 유인해 낸 것은.

리세는 정체 모를 공포가 치밀어 오르는 걸 느꼈다.

역시 누군가 알고 있었던 것이다. 내가 그 책을 갖고 있다는 사실을. 내가 방을 비우기를, 이곳에 숨어 틈을 엿보고 있던 누군가가 있었던 것이다.

"리세."

누군가가 보고 있다. 누군가가 나를 망보고 있다.

"미안, 왠지 기분이 좀 안 좋아. 먼저 잘게. 커피 고마워. 컵은 그대로 둬. 내일 씻을게."

걱정스러워하는 유리에게 리세는 간신히 그렇게 말했다. 실제로 온몸에 오한이 밀려오고 욱신거리는 두통이 시작되었다.

리세는 쓰러지듯 침대에 누웠다. 다시 웅웅거리는 바람 소리가 귀를 두드렸다. 그 소리는 리세의 불안을 한층 더 부추겼다. 한 사람이 아니다······.

유인하는 역할을 맡은 여자 외에, 또 다른 사람이 있었을 것이다.

그렇다면, 그때 떨어진 것은 누구?

누가 떠밀었을까?

떨어진 사람은, 나를 지켜보던 사람과는 다른 사람?

……레이지는 왜 그런 곳에서 나왔던 거지?

레이지의 옆얼굴이 뇌리에 떠올랐다.

그렇게 무서운 얼굴을 하고……. 설마…… 설마 레이지가 누군가를 밀어 떨어트리고 도망친 걸까?

폭풍 소리에 섞이듯, 점점 씁쓸한 의혹이 가슴을 채워와 리세는 무의식중에 계속 몸을 뒤척였다.

몸은 지칠 대로 지쳐 있는데 좀처럼 잠이 오지 않았다. 긴 고민 끝에 겨우 잠이 들었을 때도 얕은 꿈속까지 바람 소리가 쳐들어와, 리세는 레이지에게 떠밀려 첨탑 창에서 떨어지는 꿈을 몇 번이고 꾸었다.

12
장

의혹의 그림자

다음 날 아침, 눈을 뜨자 머리가 무거웠다.

몸을 일으키니 한기가 드는 것이, 온몸 마디마디가 아팠다. 역시 감기에 걸린 모양이다.

창밖으로 흐린 하늘이 보였다. 그러나 구름이 조금 걷힌 걸로 보아 태풍은 지나간 듯했다. 어젯밤 일이 꿈만 같다. 온실에서 나눈 대화, 폭풍 속의 회랑, 첨탑에 있던 사람 그림자, 없어진 책……. 거기까지 떠올리다 지친 마음으로 한 번 더 책상 위를 돌아보았지만, 역시 책은 없었다. 여전히 기분이 가라앉아 있는 것도 한몫하는지 될 대로 되라 싶은 심정이었다. 어디에 숨길지, 앞으로 어떻게 처리할지 고민한 걸 생각하면 눈앞에서 사라져 준 게 차라리 고마운 일인지도 모른다.

책 내용 역시, 교장의 얘기와 달리 도저히 이해가 안 가는 부분이 여러 군데 있었다.

창백한 얼굴로 옷을 갈아입으면서 아침식사를 하러 갈 준비를 하고 있는데, 일찍 일어난 유리가 벌컥 문을 열고 방으로 들어왔다.

"어젯밤에는 미안해, 유리. 뒷정리하게 해서. 나 아무래도 감기에 걸린 것 같아."

그렇게 말하는 동안 리세는 유리의 얼굴빛이 이상하다고 느꼈다. 유리의 얼굴이 잔뜩 굳어 있었다. 복도에서는 웅성거리는 소리가 들려왔다. 평소의 모습과 어딘지 다르다.

"무슨 일 있니?"

리세는 겁먹은 목소리로 물었다. 유리가 힘없이 대답했다.

"아사미가 죽었어."

"뭐?"

유리는 복도를 힐끗 본 후 문을 닫은 뒤 심각한 표정으로 리세의 얼굴을 보았다.

"어젯밤에 첨탑에서 떨어진 것 같아. 첨탑 아래 바위에 걸려 있는 걸 아침에 테니스 연습하러 나간 학생이 발견했대. 상태가 아주 심각했나 봐. 온몸의 뼈가 부러지고."

요한을 따라다닌다던 여학생이다. 리세는 핏기가 가시는 걸 느꼈다. 탑의 불빛 속에 떠오른 그림자. 던져진 다리. 무서운 얼굴로 달려가던 레이지.

유리는 숨을 들이마시더니 리세를 똑바로 바라보았다.
"그런데 말이야, 리세. 너 어젯밤 첨탑 근처에 갔었니?"
"나, 나?"
리세는 뜨끔했다.
"널 어젯밤 첨탑 근처에서 봤다는 학생이 있어."
"나를? 누가?"
"몰라, 교장의 친위대가 그런 말을 퍼트리고 있어."
"그런……"

그런 폭풍 속에서 누가 나를 보았다는 말인가? 그 사람은 왜 그런 시간에 바깥을 돌아다니고 있었을까? 그러나 내가 그 탑 가까이에 있었던 건 사실이다. 그럼 그 사람도 그 시간에 밖에 있었다는 뜻이 된다.

유리에게 감춰봐야 소용없다고 판단한 리세는,
"응, 근처까지 가긴 갔어."

하고 어젯밤 일을 설명했다. 레이지의 모습을 본 것과 누군가 방에 들어온 것 같다는 것까지. 그러나 책을 도둑맞았다는 것은 얘기하지 않았다.

유리는 가만히 얘기를 듣다가 얼굴을 찡그렸다.

"리세, 너, 함정에 빠진 거야. 지금 모두 그 화제뿐이야. 친위대도 말을 아끼고 있어. 기분 나쁘게, 그냥 널 첨탑 근처에서 봤다는 말밖에 하지 않아. 그러나 모두가 그 얘기를 어떤 결론으로 매듭짓고 싶어 하는지는 상상이 가지? 항간에는 그 애가 요한에게 끈질기게 달라붙으니 네가 화나서 그런 게 아닐까 하는 말도 있어."

"너무해! 왜 내가……."

"쉿."

유리가 입술 앞에 검지를 세우며 흘끗 문으로 시선을 던졌다. 밖에서 다른 방 학생들이 엿듣고 있을지도 모른다.

"어쨌든 무슨 말을 듣더라도 상대하면 안 돼. 몸이 안 좋으면 오늘은 좀 쉬는 게 낫겠다. 선생님한테 대신 말해줄까?"

유리는 어떻게 할까, 하고 눈으로 물었다. 리세는 힘없이 고개를 저었다.

"여기서 쉬면 무슨 말을 들을지 몰라. 괜찮아, 얌전히 있을게."

"그것도 그렇구나."

"그런데 대체 누가 그 애를 밀었을까? 사고였을까?"

"글쎄. 어쨌든 또 학교가 뒤숭숭해진 건 분명해. 자, 아침이나 먹으러 가자."

유리는 앞장서서 밖으로 나갔다. 복도 여기저기에서 이쪽을 보고 나직하게 수군대던 학생들이, 리세가 가까워지자 모르는 척 허둥지둥 지나갔다. 그것만으로도 불쾌한 기분이 들었지만, 식당에 가까워질수록 소문이 예상보다 더 퍼져 있음을 온몸으로 느꼈다.

대놓고 뭐라고 말하는 사람은 없지만, 악의와 호기심이

뒤섞인 감정의 소용돌이가 술렁이는 공기를 타고 온몸에 스며들었다.

리세는 시선을 떨어뜨린 채 이를 악물고 식당으로 들어갔다. 유리도 평소처럼 아무렇지 않은 척 리세에게 말을 걸긴 했지만, 역시 주위의 분위기가 당황스러운 것 같았다. 진심으로 유리에게 미안했고, 든든한 친구가 되어줘서 고마웠다.

넓은 식당에 발을 들이민 순간, 자신을 향해 쏟아지는 학생들의 시선에 온몸이 얼어붙었다. 유리와 리세는 얼른 식사를 받아 구석진 테이블에 앉았다. 그런데 멀리 앉아 있던 교장의 친위대가 떼를 지어 굳이 가까운 테이블로 옮겨와 앉는 게 보였다. 두 사람은 긴장했다.

"너무해. 그렇게 끔찍한 모습이 되다니."

"귀여운 애였는데."

들으라는 듯이 속닥거리는 소리가 들려왔다. 유리가 눈썹을 치켜올렸다. 리세는 조그맣게 고개를 저으며 눈앞의 수프에 집중하려 했지만, 맛을 전혀 느낄 수 없었다.

"탑 가까이에 있었다며?"

"그래. 본 애가 있어."

"밤중에 배가 아파서 약을 사러 갔다가 우연히 봤대."

"왜 그런 시간에."

"그러게."

"그야 역시……."

"요한이······."

"······에게 ······한 거야."

욱신욱신 두통이 밀려왔다. 리세는 이를 악물었다.

들어서는 안 된다. 신경 써선 안 된다. 나하고는 상관없는 사건이니까. 그보다도 이 두통 정말 심하네. 구토까지 나. 하지만 수프를 먹어야 해. 이 수프는 별나게 뜨겁네. 오늘따라 왜 이렇지? 혀를 델 것 같아.

기계적으로 숟가락을 입으로 가져갔다. 유리가 필사적으로 분노를 누르는 모습이 눈에 들어왔다. 침착해. 침착해, 리세. 여기서 유리가 분노하거나 내가 허둥대면 저 애들이 원하는 대로 되는 거니까. 머리가 아프다. 수프가 뜨겁다.

"리세, 나가자. 공기가 나쁘네."

유리가 내뱉듯이 말하고는 쟁반을 들고 벌떡 일어섰다. 리세는 끄덕일 기력도 없어 휘청거리며 따라 일어섰다. 주위에 따라붙는 시선을 떨치듯 밖으로 나갔다.

유리의 얼굴이 벌겋게 달아 있었다.

"뭐야, 쟤들. 식사 시간이잖아. 게다가 어제까지 자기들하고 친하게 지내던 아이인데, 그런 잔혹한 말을 잘도, 잘도 하네."

떨리는 목소리로 유리가 투덜거렸다.

"유리, 미안해. 나랑 있는 것만으로 그런······."

힘없이 말하던 리세는, 자기도 모르게 울음 섞인 목소리를 내뱉었다.

"지면 안 돼. 넌 잘못한 것 없으니까. 오늘 하루만 보내면 아무도 뭐라고 하지 않게 될 거야."

리세는 소리 없이 작게 끄덕였다.

혼란

유리의 말이 옳다는 것은 알고 있었지만 그날 하루는 정말 고통스러웠다. 게다가 시간이 지날수록 감기가 심해져서 집중력도 떨어지고 수업 내용도 전혀 머리에 들어오지 않았다. 교사들은 수업을 시작하며 어젯밤 학생 한 명이 사고로 죽었다는 소식만 간단히 전하고, 모두 함께 묵념을 했다. 그때마다 리세는 의미심장하게 주고받는 시선들에 상처를 입고, 쉬는 시간에는 들려오는 소문에 가슴 아파했다. 드디어 긴 하루가 끝날 무렵, 심신이 녹초가 된 리세는 기숙사로 가는 길이 그렇게 고맙게 느껴질 수가 없었다.

그러나 터벅터벅 무거운 다리를 끌며 기숙사로 향하던 리세는 눈앞에 누군가가 길을 가로막고 우뚝 서 있는 걸 발견했다.

"리세. 돌아가기 전에 잠깐 얘기를 들려줄 수 없겠니?"

검은 셔츠를 입고 팔짱을 낀 교장이 예의 쏘는 듯한 눈을 하고 서 있었다. 순간 리세는 다리에서 힘이 쑤욱 빠져나가는 걸 느꼈다.

"죄송합니다. 감기에 걸렸는지 몸이 많이 안 좋아서요. 내일 하면 안 될까요?"

"안 되겠는데. 먼저 그 감기에 걸린 이유를 들려주길 바란다. 감기약을 줄 테니 어쨌든 함께 가자. 사실은 아침 일찍부터 얘기를 듣고 싶었는데, 수업을 빼먹는 건 좋지 않을 것 같아서 기다렸다."

교장은 두말도 못 하게 하고 앞장서서 집을 향해 걷기 시작했다.

리세는 포기하고 작게 기침하며 비틀비틀 뒤를 따랐다.

또 그 집으로 가는 건가.

기분 나쁜 기억이 잇따라 되살아났다.

여성의 모습이던 교장. 엽총을 든 교장. 열려 있는 문. 캄캄한 방. 등에 칼이 꽂힌 채 쓰러진 슈지. 천장에 있던 그림자. 열려 있는 2층 창문. 비명을 지르는 레이코. 담요에 덮여 누워 있는 레이코. 울부짖는 유리. 담배를 피우던 히지리. 거울 없는 궁전. 테이블 위의 머그잔.

욱신욱신 머리가 아파 리세는 얼굴을 찡그렸다. 문득, 또 이상한 기분을 느꼈다.

이상했다. 뭔가 이상했다. 이 기억. 뭔가 이물질이 섞여 있는 것 같았다······.

요즘 들어서 점점 더 자신을 믿을 수 없었다. 내가 아닌 것이 나를 파고드는 듯한 기분이 드는 것이다. 특히 이런 식으로 몸이 안 좋고 열이 날 때는 자기 몸이 자기 것이 아닌 듯한 착각이 들었다.

저기압이 완전히 물러가고 파란 하늘이 펼쳐졌다.

해가 꽤 길어졌네, 하고 리세는 기계적으로 발을 움직이면서 멍하니 생각했다. 처음 이곳에 왔을 때와는 경치가 완전히 달라져 있었다.

고요한 푸른 하늘에 벽돌로 지은 저택이 우뚝 솟아 있는 모습은 오래된 풍경화 같았다.

집 안도 인테리어가 여름 분위기로 바뀌어서 처음 왔을 때와는 인상이 사뭇 달랐다. 창에는 시원해 보이는 마 커튼이 걸려 있었다.

그러나 큰 책상 앞에 앉은 리세는 눈앞의 남자에게 한층 더 강하게 압박을 느꼈다.

"그럼 어젯밤 네가 어디 가서 뭘 했는지 차례대로 얘기를 들어볼까?"

리세는 포기하고 낮은 목소리로 얘기하기 시작했다. 히지리에게 불려 나가 유리보다 조금 늦게 온실에 갔던 것. 돌아왔더니 누가 방문을 노크한 것. 밖으로 나가 뒤를 따라갔더니 첨탑으로 가는 길로 사라진 것. 거기까지 가서는 무서워져서 방으로 되돌아온 것. 탑에 불이 켜지고 누군가가 창에서 떨어지는 것 같았다는 것. 창가에 누군가 있는 듯했더라는 것.

"너는 탑에는 올라가지 않았니?"

교장은 조금도 웃지 않고 확인했다.

"예. 길 쪽에도 다가가지 않았습니다."

"그럼 누가 탑에서 나오는 것은?"

간발의 차도 없이 나오는 질문에 순간 말문이 막혔지만, 리세는 옆을 돌아보며 기침으로 얼버무렸다.

"아뇨. 못 봤습니다."

"그러냐."

레이지를 보았다고 왜 말하지 않았을까. 분명 레이지에게는 뭔가 다른 사정이 있었을 것이다. 게다가 자신이 레이지를 보았다는 사실이 레이지에게 알려지면 곤란할 것 같은 예감이 들었다.

교장은 의자에 기대어 리세를 물끄러미 내려다보았다. 또 그 눈이다. 이 사람은 내가 빼먹은 얘기를 모두 간파했을까?

리세는 시선을 돌리며 기침했다.

"온실에서 히지리네와 무슨 얘기를 했지?"

교장은 갑자기 말머리를 돌렸다. 리세는 이상하다는 듯이 교장을 보았다.

"저, 그 얘기는 사건과 아무 상관이 없다고 생각하는데요. 극히 개인적인 얘기입니다."

"그건 내가 결정한다. 얘기해라. 듣고 싶구나."

리세는 작게 한숨을 쉬었다. 이 말투로 보아 말할 때까지 돌려보내 주지 않을 것이다. 한편으로 이것은 좋은 기회일지도 모른다고 생각했다.

"히지리는 전부터 저를 이상하게 여기고 있었던 것 같습니다. 정체를 알 수 없는 이상한 여자아이라고요. 리세는 사실은 어떤 아이일까, 하고 유리와 요한에게 끈질기게 물었습니다. 저는 모두의 얘기를 뒤에서 듣고 있었습니다. 유리도 요한도 잘 모르겠다고 했습니다. 히지리는 저를 경계하고 있었습니다. 제가 뭔가 나쁜 짓을 저지르지 않을까, 하는 말을 했습니다."

교장은 홍차를 따르면서도 리세의 말을 한마디도 놓치지 않았다.

"히지리는 이렇게도 말했습니다."

리세는 잠깐 말을 멈추었다.

"교장선생님이 저를 일부러 궁지에 몰아넣고 뭔가를 시키려 하는 것 같다고."

그 말을 하고 나서 무릎 위에 모으고 있던 손에 시선을 떨어뜨리자, 교장이 흥미롭다는 표정으로 이쪽을 보는 것이 느껴졌다.

"그래서?"

"예?"

"그래서 너는 뭐라고 대답했니?"

홍차 향이 코를 간질였다. 좋은 향기.

"그래서 저는."

열린 창.

"제 얘기를 했습니다. 제가 1년 전에 사고를 당해 사고 전후의 기억을 잃어버렸고, 기억 속의 나와 지금의 내가 연결되지 않아 혼란스럽다고 털어놨습니다. 세 사람 다 놀랐습니다. 그뿐입니다. 히지리는 아직도 저를 수상하게 여기는 모양이지만요."

리세는 차근차근 대답했다.

"흐음. 여전하구나, 히지리는."

교장은 팔짱을 끼고 책상으로 다가갔다.

"선생님은 학생들 사이에 퍼진 소문을 잘 아시죠."

리세는 앞을 보면서 낮게 말했다.

"아. 신경 쓸 것 없어. 그건 사고야."

교장은 시원스레 대답하며 담배에 불을 붙였다.

"그렇지만 이러다 모두가 뭐라고 할지 아세요? 분명 이렇게 말할 거예요. 그 애는 2월에 왔으니까. 그 애가 2월에 와서 이렇게 무서운 일이 자꾸자꾸 생겨나는 거야. 틀렸나요?"

마음속에서 뭔가가 뚝 끊긴 듯 넘쳐흘렀다. 리세는 교장을 올려다보았다.

"왜 2월인가요? 왜 저만 2월에 여기에 들여보내신 건가요? 요한은 3월이었는데. 겨우 하루 차인데."

머릿속으로 여러 가지 풍경이 지나갔다. 눈 속으로 달리는 기차. 잃어버린 트렁크. 습원 속의 소년. 열린 창.

"저, 돌아가고 싶습니다. 왜 여기 따라왔는지도 모르겠고, 모두에게 이렇게 눈총을 받으니 마음 편할 날이 없습니다. 할머니와 오빠들과 함께 지낼 때가 훨씬 좋았습니다. 저랑 같은 방을 쓴다는 이유로 유리도 안 좋은 일만 당하고……. 돌아가고 싶습니다. 이곳에서 나가고 싶어요."

교장은 리세의 얼굴을 찬찬히 보았다. 저 눈이다. 저 까만 눈. 속을 드러내지 않는 눈이다. 또 리세의 목에서 소리가 새어 나왔다.

"또…… 언제나 그러시죠. 왜 그런 눈으로 저를 보세요? 그렇게 빤히 신기한 것이라도 보시는 것처럼……. 어째서죠? 선생님은 대체 뭘 알고 계세요? 저는 왜 여기 있는 건가요? 저는 어떤 사고를 당했나요? 제가 그렇게 이상한가요? 제가 말을 할 때마다 모두가 기묘한 눈으로 저를 봐요. 모두에게서 너는 리세가 아냐, 내가 아는 리세가 아냐, 하는 말을 들을 때 어떤 기분인지 아세요?"

리세는 어느 틈엔가 일어서 있었다. 목소리가 신경질적으로 바뀌고 있지만 자제할 수 없다. 열린 창. 아아, 지금이다. 지금, 내 속에서 은밀히 키워온 사악함이 날아가려 한다. 그런 일은 하고 싶지 않은데. 그것을 날려 보낼 수는 없는데.

눈앞에 열린 창이 있다. 바깥은 어둠.

그리고 다음 순간 눈앞에 불꽃이 튀고, 리세는 퍼뜩 제정신으로 돌아왔다.

교장이 험악한 표정으로 손바닥을 들고 있었다.

뺨을 맞았다는 걸 깨달았다.

지금 나는 무엇을 보고 있었지?

리세는 머뭇머뭇 주위를 둘러보았다. 어느 창도 열려 있지 않았다. 바깥은 석양빛에 가까워져 가는 푸른 하늘이었다.

"죄송합니다, 저, 저."

리세는 맞은 뺨을 누르며 당황스러워했다.

"아니, 나야말로 야만인 같았구나. 여자아이의 뺨을 때리다니. 하지만 너는 혼란스러워하고 있어."

교장은 다시 팔짱을 끼고 혼잣말처럼 중얼거렸다.

"미안하다. 안정이 좀 되었니?"

리세는 탈진한 듯이 작게 끄덕였다.

"너는 여기에 오면 늘 이렇게 동요한다. 내게 거부반응이 생겨서 그런 건지, 아니면……."

리세는 그 말의 의미를 알 수 없어 의아해하며 교장의 얼굴을 보았다.

"너는 정말로 기억하지 못하는 거냐."

교장도 리세의 얼굴을 보았다.

"정말로, 라는 말은? 제가 거짓말이라도 한단 말인가요?"

리세는 기분이 나빠져서 물었다.

"아니, 나쁜 의미는 아니다. 너는 사고를 당하기 전에 나를 만난 적이 있다는 걸 기억하니?"

그 말을 듣자 불안해졌다. 아무리 기억을 더듬어도 이렇게 인상적인 사람을 만난 일은 떠오르지 않았다. 리세는 불안스러운 표정으로 고개를 저었다.

"아뇨, 전혀."

교장은 재떨이에 내려놓았던 담배를 들었다.

"그러냐? 2월에 너를 들인 데는 분명 여러 가지 이유가 있다. 첫째는 네가 특별하기 때문이다."

깊이 빨았다가 연기를 내뱉었다.

"특별? 어디가 특별한가요? 저는 아무런 재능도 없는데."

"그건 지금은 설명할 수 없다. 특별하다는 말밖에 할 수가 없다. 나쁜 의미가 아니라는 점만은 믿어주기 바란다."

교장은 천천히 책상 주위를 돌더니 책상 위에 걸터앉았다. 서 있는 리세와 눈높이가 같아졌다.

"네게는 훌륭한 소질이 있어. 그걸 네 자신이 발견할 때까지는 여기서 나갈 수 없다."

"소질? 무슨 소질인가요?"

리세는 진심으로 그 답을 알고 싶다고 눈빛으로 호소했지만 교장의 눈에는 지금은 절대로 알려줄 수 없다는 결의가 서려 있었다.

"그건 스스로 찾아야 해. 그리고 지금 내가 가르쳐준다

해도 너는 믿지 않을 것이다. 나는 기억을 잃기 전의 너를 몇 번인가 만난 적이 있다."

"어떤 아이였나요?"

리세는 호기심을 느끼며 물었다.

교장은 희미하게 미소를 지었다.

"머리가 아주 좋은 아이였어……. 그리고 다면성도 상당했지. 네 친구가 너의 변화에 혼란스러워하는 것도 무리는 아냐."

다면성. 누군가 그런 말을 해준 적이 있다. 유리였던가?

"너희 할머니도 말씀하셨지. 너는 머리 회전이 아주 빠르고 눈앞에 있는 사람이 원하는 것을 간파하는 데 뛰어나다고."

"할머니가?"

리세는 놀라서 교장의 얼굴을 바라보았다.

"어릴 때부터 너는 연기력이 뛰어나서 곧잘 어른들을 속였다는 말씀도 하셨어."

교장은 작게 끄덕이며 빨개진 리세의 뺨을 손등으로 스윽 어루만졌다.

"어떤 성격의 여자아이라도 연기할 수 있다고 하더구나."

13
장

하지의 오후

맑게 갠 파란 하늘에 흰 구름이 한가로이 떠 있었다.
"기분 좋다."
"상쾌해."
마른 바람이 기분 좋았다.

1년 중에서 '파란 언덕'이 가장 아름다운 계절이었다. 1년 중 하늘에 태양이 가장 오래 떠 있는 날.

일조시간이 적은 북쪽 지방이어서인지 해마다 하지는 휴일이라고 했다. 여름방학 직전. 학생들은 여름날 하루를 마음껏 즐기고 있었다. 리세와 유리는 과자와 책을 가지고 '한탄의 벽' 근처에 있는 비탈진 잔디밭으로 왔다. 싱그러운 습원은 온통 선명한 초록색이었다. 그야말로 눈에 스며드는 듯한 경치에 마음조차 환해졌다.

아사미의 죽음은 사고로 처리되어 이미 먼 옛날 일이 되어버렸다. 한동안 시끄러웠지만, 리세가 철저하게 아무 반응도 보이지 않자 소문은 이내 시들해졌다. 이따금 잡음이 들려올 때도 있었지만 지금은 평온한 날들을 보내고 있다.

풀 위에 벌렁 드러누워 하늘을 보고 있으니 마치 빨려들 것 같은 기분이었다.

리세는 오랜만에 해방감을 느꼈다. 풀밭에 펼쳐진 매끄러운 머리카락 위로 쏟아지는 햇볕을 느꼈다. 아사미가 죽은 뒤 리세는 줄곧 불면증에 시달렸다. 아무리 피곤해도 얕은 잠만 들 뿐 숙면을 취하지 못했다. 주위의 무책임한 소문을 외면하느라 나름대로 꽤 신경을 썼던 것이다. 살도 많이 빠져서 스커트 허리를 줄여 입을 정도였다.

언제까지 이런 날들이 계속될까.

새삼 자신이 감옥 같은 환경에 있음을 절감했다.

아직 여기서 나갈 수는 없었다.

교장의 말이 뇌리에 떠올랐다. 자신의 인생이 그 남자의 손아귀에 달려 있다는 사실을 통감했다.

<u>스스로 찾아야 했다.</u>

다른 말도 잇따라 되살아났다. 무엇을 찾으라고? 무엇을? 잃어버린 나를?

"자, 여러분, 보물은 이 속에 숨겨져 있습니다. 이 광대한 성, 여러분이 지금 쉬고 있는 이 성에······."

옆에서 연극 대사를 읊조리는 유리의 옆얼굴이 보였다. 오래된 대본을 손에 넣은 모양이었다.

"그건 무슨 연극이야?"

"핼러윈 연극."

"10월에 하는 거구나."

"하여간 행사도 많은 학교라니까. 따분해지기 쉬운 곳이라 그런지 모르겠지만, 축제가 징그럽게도 많아."

"공부가 되겠네, 유리."

"덕분에."

어떤 성격의 여자아이라도 연기할 수 있다고 하더구나.

교장의 목소리가 귓가에 되살아났다.

정말일까? 내가 그런 애였다니.

리세는 물끄러미 하늘을 올려다보았다.

그게 사실이라면 할머니나 오빠들의 태도며 교장의 의심스러운 시선도 설명이 된다. 그때까지 나는 여러 여자아이를 연기해 보이며 그들을 속이곤 했을 테니. 그들은 지금의 내 모습이 연기라고 의심할지도 모른다. 나에게 그런 끼가 있다니, 도저히 믿을 수 없었다. 누군가를 연기하다니, 지금의 나는 생각해 본 적도 없는 일인데.

"아, 피곤해. '도저히'까지는 아니지만 이대론 쓸 수 없겠어, 이 대본."

유리가 오래되어 보이는 대본을 풀밭으로 내던졌다.

"꽤 낡은 대본이네."

리세가 누렇게 바랜 종이 다발을 훌훌 넘기자 유리가 손을 저었다.

"핼러윈 때 하는 연극은 옛날부터 정해져 있어. 전교생 가장 파티에 전교생이 참가하는 보물찾기. 여러 가지 경품을 숨겨두고 찾는 거지. 우리는 진행 담당. 그래서 핼러윈 때 하는 연극은 특별한 게 아냐. 모두가 즐기는 오락이 목적이거든."

"흐음. 보물찾기라니, 핼러윈 행사라기보다 부활절 행사 같네."

"여러 나라 학생들이 섞이면서 행사도 복잡해진 게 아닐까?"

유리는 하늘을 향해 기지개를 켰다.

"요한! 이리로 와서 차 마시지 않을래?"

유리가 소리치자 수풀 너머에서 작곡에 전념하던 요한이 살금살금 이쪽으로 왔다.

"이제나저제나 하고 기다렸잖아. 바짝 긴장해서."

요한이 작게 한숨을 내쉬었다.

"어머나, 천재 작곡가 요한도 그럴 때가 있어?"

유리는 놀리듯이 말하며 몸을 일으키더니 가지고 온 보온병을 세 사람 가운데 놓았다.

"지금 슬럼프야."

요한은 불만스러운 표정을 지었다. 유리는 아하하 웃었다.

"좋잖아! 슬럼프가 있다는 말은 좋을 때도 있다는 뜻이니까."

유리와 요한은 이제 완전히 허물없는 사이가 되었다. 아사미의 죽음 때문에 근거 없는 소문이 퍼진 뒤여서, 요한도 리세가 그를 멀리한다는 것을 알고 있는 듯했다. 요한은 나름대로 리세를 배려하여 그다지 친한 척하지 않으려고 하고 있었다.

"리세, 좀 야윈 것 같네."

요한이 자연스럽게 물었다. 리세는 힘없이 웃어 보였다. 뭐라고 대답해야 할지 몰라서였다.

"네 탓이야. 인기남한테 사랑받는 것도 생각해 볼 문제라니까."

유리는 큰 입을 벌리고 입안 가득 스콘을 물었다.

"너무 그러지 마. 근데 유리, 스콘 먹을 때 보통은 손으로 작게 뜯어서 입에 넣지 않아?"

요한은 스콘의 반을 입에 문 유리를 어이없다는 듯이 바라보았다. 유리는 전혀 신경 쓰는 기색 없이 우물우물 입을 움직였다.

"대체 어떤 인간이 그 애를 첨탑에서 밀어뜨린 걸까. 사고라고 생각하긴 그러네. 그 창, 꽤 높이 있어서 어쩌다 떨어졌다고 보긴 어려워. 게다가 그 애는 몸집도 작았고."

스콘 부스러기를 스커트에 떨어뜨려 가며 유리가 중얼거렸다.

"그렇지만 그 계집애는 너무 성가시게 굴었어. 성가신 애는 싫다고 그렇게 말했는데."

요한이 빙긋이 웃으며 중얼거렸다.

"뭐?"

유리와 리세는 요한의 얼굴을 보았다. 천사처럼 웃는 얼굴에 가지런한 치아가 쏟아지듯 드러나고, 색이 옅은 머리카락이 여름 햇빛에 반짝반짝 빛나고 있었다. 그런데 무대가 암전한 듯이 짙은 어둠을 느낀 것은 왜일까.

"내가 밀었어. 그 계집애, 떨어질 때도 어리둥절한 표정이더군."

갈색의 사랑스러운 눈은 온화했다.

유리와 리세는 얼굴을 마주 보았다.

"이제 다시 리세와 편하게 지낼 수 있을 줄 알았더니 역효과만 나서 실망이야. 어이없지 뭐야."

요한이 바삭하고 가벼운 소리를 내며 스콘을 씹었다.

순간 차가운 바람이 비탈을 지나가는 듯했다.

"……이런, 농담도 못 하냐. 진지하게 받아들이지 마."

요한은 얼굴을 있는 대로 찡그렸다. 유리와 리세는 크게 숨을 내쉬었다.

"뭐야, 너무해. 깜짝 놀랐잖아."

"아, 깜짝이야."

둘 다 큰 소리로 외치며 가슴을 쓸어내렸다.

그래도 리세는 등줄기가 오싹했던 느낌을 지울 수가 없었다. 뭘까, 지금 요한에게 느낀 공포는. 이 아이라면 정말로 천사처럼 미소 지으면서 그녀를 떠밀어 버릴 수 있을 것 같다…….

"바보, 실없는 소리 할 때가 아냐."

유리가 요한의 머리를 탁 쳤다.

"아야, 아야. 죽은 사람을 나쁘게 말하는 건 좋지 않지만, 정말 원망스러웠다고. 리세는 바짝바짝 마르지, 나는 리세에게 다가갈 수 없지."

"자살이었을지도 모르잖아. 요한이 상대해 주지 않으니까 보란 듯이. 그런데 정말 그랬다면 목적은 확실히 달성했네. 그 애는 네게 반해 있었고, 정말로 리세를 질투했으니까."

유리가 심술궂게 말했다. 요한은 어깨를 으쓱이며 화제를 바꿨다.

"그건 그렇고 둘 다 여름방학엔 어떻게 할 거야?"

"오호. '묘지' 팀인 내게 그걸 묻는 거야?"

"아냐."

요한은 황급히 손을 저었다. 유리는 코웃음을 쳤다.

"난 일단 대본 쓰기에 전념하고, 일주일 정도 도쿄에서 연극이랑 영화를 실컷 볼 생각."

"흐음. 리세는?"

"난 집에 돌아갈 생각이었는데……."

리세는 말을 흐렸다.

"그런데?"

"교장에게 거절당했대."

대신 유리가 대답했다.

"뭐? 왜?"

"몰라. 여름방학 일정표를 냈는데 교장선생님이 부르더니 안 된대."

리세는 황당하다는 투로 대답했다. 실제로 안 된다는 말을 들었을 때는 몹시 놀랐다.

"그건 말도 안 돼. 왜 또?"

요한은 어이없다는 듯이 두 팔을 벌렸다.

교장은 알고 있으니까, 하고 리세는 마음속으로 대답했다. 자신이 집에 돌아가면 두 번 다시 이곳으로 돌아오지 않으리라는 걸. 그렇게 되면 그는 매우 곤란해지는 모양이다. 이유는 아직 모르겠지만.

"그 인간이 무슨 생각을 하는지 도대체 모르겠다니까. 요한은 어떻게 할 거야?"

"여름은 음악제가 많은 계절이니까. 한 달 정도 유럽하고 미국을 돌 예정이야."

"부르주아네. 부잣집 도련님은 다르군."

유리와 리세는 탄성을 질렀다.

"함께 가지 않을래? 히로시도 함께 가는데, 여자들이 있으면 더 즐거울 것 같기도 하고."

"너 말이야, 그렇게 간단히 말하지만 비행기 값만 해도 얼만 줄 알아?"

"아, 물론 여비는 전부 내가 댈게."

요한은 여느 때처럼 천진하게 웃으며 아무렇지 않게 말했다.

"바보 아냐? 그런다고 우리가 '아, 예, 그러세요' 하고 넙죽 받아들일 리 없잖아."

유리가 아연실색한 얼굴로 말하자 요한이 얼빠진 표정을 지었다.

"그런가? 교장 친위대 여자들이라면 신나서 따라올 텐데."

"그런 몰상식한 애들과 같은 취급하지 마."

두 사람 사이에 통통 튀듯 오가는 대화를 들으면서 리세는 한숨을 쉬었다. 정말 부자구나, 요한네 집은.

문득 히지리의 빈정거리는 얼굴과 요한의 무표정한 얼굴을 떠올렸다. 히지리는 요한을 보고 뭐라고 했더라? 별로 좋은 느낌을 받진 않았던 것 같은데.

"괜찮아, 어차피 이렇게 쓸 수 있는 것도 지금뿐이니까."

요한은 갑자기 싸늘한 얼굴이 되어 중얼거렸다.

"지금뿐?"

요한은 입을 다물더니 습원 쪽을 바라보았다.

"우리 집은 좀 복잡해. 난 라이벌이 많거든."

"라이벌?"

유리가 의아한 얼굴로 물었다.

"아버지의 후계자 라이벌."

"아아."

유리와 리세는 끄덕였다.

"하여간 이복형제가 대체 몇 명이나 있는지 모를 정도니까. 열 손가락으로도 모자랄 거야. 사실 아버지는 자식들을 데려다 놓고 경쟁시킬 목적으로 여러 환경에다 아이를 만들었지. 치열한 생존경쟁이야. 뭐, 싸울 만큼 가치가 있는 재산이긴 해. 그러나 뒤를 잇는 것은 단 한 사람. 전 재산이 그 한 사람에게 주어지고, 나머지 형제들에게는 아무것도 없어. 다만 성인이 될 때까지는 얼마든지 투자를 해줘. 내가 하는 작곡 같은 것은 아버지가 보기엔 성인이 될 때까지 즐기는 취미에 지나지 않지."

요한은 담담하게 말했다.

"흐음. 상당히 근성이 안 좋네, 너희 아버지도."

"뭐, 그만큼 막대한 자산을 운영하려면 남들보다 특별한 감각을 가져야 한다는 이치는 알겠는데 말이야."

요한은 밝게 웃었다.

"천사 같은 요한도 마음고생이 많겠구나. 너한테는 이 감옥 같은 학교도 오아시스겠네."

유리도 밝게 대답했다.

"맞아. 아무리 폐쇄적이고 감옥 같은 환경이어도, 학교생활이란 인생의 휴가 같은 거라 생각해."

요한은 진지한 말투로 중얼거렸다.

"인생의 휴가?"

리세가 되풀이하며 요한의 얼굴을 보았다. 오랜만에 그와 시선을 마주친 것 같았다.

"그래. 이런 환경, 평생 두 번 다시 찾아오지 않을 거야. 휴가랄까, 비디오의 일시정지 버튼이랄까."

"아아, 과연."

유리는 무릎에 턱을 괴고 끄덕였다.

휴가……. 이런 가혹한 날들을, 그래도 휴가였다고 돌이켜 볼 날이 올까?

리세의 머리칼이 바람에 날리고 먼 곳을 보는 눈은 햇빛에 가늘어졌다.

내가 소녀였을 적에,

우리는 잿빛 바다에 떠오른 열매였다.

문득 레이지의 속삭이는 듯한 목소리가 떠올랐다. 백과사전에 끼어 있던 시.

우리는 언제나 이리저리 정처 없이 떠돌아다니고 있었다. 방심하면 새에게 쪼여 상처를 입기도 하고, 뜻밖의 곳으로 떠밀려가 짓밟히기도 하고, 또는 그대로 썩어 가라앉기도 했다.

"그렇지만 여기는 이상한 곳이야. 내가 아는 어떤 곳과도 닮지 않았어. '요람'이니 '묘지'니 하지만, 역시 여기는 그림자의 나라야."

요한은 하늘과 습원을 번갈아 보면서 중얼거렸다.

"어머나, 난 아무리 봐도 네가 빛의 나라 사람으로밖에 보이지 않아."

유리가 반박하자 요한은 언뜻 어른 같은 미소를 지었다.

"빛이 강하다는 말은 그림자가 짙다는 뜻이지."

유리는 고개를 갸웃거렸다.

"……아냐."

리세는 입속으로 조그맣게 중얼거렸다. 두 사람 귀에는 들리지 않게, 소곤소곤 혼잣말로.

빛도 그림자도 없어. 이곳은 3월의 나라일 뿐이야. 만남과 이별의 나라. 그 외에는 아무것도 아냐.

리세는 습원을 내려다보면서 마음속으로 그렇게 되뇌었다.

게임의 행방

천천히 하지의 해가 지기 시작했다.

밖에서 시간을 보내던 학생들이 하나둘 기숙사로 돌아갔다.

종업식이 가까워서인지, 하지 밤은 패밀리끼리 지난 생활을 돌아보며 보내라고 학교에서 권하는 분위기다. 말이 돌이켜 보는 것이지, 실제로는 패밀리끼리 지내라는 뜻이다.

평온한 공기로 가득한 여름날 저녁. 지평선은 오렌지빛으로 물들고 맑은 하늘에 '파란 언덕'이 가라앉아 갔다.

학생들로 빽빽한 식당은 온통 들뜬 분위기다. 테이블을 두 개씩 붙여놓고 열 명 남짓한 패밀리 여러 무리가 여기저기서 왁자지껄 떠들고 있다. 오늘 밤은 늦게까지 식당이 개방되어 과자며 차를 마음껏 먹고 마실 수 있다.

리세와 유리가 식당으로 들어서자 구석진 기둥 옆에서 미쓰코가 손을 흔들었다.

"이따 봐."

유리와 헤어져 구석 테이블로 향했다. 우리 패밀리는 여전히 구석을 좋아하는 것 같다.

리세는 미쓰코와 히로시 사이에 앉았다. 패밀리가 모두 모인 것은 오랜만이다. 슈이치와 가오루는 시합 때문에 한동안 학교를 비웠고 히로시도 콩쿠르를 대비해 개인 레슨에 주력했기 때문이다. 단결력 있는 패밀리다 보니 당연히 엉터리 소문을 믿는 사람은 없었다. 그래서 리세는 패밀리에 있을 때만큼은 마음이 편했다. 물론 또 다른 불안감은 있다. 히지리는 여전히 시니컬하게 자신을 관찰하고 있었고, 레이지는…….

리세는 식사를 하는 레이지를 곁눈질로 보았다.

요즘 들어 레이지와는 전혀라고 해도 좋을 만큼 얘기를 나눈 적이 없다. 리세는 레이지에게 그 폭풍우 치던 밤의 일을 한 번은 물어봐야지, 하고 생각하고 있었지만 한편으론 가슴에 그냥 묻어두고 싶은 마음도 컸다.

대체 그날 밤, 첨탑에서 무슨 일이 일어났을까?

그 일에 대해 아무런 소문이 나지 않은 것으로 보아, 리세 외에 레이지를 목격한 사람이 없었다는 사실이 입증되었다. 이렇게 입 밖에 내지 않는 일들이, 겨우 일곱 명뿐인 이 패밀리의 마음속에 얼마나 많이 숨겨져 있을까. 이 학교 전체에서 그런 비밀들을 모으면 얼마나 많을까.

갑자기 가슴이 답답해졌다.

여름방학 전이라는 해방감이 모두의 입을 가볍게 해주었다. 다들 편하게 식사하면서 여름방학 계획을 나누었다. 슌이치와 가오루는 물론 테니스 훈련을 위한 합숙과 원정, 히지리는 유학에 대비해 서머 칼리지에서 강습, 히로시는 요한과 음악제 투어, 미쓰코는 해외에서 활동하는 부모와 가루이자와 휴양지에서 지낸다고 했다.

결국 패밀리 중 기숙사에 남는 사람은 레이지와 리세 둘뿐이었다. 레이지의 가족에 관해서는 지금까지 들은 적이 거의 없다. 얼핏 듣기로는 굉장한 명문가이지만 가정환경이 복잡해서 레이지도 아직 누가 친부모이고 친형제인지 모를 정도라고 했다. 그런 의미에서 그는 철저하게 '묘지' 팀이었다.

"그럼, 여름방학이 지나야 이렇게 모두 다시 모이겠네."

히로시가 태평스레 말했다. 어디서 가져왔는지 휴대용 바둑판으로 히지리와 오목을 두고 있었다.

"히지리, 우리 게임하자. 이 테이블에서 모두 같이 할 수 있는 것. 요즘 한동안 안 했잖아."

슌이치가 천진무구한 눈으로 히지리를 졸랐다. 히지리는 게임을 새로 만들거나 변형시켜서 재미있게 만드는 능력이 탁월했다. 시중에 나온 평범한 보드게임도 룰의 일부를 바꾸거나 다르게 고쳐 아주 새롭고 스릴 있는 게임으로 만들었다.

"음."

히지리는 손바닥으로 바둑돌을 갖고 놀면서 생각에 잠기더니 이내 눈을 빛냈다. 다들 그것을 눈치챘는지 기대에 찬 눈길로 그를 바라보았다.

"누구 손수건 있는 사람? 색이 진하고 두꺼운 천이면 좋겠는데. 비치지 않는 걸로."

미쓰코가 주머니에서 레이스 손수건을 꺼냈지만 비치지 않는다고는 할 수 없었다.

"이 계절에 그렇게 두꺼운 손수건은 안 갖고 다니지."

"아, 저건 어때? 테이블 냅킨."

가오루가 벌떡 일어서서 식당 구석에 쌓여 있던 두꺼운 초록색 냅킨을 들고 왔다. 히지리는 테이블 위에 놓아둔 바둑돌에 그 냅킨을 덮어보더니 고개를 끄덕였다.

"응. 이거라면 오케이."

"뭐 할 거야?"

히로시가 흥미롭다는 얼굴로 히지리를 보았다.

"모두 흰 돌과 검은 돌을 한 개씩 집어."

히지리는 모두를 둘러보며 달그락달그락 바둑돌을 나누기 시작했다. 다들 손을 뻗어 바둑돌을 집었다.

"종이 좀 찢어주지 않을래? 작은 게 좋아. 작은 걸로 많이."

"응? 어디다 쓰게?"

히로시가 눈을 동그랗게 뜨면서 교복 가슴 주머니에서 작은 수첩을 꺼냈다.

"이 사이즈 어때?"

"좋아. 찢어도 되니?"

"그럼. 필요하면 다 써도 괜찮아."

히지리는 수첩 뒷부분의 흰 종이를 뜯어서 빠른 손놀림으로 찢기 시작했다. 모두 물끄러미 히지리를 지켜보았다.

"뭐 해?"

컵을 든 유리와 요한이 테이블로 다가왔다. 식사를 마쳤는지 다른 패밀리들은 흩어지려는 참이었다. 식당 안 공기는 마음대로 돌아다니거나 재잘재잘 수다를 떠는 학생들의 목소리로 편안하게 누그러져 있었다.

"히지리가 새 게임을 한대."

가오루가 요한에게 수줍은 미소를 보냈다. 여학생들에게

요한의 인기는 절대적이었다.

"흐음."

유리가 리세의 어깨 너머로 테이블을 들여다보았다.

"마침 잘됐네. 너희 둘도 같이 하자. 패밀리끼리만 하면 좀 그러니까 너희 두 사람이 가세하면 분위기가 더 좋아질 거야."

히지리가 손짓하자 모두 자리를 좁혀 테이블 둘레에 의자 두 개를 더 갖다 놓았다.

"아홉 명인가. 한 사람당 두 가지 질문을 해도 열여덟 문제. 꽤 되네. 그럼 모두에게 두 장씩 종이를 나눠줄게. 거기에 평소 다른 멤버들이 어떻게 생각하는지 알고 싶었던 질문을 쓰는 거야. 한 장에 하나씩, 그것도 예스나 노로 대답할 수 있는 질문으로."

모두 어리둥절해서 히지리의 얘기를 듣고 있었다.

"진실게임?"

유리가 물었다. 히지리는 작게 웃었다.

"자, 어서 써. 다 쓰면 종이를 접어서 내게 줘."

그렇게 말하고 히지리가 먼저 쓰기 시작하자 모두 따라 썼다. 손으로 가리고 진지하게 종이에 질문을 써넣고는 접어서 히지리 쪽으로 밀어주었다.

히지리는 모인 종잇조각을 뒤적뒤적 섞더니 컵받침에 올렸다.

"요한, 부탁해."

요한은 깜짝 놀라며 히지리를 보았다.

"네가 이 질문을 읽어줘. 패밀리끼리는 글씨체를 보면 누구의 질문인지 아니까. 네가 이중 다른 멤버의 글씨체를 가장 모를 거라 생각해."

요한은 아아, 하고 이제야 알겠다는 듯이 컵받침을 받아들었다.

"자."

히지리는 새삼 모두를 둘러보았다. 모두 조금은 긴장한 얼굴로 히지리를 보고 있었다.

"지금부터 요한이 너희의 질문을 읽을 테니, 모두 정직하게 예스 또는 노로 대답한다. 물론 말로 하는 건 아냐. 이걸로 대답한다."

히지리는 바둑돌 두 개를 들어 보였다.

"흰 바둑돌이 예스. 검은 바둑돌이 노다."

모두가 바둑돌을 확인하기를 기다리듯 잠시 말을 멈춘 뒤, 히지리는 가까운 테이블에서 은색 볼을 들고 와 초록색 냅킨으로 뚜껑을 덮었다.

"자기 대답에 해당하는 바둑돌을 집어서 이 볼에 넣는다. 그리고 볼을 흔들어서 바둑돌을 섞은 다음 냅킨을 걷고 모두에게 공개하기. 이런 룰이야. 알겠지?"

모두가 술렁였다.

"왠지 무서워."

가오루가 중얼거렸다. 유리가 팔짱을 끼고 히지리를 노려보았다.

"너무 잔인한 게임 아냐?"

"그렇지만 알고 싶잖아, 모두 마음속으로 무슨 생각을 하는지."

리세는 왠지 모르게 섬뜩했다. 마음속에 품은 비밀. 테이블에 붙어 있는 아이들의 얼굴을 주욱 둘러보았다. 이렇게 같은 테이블에 앉아 있어도 대체 마음속으로는 무엇을 생각하고 있는지…….

"모두가 같은 답을 냈을 때만 누가 어떻게 대답했는지 알 수 있지."

레이지가 퉁명스럽게 히지리를 보았다.

"옳은 말씀."

"어색해지는 일 생기는 거 아냐?"

"오호. 레이지가 그런 걸 걱정하다니 의외네. 그만둘 테냐?"

레이지는 어깨를 으쓱했다.

"요한과 유리도 바둑돌 들래? 그럼 요한, 질문 읽어."

히지리가 요한을 재촉했다. 요한은 조금은 당황한 표정으로 접시 위의 종잇조각을 집어 들었다.

"됐니? 읽는다. 나는 1년 후에 이 학교에 없을 것이다."

모두가 또다시 술렁거리며 서로의 얼굴을 바라보았다.

"자. 모두 자기 답을 볼에 넣어."

히지리는 곧바로 테이블 아래에서 바둑돌을 골라 쥐더니 냅킨 아래로 손을 넣어 딸그락하고 바둑돌을 떨어뜨렸다. 히지리는 졸업하면 유학을 가기로 되어 있으니 당연히 예스일 것이다.

그렇다 해도 미묘한 질문이다. 여러 가지 의미로 해석할 수 있다. 리세는 당황스러웠다. 미쓰코나 히로시가 잇따라 바둑돌을 넣었지만, 나머지는 모두 잠깐씩 고민하는 기색이었다.

나는 1년 후 어떻게 되어 있을까? 아직 자신을 발견하지 못해 여기서 나가는 걸 허락받지 못한 상태일까?

리세는 마음이 어두웠지만 역시 나가고 싶다고 생각하며 흰색 바둑돌을 넣었다. 모두가 볼에 바둑돌을 넣었다.

"다 넣었지?"

히지리는 만족스러운 표정으로 볼을 자기 쪽으로 당기고 달그락달그락 뚜껑을 덮은 채 흔들었다.

흰색 넷, 검정 다섯.

"과연 졸업하기 전에 나갈 사람이 꽤 있다는 말이군."

모두 어머나, 또는 정말, 하고 중얼거리며 서로의 표정을 살폈다. 각자의 표정에 담긴 의미를 읽으려 했지만, 다들 일부러 태연한 체하고 있었다.

뭔가 기분 나쁜 게임이야, 리세는 생각했다.

볼 속에 있는 것은 모두의 본심이다. 아니면 우리가 직면한 현실과 각자의 집안 사정. 그러나 테이블을 둘러싼 것은 가식과 매너를 중요하게 여기는 동료들이었다. 볼 안팎의 괴리감에서 어쩐지 서늘한 허무감이 느껴졌다.

히지리는 볼에 냅킨을 덮어씌워 모두에게 돌렸다.

"자, 그럼 손안에 남아 있는 바둑돌을 여기 넣어주세요."

모두는 아직 뭔가 받아들이지 못하는 표정으로 바둑돌을 넣었다. 히지리는 다시 볼을 흔들어 모두에게 두 개씩 바둑돌을 나누어 주었다. 모두가 테이블 아래로 바둑돌을 쥐고 있는 걸 확인하고는 요한의 얼굴을 보았다.

요한은 다음 종잇조각을 손에 들고 펼쳤다.

"나는 다른 패밀리에 가고 싶다."

우우 하고 술렁임이 일었다.

"이건 폭탄선언 아냐?"

"우리 패밀리가 아닌 사람이 두 사람 있으니까. 요한과 유리가 있어서 다행이야."

"모두 흰 바둑돌이면 어떡하지."

모두가 흥분하여 저마다 한마디씩 떠들었다.

"빨리 넣어."

히지리가 재촉하자 모두가 잇따라 발그레진 얼굴로 바둑돌을 넣었다. 딸칵, 딸칵 하고 바둑돌이 볼 바닥에 떨어지는 소리가 이어졌다.

볼이 흔들리고 냅킨이 걷히는 것을 모두가 숨죽여 지켜보았다.

모두 검정.

우와 하고 환성이 터졌다.

"잘됐다. 정말이니, 이거?"

"우선 패밀리를 싫어하는 사람은 없다는 거네."

"그렇지만 이 질문을 쓴 사람은 사실은 다른 패밀리에 가고 싶었던 게 아닐까?"

모든 멤버 사이에 안도감이 흘렀다. 이것으로 테이블 위의 일체감이 한층 더해진 듯했다.

다음 질문을 기다리는 분위기가 감돌았다. 모두 민첩하게 남은 바둑돌을 볼에 넣자, 히지리가 섞은 뒤 모두에게 나누어 주었다. 요한도 익숙해진 모습으로 다음 종잇조각을 펼쳤다.

"뭐야, 이거."

요한은 쿡 웃었다.

"개인적인 멘트는 삼가도록."

진지한 얼굴로 히지리가 말했다. 요한은 "미안" 하고 손을 흔들며 헛기침을 했다.

"읽겠습니다. 사실 교장선생님은 두 사람인데, 남녀 쌍둥이다."

실소가 새어 나왔다. 모두 쿡쿡 웃으며 바둑돌을 넣었다.

"이런 질문엔 예스가 없겠지?"

그렇게 말하며 히지리가 냅킨을 들자 검정 여덟, 흰색 하나가 나왔다. 웃음이 터졌다.

"누구야, 진짜라고 생각하는 놈."

"분명 이 질문을 쓴 장본인일 거야."

깔깔깔 웃음이 넘쳐났다.

함께 웃던 리세는 문득 묘한 느낌이 들었다. 실은 두 사람? 뭐지?

"다음."

히지리는 찌푸린 얼굴로 바둑돌을 회수했다.

싱글거리면서 종이를 펴던 요한이 깜짝 놀랐다. 도움을 청하듯 히지리의 얼굴을 돌아봤다. 히지리는 눈으로 재촉했다.

요한은 잠시 망설이다 굳은 목소리로 내용을 읽었다.

"레이코는 살아 있다."

웃고 있던 모두의 얼굴이 순식간에 얼어붙었다. 당황한 표정으로 힐금힐금 옆 사람의 얼굴을 훔쳐보았다.

이상한 질문이다. 누구의 질문일까? 리세는 재빨리 생각했다. 담요에 덮인 레이코의 사체를 본 것은 나와 유리, 요한, 레이지다. 히지리도 아마 그녀가 죽었다는 것을 알고 있지 않을까? 이 다섯 사람의 질문일 리는 없다. 그럼 그 외의 멤버가 이런 질문을 한 걸까? 일단 공식적으로 레이코는 상해사건 뒤 치료를 받는 중으로 되어 있다. 그걸 알고 있는 멤버가 새삼스럽게 이런 걸 썼을까?

모두가 머뭇거리면서 바둑돌을 넣는 것을 보고서야 리세는 정신이 들었다.

뭐라고 대답하면 좋을까? 노라고 하면 사체를 본 걸 인정하게 되는 거고, 예스도 이상하고. 리세는 잠시 망설였지만 검은 바둑돌을 넣었다.

테이블 위가 조용해지고 히지리가 냅킨을 걷었다.

흰색이 다섯, 검정이 넷.

모두 복잡한 표정이었지만 누구도 말을 하지 않았다. 히지리도 말없이 바둑돌을 회수하기 위해 볼을 내밀었다.

노가 네 사람. 그렇다면 유리와 요한과 히지리와 레이지 가운데 누군가가 예스라고 대답한 게 된다. 그럼 그 인물이 이 질문을 한 게 되지 않는가?

리세는 퍼뜩 정신이 들었다. 그때 우리가 본 것은 담요에 덮인 여자아이뿐이다. 유리가 사체를 확인하려 했을 때 교장이 제기했던 기억이 난다. 결론은, 우리는 레이코가 정말 죽었는지 확인한 게 아니다.

레이코는 살아 있다?

무표정한 유리가 눈에 들어왔다. 레이지는 진지한 얼굴이다. 모두 누가 뭐라고 답했는지 머릿속으로 여러 가지 추리를 하고 있을 것이다. 좀 전의 편안한 공기는 어딘가로 사라지고, 모두의 표정에 의심이라는 망령이 얼룩무늬를 그리고 있다.

"다음 질문 읽어주세요."

히지리가 정중히 말했다. 요한은 터무니없는 역을 맡았다는 표정으로 조심스럽게 다음 종이를 펼치다, 이번에도 화들짝 놀랐다.

"저기, 어, 이건."

요한은 모두의 얼굴을 둘러보았다.

"뭐야. 말하기 힘든 질문이야?"

"말하기 힘들다기보다…… 중상모략에 가까운 것 같아. 레이지의 아빠는 교장이다."

모두 깜짝 놀랐다. 그러나 누군가가 이 질문을 쓴 것은 사실이다.

"놀고 있네. 레이코에게도 그런 소문 있었지? 가정환경이 복잡하면 대체로 교장의 자식이라는 소릴 듣지. 새끼들을 엄청나게 만들어놓은 모양이군, 그 인간."

"자, 넣어, 넣어."

히지리가 사무적인 태도로 볼을 돌렸다. 모두 당황스러운 표정으로 바둑돌을 넣었다.

냅킨이 걷히자 모두 움찔했다.

흰색이 셋, 검정이 여섯.

그렇게 생각하는 사람이 셋이나 있다니. 요한과 유리는 그렇다 치더라도 패밀리 가운데 적어도 한 사람은 그렇게 생각한다는 말이 된다. 레이지는 어깨를 으쓱하며 양손을 펼쳤다.

"멋진 아빠를 만들어주어서 고맙군."

모두가 복잡한 표정으로 바둑돌을 돌려주었다.

"저기, 아직 할 거야, 이 게임?"

머뭇거리며 미쓰코가 물었다.

"아직 질문이 많이 남았잖아."

히지리는 그렇게 대답하고는 다시 바둑돌을 나눠주었다. 모두 호기심과 후회가 뒤섞인 표정이다. 모두의 진심은 알고 싶지만, 이 볼 속의 바둑돌이 패밀리에 뭔가 결정적인 균열과 불행을 가져올 것 같다고 예감한 것이다.

요한은 포기했다는 표정으로 다음 종이를 들었다. 하지만 종이를 펼쳐본 순간, 표정이 험악해졌다. 요한은 이내 종이를 접었다.

"이거, 읽고 싶지 않아."

"보여줘."

히지리는 손을 내밀었다. 요한은 손을 감추며 종이를 건네려 하지 않았다. 히지리는 한 번 더 요한에게 손바닥을 들이밀었다.

"이 게임의 주최자는 나야."

요한은 부루퉁한 표정으로 종이를 히지리에게 건넸다. 히지리는 종이를 펴서 내용을 읽더니, 무표정하게 가만히 있었다.

모두 말없이 그를 주시했다.

히지리는 입을 열었다.

"이 안에 아사미를 죽인 범인이 있다."

리세는 얼굴에서 핏기가 가시는 걸 느꼈다. 갑자기 목에 차가운 칼이 들이밀어진 것 같은 충격. 모두의 얼굴빛이 바뀌고 불길한 기운에 휩싸였다.

리세는 모두의 얼굴을 볼 수가 없었다. 모두가 리세의 얼굴을 외면하는 것도 느껴졌다. 그 반응이 리세를 더 상처 입혔다.

역시. 역시 그렇게 의심하는 사람이 있구나, 그렇게 믿었던 패밀리였는데.

"바둑돌 넣어."

히지리가 건조한 목소리로 볼을 밀었다. 모두 마지못해 딸깍, 바둑돌을 넣기 시작했다. 리세도 느릿느릿 바둑돌을 넣었다. 유리가 걱정스러운 얼굴로 리세를 보았다.

냅킨이 걷혔다.

보고 싶지 않았지만, 시선이 끌렸다.

흰색이 둘, 검정이 여섯.

하얀 바둑돌이 눈을 찌르는 것만 같다.

"누군가 넣는 척만 하고 넣지 않았군."

히지리가 날카로운 목소리로 모두를 둘러보았다.

"어이, 이건 뭘 위한 게임이지?"

레이지가 매몰차게 외쳤다.

"레이지 너냐?"

히지리는 주눅 드는 기색도 없이 레이지를 노려보았다.

레이지도 팔짱을 끼고 히지리를 노려본다.

"바둑돌 회수하겠습니다."

히지리는 시선을 거두며 볼을 돌렸다.

모두 레이지의 표정을 엿보며 조심조심 바둑돌을 돌려놓았다.

어떻게 해야 좋을지 몰라 망설이는 것이다.

게임을 계속해야 할지 말아야 할지.

"요한, 다음."

요한은 한숨을 쉬며 종이를 펼쳤지만, 곧 노골적으로 불쾌한 표정을 지으며 접어서 히지리에게 내밀었다. 히지리는 그것을 담담히 받아 들더니, 여전히 무표정하게 종이를 펼쳤다. 검은 눈동자에 냉기를 띄우며 그는 입을 열었다.

"가까운 시일 내에 또 패밀리에서 죽는 사람이 나온다."

리세는 소름이 쫘악 끼쳤다.

분위기가 술렁인다.

"적당히 좀 해!"

파랗게 질린 레이지가 벌떡 일어서며 손에 들고 있던 바둑돌을 테이블 위에 내동댕이쳤다.

14장

먼 약속

어느 틈엔가 열람용 책상에서 꾸벅꾸벅 졸고 있었다.
이런. 시간이 이렇게 지나버렸네.
리세는 눈을 비비며 손목시계를 보고는 황급히 몸을 일으켰다.
도서관에는 학생이 몇 명밖에 없었다. 그들도 역시 졸고 있다.
어두컴컴한 도서관 안에는 고요만이 감돌았다. 직원들도 교대로 여름휴가를 떠나 더욱 한산했다.
긴 여름방학에 들어간 학교에는 학생들이 평소의 3분의 1 정도밖에 남지 않아 정적만이 가득했다. 유리가 도쿄에 연극과 영화를 보러 간 뒤로는 하루 종일 말 한마디 하지 않는 날도 종종 있었다.

고독을 느끼지 않는 건 아니지만, 그래도 평온한 날들이 계속되는 것은 기뻤다. 소모되어 가던 신경이 조금씩 회복되는 것 같았다. 그만큼, 그때 패밀리에서 한 게임은 타격이 컸다.

아무도 믿지 마라. 그것이 교훈이었을까.

리세는 책을 안고 대출 절차를 마친 후 패밀리에서 늘 이용하던 안마당으로 나갔다. 평소엔 누군가 한 명쯤 앉아 있던 벤치가, 지금은 텅 비어 있었다.

새 학기가 되면 전처럼 대할 수 있을까?

리세는 조금 우울해졌다.

이 안에서 살아가는 이상, 겉으로는 지금까지처럼 지낼 수밖에 없겠지.

리세는 낮게 한숨을 쉬며 나무 테이블 위에 턱을 괴었다.

여름 하늘이 안마당 위로 네모나게 펼쳐져 있다.

나는 여기서 뭘 하고 있는 걸까. 아침에 일어나고 밥을 먹고 주어진 과제를 해내고 책을 읽고 또 밥을 먹고 책을 읽고 잔다. 그리 싫은 생활은 아니지만······.

리세는 크게 숨을 들이마셨다. 이 폐쇄감, 이 초조. 언제나 등에 달라붙어 있는 이 불안은 무엇인가. 앞으로 여기서 나갈 수 없을지도 모른다. 교장은 나를 여기서 내보낼 생각이 없는지도 모른다. 고등학교를 졸업할 때까지 앞으로 4년이나 여기 있어야 한다니, 참을 수 없을 것 같다. 아니면 혹시 그렇게 하기로 약속되어 있는 걸까? 내가 달라져서, 이전의 내가 아니어서, 할머니나 오빠들이 나를 여기서 돌려보내지 않아도 된다고 했을지도 모른다.

그렇게 생각하니 온 세상으로부터 버림받은 기분이 든다.

혼자 있는 시간이 긴 만큼, 기력이 빠지기 시작하면 끝이 없다.

그때였다. 수풀 너머에서 레이지가 불쑥 들어오더니 리세를 발견하자 "어어, 미안" 하고 등을 돌렸다.

"잠깐만."

엉겁결에 불러 세우자 레이지의 등이 움찔했다.

"뭐야."

레이지가 의아한 얼굴로 돌아보았다.

"저기…… 저…… 차라도 한잔하면 어떨까 해서."

리세가 머뭇거렸다.

레이지는 이쪽을 돌아보더니, 총총걸음으로 걸어와 책을 테이블에 내려놓았다.

"저기, 음."

"뭘 꾸물거려. 차, 마실 거지?"

레이지가 재빠르게 차 마실 준비를 시작했다. 얼른 더운 물을 받으러 급탕실로 향했다.

"미안, 내가……."

레이지는 양손으로 포트와 컵을 한꺼번에 들더니 "시끄

러워" 하고 한마디 했다.

"넌 앉아 있어. 여전히 어설픈 녀석이라니까."

리세는 얼굴이 빨개져서 벤치에 앉았다.

실제로 레이지는 민첩해서 뭘 해도 동작에 군더더기가 없다. 전에 춤을 출 때도 생각했지만 무뚝뚝한 인상에 비해 몸짓은 고급스럽고 부드럽다.

"레이지는 호텔 웨이터 일도 금세 배우겠다."

리세는 컵을 받아 들며 말했다.

"별로 기쁘지 않은걸. 하긴, 손재주가 있다는 건 좋을지도 모르지만."

"넌 앞으로 뭐가 되고 싶어?"

레이지는 허를 찔린 얼굴이 되었다.

"앞으로라……. 별로 상상해 본 적 없는데. 육체노동을 하면서 소설을 쓰는 건 어떨까?"

"아주 잘 어울릴 것 같아."

"그 말도 별로 기쁘진 않은걸."

"나, 레이지는 의외로 선생님이 잘 어울릴 것 같다는 생각이 들어."

"내가? 난 애들은 딱 질색인데."

"그럴까? 하는 일이 늘 이치에 맞고, 힘없는 사람에게 부드럽게 대하잖아."

리세가 그렇게 말하며 컵으로 시선을 떨어뜨리자 레이지

는 슬쩍 리세의 얼굴을 보았다.

"그렇지 않아. 나는 단지 강한 녀석과 잘난 척하는 녀석을 보면 울컥할 뿐이야."

"같은 말이잖아."

"달라."

레이지는 얼굴을 획 돌리고 홍차를 마셨다.

오렌지색 석양이 레이지의 옆얼굴을 또렷하게 비추었다.

종교화 같다고 리세는 생각했다. 요한도 종교화 속 천사 같지만, 레이지에게는 승려나 순교자에게서 느껴지는 순결함이 있다. 평소에는 말과 행동, 태도에 가려져 있지만 사실은 아름다운 사람이구나 하고 리세는 새삼 감탄했다.

"요전에 그거 말이야, 너 아니야."

레이지는 옆으로 얼굴을 돌린 채 재빨리 말했다.

"응? 그거라니?"

"그 재수 없는 히지리가 만든 게임."

"아아, 그거. 그런데 내가 아니라니?"

리세는 대수롭잖은 척하며 물었지만, 마음속으로는 둔중한 통증이 밀려왔다. 역시, 상처는 아직 하나도 아물지 않았다.

"'이 안에 아사미를 죽인 범인이 있다'는 말에 예스라고 대답한 사람이 두 명 있었지. 그 애들은 너를 가리키는 게 아냐."

레이지는 딱 부러지게 말했다.

리세는 혼란스러웠다.

"어떻게 알아?"

"그건 말할 수 없어."

"대체 누가 범인이라는 거야?"

리세는 그때 테이블을 둘러싸고 있던 멤버를 떠올렸다. 모두의 얼굴이 머리속을 빙글빙글 돌았지만, 어느 얼굴도 범인이라고는 생각할 수 없었다. 어느 틈엔가 가슴속에 담아두었던 의문이 입에서 줄줄 흘러나오고 있었다.

"너는 그날 밤 왜 첨탑에서 내려온 거야?"

레이지가 흠칫 놀란 얼굴로 리세를 돌아보았다.

리세는 그 시선을 마주 보았다.

"나, 그날 밤, 그 근처까지 갔어."

리세는 순서대로 설명했다. 왠지 말이 솔직하게 나왔다. 자신이 사고로 기억을 잃은 것, 그 사실을 히지리 등에게 고백한 것, 유인당한 것, 탑에서 사건을 목격한 것, 그리고 레이지가 달려가는 모습을 본 것.

"그러냐."

레이지는 후우 하고 한숨을 쉬었다.

"나도 아마 같은 녀석에게 유인당했나 봐. 나는 첨탑 안에서 기다리라는 익명의 편지를 받았어."

"왜?"

"글쎄. 내가 눈에 거슬렸겠지. 나를 싫어하는 인간들이 꽤 있으니까. 교장을 비롯해서."

레이지는 토하듯 말했다.

"내가 기다리던 곳은 옆의 첨탑이야. 갑자기 비명이 들리더니 누군가 탑에서 떨어지는 게 보였어."

"창턱에 누가 있는지 보이지 않았니?"

"내가 있던 곳은 옆 탑의 창 안이 보이지 않는 위치였어. 나는 한참 얼어붙어 있다가, 무서워서 쏜살같이 도망쳤어."

"그랬구나."

리세는 왠지 안심이 되었다. 가슴에 맺혀 있던 걸 토해낸 탓인지 입이 가벼워졌다.

"지금 생각해 보면 나를 유인한 사람은 내가 탑까지 따라올 줄은 예상하지 못했던 것 같아. 내가 방을 몇 분 비우는 정도로 충분했을 테니까."

"그 이유는?"

"나, 그때 책을 도둑맞았어. 레이지, 우리 네 사람이 교장선생님 댁에서 다과회를 했을 때 기억나지? 교장선생님이 학교 창립의 바탕이 된 책 얘기를 했잖아."

리세는 그 기묘한 책을 발견하여 잠시 갖고 있었다는 얘기를 했다. 레이지는 흥미롭다는 듯 귀를 귀울였다.

"왜 그런 곳에 있었을까? 먼저 있던 학생이 숨기고 갔다면, 왜 숨겼을까? 게다가 교장선생님 얘기로는 꽤 오래된 책이라고 했잖아. 그런데 내가 보기엔 그리 오래된 책이 아냐. 고작 20년 정도나 된 책 같았어. 개인이 만든 책이라 판권면

이 없어서 언제 발행됐는지는 알 수 없었지만."

"내용은?"

"내용도 교장선생님 얘기와 달랐어. 여기 학교생활을 묘사한 건 사실이지만 대부분 지루한 일기야. 소설하고는 거리가 멀었어. 읽기가 힘들어서 후반은 대충 훑은 게 고작이었어."

"흐음. 이상하네."

레이지는 잠시 생각에 잠겼다. 갑자기 멀리서 음악이 흘러나왔다. 누군가 건물 밖에서 테이프를 틀은 모양이었다.

"어, 왈츠네."

리세가 얼굴을 들었다. 레이지와 눈이 마주치자 괜히 웃음이 터졌다.

"……그때는 제대로 췄냐?"

"무슨 실례의 말씀을. 그건 지도한 미쓰코 책임이라는 게 판명됐어. 요한과 춤출 때는 전혀 문제없었다고."

히죽히죽 웃는 레이지에게 리세가 변명했다

"정말이야? 내가 보지 않았다고 허세 부리는 거 아니지?"

"정말이라니까."

"그럼 확인해 볼까?"

레이지가 스윽 일어나서 손을 내밀었다.

리세는 처음에 그 의미를 잘 몰랐다. 어리둥절해서 레이지의 손바닥을 보고 있자 레이지가 어이없다는 듯 말했다.

"야, 야. 내 손금을 봐서 뭐 하겠다는 거야. 일어서, 어서."

리세는 그제야 레이지가 자신과 왈츠를 추려 한다는 걸 알았다.

리세는 자연스럽게 레이지의 손을 잡았다. 두 사람은 안마당에서 두둥실 춤을 추기 시작했다.

꿈 같다고, 리세는 생각했다. 아름다운 꿈. 레이지의 아름다운 눈썹이 바로 곁에 있고, 바로 그곳에 온화한 갈색 눈동자가 있다.

이것이 레이지의 본모습이다. 부드럽고, 섬세하고, 가정교육을 잘 받은 레이지.

하지만 리세는 마음 어딘가에서 절망을 느끼고 있었다.

유리와 요한과 언덕 비탈길에서 하짓날을 보낼 때 느꼈던 투명한 슬픔이 가슴에 되살아났다. 태양이 가장 오래 떠 있는 하지. 다음 날부터 해는 조금씩 짧아진다. 정점에 섰을 때 느끼는 몰락의 예감. 분명 지금 이 순간은 우리가 여기서 보낸 날들 중 가장 아름다운 시간일 터였다. 그리고 지금부터 우리를 기다리고 있는 것은…….

"거짓말이 아니었네."

"그것 봐."

"그 녀석하고 누가 더 잘 춰?"

"레이지일까?"

"그렇게 나와야지."

두 사람의 얼굴에 미소가 쏟아졌다.

"리세, 너, 너무 순진하게 남을 믿는 거 아니야?"

갑자기 레이지의 말투가 진지해졌다.

"나?"

"응. 가장 정직한 사람은 오히려 히지리야. 나머지는 모두 거짓말쟁이들이지."

"그럴까?"

"그래. 요한도, 유리도, 나도…… 모두 거짓말쟁이들이야."

"그렇지 않아."

"아냐. 넌 몰라. 나에 대해서도 넌 잘못 알고 있어."

"무슨 소리야?"

"난, 살인자야."

"뭐?"

리세는 레이지의 얼굴을 올려다보았다. 레이지의 고요한 눈은 먼 곳을 보고 있었다.

"심지어 내가 죽인 사람은 엄마야."

레이지는 담담하게 말을 이었다. 리세는 너무 놀라 입을 다물었다.

"엄마라고 해도 함께 산 적은 거의 없지만. 난 방탕한 여자가 낳은, 아빠도 모르는 아이였어. 여기저기 마구 내돌려지다가 나한테 얽혀 있는 재산인지 뭔지가 떠올랐는지, 엄마가 어느 날 나를 데려갔어. 엄청난 집이었지……. 꽤 훌륭하고 유명한 가문 같은데, 크고 호화로운 저택에 본처와 첩이 같이 살 뿐 아니라 영문도 모르는 거리의 여자와 배다른 자식들이 우글우글했어. 나로서는 그제야 나타나 엄마라고 해도 '뭐야, 이게' 싶은 심정이었지. 그런데 내게는 세 살 아래 이복 여동생이 있었어. 나는 친형제가 없었던 탓에 그 애를 몹시 귀여워했지. 그 아이도 나를 잘 따랐고."

리세는 물끄러미 레이지의 턱을 보았다.

"그런데 엄마는 그 아이를 마구 구박했어. 차마 눈 뜨고 볼 수 없을 정도로 심해서 그 애는 늘 파란 멍자국을 달고 다녔지. 여동생의 어머니는 알코올 중독이어서 같은 집에 살고 있으면서도 자기 자식이 어떤 일을 당하는지는 전혀 관심 없었고. 그런데 미안하게도 내가 동생을 감싸면 감쌀수록 엄마는 점점 거칠어지는 거야. 자기 아들이 다른 여자의 딸을 감싸는 게 마음에 들지 않았겠지."

레이지의 스텝에서 가벼움이 사라지고 있었다. 목소리로 보아 몹시 괴로운 듯했다.

"초등학생 때인데, 어느 날 학교에서 돌아오니 여동생이 부엌에 있는 플라스틱 양동이에 눌려 죽어가고 있었어. 팔이 이상한 방향으로 꺾이고 얼굴이 엉망진창으로 부어오르고 목은 재봉질에 쓰는 바늘에 찔린 채……."

리세의 손을 잡은 손에 힘이 실렸다. 리세는 더는 견딜 수 없었다.

"떨리는 손으로 바늘을 뽑았더니 피가 엄청나게 흐르기

시작했어. 여동생은 마지막 남아 있는 힘을 다해 '오빠' 하고 불렀어. 그것뿐이야."

레이지의 목소리가 희미하게 떨렸다.

"그런데 내 뒤에서 깔깔 웃는 소리가 나더니 엄마가 들어왔어. 지금도 그때 그 여자가 한 말을 잊을 수가 없어. '이제야 진짜 음식물쓰레기가 됐네.' 나는 반사적으로 도마 위의 식칼을 들어서."

두 사람의 발은 어느 틈엔가 멈춰버렸다. 왈츠는 아직 느릿느릿 흐르고 있다.

"……그렇게 된 거야."

레이지는 크게 한숨을 쉬었다.

"어쨌든 400년을 내려온 훌륭한 가문의 스캔들이다 보니 사건은 유야무야되고, 나는 격리되었지. 알겠니? 그래서 나는 아무도 지켜줄 수 없어."

레이지는 리세의 손을 놓으려고 했지만 리세는 레이지의 손가락을 잡고 놓지 않았다. 레이지는 달래듯이 리세의 어깨를 톡톡 치더니 살짝 리세의 손을 풀었다.

"내 마음속에는 분명 죄의식 같은 게 있어. 그래서 그 녀석 때도 어떻게든 해주고 싶었어."

'그 녀석'이란 레이코를 말한다는 걸 리세는 눈치챘다.

"그렇지만 역시 지켜주지 못했어."

"레이지."

리세는 큰맘 먹고 불렀지만, 다음 말을 이을 수가 없었다.

레이지는 몸을 돌려 걷기 시작했다. 리세가 등을 지켜보고 있자, 레이지는 문득 생각났다는 듯 걸음을 멈추더니 몸을 조금 돌려 이쪽을 돌아보았다.

"리세, 그날 잃어버린 거 있지?"

"응?"

"물빛 코사지. 나하고 길에서 만났을 때, 너 그걸 떨어뜨린 줄도 모르고 뛰어갔잖아."

"아, 그랬지. 까맣게 잊고 있었네. 찾았는데."

애써 웃는 얼굴에 경련이 일었지만, 리세는 태연하게 대답했다.

레이지는 희미하게 웃었다.

"그럴 줄 알았다. 내가 주워서 갖고 있어. 다음에 줄게."

그렇게 말하고 레이지는 패잔병처럼 어깨를 떨어뜨린 채 터덜터덜 걸어갔다.

리세는 아무 말도 하지 못하고, 혼자 안마당에 남겨졌다.

저녁 어둠에 녹아들듯 왈츠가 계속 흘렀다.

15장

가을의 방문

처음에는 천천히, 이윽고 서서히 속도를 높이며 가을이 다가왔다.

그런 기운은 바람이 서늘해져서 느끼게 된다. 피곤에 지쳐 표정을 잃듯이 바람에서 온기가 사라지며, 거기에 보조를 맞추듯 습원의 색이 변해간다. 점점 색채를 잃고 단조로운 침묵이 경치를 메워가는 것이다.

가을이 깊어질수록 리세는 점점 말을 잃어갔다. 겉으로 보기에는 특별히 달라진 게 없었다. 패밀리 안에서 웃으며 잘 지내고, 유리가 연극 연습할 때 참을성 있게 대사를 들어주고, 공부나 독서에도 열심이다. 과외 수업을 받은 보람이 있어 영어 신문도 제법 읽을 수 있게 되었다. 그러나 그건 보여주기 위한 노력에 지나지 않았다. 리세는 속으로 조금씩 위축되며 죽어가고 있었다. 더욱이 리세는 변해가는 자신의 상태를 객관화해서 보고 있었다.

  몇몇 친구들은 그 모습을 안타깝게 지켜보았다. 특히나 유리는 날마다 곁에 있는 만큼 리세의 변화를 가장 민감하게 알아차렸다.

  "리세, 왜 그래, 너. 정신 좀 차려. 이대로 가다간 정말 '묘지' 팀이 되어버린다고."

  유리는 번번이 리세를 나무라고 격려했지만 리세는 빙긋이 웃을 뿐 아무 말도 하지 않았다. 유리는 여름방학 전에 했던 패밀리 진실게임이 직접적 원인이라고 생각했지만, 그렇게 말하면 리세는 "아냐" 하고 부드럽게 고개를 저었다.

  요한도 틈날 때마다 리세에게 말을 걸려고 했지만 지금까지도 교장의 친위대가 그를 끈질기게 따라다니는 바람에 오히려 역효과가 났다.

  "하여간 모두 다 한꺼번에 죽여버리고 싶다니까."

  요한은 종종 유리에게 푸념을 늘어놓았다. 유리는 쓴웃음을 지을 수밖에 없었다.

  아직 레이지는 코사지를 돌려주지 않았다. 하지만 리세의 변화에 그가 괴로워하고 있는 것은 분명했다. 레이지는 리세에게 자신의 과거에 관해 얘기한 일을 후회하고 있었다. 그것이 어떤 형태로든 리세 속에 뿌리를 내려, 무언가를 심어

주게 된 거라고 믿었다. 리세는 이따금 레이지가 괴로운 얼굴로 자신을 바라보는 것을 느끼면서 네 탓이 아닌데, 하고 마음속으로 중얼거렸다.

하지만 역시 가장 안절부절못하는 것은 교장이었을 것이다. 기운이 없는 리세를 보면서 교장은 초조함을 감추지 못했다.

교장은 일주일에 한 번 리세와 상담을 했다. 그러나 아무리 얘기를 하고 기억을 더듬어도 리세는 예전의 자신과 현재의 자신을 연결시키지 못했다. 리세는 이미 그러기를 포기하고 있었다. 이제는 교장의 집에 가도 교장이 창을 열어도 동요하는 일이 전혀 없었다. 그것은 리세가 정신적으로 회복된 것이 아니라, 그때까지 그나마 열려 있던 마음마저 닫혀버렸다는 것을 의미했다. 교장은 끈질기게 리세와 상담했지만, 되레 역효과를 냈다. 이렇게까지 해서 예전의 자신을 되찾아야 할 정도로 지금의 자신이 한심하구나, 하고 리세는 더욱 내면으로 들어앉아 버렸다.

정신적으로는 상당히 절망적인 상태였지만 일상생활은 오히려 전보다 원만해졌다. 리세는 성적도 좋았고 교제 범위도 늘어났으며 친구들과 잘 어울리는 듯이 보였다.

겨울을 맞이하는 축제 준비로 학교 안이 분주했다.

행사란 확실히 위대한 발명이다. 작업하는 동안 시간은 흐르고 잡념은 사라지고 피곤해서 잠도 쉬이 든다. 리세는 핼러윈 장식이며 의상 만들기에 열심히 참가했다. 유리의 도우미 역할도 했다.

리세의 불면증은 심각했다. 잠을 자려고 아무리 애를 써도 날이 샐 때까지 꾸벅꾸벅 조는 게 고작이었다. 그러나 이즈음은 축제 준비로 바빠 움직인 덕에 간신히 얕은 잠이라도 잘 수 있게 되었다. 리세는 점점 작업에 몰두했다.

리세는 하나의 전환점을 맞이하고 있었다. 그리고 그 전환점이 핼러윈 축제일과 겹칠 것 같은 예감이 들었다. 리세뿐만 아니라 주위 사람들도 마찬가지로 느끼고 있었다. 그날이 운명의 날이 되리라는 것. 그 하루가 리세와 학교에 아주 중요한 날이 되리라는 사실을.

10월은 황혼의 나라

활짝 갠, 밝은 아침이었다.

'파란 언덕'의 짧은 황금빛 계절이 다해가고 있었다. 습원도 그을린 갈색과 금색으로 물들어 고급 카펫처럼 중후하게 지평선을 메웠다.

"날씨 좋다."

"바람이 없어서 고맙네."

리세와 유리는 나란히 창밖을 내다보았다.

리세는 왠지 감개무량했다.

겨울의 습원, 봄의 습원, 여름의 습원을 이곳에서 보았다. 이 학교라는 감옥 안에서. 나라는 인간의 우리에 갇혀서.

"리세, 먼저 갈게. 나, 무대가 있어서."

감동받은 리세를 뒤로하고 유리는 허둥지둥 나갔다.

엄청난 공짜 세례가 쏟아지는 축제가 시작되었다. 겨울을 맞아 방 안에 틀어박히기 전에 바깥 공기를 실컷 마셔두라는 배려인지, 평소에 쌓인 울분을 터뜨리라는 의도인지는 잘 모르겠지만 학교 안은 아침부터 벌집을 쑤셔놓은 듯 아우성으로 가득했다.

여기저기에 걸린 오렌지색 천과 호박 그림, 장소를 불문하고 쏘아 올리는 로켓 불꽃, 마구잡이로 흩날리는 종이 눈꽃, 기분 좋게 흐르는 재즈.

생각해 보면, 그 무렵부터 그것은 시작되고 있었다. 이즈음, 이미 시간 감각도 현실 감각도 마비되고 있었는지 모른다.

밝은 색채. 서로 주고받는 웃음. 유난스럽게 높아지는 목소리.

가장과 분장은 가지각색이었다. 어떤 차림이든 상관없었다. 얼굴을 가부키 풍으로 칠하기도 하고, 봉제 인형 탈을 쓰기도 하고, 초록색 가발을 쓰기도 하고, 흡혈귀 차림을 하기도 하고, 헤비메탈 밴드 복장으로 나타나기도 하고, 차이나 드레스나 기모노를 입기도 하고, 일관성이라고는 없는 캐릭

터들이 학교 이곳저곳을 메우고 있었다.

직원들도 가장을 하고 아침부터 술을 마셨다. 넘치는 해방감. 한껏 들뜬 사람들.

리세는 특별히 분장다운 분장을 하지 않았다. 검은색 스웨터에 오렌지색 미니스커트. 검은 타이츠에 검은 부츠. 오렌지색 손뜨개 니트 모자. 이것뿐이었다.

학생들이 우르르 도서관 옥외광장으로 모이고 있었다. 격렬한 색채가 넘쳐흐르고 음악과 아우성으로 가득한 광장은 야단법석이었다. 그곳에는 일종의 그로테스크한 살기마저 감돌았다. 리세조차 드물게 기분이 들뜨는 것을 느꼈다.

"여러부운, 안녕하세요오."

무대 위에 오렌지색 피에로 분장을 한 유리가 나타나 큰 소리로 주의를 모았다.

와아, 하며 땅을 울리는 환성이 거기에 화답했다.

"과자를 안 주면 악마가 될 거야, 우리의 핼러윈, 올해도 찾아왔습니다. 여러분을 위해 과자도 경품도 듬뿍 준비해 두었습니다. 자, 스태프들이 꼭꼭 숨긴 보물, 과연 몇 시까지 찾을 수 있을까요?"

갈채가 터지고 모두 휘파람을 불었다.

"경품은 다양합니다. 따뜻하게 겨울을 보낼 양말부터 호박 푸딩, 카세트플레이어, 그리고 스웨터. 아시겠습니까, 모두 이 호박에 넣어 숨겨놓았습니다!"

유리는 플라스틱 호박 상자를 높이 들었다. 벌컥 뚜껑을 여는 모습을 실연해 보이자 학생들은 쿵쿵 땅을 울리며 환성을 질렀다.

"좋습니다. 지금부터 스무 장의 사진을 영상으로 보여드리겠습니다. 모두 학교 안에 있는 장소의 확대도이거나 그 일부입니다. 이것이 보물찾기 장소의 힌트이니, 자알 봐주세요."

도서관 건물 벽에 사진이 커다랗게 떠올랐다. 웅성거림 속에서 학생들은 저마다 "저건 어디 아닐까", "거기가 틀림없어" 하고 소리쳤다.

사진은 잇따라 바뀌었다. 벽 무늬며 창틀이며 특이한 모양의 나뭇가지 등, 종류도 다양했다. 영상이 바뀔 때마다 비명이 뒤섞인 환성이 터졌다. 스무 장을 모두 비추고 나자 이제 더 없나요, 하는 외침이 쏟아졌다.

"그럼 한 번 더 보여드리겠습니다. 교내 게시판 몇 군데에도 같은 사진이 붙어 있으니 확인해 주세요."

한 차례 더 스무 장의 사진이 비춰졌다. 모두 이번에는 입을 다물고 유심히 바라보았다. 리세도 사진들을 뇌리에 새겨 넣었다.

"됐습니까. 그럼 여러분, 행운을 빕니다아!"

유리가 큰 소리로 외치자 학생들은 일제히 와 하며 움직이기 시작했다. 다들 저마다 다른 방향으로 달려나갔다. 리세는 주위의 기세에 눌려 서로 밀고 밀리는 군중 틈에서 힘

겹게 밖으로 빠져나왔다. 종이 눈이 파란 하늘에서 춤을 추는 모습을 잠깐 넋을 잃고 쳐다보았다.

군중 바깥쪽에는 보물찾기를 하지 않고 무리 지어서 차나 과자를 찾아다니는 학생들도 꽤 있었다. 극채색 분장을 한 학생들이 어슬렁거리는 광경이 독특해 보였다.

"리세."

궁정음악가로 분장한 요한이 손을 흔들었다.

"어, 모차르트네. 잘 어울린다."

"그래? 앗, 교장선생님이다."

요한의 시선 끝을 보니 선명한 붉은 의상이 눈에 들어왔다. 붉은 여왕.[*]

아마 그걸로 분장했을 것이다. 교장은 아름답고 고귀한 여성이 되어 있었다. 머리카락으로 살짝 가린 얼굴, 깃을 높게 세운 새빨간 드레스에 새빨간 립스틱. 윤곽이 뚜렷한 얼굴에 짙은 메이크업은 빛이 닐 지경이었다.

"우와, 대단하다."

두 사람은 입을 벌린 채 넋을 잃고 말았다. 여자인 교장은 오랜만에 보았다.

"안녕. 두 사람, 마법의 차 한 잔 어때?"

교장은 요염한 목소리를 내며 두 사람에게 다가왔다. 어

---

* 《거울 나라의 앨리스》 등장인물.

쩐지 힘이 약한 헨젤과 그레텔이 된 듯한 기분이 들었다.

"요한, 아주 잘 어울리는구나. 리세, 기분은 어때? 이 특제 차를 마시면 정신이 맑아질 거야."

교장은 두 사람에게 김이 오르는 종이컵을 건넸다. 달콤한 향이 났다.

맛있겠다……. 그런데 어째 별나게 검은 홍차네.

리세는 손바닥을 덥히듯 종이컵을 감싸고 천천히 홍차를 마셨다. 뱃속이 따뜻해지며 머리 어딘가가 스르륵 풀리는 듯한 해방감이 들었다.

와, 뭔가 묘한 느낌이야…….

교장이 이쪽을 물끄러미 보고 있었다. 진하게 칠한 아이섀도 아래 선명한 두 눈동자가 뇌리 깊숙이 파고든다…….

"마음껏 즐기렴."

교장은 빙긋이 웃더니 드레스 자락을 우아하게 들어 올리고 다른 학생들에게로 향했다.

"이야. 완전히 둔갑했네."

요한이 그 뒷모습을 눈으로 좇으며 말했다.

"요한. 아까 본 슬라이드에서 짐작 가는 곳 있니?"

"응. 몇 군데 있는데, 거기 가보지 않을래? 눈치챘니? 그 돌에 별자리처럼 나란히 나 있는 구멍들."

"그래그래, 알겠어. 온실 입구인 정자와 돌벽이지."

"그렇지? 가보자."

검정과 오렌지색 옷을 입은 아가씨와 궁정음악가는 서로 손을 잡고 뛰기 시작했다. 손을 잡는다는 행위도 이 어수선함과 가장 속에서는 별일 아니게 느껴졌다.

색색의 종이 눈. 요한과 리세는 여기저기에 놓여 있는 바구니 속 종이 눈을 한 줌씩 집어 날리면서 총총걸음으로 나아갔다. 까닭 없이 웃음이 났다. 한없이 뚫고 나아갈 수 있을 것 같은 파란 하늘에, 빨갛고 노란 종이 눈이 날렸다.

반짝반짝 빛나는 종이 눈을 올려다보는 동안 리세는 묘한 감각에 휩싸였다.

종이 눈이 이렇게 천천히…… 이렇게 반짝반짝 빛나다니 이상도 하지.

시간이 고무줄처럼 늘어졌다. 발아래 땅바닥이 아득히 멀게 느껴지고, 다음 한 걸음까지의 시간도 몹시 길게 느껴졌다.

종이 눈이 새파란 하늘에서 한 장 한 장 슬로모션으로 움지인다.

이상하다. 어딘가 이상하다. 그러나 즐겁다. 제트코스터를 타고 있는 듯한 스릴. 아아, 큰 소리로 웃고 싶다.

달리는 자신의 검은 머리카락이 바람에 나부끼며 빛을 반사하고 있었다.

옆에서 달리는 요한의 웃는 얼굴이 점점 커졌다. 그는 천사 같았다. 천사처럼 웃는 얼굴. **요한은 천사처럼 웃으며 죽인다.**

요한의 따뜻한 갈색 눈동자가 다가왔다.

저기, 리세.

머릿속에 요한의 부드러운 목소리가 울려온다.

리세, 날 잊어버렸지. 네 고백을 듣고 교장선생님에게 확인할 때까지는 좀처럼 믿을 수 없었어. 정말로 기억나지 않니? 난 교장선생님과 함께 널 만났어. 난 첫눈에 네게 끌렸지. 나뿐이 아냐. 교장선생님도야. 난 예쁘고 신비롭고 차가운 네게서 눈을 뗄 수가 없었어. 기억나지 않니? 우리 부모와 나 그리고 교장선생님과 삿포로 어느 호텔에서 만났던 일?

요한은 대체 무슨 말을 하는 걸까? 대체 이 목소리는 어디서 들려오는 걸까? 저기, 요한, 작곡가는 뇌파로 음을 전달할 수 있는 거니?

리세는 요한과 회랑을 달리고 있음을 느꼈다.

달린다, 달린다. 몸이 가볍다. 언젠가 꿈에서 본 풍경 같았다. 습원 위를 둥둥 떠서 달려가는 나. 습원 위의 바람을 온몸으로 받으며 달려간다.

발밑의 지면이 저속촬영 화면처럼 움직였다.

요한의 목소리는 계속되고 있었다.

응? 기억나지 않니? 우리는 좋은 인연을 맺었잖아. 우리 부모님도 아주 기뻐했어. 일본은 장래성 있는 시장이어서 내가 아버지의 뒤를 이을 무렵엔 더 큰 시장을 손에 넣을 수 있을 테니까.

오렌지색 커튼이 회랑 여기저기에 걸려 있었다.

리세와 요한은 커튼을 걷고 온실을 향해 달려갔다. 그때 갑자기, 가면을 쓰고 검은 망토를 걸친 무리가 앞을 막아섰다. 두 사람은 깜짝 놀라 멈춰 섰다.

"요한, 리세에게서 떨어져."

"아직 모르니, 그 애는 마녀야."

살기로 가득한 목소리가 울려왔다. 교장의 친위대 같았다. 가면을 쓰니 더 대담해진 듯했다.

"2월 마지막 날에 온 불길한 계집애야."

"요한을 유혹하고 교장선생님에게까지 추파를 던지는 천한 계집애라고."

"그만해!"

요한이 가면을 쓴 여자들에게 둘러싸여 꼼짝 못 하는 사이 남은 멤버가 리세를 바닥에 쓰러뜨렸다. 바닥에 얼굴이 닿자 세상이 거꾸로 뒤집혔다. 막대기로 때리고 배를 걷어찼다.

리세는 비명을 질렀다.

아야, 아파. 내가 왜 이런 일을 당해야 하지.

배를 차여 무의식중에 온몸이 움츠러들었다. 머리 위로

묵직한 구둣발이 내려와 마구 짓밟혔다.

아프다. 머리가 아프다. 왜지? **어째서 내가 너희들 따위에게** 이런 일을 당해야 하지. 무례하다. **이곳은 나의 왕국이라고.**

갑자기 온몸이 굴욕과 분노로 뜨거워졌다. 리세는 머리를 짓밟고 있는 발목을 잡아 옆으로 내동댕이쳤다.

"앗!"

균형을 잃고 심하게 구르는 소리가 났다.

"아야앗."

"뭐 하는 거야?"

"이 계집애."

리세는 벌떡 일어나 달아났다. 여자아이들은 망토가 발에 걸려 좀처럼 앞으로 나아가지 못했다.

"리세!"

요한이 부르는 소리가 들렸지만, 개의치 않고 달려갔다. 보물을 찾았는지 호박 상자를 들고 흥분해 있는 무리 속을 난폭하게 뚫고 지나갔다.

머릿속에서 **땡땡땡** 종을 치는 듯한 두통이 일었다.

아까 그 감정은 무엇이었을까? 자신이 아닌 것처럼 격한 감정이 어딘가에서 분출되어 나왔는데.

오렌지색 커튼. 호박 그림. 파란 하늘에서 춤추는 종이 눈. 루이 암스트롱의 트럼펫.

대체 내가 왜 이러지? 불면증 때문에 머리가 어떻게 되었나?

리세는 들떠 돌아다니는 학생들 사이를 비틀거리며 헤맸다.

끝없이 이어지는 파란 하늘에 종이 눈이 빙글빙글 소용돌이를 만들고 있었다.

이상해. 내가 이상해.

정신을 차리고 보니, 멀리 '한탄의 벽'이 보였다. 어느새 이런 곳까지 와버렸네.

'한탄의 벽' 앞에 누군가 있었다. 그 그림자는 카메라로 줌업하듯 대단한 속도로 다가왔다.

유리와 레이코?

오렌지색 피에로 차림의 유리와 검은 레인코트를 입은 레이코가 나란히 서 있었다.

유리의 얼굴이 커다랗게 확대된다. 뺨에 오렌지색 눈물이 그려져 있다. 눈물이 더욱 확대되어 눈앞에 다가왔다. 오렌지색 **눈물방울**.

리세, 미안해. 나, 리세에게 거짓말을 했어. 싫으니 어쩌니 하면서도, 나도 교장이 시키는 대로 하고 있었어. 내가 리세의 룸메이트로 들어갔던 건, 레이코가 천장에 숨겨둔 그 책을 몰래 되찾기 위해서였어. 그 방은 네가 오기 전까지 레이코가 살던 방이거든. 그런데 넌 그 책의 존재를 이미 눈치채고 있었어. 그래서 무척 난감했어. 게다가 넌 그 책을 읽기 시작했고…….

　유리의 목소리가 들려온다. 갑자기 뭔가를 이해할 수 있을 것 같은 기분이 든다.
　"레이코는 살아 있다."
　게임에서 요한이 종이쪽지를 읽는 소리가 울렸다.
　그 질문을 쓴 건 유리였구나.

　그래, 맞아. 교장이 나를 저지하는 바람에 레이코의 사체를 확인하지 못했다는 사실을 깨달은 순간, 레이코가 살아 있다는 걸 눈치챘어. 생각해 보면, 교장이 그렇게 간단히 레이코를 죽게 둘 리가 없잖아. 뭐니 뭐니 해도 레이코는 우수한 살인기계였는걸. 슈지를 처리하게 한 것만으로는 아까웠을 거야. 앞으로도 교장이 명령을 내리면 언제든지 시설에서 빠져나와 누구든 죽여줄 텐데. 레이코, 불쌍한 레이코. 그 아이는 교장이 기뻐하는 일이라면 뭐든 하지. 교장의 후계자가 되기 위해서라면, 그 아이는 자신의 형제라도 죽일 거야.

　유리도 뇌파로 의사를 전달할 수 있다니, 대단해. 어느새 그렇게 된 거지. 세계는 평화로워. 모두가 마음을 전할 수 있으면 좋겠어.

미안해, 리세. 너는 너대로 그런 사정이 있을 줄 몰랐어. 너를 괴롭힐 생각은 없었어.

유리의 뺨에 흐르는 오렌지색 눈물을 보고 있는데, 옆에 선 레이코가 이쪽을 노려보는 게 느껴졌다. 살기로 가득 찬 무서운 눈이 점점 가까이 다가온다. 파란 불꽃. 차갑고, 얼어붙은 불꽃 같은 암흑의 눈이.

너 따위에게, 너 따위에게 방해받을까 봐? 여기는 나의 것. 여기는 나의 나라.
너 따위, 너 따위는 죽어버려야 돼. 이제 다 끝났다고 생각했는데. 거의 죽었던 계집애가, 아직 살아 있다니. 그때 숨통을 끊은 줄 알았더니. 너 따위에게 넘겨줄 수 없어. 이 학교는 나의 것. 레이지는 나의 것. 레이지에게 접근하지 마. 레이지는 나를 지켜줄 거니까. 니는, 니의 니라는, 니의 레이지는, 나의, 나의…….

레이코는 레인코트 아래에서 칼을 꺼냈다. 그러자 건너편에 있는 '한탄의 벽' 위로 손이 불쑥 나오더니 두 팔이 벽을 붙잡았다. 빨간 매니큐어를 칠한 큰 손.
붉은 여왕.
교장의 커다란 눈동자가 벽 저편에서 불쑥 나타났다. 교장은 양손을 들었다. 교장은 점점 커졌다. '한탄의 벽'보다 훨씬 커졌다. 빨간 드레스 자락이 점점 퍼져갔다.

그래, 레이코가 숨겨두었던 책은 내가 고교 시절에 쓴 일기야. 그렇다, 그 책은 예전에 아버지가 내게 읽어주었던 책이 아냐.《삼월은 붉은 구렁을》은, 이 학교의 지배자가 몇 대에 걸쳐 계속 써온 소설이야. 그건 나의 일기. 진짜《삼월은 붉은 구렁을》은 내가 지금부터 다시 쓰기 시작할 거야. 애정을 담아 학교의 역사를 써나갈 거야. 그날 밤, 너를 방에서 유인해 내고 레이지를 첨탑에서 기다리게 하고 유리에게 네 책상 위에 있는 책을 훔쳐내게 했지. 너는 눈치채지 못했겠지. 그때 유리의 책장을 보면 그 책이 꽂혀 있었을 텐데.
아사미는 정말 여기저기 따라다녀서 눈엣가시였어. 가능한 한 빨리 처리해야겠다고 다짐한 참이었지. 그런데 실제로 그 애를 처리한 사람은…….

힘찬 재즈가 파란 하늘에 울려 퍼지고 있었다. 클라리넷. 트럼펫. 탁한 목소리로 부르는 스캣. 땅이 빙글빙글 돌고 있다.
나는 대체 어디 있는 거지? 어디서 소리가 들려오는 거지?
리세는 하얀 레이스가 달린 팔이 자신의 어깨를 잡는 걸 보았다.
돌아보니, 천사처럼 미소 짓는 요한이 따라와 있었다.

괜찮아. 리세를 괴롭히는 그 바보 같은 계집애들도 곧 처리할 거야. 그래. 나는 정말로 성가시게 구는 여자들이 싫어. 아사미도, 안아 올려서 1초도 지나지 않아 떨어뜨려 주었지. 흥, 내가 안아주었더니 그 녀석 오해해서 말이야. 나한테 웃어주는 거 있지. 그 녀석 웃는 얼굴 그대로, 입으로는 물음표를 띄운 채로 떨어졌어. 그때 말했지. 떨어질 때도 어리둥절한 표정이었다고.

그럼, 그 게임 때 '이 안에 아사미를 죽인 범인이 있다'는 질문 속 그 범인은, 요한을 얘기하는 거였구나. 그 사실을 아는 사람이 있었던 거야.

파란 하늘에 거대한 오렌지색 커튼이 서로 포개진 채 흔들린다. 커튼이 흔들릴 때마다 눈부신 빛이 쏟아져 들어온다.

정말 큰 커튼이네. '파란 언덕'조차 푹 감쌀 수 있겠어.

아아, 어떡하지? 나는 드디어, 정신이 이상해져 버렸다. 이번엔 정말 돌아갈 수 없다. 할머니도 두 번 다시 만나지 못한다.

그때 벼락같은 목소리가 등 뒤로 내려왔다.

"리세, 정신 차려! 레이코가 뒤에 있어! 교장이 네게 약을 먹인 거야. 아까 종이컵에 든 홍차를 마셨지? 그건 환각을 일으키는 약이라고!"

그 순간, 갑자기 세계가 원래대로 돌아왔다.

바람 소리, 햇빛. 양팔과 양다리에도 원래의 감각이 되살아나고 있었다.

리세는 잠에서 깬 듯한 느낌에 주위의 풍경을 둘러보고는 오싹해졌다.

대체 언제 어떻게 올라왔을까. 어느새 리세는 첨탑 가까이, 그 작은 바위산 극장에 서 있었다. 발아래 광대한 황금색 습원이 신비롭게 펼쳐져 있다. 그리고 그 위에는 눈부신 태양의 지배 아래 있는 하늘이.

리세는 돌아보았다.

레이코의 살기로 가득한 검은 눈동자가 바짝 다가왔다.

"그만해, 레이코!"

레이지의 비명소리가 난 순간, 튀어나온 그림자가 눈앞을 가렸다. 이어서 쿵 하고 둔한 충격이 느껴졌다.

순간 세계가 정지되었다.

찰나라고 하는 영원.

리세는 조심스레 눈을 떴다. 눈앞에 레이지의 등이 있다. 그 넓은 등이 휘청 흔들렸다. 그리고 그 건너편으로 캄캄한 구멍 같은 눈을 뜬 레이코의 얼굴이 보였다.

"나의 레이지."

레이코는 눈을 부릅뜬 채 중얼거렸다.

리세의 마음은 무슨 일이 벌어지는지 이해하기를 거부하고 있었다. 리세는 자신의 온몸이 심하게 떨리는 걸 남의 일처럼 느꼈다. 발밑에서 뚝뚝 소리가 났다. 리세는 천천히 발밑을 내려다보았다. 눈동자가 움직이는 소리마저 들리는 것 같았다.

빨간 것이, 눈앞의 레이지와 그 건너편에 있는 레이코 사이에 떨어져 있었다.

뚝, 뚝 하고 그 빨간 것은 땅 위로 천천히 퍼져갔다.

레이지가 희미하게 돌아보며 웃는 듯한 느낌이 들었다.

다음 순간, 레이지는 휘청하더니 맞은편으로 쓰러졌다.

그리고 레이코를 안은 채 천천히 리세의 시야에서 사라져 갔다.

눈앞을 온통 새파란 하늘이 차지했다.

"아."

리세는 부들부들 떨면서 무릎을 꿇었다. 무릎에서 피가 나는 것도 아랑곳하지 않고 벼랑을 기어갔다.

눈 아래 너무나도 아름다운 습원이 펼쳐져 있었다. 그리고 바로 아래 선반처럼 비쭉 나온 바위 위에, 포개진 두 사람이 쓰러져 있었다. 반듯하게 누워 숨을 거둔 레이코 옆에 레이지가 가로누워 있다. 배에는 칼이 꽂혀 있고 셔츠는 새빨갛게 물들었다.

레이지는 여전히 웃는 것처럼 보였다.

가슴 주머니에서 뭔가 파란 것이 고개를 내밀었다.

뭔가 하고 자세히 보던 리세는, 이윽고 쳇소리 같은 오열을 토했다. 작은 물빛 장미 코사지.

거짓말이야. 이건 거짓말이야. 있는 힘껏 소리쳤다.

리세는 가슴이 찢어질 것 같은 비명을 지르며 벼랑에 푹 엎드렸다. 손에 닿는 모래가 따갑다. 아픈 것도 아랑곳하지 않고 절벽에 얼굴을 비비며 오열했다.

"……자, 이래도 너는 기억나지 않는다고 할 거냐?"

갑자기 누군가 뒤에서 어깨를 잡으며 리세를 일으켰다.

얼굴을 드는 순간, 눈부신 햇빛이 쏟아져 들어와 엉겁결에 눈을 감았다. 역광 속에서 검은 그림자가 속삭였다.

"이만큼이나 희생을 치렀는데, 아직 너의 역할을 모르는 것이냐."

리세는 눈물과 모래로 범벅이 된 얼굴로 멍하니 그림자를 올려다보았다.

두 팔이 목을 감는다. 조금씩 힘이 들어간다.

"너는, 1년 전, 레이코에게 이렇게 목을 졸린 채 저택에서 한 차례 죽음을 맞이했다!"

머릿속이 새하얘지며 거대한 빛 덩어리가 폭발했다.

새벽

새하얀 빛 뒤로 길고 깊은 암흑이 찾아왔다.

커다란 어둠의 바닥에 가라앉은 심해어의 잠.

하지만 그 긴 잠 속에서 리세는 천천히, 아주 천천히 위로 떠올랐다.

몸을 적응시키기라도 하듯, 오랜 시간에 걸쳐 심해에서 수면으로, 리세의 의식은 안타까우리만치 느리게 밝은 곳을 향해 가고 있었다.

모노톤의 그러데이션 속에서 리세는 서서히 색이 옅은 쪽으로 떠올라 갔다.

무자비한 중력에 내몰리던 몸이 둥실 가벼워지고,

리세는 드디어 눈을 떴다.

하지만 리세는 또 다른 어둠 속에 있었다.

리세는 순간, 지금 자신이 어디에 있는지 알 수 없었다. 침대 속에 있다는 사실만 간신히 확인하고 천천히 고개를 돌려 주위를 살폈다.

어둠 속에서 흐느끼는 소리가 들렸다.

리세는 흐느낌이 들려오는 쪽을 바라보았다.

어둠 속에서 유리가 피에로 의상을 입은 채 책상에 엎드려 신음하듯 울고 있었다. 아아, 역시 레이지와 레이코는 죽었구나.

차가운 덩어리 같은 슬픔이 가슴 밑바닥에 무겁게 쌓였다.

리세는 천천히 침대 위에 몸을 일으켜 앉았다. 온몸의 관절이 아팠다. 얼굴도 부은 것 같고, 속이 텅 비어 헛구역질이 났다.

리세는 살며시 창 쪽을 돌아보았다.

아직 어둡긴 했지만 새벽이 가까이 다가왔는지 먼 곳에서 어렴풋이 빛이 스며드는 기운이 느껴졌다.

리세는 울고 있는 유리를 방에 남겨둔 채 아픈 몸을 추스르며 느릿느릿 밖으로 나왔다.

고요가 감도는 세계. 공기가 서늘하다.

리세는 천천히 어두운 복도를 걸어갔다.

밖으로 나오자 새벽 기운을 알아차린 새들이 벌써 지저귀고 있었다. 낮게 잔물결 치는 듯한 새소리 속에서, 여기저기 남아 있는 천 조각과 종이 눈의 잔해를 바라보며 리세는 천천히 걸었다.

세상은 너무나도 어두웠다.

터벅터벅 회랑을 걸어 숲속을 빠져나갔다.

싸늘히 식은 몸이 피로를 호소하듯 비명을 질렀지만 리세는 흐트러짐 없이 담담히 길을 걸었다.

드디어 눈앞에 벽돌집이 나타났다. 등 뒤에서 날이 새기 시작한 하늘이 조용히 커져갔다.

리세는 천천히 언덕을 올라가 노크도 하지 않고 현관문을 열었다. 문은 잠겨 있지 않아 쉽게 열렸다.

현관을 지나 어둡고 긴 복도를 거침없이 걸어갔다.

정면에 보이는 문틈에서 빛이 새어 나오고 있었다.

역시 깨어 있었구나.

리세는 문을 두드렸다.

"들어오세요."

침착한 목소리가 대답했다.

리세는 문을 열었다.

의자를 빙그르르 돌리며, 트위드 스리피스를 입고 넥타이까지 단정히 맨 교장이 이쪽을 돌아보았다. 얼굴 가득 미소를 띠고 있다.

"……기억이 났구나?"

리세는 비틀거리듯 방 안으로 들어가 교장에게 안겼다.

교장도 리세를 꼭 껴안았다.

리세는 조심스레 고개를 들어 교장을 바라보다가 상처투성이의 얼굴에 빛이 날 듯 화사한 미소를 지었다.

"예, 아빠. 모든 게."

종장

나는 짐 꾸리기를 마쳤다.

처음부터 별다른 짐이 없어서 방 청소까지 마치는 데 한 시간도 걸리지 않았다. 선생님들에게 인사도 어제 다 끝냈고, 더 이상 할 일도 없었다. 친한 친구들과의 송별회도 이미 열었다. 이제 남은 일은 이곳을 떠나는 것뿐이다.

나는 나 자신도 놀랄 만큼 태연했다. 감회는 '전혀'라고 해도 좋을 만큼 일지 않았다.

아버지 집에 도착하자, 할아버지가 마중을 나와 있었다. 예전에 추운 역에서 나를 이곳까지 데려다준 할아버지⋯⋯ 이 학교의 이사장이기도 한 할아버지가.

"이거."

할아버지는 턱으로 바닥에 놓인 것을 가리켰다.

그걸 보고 나도 모르게 웃음이 흘러나왔다.

내 트렁크였다.

할아버지가 보관하고 있던 내 트렁크.

그걸 본 순간, 처음으로 씁쓸하고 복잡한 감정이 가슴 깊은 곳에서 끓어오르는 걸 느꼈다.

2년 전의 일이다. 처음 이곳에 올 때, 나는 개인 소지품을 가져올 수 없다는 걸 알면서도 '어떻게든 되겠지' 하는 마음으로 좋아하는 옷 몇 벌을 트렁크에 몰래 챙겨왔다.

하지만 할아버지는 기차 안에서 내 짐을 확인하더니 아무것도 허용할 수 없다며 트렁크를 치워버렸다. 나는 꼭 필요한 것들이라며 온갖 변명을 늘어놓았지만 할아버지는 규칙은 규칙이라며 단호히 선을 그었다. 나는 역에 도착할 때까지 투덜거리며 계속 불평했다. 아마 그 모습이 인상 깊었나 보다. 작년에 내가 기억을 잃고 이곳에 다시 왔을 때, 할아버지는 같은 기차를 타고 있었다. 그리고 내 좌석에서 트렁크를 챙겨 동행한 지원에게 넘긴 후 혼자 먼저 기차에서 내렸다. 짐을 잃고 넋이 나간 나를 플랫폼에 남겨둔 채 개찰구 앞에서 기다리고 있었던 것이다. 그 일로 내 기억이 돌아오길 바랐지만 내가 전혀 반응을 보이지 않아 실망했다고 한다.

그리고 지금, 마침내 2년 만에 트렁크가 내게 돌아왔다.

"아, 반가워라. 옷 갈아입어도 돼요?"

"기차 시간이 있으니 서둘러라. 나는 차를 대기시키마."

나는 트렁크를 옆방으로 옮긴 뒤 오랜만에 보는, 내가 가장 좋아하는 갈색 정장 바지를 꺼냈다. 1년 가까이 스커트만 입었더니 아주 지긋지긋했다. 재빨리 옷을 갈아입고 나니, 마치 새로 태어난 기분이었다.

역시 이게 편해.

"미안해요, 기다리시게 해서."

아버지가 돌아보며 빙그레 웃었다.

"이제야 리세답네. 그날 원피스도 잘 어울렸지만."

"아직 내겐 진주도 하이힐도 너무 일러요. 나중에요."

"기대하마. 그럼 공부 열심히 해야 한다."

아버지의 팔에 살짝 매달려 웃어 보이고는 떨어져 트렁크를 들었다.

"리세."

아버지가 묘한 어조로 부르기에 뒤돌아보았다.

"나는 지금도 문득 그런 생각이 들어. 혹시 너는 모든 걸 연기했던 게 아닐까 하고. 기억상실도, 전설에 겁먹고 떠는 소녀도…… 모두 네가 만들어낸 게 아닐까, 너는 그 모든 걸 즐기고 있었던 건 아닐까……."

아버지는 먼 곳을 바라보며 혼잣말처럼 중얼거렸다.

나는 당황스러워 어정쩡한 미소를 지었다.

아버지는 아차 싶었는지 나를 보며 작게 손을 저었다.

"미안. 나의 쓸데없는 망상이야."

나는 집을 나섰다.

2층을 슬쩍 올려다보았다.

정말로 추억이 많은 집이다.

2년 전의 그날 밤······.

"드디어 나도 이 학교에 들어오게 되었어. 이것으로 나도 이곳을 승계할 자격이 생겼다고 생각하니 너무 기쁜걸."

나는 혼자 들떠 있었다. 레이코의 조용한 미소 뒤에 숨겨진 감정을 전혀 눈치채지 못하고. 어리석었던, 어린 나.

아버지 집 가구들을 만지며 일일이 환성을 지르는 나를, 레이코는 물끄러미 지켜보았다. 나는 코트를 벗고 2층에서 쉬고 있었다. 방은 난방이 너무 잘돼서 더웠다. 지금 생각해보면, 내가 창을 열도록 레이코가 일부러 온도를 높여놓았던 것 같다.

그리고 나는 레이코가 의도한 대로 창을 열었다. 밤의 차가운 공기가 뺨에 기분 좋게 닿았다. 기분이 한껏 늘볐고, 곧 시작될 학교생활을 상상하자 가슴이 마구 설렜다.

나는 너무나도 무방비했다. 설마 학교에 온 첫날 밤에 레이코에게 습격당하리라고 누가 상상했을까. 레이코가 그런 식으로 변했으리라고는 꿈에도 생각지 못했다. 어릴 적, 함께 습원을 바라보던 레이코가. 어릴 적, 오랜 시간을 함께했던 레이코가.

레이코의 살의를 눈치챘을 때는 이미 늦었다.

"너 따위 없어져야 돼!"

마지막으로 본 것은 창밖의 어둠과 증오로 가득 찬 레이코의 눈동자. 엄청난 힘이 목을 조여 창밖으로 떨어졌다고 느낀 순간, 의식은 멀어져 갔다.

나는 물끄러미 2층 창을 올려다보았다. 아버지가 내 기억을 되찾게 하려고 몇 번이나 창을 열었던 일이, 지금 생각하면 재미있기까지 하다. 나는 나도 모르게 조금씩 기억을 되찾고 있었다. 이 저택에 발을 들일 때마다 창밖의 어둠과 레이코의 저주가 떠올랐다. 그래서 더욱 두려웠고, 자신의 기억에 본능적으로 거부감을 느꼈다.

'거울 없는 궁전'. 그날 밤에도 아버지는 나와 레이코 앞에서 그 얘기를 했다. 아버지는 그 얘기를 참 좋아했다. 아름다움과 추함, 자존심, 가치관. 아버지는 그 이야기 속에 담긴 주제들을 좋아한다. 거울 없는 궁전. 마치 이 학교 같다. 자신의 얼굴이 보이지 않아 자신의 존재를 실감하지 못하는 이 세계에서, 나는 내 얼굴을 알고 싶다는 마음으로 끊임없이 몸부림쳤다.

그리고 거울은 이미 깨졌다. 나는 새로운 거울을 찾아야 한다.

이렇게 멀리 돌아온 2년이라는 시간을 절대 헛되게 만들지 않겠다.

나는 발길을 돌렸다.

현관 앞 돌층계를 내려가자, 조금 전 그 비탈진 곳에 유리와 요한이 배웅을 나와 있었다.

동시에 아버지의 친위대 여자아이들이 나란히 다가오는 모습이 눈에 들어왔다. 마지막까지 그들의 얼굴을 보다니, 운도 지지리 없다. 그들은 나를 발견하자 흥 하고 턱을 돌리며 무시하는 눈빛을 보였다.

나는 피로감과 가련함을 동시에 느꼈다. 이 아이들은 정말 어리석다. 내가 지금까지 그들에게 얼마나 관대했는지를 전혀 모른다.

'파란 언덕'에서 보낸 마지막 날들은 과거의 나와 현재의 나를 연결하는 데 집중했다. 애초에 그건 어디까지나 내 개인적인 작업이어서, 일단 남들에게는 지금까지의 이미지가 바뀌지 않도록 신경 썼다. 유리조차도 내 변화를 아주 조금밖에 눈치채지 못했을 것이다.

내 안에서 끊어진 부분을 잇는 작업은 몹시 흥미로웠다. 예전의 캐릭터를 시험해 보고 싶은 충동이 솟아날 때도 있었지만, 이 폐쇄적인 환경에서는 좋지 않은 선택일 것 같아 아버지나 요한 앞에서만 시도했다. 히지리는 여전히 내 정체에 의심을 품고 있는 듯했지만, 나는 꼬리를 보이지 않기 위해 노력했다. 괜한 간섭을 받는 일은 피하는 편이 좋다.

스쳐 지나가던 친위대 아이 하나가 트렁크를 일부러 걷

어챘고, 다른 아이는 들으라는 듯 내 귓가에 속삭였다.

"2월에 들어와서 2월에 나가다니, 끝까지 마녀답군."

나는 웃음을 참을 수가 없어서 쿡 하고 작게 웃었다.

친위대 소녀들이 어리둥절해서 돌아보았다.

나는 그 애들에게 빙그레 웃어주었다. 무심하고 순진한 사랑을 담아.

큰 소리로 웃고 싶은 기분이었다. 지금 내가 그 애들에게 얼마나 애정을 느끼고 있는지 알아주지 못해서 정말 유감이다. 그것은 거의 자비라고 부를 만한 것인데. 이 세계의 구성원인 아이들. 3월의 나라에서 무한한 드라마를 만들어갈 말駒 가운데 하나. 플레이어가 정교하게 조각된 상아 말을 아끼듯, 나도 그 아이들을 진심으로 사랑하고 있었다.

그들은 서로 얼굴을 마주 보며 기분 나쁜 표정을 짓더니 아버지의 집을 향해 빠른 걸음으로 올라갔다.

나는 상쾌한 기분으로 언덕을 내려가 유리와 요한이 있는 곳으로 갔다.

"왜 그래, 리세. 또 뭐라 그래?"

유리가 얼굴을 찡그리며 물었다.

"별로. 잠깐 트렁크에 부딪혔을 뿐이야."

"흐음."

유리가 의심스러운 얼굴로 나를 보았다.

우리는 셋이 천천히 언덕을 내려갔다.

2월에 들어와서 2월에 나간다. 나는 아까 들은 말의 의미를 곱씹었다.

그렇다. 그건 아버지의 충격요법이었고, 2년 전에는 내가 바라던 것이기도 했다.

내게는 야심이 있었다. 이 학교의 한 페이지,《삼월은 붉은 구렁을》에 내 이름을 남기고 싶었다. 레이코도 마찬가지였을 것이다. 그래서 그 책을 몰래 가지고 있었던 것이다.

나는 전설이 될 생각이었다. 그 야심이 작년에 그런 식으로 불똥이 튈 줄은 상상도 못 했지만. 고통스러운 경험이긴 했으나, 나는 틀림없이 주인공이었다.

할아버지가 기다리는 검은색 차가 보였다.

정말로, 나는 이곳을 떠나는구나.

문득 그런 실감이 가슴 깊이 밀려들었다. 이곳에서 괴롭게 보낸 1년. 자신의 그림자를 두려워했던 1년. 불현듯, 1년 전 기차 안에서 꾼 꿈이 떠올랐다. 이곳을 떠나는 나에게 많은 학생들이 말을 걸었다. 나는 갈채가 들리는 듯해 뒤를 돌아보았다. 물론 거기엔 아무도 없었지만, 그것은 예지몽 같은 느낌이었다. 그때 꿈속에서 들은 갈채는 무수한 학생들의······.

여기에 존재하고, 앞으로도 존재할 모든 학생들의 갈채가 아닐까.

세 사람은 동시에 걸음을 멈췄다.

"유리, 정말 하나부터 열까지 여러모로 고마웠어. 유리가 없었다면 난 지금 여기에 이렇게 있지 못했을 거야."

나는 앞을 바라보며 말했다.

유리도 나를 보지 않고 앞쪽에 시선을 고정한 채 내 목소리를 들었다.

"유리, 고마워. 다음 방학 때는 우리 집에 놀러 와줘."

나는 한 번 더 감사를 전했다. 유리에게는 아무리 고마워해도 모자랄 지경이다. 아무리 나에게서 책을 되찾기 위한 목적으로 접근했다 해도, 유리가 아니었다면 그 고통스러운 시기를 나는 견뎌내지 못했을 것이다.

"꼭 갈게. 건강해."

유리는 짧게 대답했다. 슬쩍 그녀의 얼굴을 보니 쓸쓸한 표정이었다. 레이코를 떠올리고 있다는 걸 알 수 있었다. 레이코도 떠나고, 나도 이곳을 떠난다. 유리를 이곳에 홀로 남겨두고 떠난다고 생각하니 마음이 아팠다.

레이코는 두 번이나 죽었고, 그때마다 유리는 괴로워했다. 나는 과거 레이코에게 살해당했고, 지금 두 번째 인생을 시작하려 하고 있다. 이게 도대체 무슨 조화인지. 어릴 땐 레이코와 자매처럼 친하게 지냈는데……. 실제로 우리는 자매지만.

나는 요한을 향해 고개를 돌려 웃어주었다.

"요한도 여러모로 고마웠어. 잘 있어. 작곡 공부 잘하고."

"응."

우리는 시선을 마주쳤다. 공범자들의 미소.

같은 세계를 공유하는 자만이 아는 어둠의 미소.

요한의 눈동자 속에는 미래가 있었다.

"자, 여기서 그만. 배웅해 줘서 고마워."

나는 두 사람의 얼굴을 번갈아 보며 차에 올랐다.

"간다."

할아버지는 차를 출발시켰다. 손을 흔드는 두 사람의 모습이 눈 깜짝할 사이에 멀어졌다.

나는 뒷좌석에 천천히 몸을 기댔다.

이렇게 해서 지금, 나는 '파란 언덕'을 떠난다. 나는 안다. 지금 돌아보면 점점 작아져 가는 삼각형의 '파란 언덕'이 아직 눈에 들어오리라는 걸. 하지만 나는 돌아보지 않았다. 언젠가는 모든 것이 내 것이 될 테니까.

습원의 풍경이 뇌리에 떠올랐다. 꽤 오래전 일이다.

아직 어린아이였던 나.

어쩌다 레이코와 함께 아버지 집에 놀러 간 적이 있었다. 아버지가 학교를 안내하고 있을 때, 그 참극이 벌어졌다. 전학생의 방화, 그리고 익사. 우리는 대책을 세우느라 분주한 아버지를 뒤로하고 한 소년의 뒤를 따라갔다. 모두가 그 아이를 쫓아가고, 그 아이의 누나는 그 아이를 데려오려 안간

힘을 썼다. 하지만 그 아이는 하얀 새처럼 훌쩍 날아오르더니 습원 속으로 사라졌다.

전설의 소년, 2월의 방문자.

그 일은 우리의 잠재의식에 선명히 새겨졌다. 우리도 언젠가 그렇게 되고 싶다. 우리도 그렇게 될 수 있다.

전설의 딸로, 이 학교를 지배하는 존재로.

흰 새 같은 소년이 습원을 날아가는 모습이 눈에 아른거린다.

나는 레이코를 이긴 걸까? 아니면······.

레이코는 정말로 죽은 걸까?

문득, 의혹을 느꼈다. 그 높이에서 떨어졌다면 살아남을 수 없었을 텐데. 하지만 그때 약을 먹은 건 정말 나뿐이었을까? 그건 정말 내 눈앞에서 일어난 일이었을까······.

그렇게 생각하자, 지금껏 콧노래라도 부르고 싶었던 기분이 차갑게 식는 듯했다.

아직 방심할 수는 없다. 어디에 복병이 있을지, 앞으로 어떤 라이벌이 나타날지 모른다. 진절머리가 난다.

물론 아버지는 멋있다. 매우 유능한 경영자이며, 언제나 자신감이 넘치고 아름답다. 그러나 자식을 너무 많이 만든다. 장래를 위해 불씨를 계속 만들어두는 셈이다. 아무리 '완벽한 후계자'를 원한다 해도 이래서야 마음 놓고 지낼 수가 없다. 레이코가 얼마나 아버지의 후계자가 되고 싶어 했는지, 얼마나 라이벌을 한 사람이라도 줄이고 싶어 했는지. 나는 내가 살해당할 뻔하기 전까지는 알지 못했다. 슈지는 정말 아버지의 자식이었을까? 레이코는 그렇게 믿었던 것 같지만, 그 아이는 너무 거칠어서 아버지의 자식이었을 것 같지 않다. 하지만 슈지든 레이코든, 어차피 둘 다 너무 불안정하다. 남자라서 동요하고, 여자라서 동요한다면, 결코 아버지의 뒤를 이을 수 없다. 거울 없는 궁전. 자신의 모습을 거울 속으로 직시할 수 있는 자만이 이 세계를 손에 넣을 수 있다. 그게 남자든 여자든.

문득 의문이 생겨 무의식적으로 입을 열었다.

"할아버지."

백미러에 비친 할아버지를 바라보았다.

할아버지의 눈이 살짝 움직였다.

"알고 계시면 가르쳐주세요. 데이시는 제 오빠예요?"

할아버지는 순간 아무런 표정 없이 백미러 속으로 나를 가만히 쳐다보았지만, 아무 말 없이 시선을 앞쪽으로 돌렸다. 나도 더는 아무것도 묻지 않았다. 나는 자세를 바로 하고 정면을 바라보았다.

아버지의 자식이라면, 누구든 반드시 한 번은 그곳에 들어가게 된다. 과연 누가 진짜 라이벌인지 지금으로선 알 수 없다.

후계자는 나 하나로 충분하다. 아니, 단순한 후계자가 될 생각은 없다.

내 안에서 야망이 다시금 고개를 치켜드는 것을 느꼈다.

할아버지도 나를 추천하고 있다. 아버지 역시 지금은 나를 최고 후보로 여기고 있는 것 같다. 그렇지 않다면, 내 기억을 되찾게 하려고 그렇게까지 애쓰지 않았을 것이다. 그리고 지금, 아버지는 내게 의혹을 품고 있다. 아버지가 상상한 것보다 더 많이 성장한 것은 아닐까 하고. 앞으로 어떤 전개가 펼쳐질지 모른다. 언젠가 그와 대립하게 될지도 모른다. 그는 과연 순종적인 후계자를 바라는 걸까. 그때가 되면 또 다른 후보를 찾아 나설지도 모른다……. 요한의 고생이 어렴풋이 짐작되어, 나는 작게 웃었다. 요한에 비하면 나의 고생은 아무것도 아니다.

창밖엔 아무것도 없는 습원이 끝없이 펼쳐져 있었다. 잿빛 습원. 잠든 듯한 습원. 순간, 지금 이 길이 '파란 언덕'으로 이어지고 있다는 착각이 들었다. 트위드 스리피스를 입고 포마드로 머리를 반듯하게 빗은 채, '파란 언덕'을 손에 넣으러 가는 나 자신이, 지금 이 차 안에 이중으로 포개져 앉아 있는 듯한 느낌이 들었다.

묘한 기시감.

그렇다. 나는 바깥세상에서 비즈니스를 공부하고, 반드시 이곳으로 돌아올 것이다. 그리 멀지 않은 미래에.

요한이 유럽에서 주문한 악기 안에 가득 담겨 있던 화약이 떠올랐다. 그 대단한 솜씨. 불과 며칠 만에 그 많은 화약을 그런 외진 곳으로 들여오다니. 과연 유럽의 3분의 1을 장악한 마피아의 후계자답다. 그는 그 자리를 물려받을 것이고, 우리는 장래에 좋은 파트너가 될 것이다.

이게 내가 리세에게 주는 이별 선물이야. 별건 아니고, 불꽃놀이. 2월에 이곳을 떠나는 리세의 전설을 빛내기 위해 불꽃을 쏘아 올려보려 해. 리세가 떠나고 나면 나도 심심하니까, 혼자서 게임을 계속해 볼까 해. 아직 어떤 식으로 쓸지는 정하지 않았지만, 아마 희생자가 나온다면 교장의 친위대가 아닐까…….

장난스럽게 웃던 요한의 얼굴이 떠올랐다.

나를 전설의 소녀로 만들어준 건 고맙지만, 너무 과하지 않게 해달라고 부탁해 두었다. 아름다운 학교에 지나친 흠집이 남으면 곤란하니까. 나는 오래된 건물을 좋아하니까.

게다가 나는 이미 새로운 내 이야기를 쓰기 시작했다.

손가방 속에서 작고 붉은 표지의 책을 꺼냈다.

오래된 그 책은 아버지에게 돌려받았지만, 나는 표지가 똑같은 책을 직접 만들었다. 책 안은 아직 백지상태다. 하지만 언젠가 내가 쌓아올린 새로운 세계를 이 안에 담게 될 것이다. 그날을 위해, 할 일은 산더미다.

무심코 재킷 가슴 쪽 주머니에 손이 닿았다.

뭔가가 바스락거리는 소리를 냈고, 순간 아픔이 온몸을 스쳐 갔다.

안에 들어 있는 것을 조심스레 꺼냈다.

피 묻은 물빛 코사지.

그리고 접힌 종이 한 장.

보리의 바다에 가라앉는 열매

선명한 옆얼굴이 떠올랐다. 바람에 날리는 그 옆얼굴. 순교자 같은 그 얼굴.

그는 언제나 그곳에 앉아 있었다.

습원이 내려다보이는 그 창가에.

머릿속에 시를 외우던 그의 목소리가 들려왔다.

창으로 불어오던 부드러운 바람이 뺨에 스치는 느낌이 들자, 울고 싶은 충동이 일었다.

그래, 우리는 모두 잿빛 바다를 정처 없이 떠돌고 있었다. 불확실한 미래와, 믿을 수 없는 자기 자신이라는 파도 사이에서.

나는 눈을 감았다.

레이지, 이건 네가 지은 시지? 네가 내게 들려준 시지? 나는 눈을 뜨고, 그 종이를 물끄러미 바라보았다. 그리운 그의 필체를.

종이를 조심스레 접어, 아직 비어 있는 붉은 표지의 책 속에 끼웠다.

"언젠가 또 나 같은 누군가가 이걸 읽겠지."

그래. 분명 또 누군가가 그 창턱에 앉게 될 것이다. 그리고 누군가에게 다정한 목소리로 속삭이겠지.
손바닥엔 빛바랜 물빛 장미 한 송이가 남아 있었다.
나는 과거에 얽매이지 않는다.
손을 뻗어 차창을 열었다.

"보리의 바다에 가라앉는 열매."

레이지의 목소리가 들려온다.
그리운 목소리.
한때 사랑했던 사람의 목소리가.
나는 코사지를 창밖으로 높이 들었다. 한 장 한 장, 물빛 꽃잎을 뜯어 습원을 가로지르는 바람에 날렸다.
물빛 꽃잎이 손가락 틈 사이로 흩어졌다.

"보리의 바다에 가라앉는 열매."
레이지의 목소리가 들린다.
안녕, 레이지. 너는 마지막까지 나를 지켜주었네.
이윽고, 손바닥엔 아무것도 남지 않았다.

……그리고, 시간의 꽃잎을 날린다.

역자 후기

생생하고 정교하게 직조한
한 폭의 주단 같은 미스터리 판타지

권남희(번역가)

지금도 온다 리쿠라는 이름을 들으면, 처음 《밤의 피크닉》을 번역하던 그때가 떠오른다. 번역을 하는 내내 '정말 대단한 작가가 나타났구나' 하는 경탄으로 가슴이 쿵쾅거렸다. 예감대로 책이 출간되자마자 굉장한 화제를 모았고, 일본 문학이 한창 주목받던 그 시기, 출판계에는 '온다 리쿠 붐'이 일기 시작했다.

내가 두 번째로 번역한 작품이 바로 《보리의 바다에 가라앉는 열매》다. 같은 학원물이지만, 《밤의 피크닉》과는 전혀 다른 색을 띤 미스터리 판타지다. 한 편의 꿈처럼 기묘하고 서늘하면서도 아름다운 이야기. 지금도 이 작품이 '온다 리쿠 월드'의 입문작으로 자주 언급될 때마다 번역자로서 흐뭇하게 고개를 끄덕이게 된다. 당시 중학생이던 딸도 이 책을 통해 온다 리쿠의 세계에 빠져들었던 기억이 새롭다.

그 딸이 서른이 된 올해,《보리의 바다에 가라앉는 열매》가 다시 독자들을 만난다는 소식을 들었다. 반가웠고, 기뻤다. 긴 세월 동안 변함없이 멋진 작품을 발표해 온 온다 리쿠 작가에게 진심 어린 박수를 보낸다. 그리고 19년 만에 다시 번역을 다듬으면서 나는 새삼 놀랐다. 풍경이면 풍경, 인물이면 인물. 그 생생하고 정교하고 섬세한 묘사에 눈을 뗄 수 없었다. 마치 눈으로 읽는 직조 예술, 한 폭의 페르시안 주단 같았다.

이야기는 끝없는 습지에 둘러싸인 외딴 기숙 학교로 전학 온 한 소녀, 미즈노 리세를 중심으로 펼쳐진다. '파란 언덕' 위에 자리 잡은 이 학교는 과거 수도원을 개조한 호화로운 시설을 자랑하지만, 외부와는 완전히 단절된 공간이다. 더욱이 이 학교는 4월에 시작하는 일본의 일반적인 학제와 달리 3월에 입학하고 3월에 졸업하는 독특한 시스템을 갖고 있어 '3월의 나라'라 불린다. '3월이 아닌 시기에 전학 온 자는 학교를 파멸로 이끈다'는 괴담이 전해질 정도로 3월은 이 학교에서 중요한 의미를 가진다. 그런 곳에 리세는 하필 2월의 마지막 날, 혼자서 전학을 오게 된다. 그리고 마치 괴담이 현실이 된 듯, 실종과 죽음이라는 사건들이 잇따라 일어난다.

리세 주위에는 학교생활을 함께하는 '패밀리'를 비롯해 다양한 친구들이 있다. 총명한 룸메이트 유리, 속을 알 수 없는 요한, 차가운 듯 따뜻한 레이지, 질투에 눈이 먼 레이코 등등. 그리고 이 모든 인물을 압도하는 존재는 정체를 알 수 없는 교장이다. 때로는 여장한 모습으로, 때로는 남성으로 등장하는 이 교장은 '여기저기 자녀를 두었다'는 기묘한 소문까지 따라다닌다. 어쩌면 이들 중 누군가는 그의 아이일지도 모른다. 겉으로 보기엔 평화롭고 아름다운 학교지만, 그 안에는 쉽게 설명할 수 없는 불안과 긴장감이 습원의 안개처럼 흐른다. 누군가가 사라져도, 누군가가 죽어도 아이들은 감정을 겉으로 드러내지 않는다. 또 누가 사라질지 조마조마한 마음으로 결말을 향해 가다가 예상하지 못한 반전에 독자들은 아마도 무릎을 치게 될 것이다.

《보리의 바다에 가라앉는 열매》라는 제목은 작품 속에 나오는 시에서 따왔다. '보리의 바다'는 현실처럼 보이지만 단절된 세계를, '가라앉는 열매'는 잊힌 기억과 억눌린 진실을 의미하는 게 아닐까.

미즈노 리세는 《삼월은 붉은 구렁을》의 4장 〈회전목마〉 편에 처음 등장했다. 《보리의 바다에 가라앉는 열매》는 리세가 본격적으로 이야기를 이끄는 첫 번째 장편소설이며, 이후 후속작 《황혼녘 백합의 뼈》로 시리즈가 이어진다. 하지만 온다 리쿠의 세계에서는 같은 인물도 결코 같은 얼굴로 반복되지 않는다. 모든 진실은, 다시 읽을 때마다 낯설다.

책장을 덮은 뒤에도 마음 어딘가에 이대로 리세와 헤어지기 싫은 아쉬움이 남는다면, 그것은 '온다 리쿠 월드'를 충분히 누렸다는 증거다. 부디 다음 이야기로 그 즐거운 여정을 이어가시길.

보리의 바다에 가라앉는 열매

초판 1쇄 인쇄　2025년 8월 14일
초판 1쇄 발행　2025년 9월 4일

지은이　　　온다 리쿠
옮긴이　　　권남희

책임편집　　한의진
디자인　　　정정은
책임마케팅　최혜령, 박지수, 도우리
마케팅　　　콘텐츠 IP 사업본부
해외사업　　한승빈, 박고은
경영지원　　백선희, 권영환, 이기경, 최민선
제작　　　　재영P&B

펴낸이　　　서현동
펴낸곳　　　㈜오팬하우스
출판등록　　2024년 5월 16일 제2024-000141호
주소　　　　서울시 강남구 테헤란로 419, 11층 (삼성동, 강남파이낸스플라자)
이메일　　　info@ofh.co.kr

ⓒ 온다 리쿠
ISBN 979-11-94979-04-3 (03830)

반타는 ㈜오팬하우스의 출판브랜드입니다.

- 이 책은 저작권법에 따라 보호받는 저작물이므로 무단전재와 무단복제를 금지하며, 이 책 내용의 전부 또는 일부를 이용하려면 반드시 저작권자와 ㈜오팬하우스의 서면동의를 받아야 합니다.
- 책값은 뒤표지에 표시되어 있습니다.
- 잘못된 책은 구입하신 서점에서 바꿔드립니다.